कलि-कथा : वाया बाइपास

उपन्यास

कलि-कथा
वाया बाइपास

अलका सरावगी

राजकमल प्रकाशन

ISBN : 978-81-267-3062-9

मूल्य : ₹695

पहला संस्करण : 1998
पहला राजकमल संस्करण : 2018
दूसरा संस्करण : 2023

प्रकाशक : राजकमल प्रकाशन प्रा.लि.
1-बी, नेताजी सुभाष मार्ग, दरियागंज
नई दिल्ली-110 002
शाखाएँ : अशोक राजपथ, साइंस कॉलेज के सामने, पटना-800 006
पहली मंजिल, दरबारी बिल्डिंग, महात्मा गांधी मार्ग, प्रयागराज-211 001
1, अनमोल सोराबजी संतुक लेन, धोबी तलाव, मरीन लाइंस, मुम्बई-400 002

वेबसाइट : www.rajkamalprakashan.com
ई-मेल : info@rajkamalprakashan.com

मुद्रक : बी.के. ऑफसेट
नवीन शाहदरा, दिल्ली-110 032

KALI-KATHA : VAI BYPASS
Novel by Alka Saraogi

1

कलि-कथा : 1997

कलकत्ते के लैंसडाउन रोड पर तेजी से दौड़ती गाड़ियों, बसों-मिनी बसों के धुएँ, चीखते हॉर्न और ब्रेक लगाने की आवाजों के ठीक बीचोबीच किशोर बाबू आगा-पीछा न देखते हुए शहर के सबसे नए और सबसे महँगे रेस्तराँ 'गोल्डन हारवेस्ट' के सामने से सड़क पार करते देखे गए...।

जो लोग किशोर बाबू को नहीं जानते, उनके लिए यह कोई ऐसी घटना नहीं कि वे इसे लेकर परेशानी में पड़ें। लेकिन किशोर बाबू के जिन परिचितों-रिश्तेदारों ने उनके इस तरीके से किसी भी क्षण कुचले जाने का खतरा उठाते हुए सड़क पार करने के दृश्य का वर्णन सुना, वे चौंके, सिहरे, अफसोस में डूबे और अन्ततः 'भाग्य की बात' कहकर चुप हो गए।

सत्तर साल पार करने के बाद भी दिमागी तौर पर किशोर बाबू जैसे असाधारण रूप से चौकन्ने व्यक्ति—जिनकी तुलना सिर्फ बंगाल के अस्सी-पार मुख्यमंत्री ज्योति बसु से ही की जा सकती है—का इस तरह अचानक गड़बड़ा जाना जान-पहचानवालों के लिए एक सन्न कर जानेवाली सूचना थी।

और वह भी इस तरह अकारण गड़बड़ा जाना!

हकीकत तो यह है कि किशोर बाबू के साथ हुए इस अकारण हादसे का कारण भारतवर्ष के अस्पतालों की एक निहायत साधारण या आम किस्म की घटना में छुपा है।

कलकत्ता शहर के सबसे नामी अस्पताल में बाइपास सर्जरी करवाकर जब किशोर बाबू होश में आए तो उन्होंने पाया कि उनके सिर के पिछले हिस्से में बहुत दर्द है। मुँह पर लगे साँस लेने के प्लास्टिक के खोल को उठाकर जब किसी तरह उन्होंने अपनी तकलीफ अपने इशारों की पूर्ण अवहेलना कर रहे डॉक्टरों और नर्सों को बताई, तब यह पाया गया कि किशोर बाबू की खोपड़ी के पीछे, ठीक गर्दन के ऊपर, एक बड़ी गुठली बनी हुई है। उस गुठली पर खून बह-बहकर जम चुका था। ऐसा अनुमान लगाया गया कि अचेतनावस्था में ऑपरेशन

टेबल से वार्ड में ले जाने के लिए स्ट्रेचर पर लेटाते वक्त किसी लोहे की चीज से उनके सिर के पिछले हिस्से में चोट लगी थी। लेकिन जैसा कि होता आया है, इस घटना के कारण की जाँच किए बिना इसे पूरी तरह दबा दिया गया। इतने बड़े ऑपरेशन के बाद जिन्दा घर लौट आने की खुशी में सिर की फूली हुई गुठली ने कोई बाधा नहीं डाली।

खोपड़ी के गुम्बे को लिये हुए किशोर बाबू धीरे-धीरे पूरी तरह स्वस्थ हो गए। तभी उनमें अचानक एक बहुत बड़ा परिवर्तन दिखाई दिया।

2

'समवेयर इन द नॉर्थ'

शाम चार बजते ही किशोर बाबू सड़कों पर निकल जाते और घंटों अकेले घूमते रहते। इसके पहले किशोर बाबू कभी कलकत्ता के विक्टोरिया मैदान की ऑक्सीजनयुक्त हरियाली को छोड़कर कहीं और पैदल चलने की कल्पना भी नहीं कर सकते थे बल्कि वे सड़कों पर पैदल चलनेवालों को हमेशा बहुत हिकारत से देखते आए थे। उनके रिश्तेदारों-मित्रों में जो बे-गाड़ी थे, उनसे किशोर बाबू ने दुआ-सलाम तक करने का झंझट नहीं पाल रखा था।

अब अचानक किशोर बाबू की इस तरह सड़कों पर पैदल भटकने की आदत ने उनकी पत्नी और बेटे-बेटियों को इस कदर परेशान किया कि उन लोगों ने उनके दिमाग के सारे परीक्षण करवा डाले। 'कैट स्कैन' से लेकर दिमाग के 'एम.आर.आई.' करवाने पर हजारों रुपए फूँककर भी कोई नतीजा नहीं निकला। बड़े से बड़े डॉक्टरों को दिखाकर भी लाभ नहीं हुआ क्योंकि कई डॉक्टर ऐसे थे जिन्हें सड़कों पर घूमने का शौक कोई मर्ज ही नहीं लग रहा था। उन्होंने कहा कि शरीर में रक्त-संचार बढ़ जाने के कारण उनकी ऐसी इच्छा सहज है।

दरअसल वे सारे डॉक्टर बहुत नीचे से ऊपर उठे हुए डॉक्टर थे। अब किशोर बाबू की पत्नी और लड़के-लड़कियों ने सिर्फ ऐसे डॉक्टरों को चुना, जो बचपन से हमेशा अपनी ही गाड़ी में बैठकर नर्सरी स्कूल जाते रहे थे। उन डॉक्टरों ने स्थिति की गम्भीरता को समझते हुए उन्हें कई तरह की दवाएँ खिलाईं, उन्हें गाड़ीवाले मनोचिकित्सक के पास भेजा, पर किशोर बाबू की सड़कों पर पैदल चलने की लत नहीं छूटी।

कई परिवारों में बदले हुए समय के साथ अपने इतिहास को धोने-पोंछने की एक गहरी इच्छा कुछ उसी तरह पनप जाती है, जिस तरह आधुनिक माताओं में अपने बच्चों को कीटाणुमुक्त रखने की गहरी चिन्ता। किशोर बाबू ने इसे 'भारतवर्ष के नए अछूतवाद' की संज्ञा दी थी, जब उनकी बड़ी बेटी ने कभी किसी वक्त हुई खाँसी के कारण उन्हें अपनी नाती को गोद में नहीं लेने दिया

था। बहरहाल, यह एक अवान्तर बात है। प्रसंग इतिहास को धो-पोंछकर साफ करने का था।

किशोर बाबू के परिवार ने अपने इतिहास की स्मृतियों से पैदा होनेवाली गड़बड़ियों से मुक्त होने के लिए बहुत सारे कामयाब नुस्खे काम में लिये थे। उनकी सूची इस तरह बनाई जा सकती है :

(1) पुरानी बातें भूलना।

(2) नए तथ्य गढ़ना।

(3) कई तरह के जुमलों की ईजाद करना।

(4) पुरखों के शानदार अचकनधारी गिल्ट-फ्रेमवाले पोर्टेट टाँगना। इतिहास-प्रसिद्ध लोगों और घटनाओं से उन्हें जोड़ना।

(5) पुराना फर्नीचर, पुराने गहने, मूर्तियाँ खरीदना।

किशोर बाबू के परिवार के लिए उनकी अब तक इस तरह एक 'सड़कमाप' व्यक्ति—जिसे अंग्रेजी में 'ट्रैंप' और बांग्ला में 'भवघूरे' कहते हैं—की तरह घूमने की आदत ने उनके परिवार के इतिहास को लेकर कुछ असुविधाजनक सवाल उठा दिए। अपने बड़ाबाजार में रहने के दौर को बालीगंज में रहते हुए उनकी लड़कियों ने 'समवेयर इन द नॉर्थ' यानी 'उत्तर कलकत्ता में कहीं' कहने की आदत डाल ली थी।

बात कुछ ऐसी है कि कलकत्ता अंग्रेजों द्वारा बसाए जाने के समय से ही उत्तर और दक्षिण या देसी और फिरंगी कलकत्ता में बँटा रहा है। फिरंगियों के अपने देश लौट जाने के बाद दक्षिण कलकत्ता में रहना दिन-ब-दिन हैसियत का माप होता गया। यही कारण था कि किशोर बाबू की लड़कियाँ उत्तर कलकत्ता में ब्याहा जाना सपने तक में भी नहीं सोच सकती थीं। बड़ाबाजार जाने के नाम पर ही वे नाक-भौं सिकोड़ने लगतीं।

किशोर बाबू ने अब 'सड़कमाप' और किसी-किसी की भाषा में 'सड़कछाप' बनकर अपने परिवार के सोए इतिहास को जगा दिया कि वे लोग बड़ाबाजार के तंग, भीड़ भरे, रिक्शे-ठेले-कचरे से भिनभिनाते इलाके के बाशिन्दे रहे हैं। जब डॉक्टरों और दूसरे लोगों ने यह जानना चाहा कि क्या बचपन में किशोर बाबू की इस तरह सड़कों पर पैदल भटकने की कोई आदत रही थी, तो बच्चों ने घबड़ाकर माँ की तरफ देखा। किशोर बाबू की पत्नी ने मौके की नजाकत को समझते हुए यह कहा कि किशोर बाबू ने शादी के पहले वर्ष में एक ऐसे फकीरनुमा व्यक्ति के बारे में जरूर बताया था जो सिर पर चोट लगने से पागल हो गया था। वह कन्धे से टिके एक लम्बे डंडे पर न जाने कितनी पोटलियाँ बाँधे, चिथड़े पहने, कुछ-कुछ भाषण देता हुआ कलकत्ते की गलियों में घूमा करता था और हाँ, उन्हें याद आया—उसके डंडे के ऊपर एक तिरंगा झंडा भी लगा रहा करता था।

किशोर बाबू का मनोचिकित्सक इस अद्भुत बात से कोई निष्कर्ष निकालता, इसके पहले ही किशोर बाबू के लड़के ने उत्तेजित स्वर में बताया कि उसने ठीक ऐसे ही एक आदमी को लैंसडाउन रोड के इर्द-गिर्द इन दिनों घूमते देखा है : वह एकदम दुबला-पतला, काला और लम्बा है न ? उसके झुर्रीदार चेहरे पर उलझे हुए लम्बे बाल और दाढ़ी है न ? वह गुस्से से जलती हुई आँखों से देखता है न ? जाँघ तक धोती पहने रहता है न ?—किशोर बाबू के लड़के ने अपनी माँ से प्रश्न-पर-प्रश्न पूछ डाले। किन्तु किशोर बाबू की पत्नी कोई जवाब नहीं दे पाईं क्योंकि उन्हें किशोर बाबू ने सिर्फ उस फकीर के बारे में ही बताया था। उन्होंने खुद कभी उसे देखा नहीं था। हाँ, इतना उन्हें और याद आया कि वह 'हिन्दू-मुसलमान एक हैं' जैसा ही कुछ-कुछ अनर्गल बातें किया करता था।

किशोर बाबू के लड़के ने अपने साथ हुआ किस्सा बताया, 'मैं तो उस पागल पर ध्यान ही नहीं देता, लेकिन हुआ यह कि उस दिन वह पागल लैंसडाउन रोड के पास ही रोलैंड रोड पर मेरी गाड़ी के नीचे आते-आते बचा। यह तो मेरी एकदम नई 'मारुति' थी कि ब्रेक मारते ही जहाँ की तहाँ खड़ी हो गई, वरना वह पागल तो उसी दिन भगवान को प्यारा हो गया होता। तब उस पागल ने गुस्से से खा जानेवाली आँखों से मुझे घूरते हुए निखालिस शुद्ध अंग्रेजी में पूछा—डू यू थिंग यू ओन दिस रोड (तुम क्या सोचते हो कि यह सड़क तुमने खरीद रखी है) ? —मैं उस पागल फकीर के अंग्रेजी बोलने से इतना हकबका गया कि कुछ जवाब ही नहीं दे पाया। तब उस पागल ने अपने डंडे के सिर पर लगे तिरंगे झंडे को, जो टेढ़ा हो गया था, वापस सीधा किया और गुरुसदय रोड की तरफ चला गया।'

मामला अब और उलझ गया। किशोर बाबू के मनोचिकित्सक को गहरा सन्देह था कि किशोर बाबू का लड़का झूठ बोल रहा है। किशोर बाबू की शादी को पूरे पचास साल होनेवाले थे—15 जुलाई, 1947 को आजादी के ठीक एक महीने पहले उनकी शादी हुई थी। यह कैसे सम्भव था कि पचास साल पहले सड़कों पर घूमनेवाला वह अधनंगा पागल अभी तक जिन्दा हो और उसी तरह घूम रहा हो ? —कहीं इस परिवार की नस्ल में ही पागलपन के कीटाणु तो मौजूद नहीं ? क्या यह लड़का यह करार देना चाहता है कि माथे पर चोट लगने से उसका बाप पागल हो गया है या यह लड़का उस रहस्यमय पागल के जिन्दा होने का वहम डालकर किशोर बाबू के ऐसा होने का कारण सिद्ध करना चाहता है ?

किशोर बाबू के लड़के ने अपनी दस अँगुलियों में से छह अँगुलियों में तरह-तरह के पत्थरों की अँगूठियाँ पहन रखी थीं। किशोर बाबू के मनोचिकित्सक ने पाया कि वह किशोर बाबू की जाँच न करके उनके लड़के के बारे में जाँच-पड़ताल करने लग गया है। किशोर बाबू की लड़कियों को भी अपने भाई के बारे में कुछ सन्देह हुआ हो, यह असम्भव नहीं, किन्तु किशोर बाबू की सनक को एक रहस्यमय घटना

बनाने में इस बात से उन्हें बहुत मदद मिली। जब तक वे सब यह बात बताते-बताते ऊब और थक नहीं गईं, तब तक उन्होंने उस फकीरनुमा पागल के तरह-तरह के किस्से बनाकर जान-पहचानवालों को सुनाए।

उधर किशोर बाबू का उसी तरह गली-दर-गली भटकना जारी रहा। धीरे-धीरे परिवार के लोगें ने इसे नियति का चक्र समझकर इसके बारे में सोचना बन्द कर दिया। कभी-कभार उनकी पत्नी किसी पंडित को उनकी जन्मकुंडली दिखाकर कुछ दान-वान या पूजा-पाठ करवाती रहीं।

एक दिन किशोर बाबू की पत्नी को किशोर बाबू का पिछली रात को लिखा हुआ एक कागज मिला। उन्होंने उसे पढ़कर छुपा दिया। उन्हें यह बात नहीं जँची कि वे बच्चों को इस कागज के बारे में बताएँ और फिर परेशानी में डालें। उस पन्ने पर किशोर बाबू ने अपने सुन्दर गोल-गोल अक्षरों में लैंसडाउन रोड का एक ऊटपटाँग विवरण लिख रखा था। किशोर बाबू की पत्नी की परेशानी का कारण यह भी था कि उनकी बड़ी लड़की लैंसडाउन रोड, जिसका नया नाम नेताजी के बड़े भाई के नाम पर 'शरत बोस' रोड हो गया है, पर ही रहती है। यदि वह इस विवरण को पढ़ लेती, तो उसे बहुत तकलीफ होती कि उसके पिता ने अपनी सनक उतारने के लिए कलकत्ते की बाकी सब सड़कों को छोड़कर उसी की ससुराल की सड़क को चुना।

किशोर बाबू के बच्चे उनकी अनुशासनप्रियता, सख्तमिजाजी और तानाशाही के कारण उनके पीठ-पीछे बचपन से ही उन्हें 'हिटलर' कहते रहे थे। अपने पिता के हिटलरपने से जितना कष्ट उनके बच्चों को नहीं हुआ था, उससे अधिक कष्ट उन्हें अपने पिता के इस स्थान से च्युत हो जाने पर हो रहा था। वैसे भी किशोर बाबू की छोटी लड़की और लड़के को छोड़कर उनकी बाकी चार लड़कियों ने अपने जीवन में हिटलरपने का ही तेवर अपनाया था। बचपन से गाहे-बगाहे पिता के तकियाकलाम—'आई एम द मोनार्क ऑफ ऑल आई सर्वे'—को पिता की तरह ही उन्होंने अपने जीवन में उतारा था।

अपने जीवन के आदर्श अपने पिता को इस तरह एक साधारण आदमी में तब्दील होते देखना उन चारों के लिए एक खौफनाक अनुभव था। उन्होंने पाया कि उनकी जीवन पर पकड़ ढीली होने लगी है। किशोर बाबू की पत्नी को इन सब झंझटों का हल्का-हल्का भान था, इसीलिए उन्होंने लैंसडाउन रोड के उस विवरण को अपनी साड़ियों की तह के नीचे दबाकर रख दिया।

यह कथा किशोर बाबू की कथा है और कथा-लेखक की उपस्थिति इसमें इतनी ही होगी जितनी कि खाँटी शुद्ध किस्सागोई में होनी चाहिए। दरअसल कुछ एकदम

नई आधुनिकतम रचनाओं को पढ़ने के बाद इस कथा को लिखवाने के पहले किशोर बाबू ने कथा-लेखक से ऐसा कॉल करवाया कि वह बंगाल के ख्यातिप्राप्त सुनारों की तरह बाईस बाई बाईस (22 × 22) कैरेट शुद्धि के गहनों जैसी कथा लिखे यानी विशुद्ध सोने के चौबीस कैरेट में दो कैरेट की मिलावट करने जितनी ही कथा-लेखक को छूट है : यह इसलिए कि किशोर बाबू जानते हैं कि इसके बिना सोने के गहने गढ़े ही नहीं जा सकते। बहरहाल, किस्से का तकाजा यह है कि आपके सामने पत्नी की साड़ी की तहों में दबे लैंसडाउन रोड का विवरण ज्यों-का-त्यों रख दिया जाए :

लैंसडाउन रोड के इस किनारे से मैंने देखा कि उधर 'गोल्डेन हारवेस्ट' रेस्तराँ के कुछ आगे ही दस-बारह लोग दीवार की तरफ मुँह करके इस तरह उकड़ूँ बैठे हैं, जैसे कि हगने-मूतने के लिए बैठते हैं। सवाल यह उठ सकता है कि ऐसा मैंने क्यों सोचा? शहरों में तो अब पुरुष अक्सर खड़े होकर ही पेशाब करने लगे हैं। हमारे बचपन की तरह बैठकर पेशाब नहीं करते। किन्तु छींटें उड़ने के भय से या हाथ में लिये हुए ब्रीफकेस या चमड़े के बैग को पकड़े रखने के लिए मैंने बहुत से लोगों को इस तरह पेशाब करते भी देखा है। जो भी हो, यह देखकर मैं इतना हैरान हुआ कि वहीं से सड़क पार कर मैं उस तरफ चला गया।

वहाँ जाकर मैंने देखा कि एक दस तल्ले की नई इमारत की बाहरी दीवार पर एक बड़ा-सा दो रंगों का पोस्टर चिपका हुआ है, जिसमें कई मुद्राओं में कई जाने-पहचाने से फिल्मी चेहरे हैं। इस पोस्टर में यह दावा किया गया था कि सारा देश इस फिल्म के फलाँ गाने की धुन पर झूम रहा है। उस पोस्टर के सामने लकड़ी का लगभग एक फुट चौड़ा टेबलनुमा तख्ता लगा था, जिस पर पत्तलों से ढकी हुई दो बड़ी टोकरियाँ थीं और स्टील की थाली से ढके हुए दो बड़े पतीले थे। मैंने देखा कि सीधे पल्ले की रंगीन छींटदार साड़ी पहने और बाईं कलाई पर चूड़ियों के बीच घड़ी बाँधे एक गठीले बदन की तन्दुरुस्त साँवली औरत ऊँचे स्वर में कुछ बोल रही है। वह ग्राहकों से ऑर्डर लेती है और जो उसके दाईं तरफ से आते हैं और उससे स्टील की किनारेदार थालियों में परोसा हुआ खाना लेकर उसके बाईं ओर चले जाते हैं फिर वे कतार से दीवार की ओर मुँह करके, जमीन से कुछ ऊँचे सँकरे पटरों पर थाली रखकर, खाना खाते हुए दूसरे लोगों के साथ उकड़ूँ सिर झुकाए बैठ जाते हैं। वे लोग खाते हुए अपना मुँह एक-दूसरे से बात करने या देखने के लिए कभी दाएँ-बाएँ भी नहीं करते। दीवार पर एक चौकोर जगह पर सफेद रंग पोतकर उस पर लाल रंग से भात-दाल-सब्जी, भात-अंडा और मछली-भात के रेट लिखे हैं।

और घोर आश्चर्य कि वहाँ मैंने किसे देखा। मैंने देखा कि मेरे यहाँ बीस वर्ष से ऑफिस में काम करनेवाला शिव बाबू वहाँ बैठकर खाना खा रहा था। मैं कभी सोच भी नहीं सकता था कि शिव बाबू यहाँ इस तरह सड़क पर दीवार की तरफ मुँह किए खा सकता है। क्या उसकी पत्नी बीमार है—मैंने सोचा—जो वह टिफिन नहीं

लाया? लेकिन तभी मुझे पता चला कि मैं तो जानता ही नहीं कि उसके पत्नी है भी या नहीं और वह इतने सालों से दोपहर में क्या और कहाँ खाता रहा, लेकिन एक बात और है जिसे सोचकर मैं परेशान हो रहा हूँ— जब शहर में सड़क पर चलते हुए औरतों को पेशाब आता होगा, तो वे कहाँ जाती होंगी?

किशोर बाबू की पत्नी को इस टिप्पणी से बहुत दुख पहुँचा। सबसे बड़ी तकलीफ उन्हें इस बात की हुई कि किशोर बाबू का ध्यान कैसी-कैसी वाहियात बातों की ओर गया था और फिर गया भी तो ऐसी बातों को लिखने की क्या जरूरत थी ? अगर यह कागज और किसी के हाथों में पड़ जाता तो ? उन्होंने यह भी ध्यान दिया था कि किशोर बाबू आजकल उनसे बहुत कम बातें करते हैं। वे या तो अपनी होमियोपैथी की किताबें लेकर बैठ जाते हैं और उनसे कुछ-कुछ नोट अपनी डायरी में लिखते रहते हैं या फिर टी.वी. पर कोई फिल्म देखने लगते हैं। वे अपने में ही खोए-खोए रहते हैं या शायद सड़कों पर भटकने की आदत को लेकर उनमें ही किशोर बाबू के प्रति व्यवहार में बदलाव आ गया है। एक लम्बी साँस छोड़कर किशोर बाबू की पत्नी ने शहर के बाहर सुदूर दमदम में एक पहुँचे हुए पंडित के घर शीघ्र जाने का निश्चय किया।

रात को किशोर बाबू की पत्नी की नींद उचटी तो उन्हें लगा कि किशोर बाबू आँखें बन्द किए हुए जाग रहे हैं, लेकिन किशोर बाबू ने उनके प्रश्न 'जाग रहे हैं क्या ?' का कोई उत्तर नहीं दिया।

3

'बीचवाला कमरा कहाँ है?'

कई बार यात्रा से लौटने के बाद रात में नींद खुलने पर ऐसा लगता है कि हम उसी कमरे में हैं जिसमें हम यात्रा के दौरान रहे थे, पर इधर बाइपास सर्जरी के बाद स्वस्थ होकर 'सड़कमाप' में बदल जाने के बाद किशोर बाबू के साथ एक बिलकुल अजीब वाकया हुआ। अपने जन्मदिन यानी पहली जनवरी की रात उन्हें लगता रहा कि वे अपने बालीगंज के घर में न होकर उत्तर कलकत्ता के सेंट्रल एवेन्यू यानी बड़ाबाजार के उसी मकान में हैं, जिसमें तीन लड़कियों के पिता बनने तक—मतलब कुल मिलाकर 21 साल वे रहे थे।

उन्हें बार-बार ऐसा लगता रहा कि एक जनवरी की कोई बात उन्हें याद रखनी चाहिए थी और वे रात भर सोते-जागते उसे याद करने की कोशिश करते रहे। अगले दिन यानी दो जनवरी को किशोर बाबू की पत्नी ने जब सुबह-सुबह पूछा कि क्या वे बीचवाले कमरे में जाकर चाय लेंगे, जैसा कि वे हमेशा करते आए थे, वे बिलकुल अचकचा गए : बीचवाला कमरा? बीचवाला कमरा कहाँ है? दिमाग तो खराब नहीं हो गया? दो ही तो कमरे हैं—एक छोटा कमरा और एक बड़ा कमरा। एक तरफ बरामदा है, जो सेंट्रल एवेन्यू और मुक्ताराम बाबू स्ट्रीट के चौराहे पर खुलता है और दूसरी तरफ एक तल्ले से नीचे दिखते चौक के चारों तरफ घूमता गलियारा है और तीन मंजिलों के परे खुला आसमान।

'किशोर, किशोर, उठ जा बेटा। आज शनिवार है,' माँ की आवाज उन्हें सुनाई दी।

किशोर बाबू के आग्रह पर उन्हीं की कुछ बातें किस्से के बाहर :

इस संसार में बीता हुआ कुछ भी खोता नहीं है। कैसे खो सकता है जब हम हैं अभी तक? ज्यादा-से-ज्यादा वह हमारे अन्दर भीतर कहीं दूर पुराने उजड़े शहरों की तरह ऊपर की परतों की तह में दफन हो जाता है—वे सारे शब्द जो हमने सुने, जो हमने

बोले, वे सारे दृश्य जो हमने देखे, वे सारे सुख-दुख जो हमने झेले। बीती हुई एक घड़ी भी कभी मरती नहीं। वह वहीं अन्दर दुबकी रहती है और कहते हैं कि जिस समय आदमी मरता है, वह एक फिल्म की रील की तरह अपनी जी हुई जिन्दगी को फिर बचपन से अभी तक पूरी-पूरी देखता है, लेकिन रिलीज हुई फिल्म की तरह वह उसमें कुछ बदल नहीं सकता।

4

कलि-कथा : 1940

किशोर को सेंट्रल एवेन्यू, मुक्ताराम बाबू स्ट्रीट के चौराहे पर खुलनेवाले बरामदे में खड़े होकर नीचे लोगों को आते-जाते देखना अच्छा लगता है। सुबह-सुबह सड़क के किनारे बनी सुनहरी मोटी कलों में पाइप लगाकर जमादार-भिश्ती गंगाजल से सड़कें धो चुके होते हैं। धुली हुई सड़कों पर गंगा-स्नान कर रोली-चन्दन का छापा लगाए लौटती या राममन्दिर जाती औरतें होती हैं, सामने पैसे के दो गुलगुले और पकौड़े बेचता नत्थूराम है, जिन्हें खरीदकर खुद खाने और चील-कौवों को खिलानेवाले लोगों का जमघट प्राय: लगा ही रहता है। नींद ठीक समय पर खुल जाए तो किसी राजबाड़ी से निकलकर विक्टोरिया मैदान जानेवाली देसी बाबुओं की सफेद अरबी घोड़े की बग्घी को देखा जा सकता है। चौराहे पर रिक्शेवालों की टनटन भी मन्दिर के घंटों और आरती के बाद बजनेवाले शंख-घड़ियाल की ध्वनि 'जय हो, जय हो' के घोष के साथ लिपटी हुई ऊपर एक तल्ले पर चली आती है। शनिवार को पीतल के लोटे में शनि देवता की लोहे की आकृति लिये मन्दिर के बाहर खड़े होकर ऊँची आवाज में 'शनि महाराज, शनि महाराज' पुकारनेवाले डाकौत का स्वर चौरस्ते की इस चहल-पहल में मिल जाता है।

किशोर को माँ ने याद रखकर 'शनि देवता' का दान करने के लिए कहा है। उनके घर पर शायद शनिचर की ही दशा लगी है, कौन जाने! वैसे न तो माँ को इन बातों में ज्यादा विश्वास है और न किशोर को। फिर जब सब कुछ खत्म हो ही गया है, तो अब और क्या बुरा हो सकता है? पर माँ का मन रखने के लिए ही किशोर शनि महाराज के लोटे में सरसों का तेल और कुछ सिक्के डाल आता है। हालाँकि यह सोचकर उसका दिल धड़कता रहता है कि उसका कोई दोस्त उसे ऐसा करते न देख ले।

माँ की बड़ी-बड़ी आँखों में घबड़ाहट का समुद्र फैला है। जिन्दगी का डर छुपाए नहीं छुपता। पर उनके आँसू कभी उमड़ते भी हैं, तो उसी समुद्र के अन्दर

ही खो जाते हैं—बाहर नहीं निकलते। किशोर समझता है। माँ को शंका है कि जिन्दगी का डर किशोर के दिल में न बैठ जाए और तो है ही कौन इस घर में जिसके सामने वे रोएँ? उधर मायके में उनके तीनों भाई और माता-पिता जरूर हैं, पर वे सब पहले ही उनके दुख से मारे हुए हैं।

किशोर को कई बार माँ के चेहरे की सहजता और हर समय उसे काम में लगे हुए देखकर बहुत गहरी कसक होती है। मन होता है कि माँ को गले लगाकर कहे कि 'माँ, तू एक बार अच्छी तरह रो ले।' लेकिन वह ऐसा करने से डरता भी है। कहीं माँ को ही कुछ न हो जाए।

माँ कभी उसे उदास देखती है, तो सिर्फ इतना भर कहती है, 'जो होना था, वह हो गया। सब ठीक हो जाएगा, जब तू बड़ा होगा।' माँ में कहाँ से इतनी ताकत आती है, किशोर कई बार सोचता है।

नानाजी जब-तब अपने झकाझक कपड़ों और रोबदार चेहरे के साथ 'गद्दी' जाते हुए या लौटते हुए दरवाजे पर माँ के सामने आ खड़े होते हैं, 'कुन्ती, यह घर बन्द कर मेरे साथ चलो। यहाँ क्यों अकेली पड़ी हो? क्या रखा है इस घर में? आज तुम्हें और किशोर को लेकर ही जाऊँगा।'

माँ की आँखें तरलता को आने से पहले ही सोख लेती हैं। वे अपने शब्दों को मजबूती से सहारा देकर खड़ा करती हैं। उन शब्दों में पिता की कातरता की समझ भी है और उसमें न बह जाने का संकल्प भी, 'मैं चलती तो हूँ बाबूजी! लेकिन लौट आऊँगी। यह मेरा घर है बाबूजी। मैंने आपके जँवाई के चले जाने के बाद भी आपसे यही कहा था। इन दोनों बच्चों—ललित और किशोर—को मैं कम-से-कम एक अपना घर तो दे ही सकती हूँ। नहीं तो वे जब बड़े होंगे, मुझसे पूछेंगे—माँ, हमारा घर क्यों नहीं है? हम नाना के घर में क्यों रहते हैं? अब ललित भी नहीं रहा। पर ललित की बहू ने चिट्ठी लिखी है—वह अपनी माँ के पास कानपुर नहीं रहना चाहती। वह परायी लड़की इस घर के अलावा और कहाँ रहेगी? आप चिन्ता मत कीजिए, यह समय भी कट जाएगा।'

नानाजी छह महीने तक दरवाजे पर आकर आना बन्द कर देते हैं। पहले जँवाई की मौत और फिर अठारह साल के नाती का एक सुकुमार षोडशी को विधवा बनाकर छोड़ जाने का दुख सहने की ताकत उनके दिल में नहीं है। एक दिन सचमुच उनका कलेजा फट जाता है। नानीजी नानाजी के जिन्दा रहते पहले ही बेटी और फिर नाती की बहू के दुख से सिन्दूर-टिक्की लगाना छोड़ चुकी थीं।

किशोर रात को जब तकिए पर सिर रखता है तो बहुत देर तक आँखें बन्द कर दोनों भौंहों के बीच उस बिन्दु को देखता रहता है जिसमें से अँधेरे के चक्कर निकलकर बाहर की तरफ फैलते रहते हैं। कभी-कभी ये चक्कर एक-दूसरे में

उलझ जाते हैं। उसके दोस्त अमोलक ने उसे बताया है कि इस बिन्दु पर ध्यान लगाने और गिनती गिनने से तुरन्त नींद आ जाती है। पर सारी रात गहरी नींद में भी एक अनकहे दुख का भार किशोर के दिल को चाँपे रहता है। पता नहीं, माँ क्या सोचती होगी नींद में? क्या नींद उसे सपनों की दुनिया में ले जा पाती होगी, जहाँ सब कुछ ठीक है? कोई बड़ी मजबूत हवेली है और दो घोड़ों की रुनझुन करती बग्घी है, जो रोज शाम को ललित भैया को पूरे भिवानी शहर का चक्कर लगवा लाती है; या कि माँ भी उसकी तरह अब सपने नहीं देख पाती—न झूठमूठ कल्पना के और न बीते हुए सुनहरे कल के?

किशोर को अब बिलकुल सपने नहीं आते। कभी-कभी वह सोचता है कि सपने में ही यदि कोई ईश्वर सामने आ जाए, तो वह कम-से-कम उससे इतना तो पूछे कि माँ को तीस साल की उम्र में विधवा बनाया तो यह नियति सही, पर अब भाभी की क्या वैसी ही किनारेदार सफेद साड़ी पहने, बिना टिक्की-सिन्दूर के रहने की उम्र है?

'प्रिंस'! मँझले मामा ललित भैया को प्रिंस कहते थे। वह प्रिंस चिता पर लिटाकर भस्म कर दिया गया। उसके जतन से सँवारे गए बाल कैसे भक से जल गए! सब देखते रहे। जब किशोर को मुखाग्नि देने के लिए जलता हुआ डंडा पकड़ाया गया, तो वह ठिठक गया था। वह पूछना चाहता था किसी ईश्वर से कि यह कैसा न्याय है? उसने चारों तरफ देखा तो मँझले मामा ने उसके कन्धे को हल्का-सा धक्का दिया था। 'ज़ला दो', 'जला दो'—श्मशान घाट में जैसे हजारों साल से जलाई हुई लाशें कह रही थीं, 'ऐसा ही होता है। यही नियम है'—पास बहती हुई गंगा कह रही थी।

'माँ!' उसे माँ की याद आई। 'मुझे देखना है माँ को अब—मुझे ही सँभालना है। कर्तव्य—यह भी कर्तव्य है। यह जलाना, पिंडदान, तिलांजलि, गंगा-स्नान, सुख-शय्या—सब करना है। सब कर्तव्य है।' उसने देखा, एक छोटे बच्चे की लाश आई थी।

'न्याय? क्या ईश्वर की इस सृष्टि में कहीं न्याय नहीं है? इस बच्चे को मरना था तो यह पैदा ही क्यों हुआ? क्या मृत्यु ही जीवन का सबसे बड़ा और अन्तिम सत्य है?' यह प्रश्न उसने स्कूल के अपने बंगाली दोस्त शान्तनु से पूछा था।

तब शान्तनु ने उसके कन्धे को गुस्से से झिंझोड़ दिया था, 'बेवकूफ हो तुम, एकदम पागल। कोई ईश्वर नहीं है। ईश्वर चाहिए तुम्हें? तुम खुद बन नहीं सकते अपने ईश्वर? जीवन में दुर्घटनाएँ होती हैं। मुझे भी तुम्हारे ललित भैया के मरने का बहुत दुख है। लेकिन न्याय, ईश्वर, नियति—यह सब बातें मेरे सामने मत करो। तुम्हें शान्ता भाभी की फिर से शादी करनी है। यह बीसवीं शताब्दी है, माई डियर। नाइन्टीन हंड्रेड एंड फोर्टी!'

किशोर को एक क्षण के लिए लगा था कि किसी तरह शान्तनु को चुप करा दे; पर शान्तनु बोलता ही गया, 'तुम्हारे मारवाड़ियों में भी पहला विधवा-विवाह हुए तेरह साल हो गए हैं। तुम क्या चाहते हो—तुम्हारी भाभी का जीवन कैसा हो? तिल-तिल कर जलते हुए वह सती हो?'

किशोर के मन में एक अजीब तरह का आवेग उठा था—उत्तेजना, शर्म, डर का मिला हुआ लगभग एक उन्माद-सा, लेकिन फिर वह ठंडा पड़ गया था। कैसे होगा यह? माँ, बड़े मामा, बड़े चाचा, भाभी के पिता—सबका चेहरा उसके सामने बारी-बारी से घूम गया। हमारे कुल में कभी ऐसा नहीं हुआ। क्या कुल की मर्यादा को इस तरह तोड़ा जा सकता है? बातें करना एक बात है, असली जिन्दगी दूसरी बात है। क्या उस दिन पुलिस का डंडा खाकर यह हकीकत समझनी बाकी रह गई है? सिर के पिछले हिस्से में अभी तक दर्दवाली गुठली बनी हुई है—रह-रहकर उसमें टीस मारती है। माँ को बताकर उसमें सेंक भी नहीं करवा सकता। वह सोचता है कि अगर उस दिन उसका सिर फट गया होता और वह मर गया होता, तो भारत माता को कुछ मिलता या न मिलता, लेकिन उसकी माँ का सब-कुछ छिन गया होता। कैसे जीती माँ तब—यह सोचकर ही वह काँप उठता है।

नहीं, वह अब कभी ऐसी गलती नहीं करेगा। उसके लिए दुनिया में सबसे पहले माँ है, उसके बाद और कोई। वह माँ को दुख देने का कारण किसी कीमत पर नहीं बन सकता। उसके खून पर सबसे पहले जन्म देनेवाली माँ का हक है, शान्तनु के लिए भले ही सुभाषचन्द्र बोस का हो।

'माँ, आँखें बड़ी करके दिखाओ न!' किशोर का यह बचपन से पुराना खेल है। माँ आँखें नकली गुस्से से बड़ी करती तो किशोर को गुदगुदी और भय दोनों होते। इतनी बड़ी आँखें दुनिया में किसी और की नहीं हैं। उसकी नसों में यह खेल इतना समा गया है कि उसके होनेवाले बच्चे भी अपनी दादी के साथ यही खेल खेलेंगे।

ललित भैया की आँखें भी माँ की तरह थीं, पर माँ जितनी बड़ी नहीं। किशोर की आँखें अपने पिता की तरह छोटी हैं और उसे मन-ही-मन इस बात का बहुत अफसोस रहा है। ललित भैया हर तरह से उससे ज्यादा सुन्दर थे—गोरा रंग, बड़ी आँखें, चमकता हुआ सुदर्शन चेहरा, कुछ घुँघराले बाल, लेकिन किशोर हमेशा से यह जानता था कि माँ ललित भैया के शान्त और लजीले स्वभाव के कारण छोटा होने पर भी उससे ही अधिक उम्मीदें रखती है।

और किशोर के लिए माँ का ऐसा सोचना जिन्दगी की सबसे बड़ी बात थी क्योंकि उसकी माँ जैसी कोई माँ किसी की नहीं है। यह बात सब जानते हैं—उसके

स्कूल के दोस्त, मकान के दोस्त और घर में पढ़ाने आनेवाले स्कूल के मास्टर भी। वह सबके चेहरे के भाव देखता है जब वे उसकी माँ से बात करते हैं। दुर्गा-पूजा हो या सरस्वती पूजा, हर मूर्ति के चेहरे में किशोर को माँ का ही चेहरा नजर आता है। वे ही तो आँखें हैं जो सब लोग बनाना चाहते हैं। कभी-कभी बना भी लेते हैं। माँ बचपन में जब भी कहानियाँ बना-बनाकर या पुरानी कहानियाँ सुनाना चाहती, तो वह उनके बीच से हर बार सुनना चाहता था उसकी कहानी, 'माँ, रामविलास दादाजी क्या कहते थे, तुम्हारे बारे में, फिर से बताओ न!'

माँ की आँखों में लज्जा और खुशी—दोनों की मिली-जुली हरियाली भर जाती।

'कितनी बार सुनेगा? मेरे दादा ससुर कहते थे—मेरी पतोहू की एक-एक आँख कोहिनूर हीरा है। मेरे पास दो-दो कोहिनूर हुए न? रानी विक्टोरिया के पास तो एक ही है।'

'लेकिन माँ, उन्होंने घूँघट के अन्दर से तुम्हारी आँखें कैसे देखी होंगी?'

माँ हँसती, 'कभी दिख गई होंगी या फिर मुँह-दिखाई के समय देखी होंगी। मुझे याद नहीं।'

हर बार वही प्रश्न, हर बार वही उत्तर। यही किशोर का बचपन से सबसे प्रिय खेल है क्योंकि उसके जन्म के पहले ही सारी कहानियाँ खत्म हो चुकी हैं।

स्मृतियाँ अनेक हैं, उनकी कहानियाँ अनेक हैं; बल्कि क्या कहानी है और क्या स्मृति—सब एक-दूसरे में घुल-मिल गई हैं। हर स्मृति में मनचाहा कुछ जुड़ गया है और अब वही हकीकत से बड़ा बन गया है।

जो है, वह जीने के लिए काफी नहीं। आदमी को उड़ने के लिए एक आसमान चाहिए। किशोर के लिए स्कूल की चहारदीवारी यह आसमान है। यहाँ शान्तनु के सुभाष बाबू हैं, अमोलक के गांधीजी हैं, सच्चिदानन्द के विवेकानन्द हैं। यहाँ किसी के लिए हिन्दू राष्ट्र के लिए खाकी जाँघिया पहनकर कवायद करना जरूरी है—किसी को मारवाड़ी जाति के पिछड़ेपन की चिन्ता है।

मदनमोहन मालवीय को स्कूल बनाने का कार्य पूरा न होने तक पगड़ी न बाँधने का वचन दिया था कुछ मारवाड़ियों ने। उनके द्वारा इकट्ठे किए गए पैसों से करीब तीस साल पहले यह 'विशुद्धानन्द सरस्वती विद्यालय' बना है, जिसका नक्शा उसी वास्तुशिल्पी ने बनाया था, जिसने विक्टोरिया मेमोरियल का बनाया था। यही किशोर का स्कूल है। यहाँ सबके अपने-अपने सपने हैं, किशोर देखता है, पर कहीं वे सारे सपने एक जगह जुड़ जाते हैं। कारण यह है कि शत्रु का चेहरा साफ है—उसके चले जाने से ही एक नया सोने का सूरज उगेगा। यह तो किशोर को बाद में जाकर कई दशकों के बाद अहसास होता है कि जब शत्रु का चेहरा खोजने पर अपना ही चेहरा शीशे में नजर आने लगता है तो सारे सपने धुँधला जाते हैं। यहाँ

तक कि कोई सपना बाकी नहीं बचता। बस, अपना पेट बचता है जो दिन-ब-दिन बढ़ती जरूरतों, इच्छाओं और चीजों के साथ-साथ बढ़ता जाता है और किसी तरह पूरा नहीं भरता।

अभी आजादी का खूबसूरत सपना सबका सपना है। स्कूल में बहसें उतने ही जोर-शोर से की जाती हैं जितनी कांग्रेस के अधिवेशनों में। बाहर की हवा स्कूल के अन्दर जब घुसती है, तो नसों में तेज गति से बहता खून जोश से उबाल खाने लगता है। 'सरफरोशी की तमन्ना अब हमारे दिल में है' की गुनगुनाहट जब-तब सुनने को यहाँ मिल सकती है—सीढ़ियों पर चढ़ते-उतरते, मैदान में खेलते समय, यहाँ तक कि पेशाबघर के अन्दर भी।

किशोर का सबसे अच्छा दोस्त है शान्तनु। शान्तनु के दादा राजपूताने की किसी रियासत में दीवान थे। अब उसके पिता दादा की मृत्यु के बाद वापस बंगाल आ गए हैं। शान्तनु अपनी मातृभाषा बांग्ला से ज्यादा अच्छी हिन्दी जानता है, इसलिए उसने किसी बंगाली स्कूल में दाखिला न लेकर किशोर के स्कूल में दाखिला लिया है। शान्तनु मानता है कि वह किशोर से ज्यादा अच्छी तरह राजपूताना के लोगों को जानता है, 'तुम लोगों के दिमाग पर मरुभूमि के 'अकाल' की छाया हमेशा के लिए पड़ गई है। 'अकाल' माने जानते हो? अ-काल—यानी वह काल, जो तुम्हारे मन के अनुरूप न हो। तुम लोग हमेशा भविष्य के लिए आशंकित रहते हो—इतने अन्धविश्वासी होने का कारण भी यही है। 'यह मत करो, यह करोगे तो ऐसा हो जाएगा'—बस, इन्हीं बातों के इर्द-गिर्द तुम लोगों की जिन्दगी घूमती है।'

किशोर को इन सब बातों से गुस्सा आता है, 'बंगालियों के जातीय घमंड का ठिकाना नहीं है।' पर वह यह भी देखता है कि शान्तनु की बातों में बहुत-कुछ सच है, इसीलिए वह शान्तनु को कोई जवाब नहीं दे पाता।

शान्तनु और अमोलक के बीच इधर कुछ दिनों से बहुत तनातनी चल रही है। पिछले साल जब सुभाष बाबू कांग्रेस के अध्यक्ष निर्वाचित होकर भी अपनी वर्किंग कमेटी नहीं बना सके क्योंकि गांधीजी उनका समर्थन नहीं कर रहे थे, तब से दोनों के बीच जोर का झगड़ा होकर बातचीत बन्द हो गई। सुभाष बाबू को कांग्रेस से इस्तीफा क्या देना पड़ा, अमोलक को शान्तनु ने अपनी मित्र-मंडली से बाहर निकाल दिया है। किशोर ने बीच-बचाव करने की कोशिश की, लेकिन कोई नतीजा नहीं निकला।

शान्तनु कहता है कि मारवाड़ी लोग आजादी की लड़ाई में भाग नहीं ले सकते। वे इतने दब्बू और डरपोक हैं कि न जेल जा सकते हैं और न ही पुलिस के डंडे खा सकते हैं—हर समय उन्हें जान-माल की ही फिक्र लगी रहती है। इसलिए वे ज्यादा-से-ज्यादा गांधीजी के लिए बकरी के दूध पीने का इन्तजाम करते हुए और चरखा कातते हुए उनके आगे-पीछे घूम सकते हैं।

शान्तनु राय सुभाष बाबू का भक्त है जिन्होंने, उसके खयाल से, शेरनी का दूध पिया है। शान्तनु टाउनहॉल में अपने पाड़े (मोहल्ले) के किसी दोस्त के साथ सुभाष बाबू की सभा में भी जा आया है। उसने वहाँ मन-ही-मन एक कसम खाई है। प्लासी की लड़ाई में नवाब सिराजुद्दौला द्वारा एक कमरे में कैद करने से घुटन से मर गए अंग्रेज सैनिकों की यादगार में बनाए गए 'होलवेल मॉन्यूमेंट' या 'ब्लैक होल' को सुभाष बाबू जब तोड़ने जाएँगे, तो वह भी उसमें शामिल होगा।

डलहौजी स्क्वायर पर राइटर्स बिल्डिंग के सामने बने इस स्मारक को दिखाने के लिए शान्तनु उसे ले गया था कि 'दुनिया का सबसे बड़ा झूठ' उसे दिखाएगा। यह किसे मालूम था कि उसी दिन वहाँ एक भीड़ इकट्ठी हो जाएगी और घुड़सवार पुलिस अचानक प्रकट होकर दनादन डंडे चलाएगी। इधर-उधर भागती हुई बदहवास भीड़ में वह और शान्तनु बिछड़ गए। किशोर की एक चप्पल पाँव से निकल गई। उसने रुककर कोशिश की कि अपनी चप्पल को दौड़ते हुए कदमों के बीच से उठा ले। तभी पुलिस का डंडा उसके गर्दन के पिछले हिस्से पर लगा और वह दूसरी चप्पल भी फेंकता हुआ सीधे घर जानेवाले रास्ते की ओर अन्धाधुन्ध दौड़ता चला गया। उसके काँपते हुए शरीर, पसीने से तर कपड़ों और लाल गरम चेहरे को मलेरिया के लक्षण समझ माँ ने सीधे उसे बिस्तर में घुसा दिया। कई घंटे बाद जाकर उसके दिल की धड़कन सामान्य हुई। तब तक माँ उसे कटोरे में न जाने क्या-क्या पिलाती रही—वह बिना कुछ समझे-देखे बस पीता गया। बीच-बीच में वह माँ का चेहरा गौर से देख लेता। वह जिन्दा बचा हुआ है—बस, यही एक बात उसके दिमाग में बार-बार आ रही थी।

अगले दिन शान्तनु स्कूल में इस तरह उससे मिला, जैसे कोई बात ही नहीं हुई हो! उसका यह रुख देखकर किशोर ने उसे अपने सिर की चोटवाली बात बताने से खुद को रोक लिया। शान्तनु ने जेब से नवाब सिराजुद्दौला की एक तस्वीर निकाली, 'तुम जानते हो अंग्रेजों से लड़नेवाले इस नवाब की कहानी? अगर इसे इसके सेनापतियों और बड़े व्यापारियों ने धोखा नहीं दिया होता, तो आज हमें इस तरह गुलाम नहीं बनना पड़ता।'

किशोर के गले में कुछ फँस गया था। वह पूछना चाहता था, 'कौन व्यापारी?' लेकिन वह कुछ कह नहीं पाया। उसके सिर के पीछे की गुठली टसकने लगी थी।

'मीर जाफर ने अमीचन्द और जगतसेठ से मिलकर गद्दारी नहीं की होती, तो सिराजुद्दौला तो फोर्ट विलियम पर कब्जा कर ही चुका था। हो सकता है कि एकाध अंग्रेज गरमी या घुटन से मर गया हो, पर अंग्रेजों ने जान-बूझकर मरनेवालों की संख्या को बढ़ा-चढ़ाकर दुनिया के सामने यह सिद्ध करने की कोशिश की है कि देखो, यहाँ के नवाब कितने जंगली और बर्बर हुआ करते थे! मरनेवालों की

यादगार में यहीं हमारे सीने पर यह स्मारक खड़ा कर दिया गया है। नाम दिया है—ब्लैक होल ऑफ कैलकेटा।' शान्तनु के नथुने गुस्से से फड़क रहे थे।

किशोर चुप था। उसके अन्दर जैसे कहीं एक फाँस गहरी चुभ रही थी। उस दिन वह पूरे दिन खोया-खोया रहा। शाम को घर जाकर कपड़े बदलकर उसने माँ से कहा था, 'मैं बड़ाबाजार लाइब्रेरी जा रहा हूँ। देर से लाटूँगा।'

सैयद वाली लेन तक तेज कदमों से चलता हुआ किशोर पुस्तकालय में सीधा सत्यपालजी के सामने जा खड़ा हुआ, 'मुझे सिराजुद्दौला के बारे में जानना है। कोई किताब दीजिए।'

सत्यपालजी रजिस्टर से आँखें उठाकर उसकी तरफ गौर से एकटक देखते रहे। 'क्यों जानना चाहते हो?' किशोर सकपका-सा गया तो सत्यपालजी ने पूछा, 'क्या जानना चाहते हो?'

'सब कुछ! प्लासी की लड़ाई के बारे में।' किशोर ने दृढ़ स्वर में कहा।

'अच्छा, मेरे साथ आओ।' वे उसे कोने में लाइब्रेरियन के छोटे-से कमरे में ले गए। वहाँ उन्होंने चाभी लगाकर दराज से एक फाइल निकाली, जिस पर अंग्रेजी में 'एस' लिखा हुआ था और उसे किशोर को थमाते हुए कहा, 'यह मेरी अपनी फाइल है। तुम चाहो तो इसे यहीं बेंच पर बैठकर पढ़ सकते हो। मैं अजीमगंज-मुर्शिदाबाद का हूँ, इसलिए मुझे हमेशा से सिराजुद्दौला में दिलचस्पी रही है। हमारा नवाब था सिराजुद्दौला।'

किशोर ने कृतज्ञता से भरकर फाइल खोली। सुन्दर, मोटे अक्षरों में सत्यपालजी की इधर-उधर से उतारी गई बातों को वह दत्तचित्त होकर पढ़ने लगा :

28 मई, 1756। सिराजुद्दौला ने आरमेनियन एजेंट 'खोजा वाजिद' को लिखा : 'मैं अल्लाह और पैगम्बरों की कसम खाता हूँ कि यदि अंग्रेजों ने कलकत्ते के देसी और फिरंगी इलाकों को घेरनेवाली 'मराठा खाई' को नहीं भरा और अपने किले को नहीं तोड़ा, तो मैं उन्हें इस देश की चौहद्दी से निकाल बाहर करूँगा।'

सिराजुद्दौला के सेनापति मीर जाफर ने एडमिरल कर्नल क्लाइव के साथ समझौता किया कि नवाब बनने के बाद वह कलकत्ते पर आक्रमण से हुए नुकसान और सेना के खर्च के एवज में इतने रुपए देगा :

ईस्ट इंडिया कम्पनी	—	***एक करोड़ रुपए***
अंग्रेज नागरिक	—	***पचास लाख रुपए***
मुसलमान नागरिक	—	***बीस लाख रुपए***
आरमेनियन नागरिक	—	***सात लाख रुपए।***

एक दूसरे समझौतेनामे के तहत मीर जाफर ने देना स्वीकार किया :

> *ईस्ट इंडिया कम्पनी की मुख्य कमेटी के सदस्यों को 'उपहार'— बारह लाख रुपए। अंग्रेजी सेना को 'इनाम'— चालीस लाख रुपए।*

क्लाइव ने कलकत्ते के एक बड़े व्यापारी अमीचन्द (जो कम्पनी और मीर जाफर के बीच की कड़ी था) को धोखा देने के लिए करारनामे की एक जाली प्रति बनवाकर उसमें लिखवाया कि अमीचन्द को उसके सहयोग के लिए बीस लाख रुपए दिए जाएँगे।

23 जून, 1757। नवाब सिराजुद्दौला की सेना की मुख्य कमानें मीर जाफर, यारलुत्फ खान और राय दुर्लभ के हाथों में थीं। ये तीनों षड्यंत्र में शामिल होने के कारण नहीं लड़े। सिर्फ मोहनलाल और मीर मदन की टुकड़ियाँ लड़ाई में उतरीं। मीर मदन के जख्मी होने पर सिराजुद्दौला ने मीर जाफर को अपने तम्बू में बुलाया। पगड़ी उतारकर उसके सामने रख उसे अपने खून के रिश्ते की, अपने दादा अलीवर्दी खाँ के अहसानों की और सैयद जाति की परम्परा की दुहाई देते हुए पुराने झगड़े को भूलने के लिए कहा। मीर जाफर के लड़ने के लिए राजी होने पर सिराजुद्दौला ने उसी के कहने पर मोहनलाल को जबर्दस्ती लड़ाई के मुकाम से वापस बुलवाया। मोहनलाल को लौटता देख सारी सेना सिर पर पैर रखकर भागी, जबकि कोई पीछा नहीं कर रहा था। अन्ततः सिराजुद्दौला का भी दिमाग फिर गया और उसने भी भागने का फैसला किया।

[गुलाम हुसैन— सियर-अल-मुत्खरीन— 1780]

किशोर ने अचानक आवाज सुन चौंककर सिर उठाया तो देखा कि सत्यपालजी चाभियों का गुच्छा लेकर खड़े हैं। बाहर अँधेरा हो गया था। सत्यपालजी का चेहरा गम्भीर था, 'जो खोज रहे थे, मिल गया?'

किशोर ने 'नहीं' में सिर हिलाया।

'क्या जानना चाहते हो?' उन्होंने देखा कि किशोर का चेहरा काला पड़ गया था।

'यह अमीचन्द कौन था? मेरा मतलब किस जाति का था?'

सत्यपालजी की आँखें चश्मे के अन्दर से उसे स्नेह से देख रही थीं, 'सिख-खत्री बनिया था। कलकत्ते में मारवाड़ियों के आने से पहले बंगाली और फिर खत्री बनियों की चलती थी। ऐयाशी के कारण इन लोगों के काम-काज से उदासीन हो जाने के बाद धीरे-धीरे मारवाड़ियों के साथ अंग्रेजों का काम होने लगा। अमीचन्द प्लासी की लड़ाई के बाद अगले साल ही मर गया। उस जमाने में उसके पास कोई पचास लाख की सम्पत्ति थी। उसके अपनी कोई सन्तान नहीं थी—एक दत्तक पुत्र

था दियाचन्द, किन्तु उसकी सारी सम्पत्ति अमीचन्द के साले हुजूरीमल ने हड़प ली। दियाचन्द को कुछ नहीं मिला। सब खत्म हो गया।'

'और जगतसेठों का क्या हुआ?' किशोर ने पूछा।

'जगतसेठ हमारे अजीमगंज-जियागंज के ही थे। वे बंगाल के नवाबों और ईस्ट इंडिया कम्पनी को रुपए उधार दिया करते थे। उनकी मर्जी के बिना कोई नवाब गद्दी पर न बैठ सकता था और न ही टिक सकता था—वे 'किंगमेकर' कहलाते थे। जगतसेठ की इतनी चलती थी कि एक बार ईस्ट इंडिया कम्पनी और जगतसेठ के बीच रुपयों के भुगतान को लेकर झगड़ा हुआ, तो नवाब ने जगतसेठ के कहने पर कम्पनी के वकील को गिरफ्तार कर लिया था। एडमंड बर्क ने लिखा है कि जगतसेठों का कारोबार उतना ही था जितना बैंक ऑफ इंग्लैंड का।'

'लेकिन क्या जगतसेठ सिराजुद्दौला के खिलाफ ईस्ट इंडिया कम्पनी के साथ थे?' किशोर ने पूछा।

'हाँ! कहते हैं कि सिराजुद्दौला के मरने के बाद जब क्लाइव मुर्शिदाबाद आया तो जगतसेठ महताबचन्द उससे मिलने गया था। क्लाइव को दिल्ली के बादशाह से बंगाल की दीवानी जगतसेठ के मार्फत ही मिली थी, लेकिन अन्त में जगतसेठ अपनी इसी राजनीतिक ताकत के कारण मारा गया। अगले नवाब मीर कासिम ने उसे मुंगेर के बुर्ज में कैद करके मरवा डाला क्योंकि उसे डर था कि वह अंग्रेजों से मिलकर कहीं उसका तख्ता न पलट दे। महताबचन्द का वारिस जगतसेठ खुलाशचन्द पक्का ऐयाश था। उधर बंगाल में अकाल पड़ने के कारण व्यापार ठप होता गया। जगतसेठ के वारिस कंगाल होते गए। नवाब और कम्पनी में उनका जितना रुपया उधार था, प्रायः डूब गया। सब कुछ धीरे-धीरे बिक गया। प्लासी के सौ साल के अन्दर ही यह हालत हुई कि अंग्रेजों से मासिक वृत्ति लेकर बाद के जगतसेठ का खर्चा चलता था। इस तरह सारी कहानी खत्म हो गई।'

'क्या जगतसेठ मारवाड़ी थे?' किशोर ने सत्यपालजी की ओर जैसे अनुनय करते हुए देखा।

अचानक सत्यपालजी को सारा माजरा समझ में आया, 'हाँ, मारवाड़ी ओसवाल थे, लेकिन तुम जिस बात से परेशान हो रहे हो, वह बिलकुल बेबुनियाद है। अंग्रेजों के साथ मिलकर जिस मीर जाफर ने सिराजुद्दौला से दगा किया, उससे खुद उसका खून का रिश्ता था। ताकत और पैसों के पीछे पागल लोगों की कोई अलग जाति नहीं होती। वे सब एक ही जाति के होते हैं। वे अनादिकाल से अपने को बेचते आए हैं और हमेशा बेचते रहेंगे। मैं समझ रहा था कि तुम सुभाष बाबू के कारण सिराजुद्दौला के बारे में जानना चाहते हो, लेकिन देख रहा हूँ कि तुम्हें कोई दूसरी ही बात चुभ रही है। क्या सबसे पहले बंगालियों ने ही अंग्रेजों को यहाँ पाँव जमाने में मदद नहीं की थी? तुम अपने को स्वयं पहचानो। किसी दूसरे की धारणाओं से क्यों परेशान हो रहे हो?'

किशोर का दिल अचानक हल्का हो आया। उसने लपककर सत्यपालजी के पैर छू लिये और तीर की तरह पुस्तकालय से बाहर निकल गया।

रात के तीन बजे किशोर की नींद मल्लिक बाबुओं के बागान में कूकती कोयल की आवाज से खुल गई। आमों में बौर लगे कई दिन हो गए हैं और छोटी-छोटी कैरियाँ बनने लगी हैं। रात की निस्तब्धता में कोयल की कूक इतनी नजदीक है कि लगता है, जैसे खिड़की पर ही बैठकर बोल रही हो! उसने कहीं से आती हल्की रोशनी में देखा कि माँ की आँखें भी खुली हुई हैं, 'माँ, मुझे बताओ न, अंग्रेजों से दादाजी लोगों का क्या नाता था?' किशोर ने धीमे स्वर में कहा।

'अरे, तू जागा हुआ है? कहाँ से तेरे दिमाग में अभी अंग्रेजों की बातें आई हैं?' माँ ने कहा। लेकिन उनकी आवाज में बात करने का मन न होने जैसी कोई आहट नहीं थी। वे कुछ देर चुप रहीं।

किशोर अँधेरे और सन्नाटे में घिरा पहले दूर कभी घटी और कई बार सुनी हुई घटनाओं के काल्पनिक चित्र बनाता रहा।

'हॉग साहब के मार्केट से फलों और मेवों के बड़े-बड़े 'डाले' सजते थे—अंग्रेज साहबों के लिए। मैं मायके में माँ-चाची को बताती, तो सबकी आँखें फटी-की-फटी रह जातीं। मेरे दादा ससुर 'बड़े बाबू' की मेहनत और ईमानदारी की साहब लोग बहुत कदर करते। हैमिल्टन साहब तो उन्हें इतना मानते थे कि अपने सगे भाई को भी कोई क्या मानेगा। साहब लोग उनकी ईमानदारी पर अन्धविश्वास करते। एक कम्पनी थी—मैकेंजी लॉयड कम्पनी। उसके लिए वे शेयर खरीदते। अगर उसी दिन शेयर का दाम नीचे गिर जाता तो भी कम्पनी के साहब यह नहीं कहते थे कि ऊँचे दाम पर तुमने यह शेयर कैसे खरीदा। एक बार उसी साहब ने चपरासी के हाथ एक लिफाफा भिजवाया उनके लिए। बड़े बाबू ने खोलकर देखा तो उसमें एक कागज था, जिस पर लिखा था—दो लाख रुपए। बड़ा अचम्भा हुआ उन्हें। उन्होंने साहब से जाकर पूछा कि यह क्या है, तो साहब ने बताया कि पाट की बुवाई इस साल इतनी होगी और कीमतें इतनी बढ़ेंगी—मतलब जो अन्दाज था उनका, वह बताया। उन्होंने कहा—रामविलास, तुम चाहे तो पाट की इतनी एकड़ बोवनी खरीदकर इतना रुपया बना सकता है। —तुम्हारे बड़े दादाजी ने उस सौदे में बहुत कमाई की।

'यह पहली लड़ाई के समय की बात है। उस समय जूट के हैसियन बोरों की बड़ी माँग हुई थी। भिवानी में तीन चौक की बड़ी हवेली बनी एक लाख दस हजार रुपयों में। फलों का बगीचा भी अलग से था—आम, लीची, सफेदा, अमरूद, फालसे—सब फल होते थे। बगीचे में तालाब था। तुम्हारे पिताजी और चाचा दोस्तों के साथ उसमें तैरते। दो सफेद घोड़ों की बग्घी थी। गरमियों में घोड़ों को चार सेर दूध-चीनी डालकर पिलाते। सर्दियों में एक पाव घी खिलाते।

'घोड़ों की बग्घी रोज शाम को रुनझुन करती ललित को सारे भिवानी में घुमा लाती। वह एक साल का था। तू तो पैदा भी नहीं हुआ था। बड़े बाबू रात को बग्घी में कम्बलें डालकर सर्दियों में दूर-दूर तक जाते। जो आदमी बिना ओढ़े सोया मिलता, उस पर एक कम्बल डाल देते। भिवानी में पुस्तकालय खुलवाया—मेरे ससुर जी यानी 'छोटे बाबू' ने—लड़कियों के लिए कई स्कूल खोले। लेकिन समय एक जैसा कहाँ रहता है?

'वह तो छोटे बाबू कलकत्ते में टायफॉइड होने से अचानक क्या मरे कि बड़े बाबू का दिमाग फिर गया। इकलौते बेटे का भरी जवानी में—इकतीस साल की उम्र में गुजर जाना वे सह नहीं पाए। उस समय तुम्हारे पिता तो 15 बरस के थे। कारोबार-व्यापार कुछ समझते नहीं थे। बड़े बाबू ने सारा काम-काज भाई के लड़के चौथमल जी पर छोड़ दिया, जो केवल फाटका खेलते थे। वे एक ही रात में लाखों रुपए कमाने का सपना देखनेवाले आदमी थे। उन पर से सारी रोक-टोक हट गई तो उन्होंने रातोंरात ऐसा घाटा लगाया कि बड़े बाबू का कमाया हुआ सब कुछ स्वाहा हो गया।

'उन दिनों बहुत लोगों के साथ ऐसा हुआ था—शायद पूरी दुनिया में ही ऐसा हुआ था। हवेली-बगीचा सब गिरवी रखे गए। अन्त में बड़े बाबू मुझसे दो-दो रुपए माँगते हुए मरे। मैं ओट से समझाती थी कि दो रुपए ज्योतिषी को दे देने से वह उनको खोई हुई किस्मत नहीं लौटा देगा। पर वे खड़े रहते। तब मैं सोचती कि जाने दो—बचा-खुचा भी जाने दो। कम-से-कम उन्हें यह तकलीफ तो न रहे कि उनके पोते की बहू ने उन्हें रुपयों के लिए तरसाया।' माँ का गला भर्रा आया। वे चुप हो गईं।

किशोर 'बड़े बाबू' यानी रामविलास दादाजी की सोने की घड़ी लगाए काली लम्बी अचकन, काली पतली मोहरी की पैंट और विलायती 'ग्लासकिड' जूते पहने हुए रुआबदार तस्वीर का मेल दरवाजे की ओट से पतोहू से दो रुपए माँगते निरीह बूढ़े से नहीं कर पाया। बाहर बहुत हल्की रोशनी होने लगी थी और दक्षिण से ठंडी हवा बह रही थी। कोयल कूक-कूककर थक गई थी और बीच-बीच में धीमी आवाज में कूकती थी। गंगाजल से सड़कों की धुलाई शुरू हो गई थी।

माँ ने कहा, 'बड़े बाबू कहते थे कि जब वे पहली बार कलकत्ते आए तो गंगाजल से दोनों वक्त सड़कों की धुलाई देखकर पगला गए थे। वे कहते थे—आदमी दो बूँद गंगाजल के लिए तरसता है और यहाँ तो सड़कों तक की गंगाजल से धुलाई होती है। इस शहर को छोड़कर मैं नहीं जाऊँगा, मैंने तभी सोच लिया था। —लेकिन क्या सुख देखा यहाँ बड़े बाबू ने? शेयर बाजार और फाटके का काम करके कभी कोई सुखी हुआ है? दिन-रात नफे-नुकसान की चिन्ता।'

किशोर अचानक उद्विग्न होकर उठ बैठा, 'माँ, तुमने यह तो बताया नहीं कि छोटे दादाजी के मरने पर पुलिस कमिश्नर टैगर्ट बड़े दादाजी से मिलने हमारे चोरबागान के घर में आया था?'

'हाँ, आया था न, तुम्हें बताया तो है पहले कई बार। टैगर्ट से बड़े बाबू की अच्छी जान-पहचान थी। शाम को उसके साथ वे घूमने जाते थे। वह उन्हें बहुत मानता था।'

'माँ, एक बात कहूँ तुमसे? मानोगी? तुम आज के बाद कभी जिन्दगी में किसी के सामने टैगर्ट का नाम न लेना। किसी को यह मत कहना कि टैगर्ट हमारे घर आया था।' किशोर की आवाज काँप रही थी, 'माँ, तुम्हें मालूम नहीं है, यह टैगर्ट बड़ा खूँखार आदमी था। जनरल डायर से कम न था। उसने आजादी के लिए लड़नेवालों पर न जाने कितना जोर-जुल्म किया। कितने शर्म की बात है कि ऐसा आदमी बड़े दादाजी का मित्र था। बंगाल में गोपीनाथ साहा ने आज से सोलह साल पहले टैगर्ट को मारने की कोशिश में किसी और को भूल से मार डाला था—सिर्फ 18 साल की उम्र में टैगर्ट को मारने के लिए उसने अपनी जान दे दी। इतना ही नहीं, सुभाष बाबू के बड़े भाई शरत बाबू को टैगर्ट को मारने की योजना बनाने के लिए आठ साल पहले गिरफ्तार किया गया था। माँ, कभी किसी के सामने बड़े दादाजी से टैगर्ट की जान-पहचान की बात मत करना।'

माँ कुछ देर तक चुप रहीं, 'मैं इतना तो नहीं जानती थी। पर तुम्हारे दादाजी ही क्यों, गांधीजी के साथ रहनेवाले बड़े-बड़े लोग भी टैगर्ट के साथ मिलते-जुलते थे। मैं तो इतना जानती हूँ कि हमारे पुरखों ने जो ठीक समझा, वह किया और हम जो उचित समझेंगे, वह हम करेंगे। लेकिन किसी बीती हुई बात को पोंछने या छुपाने की हमें क्या जरूरत है? उस पर शर्म करने की क्या जरूरत है? तुम्हें यदि कोई चीज पसन्द नहीं, तो तुम उससे दूर रहो। पर बीते हुए को कोई मिटा सकता है क्या?'

5

जदि निर्वासने पाठाबेई—कलिकाता

[कलकत्ता—यदि निर्वासन में भेजना ही हो तो]

कथा-लेखक का अनिवार्य हस्तक्षेप :

अब यह कथा किशोर बाबू की जिद पर और पीछे चली जाती है : किशोर बाबू अपने ग्रेट ग्रैंड फादर रामविलास बाबू उर्फ बड़े बाबू (1860-1926) की डायरी के आधार पर एक विगत-कथा लिखवाने लगते हैं। उनका मानना है कि दूर देश से आनेवाली चिड़ियों की तरह अपनी जन्मभूमि से बहुत दूर स्थानान्तरण कर आ बसी एक जाति—मारवाड़ी जाति—और एक शहर यानी कलकत्ता महानगर के साझे इतिहास में ही उनकी कथा का मर्म है।

कथा-लेखक के अनुसार यह एक अवान्तर कथा है। पर बाइपास सर्जरी के बाद सड़कें मापते-मापते किशोर बाबू के मापदंड बदल गए हैं। 'टू-द-पॉइंट' बातें करने के प्रबल पक्षधर किशोर बाबू के लिए अब अवान्तर ही प्रधान हो गया है। कहते हैं कि आदमी कितना भी बदल जाए, पर पूरी तरह नहीं बदलता। अब भी किशोर बाबू के दिमाग में स्कूल के इतिहास-मास्टर रघुनन्दन मिश्र की बात बैठी हुई है कि बीते हुए कल को जाने बिना आज का कोई अर्थ पूरी तरह नहीं निकलता। इसलिए हर बात की पृष्ठभूमि जरूर देनी चाहिए।

उनका दूसरा तर्क यह है कि इतिहास मामूली आदमियों की कथा नहीं कहता, पर हर इतिहास मामूली आदमियों से पटा पड़ा होता है, जो इस इतिहास से जूझते हुए जीवन काटते हैं। इसलिए किशोर बाबू इतिहास के अनकहे को कहकर अपनी कथा के लिए इतिहास के स्तर तक उठ जाने की आकांक्षा पाले हुए हैं।

जो भी हो, कथा किशोर बाबू की है और चौबीस कैरेट में बाईस कैरेट मर्जी उनकी ही चलनी है। अस्तु! 'यदि निर्वासन में जाना ही हो, तो कलकत्ता ही जाना है क्योंकि वहाँ गंगा है। कहीं रहना है, तो कलकत्ता में रहना है क्योंकि

वहाँ दोनों वक्त गंगाजल से सड़कें धुलाई होती हैं'—ऐसा सोचनेवाले ग्रेट ग्रैंड फादर रामविलास बाबू के बादल-रहित बचपन की मरुभूमि से किशोर बाबू कथा प्रारम्भ करते हैं :

मरुभूमि के आकाश में अचानक बादल की एक हल्की रेखा। तुरन्त चार बच्चों की टोली एक चादर लेकर निकल पड़ती है : रामविलास, डूंगर, नरसिंह और नौरंग। आठ छोटे-छोटे हाथ चादर के चार कोनों को पकड़कर उसे फैला देते हैं। टोली घर-घर जाती है, गाते हुए :

डेडरियो करे डरूँ-डरूँ
[मेढक बोलता है डर्र-डर्र]
पालर पानी भरूँ-भरूँ
[बादल का पानी भरूँ-भरूँ]
आधी रात री तलाई नेष्टेई नेष्टे
[कितना? आधी रात तक तालाब छलकने लग जाए—इतना]

हर घर से चादर में मुट्ठी भर गेहूँ डाला जाता है। कहीं-कहीं चना या बाजरा भी। मुहल्ले की फेरी पूरी होते-होते आठ हाथ वजन से दुखने लगते हैं। रामविलास की माँ इस साबुत अनाज को उबालकर उसकी 'घूघरी' मिट्टी के बर्तन में पकाती है। फिर इसे चारों दिशाओं में उछालकर हवा-पानी को अर्घ्य अर्पित किया जाता है। यदि मेघ किसी कारण से रूठे हों, तो इस भेंट से प्रसन्न हो जाएँ। अब घूघरी का प्रसाद घर-घर बाँटा जाता है।

रामविलास के कानों में माँ की महीन आवाज आती है, उसे पुकारती हुई, 'विलास, विलास!' माँ उसे कितनी भी दूर से क्यों न पुकारे, वह सुन लेता है। आठ साल की उम्र में उसका नन्हा हृदय बिना समझे भी यह जान गया कि माँ उसे तभी बुलाती है, जब अकेलेपन से घबरा जाती है। यों तो उसकी बहन चुनिया हमेशा ही माँ के पास रहती है, पर माँ को उससे 'जक' नहीं पड़ता।

आठ साल पहले जब वह तीन साल का था, उसी साल दिल्ली और कलकत्ते के बीच रेल लाइन बैठी थी—सन् 1863 में। रामविलास विक्रम संवत् से 57 साल घटाकर हिसाब बैठाता है।

'रेल लाइन क्या बनी कि तेरे पिताजी दिसावर चले गए—हैमिल्टन साहब के बुलावे पर। वह हैमिल्टन साहब खुद कलकत्ता गया, सो तो गया, तेरे पिताजी को भी साथ ले गया। छह साल पहले गदर की लड़ाई में तेरे पिताजी ने ही जान बचाई थी न उसकी। तरस आ गया था उन्हें। कहा—मिनख की ही तो जात है। उसका भी खून हमारे जैसा ही लाल है। कटले (अनाज घर) के नीचे तहखाने में उसे छिपा

दिया, नहीं तो सिपाही लोग काट डालते उसे।—उसने कहा था—तुम्हारा अहसान हम जीते-जी नहीं भूलेगा।—अरे, अहसान चुकाना था, तो यों ही दे देता मुहरों की बोरी।—हमरा साथ कलकत्ता चलो। वहाँ तुमको सोना से मढ़ देगा।—मुए ने कहा। बस, चले गए तेरे पिताजी।'

विलास लेटे-लेटे माँ के गले में हाथ डालकर उसकी बातें सुनते हुए उसकी सोने की कंठी छूता है। इस बार पिताजी लेकर आए थे कलकत्ता से दीवाली पर। 'ऊँटों के साथ घूमनेवाले बनजारों से भी गई-गुजरी जिन्दगी हो गई है हमारी। इन लोगों का परिवार कम-से-कम साथ तो रहता है। हमारे नसीब में तो उतना भी नहीं। क्या होगा ऐसा धन कमा के? रूखी-सूखी खाकर क्या आदमी नहीं जी सकता? परदेस की पूरी रोटी तै घर की आध भली।'

रामविलास लेटे-लेटे माँ का अपने-आपसे बात करना सुनता है। किसी और के सामने माँ कुछ कह नहीं सकती, इसलिए उसके सामने ही बोल लेती है, वह समझता है। किसी-किसी दिन वह भोर होने से पहले अँधेरे में ही माँ को चक्की में बाजरा पीसते-पीसते भजन गाते हुए सुनता है। जब माँ की आवाज रुक जाती है, तो वह बिना देखे भी जानता है कि आँसुओं से उसकी 'आंगी' भीग रही होगी।

उसने दादी को कई बार रोने पर माँ को फटकारते हुए सुना है, 'बिमली, कलेजे में एक बार हौल उठ गया तेरे, तो जल्दी शान्त नहीं होगा। क्यों अपना खून सुखा रही है? अरे, वह तो आता ही है हर साल। बीच-बीच में दिल्ली से हरकारा कलकत्ते की चिट्ठी भी ला देता है तुझे। आदमी को शान्ति लेनी पड़ती है किसी तरह।' पर रामविलास जानता है कि माँ का जी क्यों उठता है इस तरह पिताजी के लिए।

माँ की छोटी मौसी के पति शादी होते ही पूरब में दूर आसाम की तरफ रुपए कमाने निकल गए थे। मालवा में अफीम के कारोबार में उन्हीं दिनों उन लोगों को बड़ा भारी घाटा लगा था। एक बड़े कर्ज का भार माँ के मौसा पर उनके पिता छोड़कर मर गए थे। माँ के मौसा आसाम जाने के लिए मारवाड़ से मिर्जापुर तक पैदल गए। वहाँ से माल की नावों के साथ गंगा के रास्ते कलकत्ता और फिर पदमा नदी के रास्ते आसाम। आसाम पहुँचकर वे लगातार पानी की जगह चाय पी-पीकर मलेरिया से लड़ते रहे। 16 बरस बाद जब वे पिता का कर्ज चुकाने लायक पैसा इकट्ठा करके, अपनी जान सलामत लेकर, वापस देस लौटे, तब रास्ते में उन्हें अपनी पत्नी की अरथी मिली। यदि गाँव का बूढ़ा ठाकराँ न होता तो न वे किसी को पहचानते और न कोई उनको पहचानता। तब वे विक्षिप्त-से हो गए थे। रामविलास की माँ ने अपनी मौसी का तिल-तिल कर गलना देखा है। माँ यह पद गाती है, 'आँखड़ियाँ झाँई पड़ी पंथ निहारि-निहारि, जीभड़ियाँ छाला पड्या, आया नहीं गिरधारी'—और उसकी आँखें बरसती रहती हैं।

जब तक रेल लाइन दिल्ली तक नहीं आई थी, माँ ने पिताजी को किसी तरह रोक रखा था। लेकिन रेल लाइन के आने तक उनका परिवार भी अंग्रेजों की बसाई हुई मंडी भिवानी में आ बसा था। दिल्ली से हरकारे लोग चिट्ठी लाते थे भिवानी हर रोज। वे रात भर चलते। 75 मील की दूरी रात भर में तय कर लेते। उनकी जेबों में लड्डू रहते ताकत के लिए और चिट्ठियों में खंडसारी, घी, गुड़, अनाज आदि के भाव। गाँव के लोग हरकारों से चिट्ठी लेने गाँव के बाहर बैठे रहते। उन्हीं चिट्ठियों में कभी-कभी पिताजी की भी चिट्ठी आती। जब रेल लाइन कलकत्ते से दिल्ली तक पहुँच गई, तब माँ पिताजी को हैमिल्टन साहब के पास जाने से नहीं रोक सकी। उसने पिताजी से इतना वचन जरूर लिया कि वे बस कभी आसाम नहीं जाएँगे और तब पिताजी चले गए।

'रुपयो होवे रोकड़ो, सोरो आवै साँस; सम्पत होय तो घर भलो, नहीं भलो परदेस।'—माँ जब भी पिताजी को कुछ कहती, पिताजी यह कहावत सुना देते।

रामविलास ने पिताजी को चुपके से एक दिन इस दिवाली पर कहा था कि अब वह बड़ा हो गया है। आठ साल का। उसे भी वे कलकत्ता ले चलें।

पिताजी हँस दिए थे। 'तेरी माँ का क्या होगा? तेरी माँ जीते-जी तुझे जाने देगी कहीं?'

रामविलास भी यह बात जानता है अच्छी तरह। उसके पहले पैदा हुए चार भाई एक साथ हैजे में मर गए थे। तभी से माँ का दिल इतना कच्चा हो गया है। उसे हर समय मौत अपने आस-पास खड़ी दिखती है, लेकिन रामविलास देखना चाहता है कि रेलगाड़ी कैसी होती है। पिताजी खड़िया से पटिया पर बनाकर दिखाते हैं : रेलगाड़ी का दरवाजा सँकरा होता है। उसमें से अन्दर जाना बहुत मुश्किल होता है क्योंकि वह हमेशा ठसाठस भरा रहता है। रेलगाड़ी की खिड़की उससे भी छोटी होती है। पिताजी कहते हैं कि जब वे पहली बार गए रेल में, तो इतनी भीड़ थी कि स्टेशन पर कुली ने उन्हें गठरी बनाकर खिड़की के रास्ते रेल के अन्दर फेंक दिया।

रामविलास ने वह पटिया उठाकर रख रखी है। वह उसे कई बार निकालकर देखता है। क्या पिताजी की इतनी छोटी गठरी बन सकती है कि खिड़की के अन्दर से रेल में घुस जाएँ? पिताजी ने अपनी पगड़ी खोल दी होगी। पगड़ी पहने-पहने तो वे अन्दर नहीं घुस सकते थे। अगली दिवाली पर पिताजी आएँगे तो वह पगड़ी की बात पूछ लेगा।

रामविलास को देखना है कि नदी कैसी होती है, उसमें कितना पानी होता है। क्या कुईं से भी ज्यादा? कुएँ से भी ज्यादा? बड़ेवाले जोहड़-तालाब से भी ज्यादा? पिताजी गंगा नदी का चित्र नहीं बना पाते। बस, दो लाइनें खींच देते हैं दूर-दूर। इससे कुछ पता नहीं चलता कि नदी में कितना पानी है। पिताजी कलकत्ता में रोज

गंगाजी नहाने जाते हैं। यहाँ जब लौट आते हैं, तो यहाँ भी रोज नहाते समय 'हर हर गंगे, हर हर गंगे' कहकर गंगा को याद करते हैं। फिर पाठ करते हैं बदन पोंछते-पोंछते, 'देवी सुरेश्वरी भगवती गंगे, त्रिभुवनतारिणी तरल तरंगे, शंकरमौलि विहारिणी विमले, मम मतिरास्तान् तव पद कमले।'

रामविलास आठ साल का है तो क्या, उसे हर बात एक बार सुनने से याद हो जाती है। मदरसे में मास्टरजी को आज तक कभी उसके कान खींचने नहीं पड़े।

कलकत्ते में पिताजी को बस एक ही तकलीफ है। वहाँ शौच के लिए कोई लोटा लेकर जंगल नहीं जाता। जिस गद्दी में वे रहते हैं, उसी में पाखाना बना हुआ है, जिसमें सब टट्टी करने के लिए लाइन लगाते हैं। रामविलास को यह बात कुछ कम समझ में आती है। पिताजी समझाते हैं, 'पाखाना दो पाँवों के बीच नीचे धँसा हुआ एक बड़ा--सा गड्ढा होता है। बहुत गहरा।'

'लेकिन क्या गड्ढा कभी भरता नहीं?' पूछने पर पिताजी हँसते हैं।

पिताजी बड़ाबाजार में भिवानी के ही सेठ नाथूराम की गद्दी के बासे में खाना खाते हैं, वहीं काम करते हैं और वहीं सो जाते हैं। जब वे कलकत्ते पहुँचे थे, तब हैमिल्टन साहब छह महीने के लिए विलायत गए हुए थे। तब पिताजी ने मुनीमी का काम पकड़ लिया था। वे कहते कि कई बार ऐसा होता कि सुबह गंगा नहाने जाने के अलावा दिन भर निकलना ही नहीं होता। पता नहीं चलता, कब सूरज डूब गया। रामविलास सुनता है कि माँ कहती है, 'जेलखाने में रहना है, तब तो—इस तरह जीना।'

पिताजी कहते हैं, 'जैसे रहो, वैसी ही आदत पड़ जाती है।'

पिताजी कुछ दिन सेठ नाथूराम की गद्दी में मुनीमी करते रहे। फिर हैमिल्टन साहब ने विलायत से लौटने के बाद उन्हें जूट-दलाली का काम दिला दिया। अब वे हैमिल्टन साहब और उसके अंग्रेज मित्रों के लिए खरीदा-बेची करते हैं।

पिताजी की ख्वाहिश है कि भिवानी में वे एक बड़ी हवेली बनाएँ। शायद इसीलिए वे कलकत्ते में दिन-रात काम करते हैं। एक मिनट आराम नहीं करते। दिवाली के दस दिन पहले जब घर लौटते हैं, तो तीन दिन लगातार सोए रहते हैं—अपनी थकान उतारने के लिए। रामविलास को आश्चर्य होता है कि वे कैसे इतना सो लेते हैं एक साथ। क्या वे अपनी नींद भी पैसों की तरह जमा करके रखते जाते हैं? शायद इसीलिए जब पिताजी के जमा किए हुए रुपए चाँदी के सट्टे में कपूर की तरह उड़ गए थे, तब उनकी नींद भी साथ ही उड़ गई थी। तब रामविलास 15 साल का हो चुका था। उसने घर में चाचा लोगों को आपस में बातें करते सुना था कि यही होना पहले से दिख रहा था।

पिताजी ने जूट की दलाली करते-करते खुद भी अफीम और चाँदी के फाटके का काम शुरू कर दिया था। अगर इस बार फाटके में किस्मत उनका साथ देती तो

वे कई हवेलियाँ चिनवा सकते थे। किन्तु ऐसा होना नहीं बदा था। पिताजी सारी देनदारी चुकाकर वापस भिवानी लौट आए थे।

बाकी की जिन्दगी उन्होंने सारी रात जागते और गंगा नदी को रोज सुबह याद करते बिताई थी। नहाने के पानी की बाल्टी सामने रखकर पिताजी एक घंटे आँखें मींचे 'हर हर गंगे, हर हर गंगे' करते रहते। रामविलास समझता था कि दादाजी और दोनों चाचा पिताजी की इस आदत से बहुत चिढ़ते हैं। दादी कह भी देती, 'अच्छा, अब हो गया बहुत। चल नहा डाल अब।' माँ को दादी के ऐसा कहने से बहुत तकलीफ होती। पर वे कुछ कर नहीं पाती थीं। वे न पिताजी को ऐसा करने से रोक सकती थीं और न दादी को ऐसा कहने से।

हैमिल्टन साहब ने पिताजी को बहुत समझाने की कोशिश की थी कि एक बार फिर नए सिरे से शुरुआत करें, पर पिताजी का मन उखड़ गया था। वे ज्यादा से ज्यादा समय पूजा-पाठ और साधु-संग में बिताने लगे थे। माँ अब खुद चाहती थीं कि वे कलकत्ता चले जाएँ, पर उन्हें वैराग्य-सा हो गया था। वे न खुद कलकत्ता गए और न ही उन्होंने अपने दोनों छोटे भाइयों को वहाँ जाने दिया। किराने की दुकान खोलकर सारा परिवार जीवन-निर्वाह करने लगा था। एक विशाल हवेली चिनवाने का पिताजी का सपना उनके हृदय से निकलकर रामविलास के हृदय में कई परतों के नीचे दबता चला गया। कलकत्ता, बम्बई, कानपुर, हैदराबाद तक जाकर पैसे कमाकर आनेवालों की भिवानी में हवेलियाँ खड़ी होती गई थीं।

पिताजी कलकत्ते से आनेवाले हर जान-पहचान वाले से गंगाजल मँगवाते रहते। कुछ बूँदों से रोज आचमन करते। पर जीते-जी कलकत्ता लौटने की उन्होंने कभी नहीं सोची। बस, कलकत्ते को उन्होंने स्मृतियों में सदा बसाए रखा। वे कहते, 'कलकत्ता के सावन के आगे देस का सावन कुछ नहीं।' सावन की ऋतु आती—खेतों में हरी घास बिछ जाती। ऊँचे वृक्षों पर बड़े-बड़े झूले डाल दिये जाते। सावन के गीत घर-घर सुनाई देने लगते। पहली बारिश होने पर सब गाँव के बड़े जोहड़ (तालाब) पर जाते कि कितनी सीढ़ियाँ पानी में डूबीं। पर पिताजी कलकत्ते की वर्षा का ही राग अलापते। उन्हें गाँव की मामूली बारिश को नापने में कोई रुचि नहीं रह गई थी।

रामविलास ने कलकत्ते के सावन को देखा, लेकिन पिताजी और माँ के जीते-जी नहीं। माँ के मरने के एक साल बाद पिताजी की भी मृत्यु हो गई और उसी साल राजपूताने में उसी सदी का सबसे बड़ा अकाल पड़ा। छपनिया (विक्रम संवत् 1956 सौ छप्पन यानी 1899 ईस्वी) का अकाल। माँ और पिताजी का एक-एक कर उसे छोड़ जाना, किराने की दुकान का कारोबार अकाल के कारण ठप्प हो जाना और पत्नी का अपने बम्बई प्रवासी भाइयों के पास देखी हुई अंग्रेजी घड़ी और अंग्रेजी टॉर्च-बत्ती के लिए ललचाना—एक साथ ही रामविलास के परदेस जाने के बहुत सारे बानक बन गए थे।

खुद रामविलास के हृदय में बरसों पहले दफना हुआ पिता का सपना—एक बड़ी हवेली के निर्माण का सपना—बाहर निकलकर प्राणवान हो उठा था, लेकिन कैसे जाएगा वह—पत्नी, दस साल के इकलौते पुत्र, बाल-विधवा बहन चुनिया और इस देश की मिट्टी को छोड़कर ? पता नहीं, लोग कैसे मजबूत कलेजा करके परदेस चले जाते हैं !

पत्नी कहती, 'तुम्हें तुम्हारी माँ ने अपने जैसा ही कमजोर-दिल बनाकर रख दिया है। कहा ही गया है कि आदमी की उन्नति में छह बातें बाधक हैं—आलस, पत्नी-प्रेम, बीमारी, जन्मभूमि से लगाव, सन्तोष और कायरता। तुममें तो ये छहों गुण भरे हुए हैं। चालीस साल के होने को आए, कभी गाँव की लक्ष्मण-रेखा पार करके नहीं निकले। बम्बई चले जाओ, मेरे भाई काम का हिसाब बैठवा देंगे। इतनी मुश्किल से शादी के पन्द्रह साल बाद हमारे केदार जैसा बेटा हुआ। दस साल का होने आया। क्या उसका मन नहीं करता कि विलायती कपड़े पहने, विलायती घड़ी बाँधे ?'

अन्त में रामविलास ने जी कड़ा करके परदेस जाने की ठान ही ली, लेकिन बम्बई नहीं, वह कलकत्ता ही जाएगा। बचपन से कलकत्ता जाने की ही उसकी साध रही है। कभी न देखा हुआ वह शहर उसे अपना-सा लगता है। वह पिताजी की आँखों से फिर कलकत्ता देखेगा और फिर वहाँ गंगा नदी भी तो है !

पिताजी जानते थे कि उनकी बहू अपने पति को कमाने के लिए बम्बई भेजना चाहती है। उन्होंने मरने से पहले उसे कहा था, 'यदि अपना देस छोड़ना ही हो, तो बेटा, कलकत्ता ही जाना। वहाँ गंगा नदी है। कलकत्ता जैसा देश और कहीं नहीं है।' उन्होंने रामविलास को हैमिल्टन साहब के नाम लिखा हुआ एक पत्र भी ठिकाने सहित दिया था। रामविलास कलकत्ते ही जाएगा और जो काम पिताजी से नहीं हो सका, वह करके दिखाएगा।

रामविलास ने किराने की दुकान पर बैठते हुए 'टेलीग्राफ टीचर' पुस्तक के पूरे तीन सौ अंग्रेजी के शब्द याद कर लिये हैं, 'गो' माने जाना, 'कम' माने आना, 'बाई' माने खरीदो, 'सेल' माने बेचो। बाहर के शहरों से आनेवाले लोगों से उसने हमेशा मेलजोल रखा है। इससे उसे हर जगह के कारोबार का पता रहता है। उसकी दुकान लौटे हुए लोगों के लिए बैठने का अड्डा है। बदले में उसे तरह-तरह की जानकारियाँ मिलती रहती हैं। अब तो आग-पानी का इंजन भिवानी तक आ गया है। पिताजी की तरह रामविलास को दिल्ली तक ऊँट पर नहीं जाना है। यह पक्का है कि यदि अपना देस छोड़ना ही है तो वह कलकत्ते ही जाएगा। कलकत्ता—जहाँ गंगा है।

रामविलास जैसे-जैसे भिवानी से दूर जाता गया, छपनिया के अकाल की छाया से दूर होता गया था। रेल की खिड़की से बाहर देखते हुए उसने सोचा—यह धरती कितनी रंग-बिरंगी है ! कहीं बालू के धोरे ही धोरे हैं और कहीं हरियाली का गुँथा हुआ अनन्त प्रसार ! पीपल, बट, नीम, खेजड़ा, जाँट के वृक्षों, बेर की झाड़ियाँ और

बाजरे की साल में एक बार लहलहानेवाली फसलों की हरियाली और इस बारहमासी हरियाली के कहीं न टूटनेवाले फैलाव में कितना अन्तर है! लेकिन अन्तर सिर्फ धरती में ही नहीं है, अन्तर इस धरती के ऊपर फैले आकाश में भी उतना ही है। आकाश और आकाश का कितना अन्तर!

बंगाल की धरती पर घिरनेवाले अनगिनत रूपों-रंगों-छायाओं वाले बादलों को देखकर रामविलास का हृदय रेगिस्तानों में बादलों के लिए तरसनेवाले मोरों की तरह ही नाच उठा था। वह पिछले जन्म में मोर ही रहा होगा—उसने यह उस वक्त सोचा था और कलकत्ते में अपने 'वास' के छब्बीस सालों के अन्तिम दिन भी सोचा था। इस पृथ्वी से उसे विदा देने के लिए उस दिन भी आकाश ऐसे ही बादलों से भर गया था—घेर-घुमेर-घाघरे की तरह के बादलों से। एक के ऊपर एक तहवाले श्याम घन।

मरते समय उसके हृदय में यह जानकर हरख हुआ था कि केदार के न रहने से पुत्र-वियोग में सन्तप्त उसका हृदय अब भी बादलों को देखकर उसी तरह नाच सकता है। हर साल मानसून की पहली बारिश पर रामविलास ने अपने बचपन की 'घूघरी' की जगह दाल-बाटी-चूरमे का प्रसाद करवाया है। बारिश के आनन्द में उमगकर गंगा किनारे बैठकर उसने कँगलों को जलेबियाँ-कचौड़ियाँ बाँटी हैं। पूरे इक्कीस साल तक। सिर्फ अन्त के पाँच सालों में इकलौते बेटे केदार के मरने के साथ-साथ जब भाग्य लक्ष्मी भी रुठ गई थी, तब कहीं यह क्रम टूटा था। ये पाँच साल उसे बादल भी हरखा नहीं पाए थे, लेकिन तब गंगा की लहरों ने उसे बचाए रखा था। जिस गंगा में स्नान करने का क्रम 26 सालों में एक दिन भी कलकत्ते में रहते हुए उसने नहीं छोड़ा था—चाहे आधि-व्याधि ने घेरा हो या आँधी-तूफान ने रोका हो, उसने उसे अपने पुत्र की तरह गोद में लेकर उन पाँच सालों में अनवरत शान्ति-पाठ सुनाया था।

रामविलास हैमिल्टन साहब के नाम चिट्ठी लेकर जब कलकत्ते पहुँचा था तो अपने ही देश के भाइयों की उसी गद्दी ने उसे रहने-खाने का ठौर दिया था, जिसने चालीस साल पहले पिताजी को। रात के ग्यारह बजे ठिकाना पूछते-पूछते वह सेठ नाथूराम की गद्दी पहुँचा था।

अगले दिन सुबह-सुबह गंगाजल से सड़कों की धुलाई का दृश्य जब उसने देखा, तो देखता ही रह गया। इसी गंगाजल की बूँदों को पिताजी कितने जतन से रखते थे—बूँद-बूँद का हिसाब रखते थे। स्नान की बाल्टी में गंगाजल की बूँदें, आचमन के लिए बूँदें, 'हर हर गंगे', 'हर हर गंगे' का जाप। मरते समय गंगाजल पर टिकी उनकी दृष्टि—कहीं रामविलास उन्हें मुख में गंगाजल देना न भूल जाए। यहाँ तो शहर की सड़कों तक की गंगाजल से धुलाई होती है। कैसा अद्भुत शहर है! आदमी बूँद-बूँद गंगाजल के लिए तरसता है और यहाँ तो कण-कण में गंगा है।

रामविलास ने उसी सुबह गंगा में डुबकी लगाते हुए यह प्रतिज्ञा कर ली थी कि वह इसी भूमि पर रहेगा। यहीं बसेगा। यहीं अपने प्राण त्याग करेगा। देश में हवेली बनवाएगा जरूर—वह पिताजी का सपना था—लेकिन वह कभी इस शहर को नहीं छोड़ेगा। वह कलकत्ते में 'निर्वासन' का समय नहीं काटेगा, वह कलकत्ता 'वास' करेगा।

निर्वासन और वास! रामविलास के जिगरी दोस्त बसन्तलाल के दिल में बीकानेर के सरदारशहर के बालू धोले-धोले टीबड़े (टीले) और उजली निरमल रेत बसी हुई है :

मरुथर म्हारो देस, म्हाने प्यारा लागे जी
धोला-धोला टीबड़ा जी, उजली निरमल रेत
चमचम चमके चाँदनी में, ज्यूँ चाँदी रा खेत
म्हाने प्यारा लागे जी...

बसन्तलाल हर साल आश्विन और कार्तिक के दो महीने गाँव जाकर रहता है। 'खेतों की ककड़ियाँ और मतीरे मुझे बुला लेते हैं। बाजरों के सिट्टे जैसे मेरी बाट जोहते रहते हैं। जोहड़-तालाब पर दाल-बाटी की गोठ (पिकनिक) करने का जो आनन्द है, वह इस भीड़-भाड़ की नगरी में कहाँ!' बसन्तलाल कहता है। उसके लिए कलकत्ते में रहना एक सजा है, निर्वासन है। यहाँ तो बस पैसे जोड़ने हैं पाई-पाई करके।

'रामजी को चौदह बरस का वनवास मिला था, हमें न जाने कितने बरस का मिला है? जो भी है—चौदह बरस से तो एक दिन भी ऊपर मैं यहाँ नहीं रहूँगा। मेरी सजा की मोहलत जिस दिन पूरी हो जाएगी, उस दिन सारा कारोबार समेट लूँगा। घाटा हो या नफा।' बसन्तलाल कहता है।

रामविलास जानता है कि बसन्तलाल कभी उसकी तरह गंगा से प्रेम नहीं कर सकता। वह जैनी जो है। उसके लिए गंगा का अर्थ है—जीव-जन्तुओं का प्रवाह।

'न जाने कितने कीटाणु उस नदी में कुलबुलाते रहते हैं। कलकत्ते में पिछले सौ सालों में हैजे में मरनेवालों का ब्यौरा निकला था अखबार में। उसे देखो तो पता चलेगा। मुसलमानों से हिन्दू बहुत ज्यादा मरते हैं क्योंकि वे गंगा में नहाए बिना मानते नहीं।' बसन्तलाल उसे गंगा-स्नान करने से रोकने की कोशिश में जुटा रहता है।

बसन्तलाल के लिए सबसे खराब मौसम बारिश का मौसम है—कादो-कीचड़, बीमारियों-गन्दगी का मौसम। वह बादलों को देखकर बुझ जाता है। 'देस में बारिश कभी-कभार होती थी, तो अच्छी लगती थी। यह कोई मौसम है? हर समय बारिश। तुम्हें तो रामविलास, बंगाल के जादू ने पकड़ लिया है, वरना यह कोई रहने लायक जगह है? आँव और पेचिश की बीमारी का गढ़ है यह तो।'

बसन्तलाल का निर्वासन तिल-तिल कर बीतता है। रामविलास का कलकत्ता वास दिन-ब-दिन उसके सिर पर सचमुच जादू की तरह चढ़ता जाता है।

कभी-कभी रामविलास सुबह गंगा नहाकर वापस गद्दी नहीं जाता बल्कि वह हावड़ा पुल के नीचेवाले घाट की सीढ़ियों पर बैठ जाता है। वहाँ बैठकर वह फूलों के बाजार में बिकनेवाले हजारों फूलों को, मुद्गर लेकर कसरत करते युवकों को, 'उड़ियों' से ताल ठोंककर तेल-मालिश कराते लोगों को और गंगा में कपड़े धोते और डुबकी लगाते लोगों को बैठे-बैठे घंटों देखता है। वह देखता है कि हावड़ा पुल के उस पार नीमतला श्मशान से कभी-कभी जली हुई लकड़ियों की राख और फूलों की मालाएँ बहकर आती रहती हैं। कभी वह भी बस इतनी ही राख बचा रहेगा और इसी तरह नहाते लोगों के पास से तिरता हुआ महासमुद्र की ओर चला जाएगा। घाट पर धूनी रमाए साधुओं और फड़फड़ाते कबूतरों को बहते हुए गंगाजल के साथ देखना रामविलास को घंटों रमाए रखता है।

कई रविवार की शामों को रामविलास इस तरफ न आकर स्ट्रैंड रोड से होता हुआ प्रिंसेप घाट तक चला जाता है। वहाँ खड़े जहाजों के मस्तूलों को देखना उसे बहुत अच्छा लगता है। ग्वालियर रेजिमेंट के सिपाहियों की स्मृति में बने ग्वालियर मॉन्यूमेंट के पास, एक खास बिन्दु पर खड़े होकर गंगा के उस पार हावड़ा में डूबते सूरज को देखना उसे सिहरन से भर देता है। सूरज के साथ-साथ आकाश और गंगाजल भी एकदम गेरुए रंग में रँग जाते हैं। सूरज जब पूरी तरह छिप जाता है तो गेरुआ रंग गहरा होकर लाल हो जाता है। आकाश के नीले रंग में इतने तरह-तरह के हल्के-गहरे नीले रंग होते हैं, जिन्हें कोई गिन नहीं सकता। जब वह पीछे मुड़कर फोर्ट विलियम के बाहरी मैदान की हरियाली को देखता है, तो समझ नहीं पाता कि आकाश के नीले रंग के कारण धरती का हरा रंग अधिक मोहक है या धरती के हरे रंग के कारण आकाश की नीलिमा?

दो घोड़ों की फिटनों और बग्घियों में घूमते, खुद उसकी तरह ही दूर देश से आए गोरे बाशिन्दे भी उसे अपने से लगते हैं। उसके अन्दर भिवानी की बोली में कलकत्ते के बारे में सुनी हुई कहावत बज जाती है, 'चाँदी बरगे (जैसे) भात, सोने बरगी दाल, गिलौरी बरगे फलके (रोटी)। कलकत्ता सै जाना तो इस जहान सै जाना सै जी'। बसन्तलाल को कैसे नहीं पकड़ सका बंगाल का यह नीला-हरा जादू?—रामविलास आश्चर्य से सोचता है।

बसन्तलाल से रामविलास की दोस्ती हरिसन रोड के मोड़ पर रघु पनवाड़ी की दुकान पर हुई है। वे दोनों करीब-करीब साथ ही कलकत्ता आए हैं अपने-अपने देस से। बसन्तलाल उससे पन्द्रह साल छोटा है, लेकिन बातें ऐसे करता है जैसे कि सौ साल का हो! वह रघु से सुबह एक पान लेता है, लेकिन उसे पूरा एक साथ नहीं खाता। उसके छोटे-छोटे टुकड़े कर दिन भर चलाता है। मीलों पैदल चल लेगा, पर

ट्राम का एक धेला खरच नहीं करेगा। उसकी आँखों में ऐसी गम्भीरता है, जैसे गंगा नदी में। न जाने क्यों उसे पहली बार देखकर रामविलास को ऐसा लगा था, जैसे भीड़ में खोए हुए बच्चे को कोई अपना मिल जाए! वे दोनों काम की जुगत बैठाने में एक साथ लग गए थे।

कलकत्ता का बड़ाबाजार कम उम्र के छोकरों से लेकर ऐसे जवानों, प्रौढ़ों और बूढ़ों से भरा हुआ है, जो छोटी-मोटी नौकरी या दलाली की उम्मीद में खाक छान रहे हैं। रघु पानवाले की दुकान के सामने एक जवान पगला बैठा रहता है। वह राजपूताने के चुरू की तरफ का है और थोड़ी-बहुत अंग्रेजी भी बोल लेता है। वह और उसकी अंग्रेजी वहाँ से आने-जानेवालों और पान खाने के लिए रुकनेवालों के लिए हँसने का साधन है। बसन्तलाल को पहली बार रामविलास ने उसी पगले से बात करते हुए पाया था। बसन्तलाल बगल की दुकान से पगले के लिए दो कचौड़ियों का दोना लेकर आया था और उसे खिलाते हुए यह जानने की कोशिश कर रहा था कि उसके घर में कौन-कौन है और वह वापस अपने देस क्यों नहीं लौट जाता। रामविलास उसके पास जा खड़ा हुआ था। उसने देखा कि अचानक उस पागल ने गम्भीर होकर बसन्तलाल से कहा, 'मैं कलकत्ते से बिना कमाए घर वापस कैसे जाऊँ?'

उसी समय बसन्तलाल और रामविलास की आँखें मिल गई थीं और वही उनकी दोस्ती की शुरुआत थी। दोनों को एक-दूसरे की आँखों में एक जैसी पीड़ा, भय और घबराहट दिखाई पड़ी। बिना कमाए यहाँ से कोई कैसे घर लौट सकता है?

बसन्तलाल ने सरदारशहर की तरफ 'छपनिया के अकाल' की मार से भागकर आनेवाले काफिलों को देखा है—बैलगाड़ी में जुते बैलों के मर जाने पर अपने सूखे हुए पंजरों पर सामान की पोटलियाँ लटकाए ठठरियाँ।

'लोगों ने भूख के मारे कच्चा बाजरा या चना ही फाँक लिया। अपने बच्चे बेच डाले। कई जगह लाशों की कमर में अंटी में सिक्के बँधे हुए मिले। अनाज इतना महँगा हो गया था कि उसे खरीदने के लिए उन पैसों को खर्च करने के बजाय लोगों ने मौत को चुना। इतना मोल है पैसे का। कितने कष्ट से आता है पैसा! उसे यों ही कैसे गँवा दिया जाए?'

बसन्तलाल का गला क्यों भर्रा गया था यह कहते हुए?—रामविलास सोचता है। जरूर इसमें कहीं कोई पेंच है, कोई उसकी अपनी जिन्दगी से जुड़ा हुआ रहस्य। कौन था वह जिसकी कमर में पैसे बँधे रह गए और वह भूख से मर गया? क्या वाकई इतना मोल है पैसे का? आदमी की जान से भी ज्यादा?

एक-एक धेले की बचत करनेवाला बसन्तलाल तब क्यों उस पागल भिखारी को रघु की दुकान पर रोज कचौड़ी खिलाता है?—रामविलास समझ नहीं पाता—क्या वह किसी बात का प्रायश्चित्त कर रहा है?

हैमिल्टन साहब के नाम पिताजी की चिट्ठी रामविलास की जेब में बहुत दिनों तक पड़ी रही। उसने सोचा—पच्चीस साल गुजर गए, क्या हैमिल्टन साहब अब तक जिन्दा होंगे? जिन्दा होंगे भी तो विलायत लौट गए होंगे।—फिर एक दिन गद्दी में ही किसी के मुँह से हैमिल्टन साहब का नाम सुनकर रामविलास को लगा कि उसे हैमिल्टन साहब से जरूर मिलना चाहिए। अब तक कोई काम का हिसाब नहीं बैठ पाया। तभी उसे पता चला था कि जूट की दलाली करने की बड़ी कम्पनी है—हैमिल्टन एंड कम्पनी। सब कोई नाम से जानते हैं इस कम्पनी को।

चपरासी के हाथ पिताजी की चिट्ठी भेजते ही साहब ने उसे बुला लिया। साहब को देख रामविलास दंग रह गया था।—इतनी कम उम्र का साहब? क्या साहबों की उम्र कभी बढ़ती नहीं?—उसका आश्चर्य देखकर साहब मुस्कराया और आसानी से समझ में आनेवाली हिन्दुस्तानी में बोला था, 'मैं हैमिल्टन साहब का बेटा हूँ, लेकिन तुम निराश मत होओ। मरते समय मेरे पिता मुझे तुम्हारे पिता के बारे में कहकर गए हैं। तुम्हारे पिताजी ने उनकी जान बचाई थी। उन्हें बहुत अफसोस था कि वे तुम्हारे परिवार के लिए कुछ नहीं कर सके। मैं बता नहीं सकता कि मुझे कितनी खुशी है कि तुम कलकत्ता आ गए हो।'

रामविलास को उसी दिन हैमिल्टन साहब ने नौकरी पर रख लिया। 'अभी नौकरी करते हुए काम सीखो। धीरे-धीरे तुम्हारे काम का हिसाब बैठ जाएगा। लेकिन पहले बताओ कि क्या तुम कालीघाट हो आए हो?'

अंग्रेज साहब के मुँह से कालीघाट के बारे में सुनकर रामविलास दंग रह गया।

'यह कलिकाता है मेरे दोस्त—काली का देश। यहाँ आनेवाले को पहले काली की पूजा देनी पड़ती है। तुम्हारे पिता ने नहीं बताया तुम्हें? तुम्हारे पिता ही मेरे पिता की ओर से हर साल कालीघाट में पूजा करके आते थे।'

रामविलास के चेहरे पर आश्चर्य का भाव देखकर हैमिल्टन साहब उसे बताने लगे, 'ईस्ट इंडिया कम्पनी तक जुलूस लेकर गई थी कालीघाट। शुरू के दिनों में कम्पनी ने पाँच हजार रुपए भेंट चढ़ाकर माँ काली को धन्यवाद दिया था।'

रामविलास को याद आया कि पिताजी ने उसे कालीघाट जाने को कहा था, पर न जाने कैसे यह बात उसके दिमाग से बिलकुल निकल गई थी। कितनी अजीब बात है कि एक अंग्रेज उसे यह बात याद दिलाए! कितना शुभचिन्तक है यह आदमी उसका! रामविलास का हृदय भर आया। उसने देखा कि साहब की आँखों में भी कुछ लहरा और गहरा रहा है।

रामविलास कालीघाट गया था अगले ही दिन। बंगाली पंडित ने पूरे विधि-विधान से उसकी पूजा करवाई थी—फूल-पत्र, मंत्रोच्चारण के साथ। मारवाड़ी की पगड़ी दिखते ही बंगाली पंडितों का एक झुंड उस ओर लपक पड़ता है। रामविलास ने उनमें से उस बूढ़े पंडित को चुना था, जो हाथीपाँव होने के कारण

दोनों भारी-भारी पाँव लिये दूर खड़ा बड़ी-बड़ी आँखों से उसे ध्यान से देख रहा था। पूजा करवाने के बाद उसने रामविलास से पूछा, 'तुम्हारे पिता भी आए थे यहाँ पूजा करने।'

रामविलास ने आश्चर्य के साथ हामी भरी। यह पंडित कैसे जानता है? क्या पिताजी ने भी इसी पंडित को पूजा करवाने के लिए चुना था? सब कहते हैं कि उसकी शक्ल तो अपनी माँ से मिलती है। पंडित कैसे जान सकता है उसके पिता के बारे में?

'तुम भी अपने पिता की तरह बार-बार अपनी पगड़ी को हाथ लगाते हो और दोनों कान छूकर देवी को हाथ जोड़ते हो।'

रामविलास ने तभी जाना कि उसके पिता बहुत छोटी-छोटी आदतों में उसके अन्दर जिन्दा हैं।

'एक बार बहूबाजार में फिरंगी काली के यहाँ भी हो आना,' हाथीपाँववाले पंडित ने उसे कहा।

रामविलास की गद्दी में फिरंगी काली का मन्दिर कोई नहीं जानता। अजीब नाम है : फिरंगी काली? पूछते-पूछते रामविलास बहूबाजार में फिरंगी काली के छोटे-से मन्दिर तक पहुँच ही गया। 'श्रीमन्त डोम का मन्दिर'—नुक्कड़ के पानवाले से मन्दिर के बारे में यह सुनकर रामविलास ने सोचा कि वापस लौट जाए, पर उसकी हिम्मत नहीं हुई। हाथीपाँववाले पंडित के मुख से जैसे पिता ही आदेश दे रहे हों, ऐसा रामविलास को लगा था। नई जगह है—उसके लिए कितनी फलदायी होगी, कौन जानता है! कहीं कोई भूल-चूक न हो जाए!

'श्रीमन्त डोम यहाँ के लोगों का छोटी माता होने पर इलाज किया करता था। उसके इलाज से ठीक होनेवाली बहूबाजार की आधी क्रिस्तानी-आधी हिन्दुस्तानी औरतें यहाँ माँ काली को भेंट भेजती रहती थीं। उन फिरंगी औरतों के कारण ही इस काली का नाम पड़ गया 'फिरंगी काली'।' पानवाला पान लगाते-लगाते खुशी-खुशी रामविलास को बताता रहा था।

पिताजी यहाँ क्यों आए होंगे? क्या उन पर छोटी माता का प्रकोप हुआ था? —रामविलास का मन अन्दर-ही-अन्दर घुटता है। उसके साथ जो घट रहा है, उसके पुत्र को कैसे मालूम होगा? न जाने पिताजी ने कलकत्ते में क्या-क्या कष्ट भोगे थे? आदमी कितना कम जान पाता है—बहुत अपनों के बारे में भी! जीवन बस चलता जाता है—बहुत सारे सुखों-दुखों-कष्टों के साथ और इनी-गिनी बातें ही आदमी अपने से जुड़े लोगों को बता पाता है।

उसके पिता के देखे हुए कलकत्ते से अभी का कलकत्ता कितना बदल गया है—कौन जानता है! इसी तरह समय न जाने कितनी फेरबदल आगे कर देगा। अभी जिस नीम के पेड़ की छाया में शेयर खरीदने-बेचनेवाले इकट्ठे होते हैं, क्या पता,

उसका पुत्र यह पेड़ देखेगा भी या नहीं? मकान बदल जाएँगे, पेड़ उखड़ जाएँगे, लोग बदल जाएँगे और इसी धरती पर कहीं उनका नामोनिशान नहीं होगा।

जिस साल रामविलास के पिता कलकत्ता आए थे, उसके अगले ही साल कलकत्ते में ऐसा भयानक तूफान आया था जिसने सैकड़ों पक्के मकानों को ईंटों के ढेर में बदल डाला था और बड़ी-बड़ी इमारतों तक को झकझोर दिया था। पिताजी ने बताया था कि दोपहर में एक भयानक गर्जन की आवाज कहीं दूर सुनाई पड़ी थी और देखते-ही-देखते तूफान ने रास्ते के सारे गाँवों को उजाड़ते हुए कलकत्ते को अपनी चपेट में ले लिया। उत्तर कलकत्ता में चालीसों हजार खोला-बाड़ियाँ (बस्तियों में मिट्टी के घर) उजड़ गई थीं। पिताजी ने रामविलास को बताया था, 'उस समय मेरे मन में एक ही खयाल था कि किसी तरह जान बच जाए तो अगले ही दिन देस लौट जाऊँ।' सारे पितरों-कुलदेवताओं की उन्होंने मन्नतें मान डाली थीं जिन्हें एक महीने बाद दिवाली पर घर जाकर उन्होंने पूरा किया था। अगले दिन गंगा किनारे डूबे हुए जहाजों के मस्तूलों को देखते हुए मैदान की तरफ से वे चौरंगी रोड पर हैमिल्टन साहब को अपना निर्णय बताने गए थे।

मैदान में उखड़े हुए पेड़ों की कतारों और जगह-जगह मरी हुई चिड़ियों को देखकर उनका हृदय रामविलास की माँ के बारे में सोचकर भर आया था। न जाने किसको कहाँ किसके पास पहुँचना था और पहुँच नहीं पाया।

किन्तु हैमिल्टन साहब ने उस दिन उनका हाथ पकड़कर अपने पास ही बैठा लिया था और कहा था, 'मैं भी कल सारे समय यही सोचता रहा कि अगर आज जान बच गई तो कल ही अपने देश लौट जाऊँगा। अपनी बूढ़ी माँ के बारे में मैं सारे वक्त चिन्ता करता रहा, लेकिन हर आदमी को अपना काम पूरा करके ही लौटना होता है। न कहीं आना आसान है और न कहीं से जाना। तुम इतनी जल्दी हिम्मत कैसे हार सकते हो? मैं तुम्हें इस तरह जाने नहीं दूँगा।'

पिताजी को हैमिल्टन साहब ने बहुत-कुछ कह-सुनकर रोका था। वे जानते थे कि गंगा-स्नान पिताजी की कमजोरी है। इसलिए उन्होंने अन्त में पिताजी को गंगा का वास्ता देकर रोक लिया था।

रामविलास और छोटे हैमिल्टन साहब के बीच शुरू के दिन से एक ऐसा रिश्ता बनता गया था जिसे समझना दोनों के लिए जटिल था। हैमिल्टन साहब खुद चाहते थे कि वह सिर्फ उनके यहाँ नौकरी न करता रहे। उसकी तनख्वाह के चवन्नी हिस्से से वे उसके लिए शेयर खरीदकर रख रहे थे। पाट की तरह-तरह की किस्मों की जानकारी करने की रामविलास की पकड़ से वे बहुत खुश थे, 'तुम बहुत आगे जाओगे रामविलास, मैं जानता हूँ।'

हैमिल्टन साहब क्या उसे सिर्फ इसलिए चाहते हैं क्योंकि वे उनके पिता पर किए हुए अहसान का बदला चुकाना चाहते हैं?—यह प्रश्न रामविलास के मन में

जब-तब उठ जाता है। आदमी हर बात की तह तक जाना चाहता है। उसके बिना उसे चैन नहीं पड़ता। कभी-न-कभी वह हैमिल्टन साहब से इस प्रश्न का जवाब जरूर पूछकर जान लेगा। फिलहाल वह हैमिल्टन साहब को दिखा देना चाहता है कि वे उससे जो आशा कर रहे हैं, वह एक दिन भरोसा बन जाएगी।

सुबह से शाम तक ही नहीं, रात दस बजे तक रामविलास पाट के सौदों के लिए दौड़ता फिरता है। चितपुर-काशीपुर की पाट की गोदामों से डलहौजी तक कई चक्कर ट्राम-बसों में लग जाते हैं। फुरसत में वह हैमिल्टन साहब के कहने पर जूट एक्सचेंज में बैठकर अखबार पढ़ता है। हैमिल्टन साहब उसकी अंग्रेजी माँजने में भी मदद करते हैं। उसकी अंग्रेजी सीखने की क्षमता से वे बहुत चकित हैं। प्रसन्न भी।

हैमिल्टन साहब के ऑफिस में उनके एक अंग्रेज पार्टनर उसकी भाग-दौड़ और काम की लगन देखकर उसे हँसकर 'चार्ली' कहकर पुकारते हैं। न जाने यह चार्ली कौन है जिसकी शायद शक्ल या तौर-तरीके उससे मिलते-जुलते हैं? उसने हैमिल्टन साहब से पूछा था, लेकिन वे कुछ बताने के बजाय गम्भीर हो गए थे। न जाने उन्होंने अपने पार्टनर से क्या कहा कि उसने रामविलास को 'चार्ली' कहना बन्द कर दिया।

एक साल के अन्दर ही रामविलास स्वतन्त्र रूप से पाट की दलाली और साथ-साथ जूट-प्रेसों की भी दलाली करने लगा। तभी 'हैमिल्टन एंड कम्पनी' के लिए पाट की खरीदारी करनेवाले पुराने बंगाली सज्जन मित्रा बाबू की मृत्यु हो गई। हैमिल्टन साहब ने रामविलास को मित्रा बाबू की जगह अपनी कम्पनी का 'बेनियन' नियुक्त कर दिया।

अब उसकी जिन्दगी में वह मौका आया, जिसकी शुरुआत अद्‌भुत थी। कई व्यापारियों को खरीदवाए हुए पाट के एक बड़े सौदे में भयंकर आग लग गई। भयंकर लपलपाती आग की लपटों ने पाट के साथ उसकी उम्मीदों को भी भस्म कर डाला है, यह देख रामविलास सन्न रह गया था।

किस मुँह से लौटेगा देस? केदार की माँ के ताने सुनने, 'बाप की तरह ही कलकत्ता बेटे को भी नहीं फलापा?' कहाँ भूल हो गई उससे? उसने व्याकुल होकर माँ काली को याद किया, 'माँ काली, कलकत्तेवाली, तेरा वचन न जाए खाली।' कैसे होगा रुपयों का भुगतान? पाट का बीमा किया हुआ है, पर उससे व्यापारियों के रुपयों का भुगतान पूरा नहीं हो सकता। हैमिल्टन साहब भी आखिर क्या कर सकेंगे? क्या उसे भी पिताजी की तरह बैरंग देस लौट जाना होगा?

तभी बीमा कम्पनी के सर्वेयर मिस्टर बीडन ने उसे बुलाया। भविष्य में रुपए के वादे पर हैमिल्टन साहब ने उसे जले-अधजले पाट का सौदा मिस्टर बीडन से दिला दिया था। एक महीने तक दिन-रात मेहनत कर जले और गले की पाट की छँटाई कर, सुखाकर, गाँठ बँधवाकर रामविलास ने न केवल बीमा कम्पनी और

व्यापारियों के रुपए चुकता कर दिये थे, बल्कि दस हजार रुपए की आमदनी उस जले हुए पाट से कर ली थी। तब से बीमा कम्पनी के मिस्टर बीडन हर ऐसे मौके पर रामविलास को ही जले हुए पाट का सौदा देने लगे थे। दुर्भाग्य ही शक्ल बदलकर सौभाग्य बन गया था।

हैमिल्टन साहब को रामविलास ने कहा था, 'पिताजी की बात ठीक निकली। वे कहा करते थे कि दुख ही सुख की शक्ल ले सकता है, प्रेम ही नफरत की—ये सारे 'विपरीत' समय के फेर से एक-दूसरे में बदल जाते हैं।'

हैमिल्टन साहब ने दिलचस्पी से पूछा, 'कैसे?'

'देखिए साहब, हमें दुख भी उन्हीं बातों से होता है जिनसे हमें कभी सुख मिला था। अभाव उन्हीं चीजों का महसूस होता है जिनके प्रति कोई भाव रहा था। आदमी छटपटाता है इन विपरीतों के अन्तिम सिरों से मुक्त होने के लिए, पर आदमी की जिन्दगी की पकड़ बस इतनी ही है।'

न जाने क्यों हैमिल्टन साहब यह बात सुनकर गम्भीर हो गए थे।

रामविलास ने कलकत्ता आने के समय कभी पिताजी की तरह चाँदी-अफीम वगैरह का फाटका न करने का प्रण किया था, पर वह देख रहा है कि कलकत्ता फाटकेबाजों की नगरी है। पाट, अलसी, तीसी, सरसों, चाँदी-सोना, रुई और शेयरों का सट्टा तो जोर से चलता ही है, यहाँ तक कि बरसात के पानी का भी सट्टा चलता है। ऐसे 'रंगबाज' लोग तपती दुपहरी में भी ऊँची छतों पर चढ़कर आसमान में दूर से बादलों को देखकर बता देते हैं कि अमुक बादल कहाँ, कितना और कब बरसेगा। रामविलास की बादलों को देखने की आदत के कारण अक्सर लोग उसे भी बारिश का फाटकेबाज समझ लेते हैं। हैमिल्टन साहब के साथ-साथ शेयरों की खरीदारी का चस्का रामविलास को भी लग गया है।

रामविलास की कमाई के हिसाब पर हैमिल्टन साहब पूरी निगरानी रखते हैं। उन्हें उसके सारे मामलों में दिलचस्पी है। उसके लड़के केदार को कलकत्ते बुलाकर यहीं स्कूल में दाखिला करवाने की सलाह भी उन्होंने दी है। केदार भिवानी में पढ़ रहा है। एक बहुत अच्छे मास्टर से अंग्रेजी भी सीख रहा है। इसलिए रामविलास सोचता है कि उसे वहीं रहने दे—अपनी माँ के पास। एक बार कलकत्ते की हवा लग गई तो देस में रहना नहीं चाहेगा किसी तरह। फिर उसका झमेला—रहने का, खाने-पीने का। साहब लोगों को क्या मालूम—कलकत्ते में गृहस्थी बसाना कितना कठिन है मारवाड़ी लोगों के लिए! औरतें किसी तरह यहाँ रह नहीं पाएँगी। उनमें छुआछूत का विचार बहुत ज्यादा है। उसके दूर के रिश्ते के भाई ने अपनी माँ को साथ लेकर यहाँ गृहस्थी जमाने का इरादा किया था। पर माँ यहाँ दस दिन भी शान्ति से नहीं रह सकीं। वे कहतीं, 'यह कैसा शहर है, जहाँ टट्टी का हाथ धोने की मिट्टी के भी पैसे लगते हैं? मेहतर कमरे के सामने से

आता-जाता है ? और ये अशुद्ध पानीवाली कलें—इनका पानी पीने के काम में कैसे लिया जा सकता है ?'

गाँव की औरतें खुली जगहों में रहने के बाद यहाँ शहर में घुटन महसूस करती हैं। साहब लोगों की औरतों की तरह उन्हें कोई घूमने-फिरने की आजादी थोड़े ही मिली हुई है। रामविलास किसी अंग्रेज दम्पती को एक साथ बग्घी या मोटरकार में जाते हुए देखता है, तो देखता रह जाता है। क्या कभी वह इस तरह केदार की माँ को लेकर बाहर निकलने की सोच भी सकता है ? पूरा समाज थू-थू कर उठेगा। और तो और, खुद केदार की माँ कभी मुँह उघाड़े उसके साथ बाहर निकलने को तैयार नहीं होगी।

रामविलास मन-ही-मन बहुत सारे संकल्प करता है। वह केदार की बहू अलग तरह की लाएगा। एक बेबी ऑस्टिन गाड़ी खरीदेगा। उसमें केदार की बहू केदार के साथ घूमने जाएगी। कोई थू-थू करे तो करता रहे, वह किसी की परवाह नहीं करेगा।

उसके दोस्त बसन्तलाल के भाग्य से मक्खन से भरा छींका टूट चुका है। हैमिल्टन साहब ने ही उसके कहने पर बसन्तलाल को अपने एक मित्र की कम्पनी 'बर्ड एंड कम्पनी' में नौकरी दिलवा दी थी। उस कम्पनी के बेनियन कोई बड़े प्रभावशाली जैनी व्यक्ति थे। उन्होंने अपनी एकमात्र सन्तान—इकलौती बेटी के लिए बसन्तलाल को पसन्द कर लिया। वे बसन्तलाल के सुदर्शन रूप और बुद्धिपूर्ण बातों पर इस कदर मुग्ध हो गए कि उन्होंने उसकी हैसियत न देखकर उसे अपना जँवाई बना लिया। अब बसन्तलाल के ठाठ-बाट देखते ही बनते हैं।

'लगता है, उस पगले को कचौड़ियाँ खिलाने का पुण्य ही तुम्हारे काम आया है !' रामविलास ने उससे मजाक करते हुए कहा था।

तब बसन्तलाल ने उसे चकित करते हुए बताया कि उसने उस पगले को अपने फर्म में नौकर रख लिया है और वह एकदम ठीक-ठाक जिम्मेदारी से काम करने लगा है। आश्चर्य है यह दुनिया! कब और कैसे कोई कहाँ पहुँच जाएगा, कुछ पता नहीं चलता।

अंग्रेजों की नई सदी—बीसवीं सदी—की शुरुआत है और इस बात को लेकर भी उनमें जैसे एक नया उत्साह है। हैमिल्टन साहब रामविलास को कहते हैं, 'ऐसा लगता है, जैसे हमारी जाति इस सदी में एकदम नया कुछ कर डालने को उतावली हो—कुछ ऐसा, जो पिछली सदी में न हुआ हो।'

रामविलास को हँसी आती है साहब की इस बात पर, 'पृथ्वी तो साहब, वैसे ही घूम रही है सूरज के चारों तरफ। हिन्दुओं के लिए नई सदी तिरालीस साल बाद शुरू होगी। मुसलमानों के लिए कभी और। क्या फर्क पड़ता है ऐसी बातों से! फर्क पड़ता है तो बस यही कि आदमी की छटपटाहट बढ़ जाती है—मुझे यह करना है,

वह करना है। पाँच सालों में यह कर लेना है—दस सालों में वह कर लेना है। जिन्दगी को बाँट-बाँटकर जीने में बड़ा खतरा है।'

रामविलास की बातें साहब को बहुत अच्छी लगती हैं। वे इन दिनों अंग्रेजी में गीता और उपनिषद पढ़ रहे हैं।

'तुम लोगों के सोचने का तरीका कितना अलग है! हम लोग सचमुच बड़ी दौड़-भाग में लगे हैं। जल्दी-जल्दी यह पूरा करके वह शुरू करना चाहते हैं। इसी तरह दौड़ते-भागते अन्त में कहाँ पहुँचेंगे—कई बार सोचता हूँ।' साहब न जाने किस सोच में डूब जाते हैं!

रामविलास को लगता है कि वे अपनी बीमार माँ की चिन्ता कर रहे हैं, जो उनके पिता के मरने के बाद इंग्लैंड लौट गई हैं। शायद वे सोचते हैं कि ऐसे अकेले समय काटते-काटते माँ मर जाएगी और वे उसे कभी देख नहीं पाएँगे या फिर वे इंग्लैंड में पढ़ रहे अपने दोनों बच्चों के बारे में सोच रहे होंगे जो उनसे दूर बड़े हो रहे हैं या फिर वे खुद अपने और अपनी पत्नी के बारे में सोच रहे होंगे कि वे दोनों अपने बच्चों के किलकते-खिलते बचपन को नहीं देख सकते।

कितना लाचार है आदमी? रामविलास सोचता है—जीवन को किस तरह सही ढंग से बिताया जाए, समझ ही नहीं पाता। जो नहीं मिलता, उसके लिए तड़पता रहता है और जो मिला हुआ है, उसे छोड़ नहीं पाता। कहीं यह सब छोड़ जाने के बाद अफसोस ही हाथ न लगे—इसी भय से जहाँ-का-तहाँ टिका रहता है।

रामविलास साहब के पास हर रविवार को दोपहर उनके घर जाने लगा है। इस तरह अंग्रेजों के साथ हिन्दुस्तानियों के सम्बन्ध बहुत कम हैं। बहुत पैसेवाले हिन्दुस्तानी अंग्रेजों की पार्टियों में उनके घर आमंत्रित होते हैं, पर मालिक-नौकर का सम्बन्ध रखनेवालों में ऐसा नहीं होता। तो क्या हैमिल्टन साहब उसे अपना मित्र समझते हैं—बार-बार रामविलास के मन में यह सवाल उठता है। वे उससे उसकी हर बात जानना क्यों चाहते हैं? क्यों इतनी दिलचस्पी है उसमें उनकी? हर मुद्दे पर वे उसकी राय भी जानना चाहते हैं। उसके दोस्त बसन्तलाल के बारे में भी वे पूरी खबर रखना चाहते हैं।

बसन्तलाल के ससुर ने अफीम के फाटके में लाखों रुपए कमा लिये हैं और उसमें से एक बड़ी रकम उन्होंने लेडी डफरिन अस्पताल के लिए दान देकर 'रायबहादुर' का खिताब हासिल कर लिया है। लॉर्ड कर्जन 'गवर्नर हाउस' के निर्माण के सौ साल पूरे होने के उपलक्ष्य में एक बड़ा उत्सव करने जा रहे हैं, जिसमें शहर के बड़े-बड़े देसी सेठ-साहूकार भी आमंत्रित किए जाएँगे। उसमें बसन्तलाल भी अपने ससुर के साथ जाएगा। उसके लिए खास तौर पर इसलिए कपड़े सिलवाए गए हैं।

कलकत्ते में 'चपकन' पार्टी का बोलबाला है। धोती पहनना छोड़कर अब काली या सफेद चुस्त पैंट, काली चपकन के साथ पहनी जा रही है जो अँगरखे का

ही बदला हुआ रूप है। इस चपकन-कोट की ऊपरी जेब में एक सोने की मोटी चेन लटकती रहती है और इस चेन के अन्तिम छोर पर जेबी घड़ी ऊपर बाएँ जेब में बन्द रहती है। नीचे अंग्रेज, ऊपर हिन्दुस्तानी। बसन्तलाल के लिए विलायती 'ग्लासकिड' जूते मँगवाए गए हैं, रामविलास के स्वर में बहुत रोकने के बावजूद ईर्ष्या का पुट घुस ही जाता है।

'तुम्हारे लिए भी मँगवा दूँ?' हैमिल्टन साहब हँसकर पूछते हैं।

साहब के इस प्रश्न का जवाब देने से बचने के लिए रामविलास चपकन पार्टी के बारे में उन्हें बताने लगता है, ' 'चपकन पार्टी' वालों के मन में मारवाड़ी समाज का नेतृत्व करने की हौंस है। वैसे स्कूल और अस्पताल को लेकर उनके मन में मारवाड़ी जाति की बहुत-सी योजनाएँ हैं, लेकिन हैं वे कट्टर सनातनी। दूसरी तरफ सुधारकों का जोर बढ़ रहा है और चपकनिया पार्टी से उनका झगड़ा चलता है।'

हैमिल्टन साहब रामविलास से पूछते हैं कि वह किस तरफ है? रामविलास मुस्कराता है। उसके मन में एक सपना है कि वह सुधारकों की लड़की से केदार की शादी करे—बेबी ऑस्टिन गाड़ी में साथ घूमते बेटे-बहू की कल्पना से जुड़ा यह सपना।

सनातनी लोग व्याख्यान-वाचस्पति दीनदयालजी को कलकत्ता बुलाते रहते हैं। मालवीयजी महाराज भी कई बार आ चुके हैं। रामविलास ने सबको सुना है पर उसे लगता है कि सुधारकों की बातें जमाने की हवा के साथ हैं। 'और हाँ, आर्यसमाजियों का भी एक गुट कलकत्ते में सक्रिय है और उसे भी सुधारकों के साथ गिन लिया जाता है। आर्यसमाज के नाम से अधिकतर लोग चिढ़ते हैं। उनसे शादी-ब्याह तक नहीं करना चाहते—सनातनियों को जैसे डर है कि कहीं आर्यसमाज की छूत उन्हें लग न जाए।' रामविलास हैमिल्टन साहब को बताता है।

'और तुम क्या सोचते हो आर्यसमाजियों के बारे में?' हैमिल्टन साहब हर बात की तरह रामविलास की धारणा जानना चाहते हैं।

रामविलास इस प्रश्न पर गम्भीर होकर कहता है, 'आर्यसमाजियों का यज्ञ-हवन-सन्ध्या—यह सब सुन्दर और पवित्र है, पर मेरी आँखों में कृष्ण-राधा का रूप बसा है। उसके बिना मेरे लिए कोई धर्म नहीं है। आर्यसमाजियों की बातें ठीक हैं, लेकिन जिन वेदों-उपनिषदों की वे पूजा करते हैं, उनकी रक्षा उन्हीं मन्दिरों और मन्दिरों की मूर्तियों के कारण बनी हुई है, जिनसे उन्हें परहेज है। 'कृष्ण' कहते ही मेरे मन में कृष्ण के तरह-तरह के रूप सामने आ जाते हैं : माखन चोर कृष्ण, बाँसुरी बजाते कृष्ण, राधा के साथ रास करते कृष्ण और अर्जुन को उपदेश देते कृष्ण। यह एक ऐसा संस्कार है जिसकी जड़ें मेरे अन्दर कितनी पीढ़ियों पीछे कहाँ तक फैली हैं, मैं खुद नहीं जानता। तब मैं उसे क्यों छोड़ूँ? उस रूप को?'

रामविलास को हैरत होती है कि हैमिल्टन साहब उसकी सारी बातें कैसे समझ लेते हैं। आखिर वे कोई हिन्दू या मुसलमान तो हैं नहीं, जिसकी पीढ़ियाँ-दर-पीढ़ियाँ यहाँ की मिट्टी में पली हों।

'मुझे लगता है कि आप पिछले जन्म में हिन्दू रहे होंगे। इसीलिए इतनी दूर देश से यहाँ की मिट्टी आपको खींच लाई है।'

रामविलास की बात पर हैमिल्टन साहब सचमुच गम्भीर होकर हामी भरते हैं।

रामविलास को साहब के व्यवहार में कई बार कुछ बहुत अजीब-अजीब-सा लगता है। कभी वे बिलकुल अनमने हो जाते हैं अचानक। उसे कई बार लगता है कि कोई ऐसी बात उनके मन में है जो वे उसे बता डालना चाहते हैं, पर बता नहीं पाते। उस दिन संयोग से हैमिल्टन साहब के पिछले जन्म में हिन्दू होने की बात से रामविलास उस रहस्य को जान पाया था, जिसने हैमिल्टन साहब के बारे में कई गुत्थियाँ सुलझा दी थीं।

'मैं तुम्हें अपने बारे में एक ऐसी बात बताना चाहता हूँ, जो मेरे और मेरी माँ के सिवाय, जो इंग्लैंड में है, कोई नहीं जानता। किसी को जानने का हक भी नहीं, पर मैं तुम्हें बताना चाहता हूँ। क्या मैं तुम पर भरोसा कर सकता हूँ?' हैमिल्टन साहब ने उनकी आँखों में आँखें डालकर पूछा।

'आप पूरी तरह कर सकते हैं।' रामविलास ने कह तो दिया, पर उसका दिल धक-धक कर रहा था। क्या इस बात का सम्बन्ध उसके पिता से भी है? उसके मन में ऐसा खयाल आया। हैमिल्टन साहब आखिर उसके साथ इतना अपनापन क्यों रखते हैं? यह बात वह सैकड़ों बार सोच चुका है।

'यह बात मैं तुम्हें क्यों बताना चाहता हूँ, इसकी वजह है। तुम्हें बहुत अपना मानने में इस बात से रुकावट होती है कि तुम मेरे बारे में इतनी बड़ी सच्चाई नहीं जानते। यदि मैं तुम्हें अपना मित्र मानता हूँ तो मुझे तुम पर यह सच्चाई जाहिर कर देनी चाहिए। इससे शायद मुझे शान्ति मिले। तुम लोगों का यह 'शान्ति' शब्द बहुत अच्छा है। मैं चाहता हूँ कि हम अपने सारे अन्तरों के बावजूद सच्चे मित्र हों। साथ ही मैं तुम्हारे पिता के अहसानों से भी काफी हद तक मुक्त हो सकूँगा।'

हैमिल्टन साहब की बातें उसे कहाँ ले जा रही हैं, रामविलास यह सोचकर चकरा रहा था। 'कहिए साहब, जल्दी कहिए, मैं अब और सब्र नहीं कर सकता।' उसने कहा।

'साहब नहीं रामविलास, आज से तुम मुझे जॉन कहोगे। अपने मित्र को कोई साहब नहीं कहता।' हैमिल्टन साहब स्नेह भरी आँखों से उसे देख रहे थे।

कितनी अजीब बात है—रामविलास ने सोचा—आदमी सारी दूरियों को पार कर कैसे एक हो जाता है? एक तरफ लॉर्ड कर्जन के बंग-भंग को लेकर अंग्रेजों

के प्रति सब जगह नफरत का ज्वार उठ रहा है और कहाँ इस कदर अपनापन? ऐसा स्नेह उसे अपने सगे भाई से भी मिल सकता था, इस पर उसे सन्देह है।

'मैं आधा हिन्दू ही हूँ रामविलास। मेरी माँ एक हिन्दू औरत थी। वह बहूबाजार में फिरंगी काली के मन्दिर के पास रहती थी। मेरी इंग्लैंडवाली माँ ने मुझे गोद लिया था। शायद बेमन से ही। मेरे पिता की इच्छा को उसने नहीं टाला और यह क्या कम बड़ी बात है?' हैमिल्टन साहब बोलते-बोलते रुक गए थे।

रामविलास स्तम्भित था। पिताजी फिरंगी काली मन्दिर जाते थे, उसे यह संयोग से कालीघाट के पंडित से पता चल गया था। क्या इतिहास कभी मरता नहीं? क्या वह बार-बार जीवित होकर अपनी रूपरेखा खुद बना देता है? पिताजी के कलकत्ता-प्रवास के बारे में न जाने कितनी बातें उसे मालूम चलेंगी। ऐसी बातें, जो पिताजी ने उसे कभी नहीं बताईं। शायद माँ को भी नहीं बताईं। हैमिल्टन साहब की माँ से पिताजी के क्या सम्बन्ध थे? रामविलास को लग रहा था कि वह बिना सुने ही सच को भाँप रहा है।

'मेरी माँ को मेरे पिताजी से मिलानेवाले तुम्हारे पिता ही थे। कलकत्ते में उन दिनों प्लेग फैला था, जिसमें मेरे नाना-नानी दोनों मर गए। मेरी माँ अनाथ हो गई थी। तुम्हारे पिता को वह गंगा-स्नान कर लौटते समय श्मशान घाट के बाहर सुबह-सुबह रोती हुई मिली थी। तुम्हारे पिता द्रवित होकर उसे हैमिल्टन साहब—मेरे पिता के पास ले आए थे, जो उनकी कोई बात टाल नहीं सकते थे। मेरे पिता ने अपने पुराने मकान में उनके रहने की व्यवस्था कर दी थी। किन्तु मेरी माँ को सहारा देते-देते कब मेरे पिता उनके सहारे हो गए, यह किसी को पता नहीं चला। मेरी इंग्लैंडवासी माँ के कड़े स्वभाव और हिन्दुस्तान के मौसम से नफरत के कारण शायद मेरे पिता बहुत अकेले थे। माँ के अद्‌भुत रूप-लावण्य के साथ-साथ सरल स्नेहिल स्वभाव ने पिता को बाँध लिया। तुम्हारे पिता उन दोनों के बीच की कड़ी थे और उन्होंने इस रिश्ते को मेरी माँ के जीवन के अन्तिम दिन तक निभाया।'

रामविलास हैमिल्टन साहब की बात सुनते-सुनते तरह-तरह के अनुमान लगाने लगा—क्या पिताजी के कलकत्ता छोड़ जाने और वैरागी-सा बन जाने का व्यापार में घाटे के अलावा भी कोई कारण था? 'क्या नाम था आपकी माँ का?' रामविलास पूछता है। एक बेकार, बेतुका-सा प्रश्न।

'जयन्ती।'

साहब का उत्तर रामविलास को चौंका देता है। पिता की नित्य पूजा के स्वर उसके कानों में गूँजते हैं : 'ओम् जयन्ती मंगला काली भद्रकाली कपालिनी। दुर्गा क्षमा शिवा धात्री स्वाहा स्वधा नमोस्तुते।' कई बार 'जयन्ती' बोलकर रुक जाना उसे याद आता है। तो क्या इस मंत्र के पीछे भी कोई स्मृति थी? हो भी सकती है, नहीं भी। बेकार-से खयाल, जिसका न सिर है, न पैर।

'तुम्हारे पिता भी मेरी माँ को बहुत मानते रहे होंगे, वरना उन्होंने जितना माँ के लिए किया, कोई कर नहीं सकता। मैंने पिताजी की डायरी में तुम्हारे पिता के बारे में यह बात लिखी हुई पढ़ी है।'

हैमिल्टन साहब की बातों से रामविलास का दिल दुखता है। दुखता ही चला जाता है। क्यों? अपने पिता के कष्टों के लिए? अपनी माँ बिमली के कष्टों के लिए?

'जब से मैं पैदा हुआ, मेरे पिता मेरे भविष्य की सोचकर बहुत मानसिक तकलीफ में रहने लगे। आधे हिन्दुस्तानी और आधे अंग्रेज बच्चे की क्या जिन्दगी होती है—वे देख सकते थे। वह न इधर का होता है, न उधर का। काला-फिरंगी, यूरेशियन जैसे नामों से लेकर उन्हें मजाक में 'ची-ची' और न जाने क्या-क्या कहा जाता है—दोगला, बास्टर्ड। कोई यूरोपियन लड़की किसी यूरेशियन (इंग्लो-इंडियन) से शादी करने को तैयार नहीं होती। अलबत्ता कुछ तंगहाल यूरोपियन यूरेशियन लड़कियों से यूरोपियन पिताओं से मिली सम्पत्ति के लालच में जरूर शादी रचा लेते थे। पिताजी ने अन्त में स्थिति को बरदाश्त न कर पाने के कारण इंग्लैंडवासी माँ को मेरी पैदाइश का राज बताकर उनसे गुजारिश की कि वे मुझे अपना लें। वे खुद निस्सन्तान थीं। बहुत रोने-धोने के बाद उन्होंने इस शर्त पर यह बात स्वीकार कर ली कि वे मेरी माँ से मिलने कभी नहीं जाएँगे। मेरी माँ के दूधिया रंग के कारण संयोग से मैं बिलकुल अंग्रेज ही लगता था। पूरे डेढ़ साल मिसेज हैमिल्टन को दार्जिलिंग में रखकर उनके गर्भवती होने का नाटक रचाकर मैं इस घर में लाया गया, जिससे किसी को यह शक न हो कि मुझमें मिश्रित रक्त है।' हैमिल्टन साहब चुप हो गए थे और रामविलास के चेहरे पर आते-जाते रंगों को देख रहे थे।

रामविलास ने सूखते हुए होंठों को तर करके पूछा, 'और आपकी अपनी माँ का क्या हुआ?'

हैमिल्टन साहब एकदम बुझ गए।

'माँ ने मेरे भले के लिए मुझे दे तो दिया पर वह मुझसे और पिताजी से बिछुड़ना सहन नहीं कर सकी। उसने बिस्तर पकड़ लिया, लेकिन फिर भी वह पाँच साल तक जिन्दा रही। तुम्हारे पिता मुझे उनसे कई बार मिलाने ले गए। उन्होंने कलकत्ता छोड़ने के पहले मेरे पिता से दो वचन लिये—वे मुझे ये सारी बातें बताएँगे और मैं अपनी माँ का श्राद्ध करूँगा।'

स्त्री-पुरुष और इनके बीच आदिम आकर्षण—इस कहानी में नया क्या है? —रामविलास इस प्रश्न से जूझता है। पर कोई उत्तर नहीं। नया शायद इतना ही होता है कि पात्र बदल जाते हैं। उसने अखबार में पढ़ा है कि इस वक्त कलकत्ते में सोलह हजार यूरेशियन हैं, जबकि अंग्रेजों की संख्या उनसे दो हजार कम है यानी चौदह हजार है। इस सारे सोलह हजार मिश्रित खून के लोगों के पीछे ऐसी ही तरह-तरह

की कहानियाँ होंगी—किसी की माँ हिन्दू रही होगी, किसी की मुसलमान। ऐसे जोड़ों के बीच आपस में कैसे सम्बन्ध होते होंगे?

उत्तर कलकत्ता के 'काले शहर' और दक्षिण कलकत्ता के 'गोरे शहर' के बीच ये यूरेशियन लोग रहते हैं—बीच का बहूबाजार और चौरंगी के पिछवाड़े का इलाका ऐसी ही औरतों से भरा है जिनके पास अंग्रेजों की छोड़ी हुई जमीन-जायदाद-संपत्ति है। अधिकृतर रेल, टेलिग्राफ, छोटे-मोटे कारखानों में इनकी सन्तानें काम करती हैं, लेकिन हैमिल्टन साहब की तरह या सौ साल पहले हुए डिरोजियो नाम के यूरेशियन की तरह इनमें से कितनों को हिन्दुस्तान से कोई लगाव होगा? रामविलास को इतना ही मालूम है कि ये लोग किसी तरह अपने खून के कालेपन से पूरी तरह मुक्त हो जाना चाहते हैं।

ठीक ही है!—रामविलास सोचता है—यदि हमारा कोई बहुत मामूली या गरीब रिश्तेदार हो तो हम उसका कहाँ जिक्र करते रहते हैं? बड़े हैमिल्टन साहब ने कितने यत्न से अपने बेटे के आधे हिन्दूपन को छुपाया है और बेटे ने?—रामविलास गौर से जॉन हैमिल्टन के उतरे चेहरे को देखता है।

उस चेहरे को देखते हुए रामविलास अचानक अपने दिल में कुछ उमड़ता महसूस करता है। वह ऐसा कुछ कहना चाहता है कि दोनों के बीच घिर आए बोझिलपन को हल्का कर सके। वह मुस्कराता है, 'तो कहिए जॉन लालाजी—हमारे यहाँ छोटे भाई या बेटे को प्रेम से लाला भी कहते हैं—आप मुझे अपना रहस्य बताकर हल्के हुए या नहीं? देखिए लालाजी, आप आधे हिन्दुस्तानी हैं, इससे आप मुझे ज्यादा अपने लगते हैं। आपके लिए तो अच्छा ही है—आप हिन्दुस्तानियों से भी प्रेम कीजिए और अंग्रेजों से भी। आपके सभी अपने हो गए न? इसमें तो आपको लाभ ही है।

'रही बात रहस्य को रहस्य रहने देने की, तो हमारे यहाँ एक कहावत है—गड़े मुर्दे नहीं उखाड़ने चाहिए और हिन्दू लोग तो मुर्दों को जलाकर हवा ही कर देते हैं ताकि आप चाहकर भी उन्हें उखाड़ न सकें। क्या फर्क पड़ता है किसी को आपके रहस्य से? जो आपका रूप है सबके सामने, वही रहे। इसमें आपका अपने आपसे झगड़ा कैसा? और माँ का श्राद्ध करना तो अपने जीते-जी उसकी स्मृति को जिलाए रखना है। माँ का साथ आपके भाग्य में उतना ही लिखा होगा। हमारे कृष्ण अपनी माँ देवकी के पास कितना रह पाए थे?' रामविलास साहब के उतरे हुए चेहरे पर अपने शब्दों के प्रभाव से मुस्कराहट का धीमे-धीमे उगना देखता है।

उस दिन के बाद कलकत्ते में अगले सोलह सालों की जिन्दगी—बंग-भंग से लेकर इकलौते बेटे केदार की मौत तक की जिन्दगी—रामविलास के लिए पहाड़ों से उतरती गंगा की तरह रास्ते की सब बाधाओं को हटाते-तोड़ते उद्दाम प्रवाह की तरह गुजरी थी। छोटे हैमिल्टन साहब उर्फ लालाजी जैसे शिव की तरह अपना वरदहस्त फैलाए उसके पीछे खड़े थे। उसके जीवन के हर मोड़ का निर्णय हैमिल्टन

साहब ने लिया था। अपने व्यापार की दिनोंदिन बढ़ोतरी का नशा रामविलास के दिमाग पर इस कदर चढ़ गया था कि व्यापार और हैमिल्टन साहब के अलावा उसे कुछ सूझता ही नहीं था।

बंग-भंग के विरुद्ध आन्दोलन के दिन थे। पन्द्रहवर्षीय पुत्र केदार के कलकत्ते के टाउनहॉल में लॉर्ड कर्जन के खिलाफ हुई विराट जनसभा में शामिल होने से रामविलास घबड़ा गया था। तब हैमिल्टन साहब के कहने पर ही उसने केदार को कलकत्ते से एक तरह से निष्कासित कर भिवानी भेज दिया था—कम-से-कम अपने जीवन और व्यापार से तो परे कर ही दिया था।

चौदह साल बाद केदार की मृत्यु जब कलकत्ते में हुई, उन दिनों भी वह किसी हिन्दी पत्र के सम्पादक से मिलने कलकत्ता आया हुआ था। तब रामविलास ने उसे 'मारवाड़ी-सुधार' नाम के पत्र में बड़ी उम्र के विधुर मारवाड़ी पुरुषों के अपने से बीस-तीस साल छोटी लड़कियों से विवाह के खिलाफ 'विक्रय विवाह' शीर्षक से लेख लिखने के लिए बहुत फटकारा था। इस लेख का सीधा हमला उसके मित्र बसन्तलाल पर था।

बंग-भंग के समय रामविलास के भिवानी के पुराने मित्र, 'भारतमित्र' अखबार के सम्पादक, बालमुकुन्द गुप्त के लेखों पर मुग्ध होकर केदार ने उनसे मिलने आने की जिद की थी। तभी रामविलास को खटका हो गया था कि इस लड़के ने अपनी पटरी बदल ली है और यह व्यापार नहीं कर सकेगा। अपने साथ एक ही मदरसे में पढ़नेवाले बालमुकुन्द गुप्त के अखबार को मँगवाकर रामविलास उसके लॉर्ड कर्जन के खिलाफ लिखे 'शिवशुंभू के चिट्ठे' पढ़ गया था। उसके लिए यह जानना बहुत जरूरी था कि केदार किन चीजों की ओर झुक रहा है।

केदार की चिट्ठियों के अन्त में 'वन्दे मातरम्' लिखने की खतरनाक आदत के कारण पूरे चौदह वर्षों तक रामविलास भिवानी से आनेवाली सारी चिट्ठियाँ फाड़ता गया था। बाद में केदार जब नहीं रहा तो वह बहुत तरसा कि उसकी चिट्ठियों को ही रखा होता तो कम-से-कम उसके अक्षरों को तो देख पाता।

हैमिल्टन साहब ने ही उसे उन दिनों सुझाया था, 'इस लड़के को तुम बदल नहीं सकोगे। जब वह पहली बार मुझसे मिलने आया था, तो उसकी आँखों में मेरे प्रति जैसी नफरत थी, वैसी मैंने किसी की आँखों में आज तक नहीं देखी। बेहतर यही होगा कि तुम उससे न उलझो। वह जो करना चाहता है, लिखना-पढ़ना या अंट-शंट लेख लिखना—उसे करते जाने दो। तुम ज्यादा रोकने की चेष्टा करोगे तो वह 'टेररिस्ट' बन जाएगा। अभी तो तुम्हें भिवानी में हवेली बनवानी है। तुम पूरी तरह स्वस्थ हो। तुम्हें लड़के की मदद की क्या जरूरत? लड़के का ब्याह करवा दो और उसे भिवानी में वह सब करने दो, जो वह करना चाहे। तुम कलकत्ते में अपना काम करो।'

हैमिल्टन साहब की बातें रामविलास को बहुत जँची थीं।—खुद ही सही रास्ते पर आ जाएगा, जब पत्नी-बच्चों का बोझ पड़ेगा। उसे सुधारने का मेरे पास वक्त कहाँ? ठीक ही है, ज्यादा टोकूँगा, तो कहीं बन्दूक-बम के चक्कर में न पड़ जाए! कलकत्ते में रहेगा, तो यह खतरा भी बना रहेगा। यहाँ गली-गली में बम बन रहे हैं। बंगालियों का माथा 'भारतमाता, भारतमाता' करते एकदम खराब हो गया है। यहाँ केदार कब किसके चक्कर में पड़ जाए, क्या मालूम!

रामविलास ने मन-ही-मन भविष्य की योजना तय कर ली थी—खरीदे ढेर-ढेर किताबें, पढ़ता रहे, मुझे क्या!—उसने केदार की अंग्रेजी किताबों की एक सूची टाँककर हैमिल्टन साहब को उनके कहने पर दिखा दी थी और हिन्दी की पत्र-पत्रिकाओं और किताबों को खुद ही उलट-पुलटकर देख लिया था। हैमिल्टन साहब ने ही उसे बताया था कि इनमें से कम-से-कम दो किताबें—टॉल्स्टॉय की 'वार एंड पीस' और जेप्रो ब्राउन नामक लेखक की एक किताब—पुलिस कलकत्ता विश्वविद्यालय के विद्यार्थियों से जब्त कर रही है।

'शायद भिवानी में इसकी दोस्ती किसी टेररिस्ट से या उनसे सहानुभूति रखनेवालों में किसी व्यक्ति से हो गई है। जहाँ तक मैं समझता हूँ, यह लड़का ये सब किताबें उसी के लिए ले जा रहा है। तुम चिन्ता मत करो, यहाँ के पुलिस कमिश्नर से मेरी बचपन की दोस्ती है। वह भिवानी के कमिश्नर को चिट्ठी लिखकर तुम्हारे बेटे के गुरु को वहाँ से हटवा देगा। तुम केदार को बस इतना समझाओ कि वह राजनीतिक मामलों में न पड़कर समाज-सेवा करे : बल्कि उसे एक पुस्तकालय खोलने के लिए पैसे दे दो। नदी की धारा को उसके रास्ते से हटा नहीं सकते, पर उसे मोड़ना बहुत मुश्किल काम नहीं है।'

हैमिल्टन साहब की सारी बातें सही निकलीं। केदार के विद्रोह का रुख मोड़ना बहुत सहज रूप से हुआ और उसके अंग्रेजी के अध्यापक को भिवानी से हटवा देना इसमें बहुत मददगार सिद्ध हुआ था। हैमिल्टन साहब के कहने पर ही केदार को रामविलास ने भिवानी के आसपास मारवाड़ी स्कूल की चार शाखाएँ खोलने के लिए अपने व्यवसाय के मुनाफे से निकाले हुए धर्मादे की लम्बी रकम दी थी। महिला शिल्पाश्रम चलाने के लिए केदार को पैसा दिया था ताकि विधवा और निराश्रित औरतों को रुई कात पर पूनी बनाने के लिए चार गुनी मजूरी दी जा सके। अपनी बाल विधवा बहन चुन्नी के लिए केदार की इच्छा पर उसने एक लम्बी रकम जमा करवाई थी, जिसके सूद से वह अपनी मनमर्जी के मुताबिक दान-पुण्य कर सके।

इतना करने के बावजूद जब केदार ने 1911 में इंग्लैंड के सम्राट जॉर्ज पंचम के दरबार के उत्सव को देखने जाने पर अपने पिता रामविलास को धिक्कारते हुए कड़ी चिट्ठी लिखी थी, तो उस दिन पहली बार वह हैमिल्टन साहब के सामने

पागल हो गया था, 'देखिए, क्या लिखा है उस पाजी नकमहराम ने मुझे, अपने बाप को—आप अंग्रेजों के जूते चाटनेवाले टोडी बच्चों की गिनती में शामिल हो गए हैं, जानकर मुझे अपने-आप पर शर्म आती है। —शर्म आती है तो डूब मरो। शर्म तो तुम्हें इस बात पर आनी चाहिए कि जिस बाप के मुफ्त पैसों को बाँट-बाँटकर तुम इतना नाम कमा रहे हो, उसकी साख तुम्हारे कारण कभी भी मिट्टी में मिल सकती है। वह चिट्ठी में मुझे लिखता है—वन्दे मातरम्! जानबूझकर चिढ़ाता है मुझे। मैं उसे बेदखल कर दूँगा अपनी सम्पत्ति से। तब उसे पता चलेगा कि आलतू-फालतू लेख इधर-उधर लिखकर कोई पेट भर खा भी सकता है क्या?'

हमेशा शान्त रहनेवाले रामविलास को इस कदर गुस्साते देख हैमिल्टन साहब भी कुछ देर स्तब्ध रह गए थे। फिर उन्होंने कहा, 'चलो, विलास, आज गंगा किनारे बैठकर लहरों को देखेंगे।'

'एक बात है विलास, जो मैं तुम्हें कहना चाहता हूँ। जो जीवन में छूट जाता है, उसकी पीड़ा हरदम काँटे-सी टसकती है। ऐसी गलती मत करना विलास। केदार तुम्हारा एक ही लड़का है। उसे कुछ हो गया तो तुम जी नहीं पाओगे। तुम मुझे वचन दो कि तुम इस चिट्ठी का जवाब उसे नहीं लिखोगे। ऐसे दिखाओ कि तुम्हें यह पत्र नहीं मिला। अब तक केदार भी यह सब लिखकर ठंडा हो चुका होगा। हो सकता है, वह पछता भी रहा हो!'

हैमिल्टन साहब के कहे हुए ये शब्द कितनी गहरी सच्चाई से भरे थे, यह रामविलास को केदार की मृत्यु के बाद गंगा किनारे बैठकर लहरों को देखते हुए बार-बार याद आया था, लेकिन इन शब्दों और उनकी सच्चाई को महसूस करने के बीच के साल सारे संसार के लिए उथल-पुथल के साल रहे थे, जिनमें रामविलास को अन्धाधुन्ध बरसते धन को बटोरने के अलावा किसी तरह का होश नहीं था।

1914 की लड़ाई में शेयरों के दाम इस कदर बढ़ गए कि हैमिल्टन साहब के उसके नाम से खरीदे हुए शेयरों से आए पैसे का हिसाब तक रखना मुश्किल हो चला था। 'मैकेंजी कम्पनी' के साहब ने पाट की बुवाई खरीदने से होनेवाले मुनाफे की खबर देने के लिए उसे एक खाली लिफाफे में एक चिट लिखकर भेजी थी, जिसमें लिखा था—दो लाख रुपए। हैमिल्टन साहब अपने मित्र की इस हरकत पर खूब हँसे थे, लेकिन उन्होंने अधिक लालच न करने के लिए उसे आगाह भी कर दिया था। 'डनबर कॉटन' मिल के शेयरों के दाम दस रुपए से सीधा सात सौ पैंसठ रुपए हो गए थे और इस अकेले शेयर में ही हैमिल्टन साहब और रामविलास ने लाखों रुपए कमाए थे।

भिवानी में तीन चौक की हवेली बनवाने और एक शानदार बगीचा बनवाने का काम केदार ने अपने जिम्मे लिया था। हैमिल्टन साहब 'लिवर' खराब होने से दिनोंदिन अस्वस्थ रहने लगे थे और रामविलास उन्हें छोड़कर भिवानी जाने की दो

वर्षों तक सोच नहीं पाया था। उसने कलकत्ते से मकान का नक्शा बनवाकर केदार को भेज दिया था और इंजीनियर बीच-बीच में जाकर देख-रेख कर लेता था। हवेली का गृहप्रवेश रामविलास ने हैमिल्टन साहब की बीमारी के कारण बहुत अफरा-तफरी में किया था। तब तक वह कलकत्ते में मकान बनवाने की बात भी सोचने लगा था और भिवानी की इतनी बड़ी हवेली बनवाना उसे कुछ बेतुकी बात लगने लगी थी।

हैमिल्टन साहब की मृत्यु और पुलिस कमिश्नर टैगर्ट से दोस्ती को लेकर केदार से दो साल तक चलनेवाला झगड़ा—ये दोनों दुर्घटनाएँ रामविलास के जीवन में एक साथ घटी थीं। केदार अपने किसी काम के सिलसिले में कलकत्ता आया था और उसने अपने 'दोस्तों' से अपने पिता और अंग्रेजों में सबसे खूँखार पुलिस अफसर टैगर्ट की दोस्ती के किस्से सुने थे। गवर्नर की हर साल क्रिसमस पर होनेवाली 'लेवी' (पार्टी) के दिन पतली मोहरी की काली पैंट, चमकदार विदेशी ग्लासकिड जूते, लम्बी काली विदेशी कपड़े की चमकन और सोने की मोटी जंजीर से बँधी सोने की घड़ी पॉकेट में डाले, सफेद मूँछों और पीली पगड़ीवाले रुआबदार पिता के सामने केदार अपने हाथ से बुने स्वदेशी कपड़ों में खड़ा हो गया था, 'क्या आपने अपनी आत्मा को बिलकुल बेच डाला है? आपको याद नहीं कि जब मैं पहली बार बारह साल की उम्र में आपके साथ रेल में दिल्ली से कलकत्ता आया था, तो इन अंग्रेजों ने हमारे साथ कैसा जानवरों जैसा बरताव किया था? आप भूल गए वह अपमान? यह जो टैगर्ट है न आपका दोस्त, आदमी नहीं है, इंसान का खून पीनेवाला राक्षस है, राक्षस! आपको मुझमें और टैगर्ट में एक को चुनना होगा।'

रामविलास ने हिकारत से उसे और उसके कपड़ों को देखा था, 'अब तुम भी दो लड़कों के बाप हो गए हो। जब वे तुमसे इस तरह बात करेंगे, तब तुम्हें तमीज आएगी कि अपने बाप से किस तरह बात की जाती है। रास्ते से हटो, मेरा कोचवान मेरा इंतजार कर रहा है।'

केदार रास्ते से हट गया था। दो साल बाद उसकी माँ की मृत्यु के मौके पर ही भिवानी में बाप-बेटे में बातचीत हुई थी। ये दो साल रामविलास ने हैमिल्टन साहब की मृत्यु से उपजे अकेलेपन और केदार से बातचीत बन्द होने से उपजे आत्ममन्थन में बिताए थे।

उसे बहुत सारी ऐसी बातें दिखाई पड़ने लगी थीं जिन पर पहले उसने कभी ध्यान नहीं दिया था। शेयर बाजार की इमारत में हिन्दुस्तानी लोग लिफ्ट से नहीं चढ़ सकते। वे किसी के दफ्तर में जाएँ, तो इन्तजार करने के लिए बेंच पर नहीं बैठ सकते। उन्हें खड़े ही रहना पड़ता है। कई ऐसे रास्ते हैं जिन पर वे चल नहीं सकते। ऐसे क्लब, खाने-पीने की दुकानें हैं, जहाँ वे जा नहीं सकते। खास कर जलियाँवाला बाग कांड ने रामविलास के अन्दर कुछ हिलाकर रख दिया था। अचानक उसे लगा

था कि साठ साल की उम्र में पहुँचते-पहुँचते अब वह एकदम अकेला हो गया है। उसका कोई अपना नहीं। वह केदार और अपने दोनों पोतों को देखने के लिए बार-बार भिवानी जाने की सोचने लगा था। अब काम में मन नहीं लगता। बस, शान्ति मिलती है तो गंगा में स्नान करके। नदी किनारे बैठकर गंगा की लहरों को देखकर। बादलों को देखकर। वृक्षों को देखकर। अब उसे बार-बार पिताजी याद आते हैं। माँ याद आती है। इतने सालों बाद। जैसे बीच में इतने साल वह एक धुन्ध में रहा हो और उसे अभी-अभी दिखाई देने लगा हो!

पत्नी के साथ कभी उसने निकटता महसूस नहीं की। पत्नी की कामना थी—बड़ा मकान हो, बग्घी हो, पैसा हो, वह सब उसे मिल गया। पुत्र उसके पास रहा। पुत्रवधू भी। दो पोते हो गए। वह रामविलास से पहले मरना चाहती थी। वह इच्छा भी पूरी हो गई। वह सुहागन मरी—नथ, चूनड़ी, सिन्दूर, चूड़ियाँ पहनकर। उसको सबसे बड़ा भय था कि अगर वह विधवा हो गई तो उसकी नए-नए असली चाँदी-सोने के तार की जरी, कलाबत्तू और गोटे की ओढ़नियाँ रखी रह जाएँगी, जिन्हें ओढ़े बिना वह उसके बहुत समझाने पर भी घर के बाहर नहीं निकलती थी। वह कभी कलकत्ते नहीं आई। उसने उसे कलकत्ते ले चलने के लिए एक बार कहा तक नहीं। उसकी छोटी-छोटी बहुत मामूली इच्छाएँ थीं क्योंकि उसने बचपन से सीख रखा था कि सुख इन्हीं चीजों के होने से माना जाता है। वह सुखी मरी। उसके पास जितना सोना था, उतना भिवानी में बहुत कम घरों में था। उसके बम्बईवाले भाइयों से भी बहुत ज्यादा। उसके पास प्रत्येक अंग-प्रत्यंग पर पहने जानेवाले बारहों गहने—नुपूर, किंकिणी, चूड़ी, अँगूठी, कंकण, विजायण, हार, कंठश्री, बेसर, बिरिया, टीका, सीसफूल—हर तरह की नई-पुरानी चाल के थे। हाथों में ही हथसाँकली, पहुँची, बंगड़ी, कंगन, गूजरी, चूड़ा, स्वर्णचूड़, छाप—चूड़ी के हर रूप उसके पास थे। उसने जो चाहा, उसे मिला। लेकिन रामविलास? उसने क्या चाहा था और क्या पाया—यह वह खुद नहीं जानता।

केदार की माँ की मृत्यु के बाद घाटा शुरू हुआ था। एक के बाद एक। फिर केदार का गुजर जाना। उसके मरने के पहले बेमेल-विवाह के लिए रामविलास के मित्र बसन्तलाल पर लेख लिखने के लिए उससे झगड़ा। वही उससे अन्तिम बातचीत थी। रामविलास उस समय उसे बहुत-कुछ कहना चाहता था—टैगर्ट से दोस्ती छोड़ने की बात, जलियाँवाला बाग कांड पर दुख की बात, लेकिन वे दोनों एक-दूसरे से अनजान रहते हुए हमेशा के लिए दूर हो गए थे। क्या पुत्र व्यक्ति का अपना ही हिस्सा होता है जिसके मरने पर मृत्यु की वैसी ही पीड़ा का अनुभव पिता को होता है? केदार के मरने के बाद उसके प्रकाशित लेखों को रामविलास ने पढ़ना चाहा। वह जानना चाहता था कि उसका बेटा क्या करता था, क्या सोचता था, क्या लिखता था, लेकिन तब उसे मालूम पड़ा कि इन बातों की जानकारी केदार के साथ

ही चली गई। शायद केदार जानता था कि उसकी कोई कदर उसके परिवार में नहीं है, इसलिए उसने अपने पास कुछ सँभालकर नहीं रखा।

उसकी किताबों को रामविलास ने छूकर देखा। कुछ को उलटा-पलटा भी। उसके लिखने की मेज को छुआ, पर किसी ने रामविलास को उसके पुत्र के बारे में कोई जानकारी नहीं दी थी। सिर्फ उसके दोनों पोते उसके पीछे आकर खड़े हो गए थे और रामविलास ने पन्द्रह साल और चौदह साल के अपने दोनों पोतों की ओर पहली बार गौर से देखा था। अगले साल तक बड़े की शादी करनी है। कारोबार का हिसाब बैठाना है इनके लिए। कैसे करेगा वह यह सब? वह थककर केदार की कुर्सी पर बैठ गया था।

अपने जीवन के अन्तिम पाँच साल रामविलास ने फिर कलकत्ते के शुरू के पाँच सालों की तरह काटने चाहे थे—नए सिरे से काम जमाने की दौड़-भाग करते हुए। पर उसने जान लिया था कि बीते हुए समय और बीती हुई उम्र को फिर लौटाया नहीं जा सकता। अब उसके पीछे हैमिल्टन साहब की शख्सियत नहीं थी और टैगर्ट उसके पुत्र-वियोग पर शोक जताने आया, तो रामविलास ने अपना मुँह फेर लिया था।

अन्त में रामविलास वक्त से हारकर ज्योतिषियों के चक्कर लगाने लगा था। बड़े पोते की बहू कलकत्तेवालों की समझदार लड़की थी। उसने कुछ ही दिनों में भिवानी की बड़ी हवेली और रुनझुन करती बग्घी के पीछे की असलियत को समझ लिया था कि सब कुछ गिरवी रखा जा चुका है। उसने रामविलास को घूँघट की ओट से कहा था, 'दादसरा जी, आप पंडितों का चक्कर छोड़कर अपने पुराने जान-पहचान वाले साहबों के पास जाइए। अपने कुलदीपकों का उनसे परिचय कराइए। सब ठीक हो जाएगा।' लेकिन रामविलास को साहबों की जाति से सम्पर्क जोड़ने की इच्छा तो दूर, उनसे बोलने तक की इच्छा नहीं रह गई थी।

केदार की बात उसके कानों में गूँज जाती थी, 'आप भूल गए वह अपमान, जो पहली बार बारह साल की उम्र में दिल्ली से कलकत्ते की रेलयात्रा करते हमने झेला था?' कभी उसे पिताजी के मुँह से सुनी कोई बात याद आ जाती। बड़े हैमिल्टन साहब की पत्नी ने रस्सी से खींचा जानेवाला झालरदार कपड़े का पंखा झुलानेवाले बूढ़े को अपने जूते की नोक से ठोकर मारते हुए कहा था, 'क्या करता है तुम सुस्त पाजी सूअर!' पता नहीं क्यों ऐसा हुआ कि रामविलास यह दृश्य और यह वाक्य कभी नहीं भूला और छोटे हैमिल्टन साहब जब भी अपनी इंग्लैंडवासी माँ का जिक्र करते, रामविलास को पिता से सुना यह दृश्य याद आ जाता! इसी तरह कभी-कभी कहीं सुनी हुई यह बात याद आ जाती कि फलाँ अंग्रेज ने बारह पैसे चुराने के लिए अपने नौकर को इतना पीटा कि उसके प्राण निकल गए।

अचानक रामविलास का हृदय साहबों के प्रति उदासीन हो गया था—न जाने उसने कैसे और कब इन लोगों के साथ एक तरह का अपनापन महसूस किया था

कि ये लोग भी उसी की तरह प्रवासी हैं और वह भी इतने दूर देश के। नहीं, वह किसी साहब के दरवाजे पर नाक रगड़ने नहीं जाएगा। वह जीते-जी केदार को ऐसा कोई आश्वासन नहीं दे सका। मरने के बाद उसकी आत्मा को वह कष्ट नहीं देगा। वह तो यह भी नहीं जानता कि केदार के मासूम हृदय पर पहली रेलयात्रा के समय कैसा घाव बन गया था।

किशोर बाबू के पास आज यानी रामविलास परदादाजी के मरने के इकहत्तर साल बाद उनके इस प्रश्न का जवाब है कि बारह साल की उम्र में किशोर बाबू के दादा केदारनाथ जी के कलेजे पर कैसा घाव लगा था कि उन्होंने अपने जीवन की डगर अपने पिताजी से बिलकुल हटकर चुनी। किशोर बाबू के पास अपने पूज्य दादा केदारनाथजी के अपने समय की सभी बड़ी पत्र-पत्रिकाओं में छपे हुए लेखों की क्रमवार सूची भी है। जब रामविलास परदादाजी अपने बेटे को जानने के सूत्र उसकी मृत्यु के बाद खोज रहे थे, तो उन्होंने कभी नहीं सोचा कि उनके बेटे केदार की डायरी उनके बड़े पोते यानी किशोर बाबू के पिता के पास है। जीवन में शायद इसी तरह सत्य हमारे इतना करीब होते हुए भी नजर नहीं आता। बहरहाल, किशोर बाबू के दादा केदारनाथ जी की डायरी में दिल्ली-कलकत्ते की पहली रेलयात्रा का ब्योरा यहाँ किशोर बाबू की इच्छानुसार ज्यों-का-त्यों उद्धृत किया जाता है क्योंकि किशोर बाबू को समझाना कई बार कथाकार के लिए असम्भव हो जाता है कि आधुनिक कथाएँ इस तरह लिखी नहीं जातीं :

10-12 जनवरी, 1902 ई.

10 जनवरी की रात को मैं और पिताजी दिल्ली से कलकत्ते जाने के लिए ट्रेन पर इंटर क्लास का टिकट लेकर सवार हुए। ट्रेन प्लेटफॉर्म पर आकर लगी, तो देखा कि इंटर का डिब्बा केवल एक ही है जिसके दो कमरे यूरोपियन साहबों और लेडियों के लिए हैं और शेष तीन भेड़-बकरियों की तरह भरने को हिन्दुस्तानियों के लिए। कड़कड़ाती हुई सर्दी के मारे असबाब के गट्ठड़ भी सबके पास कम न थे। वह बुरी नौबत हुई कि कहा न जा सके। भीड़ से घबराकर कुछ लोग तीसरे दर्जे के दो डिब्बों में चले गए। पहले और दूसरे दर्जे के पाँच डिब्बे थे, जिनमें एक-आध साहब-बीवी दिखाई देते थे। वे बड़े मजे से खाली चले जा रहे थे।

हम लोग इंटर का टिकट होने के कारण उसी में पड़े रहे। जी न हुआ कि तीसरे दर्जे में बैठें। ऐसा धक्कम-धक्का और दुर्दशा थी कि सारे शरीर का जोड़-जोड़ दुख रहा था। भीड़ हर स्टेशन पर बढ़ती जाती थी। पेशाब की हाजत होने पर घंटों रोकते-रोकते बुरा हाल हो जाता था। प्रयाग में मकर संक्रान्ति के स्नान के लिए बहुत यात्री आए थे। स्टेशन पर बड़ी भीड़-भाड़ थी। प्रयाग में इम्तिहान देकर लौटते

कुछ कॉलेज के विद्यार्थी भीड़ देखकर दूसरे दर्जे के डिब्बों में चढ़ गए, तो एक गोरे साहब ने उनको अपनी छड़ी से पीटते हुए उनमें से एक को धक्का लगाकर बाहर प्लेटफॉर्म पर गिरा दिया। मुझे उस विद्यार्थी की आँखों की नफरत और गुस्सा हमेशा याद रहेगा।

शाम को गाड़ी चौसा पहुँची और रोक दी गई। पुलिस के दूत दौड़े-दौड़े आए और डिब्बों की खिड़कियाँ गिरवा दी गईं। वे दरवाजे रोककर खड़े हो गए, जैसे हम लोग कैदी हों, जो गाड़ी से उतरकर भाग जाएँगे! उसके बाद खिड़की खुली और हमारे डिब्बेवालों को नीचे उतरने की आज्ञा हुई। प्लेटफॉर्म पर हमारी कतार लगवाकर डिब्बे की खिड़की से बाँधकर हमारे दोनों तरफ रस्से डाल दिये गए, जैसे पशुओं को रोकने के लिए डाले जाते हैं। दो गोरे साहब आए और पतले-दुबले लोगों की नाड़ (गर्दन) दबा-दबाकर प्लेग की गिल्टी खोजने की कोशिश करने लगे। पिताजी हमेशा से देखने में दुबले-पतले हैं और मैं भी। हमें अलग कर दिया गया और तब हमने देखा कि दो प्लेगी ठेलों में दुबले लोगों को जबरदस्ती डालकर चौसा के प्लेग कैंप की ओर ले जाया जा रहा है। वे बहुत कहासुनी कर रहे थे— हम बीमार नहीं हैं, पर कुछ सुनवाई न हुई।

पिताजी और मैं बहुत घबराए। हमारा क्या होगा? क्या रेल हमें छोड़कर चली जाएगी? पिताजी ने तेजी से एक गोरे पुलिसवाले की ओर बढ़कर कुछ कहना चाहा। पुलिसवाले ने शायद यह समझा कि वे भागने की चेष्टा कर रहे हैं। उसने उन्हें अपने बूट से पेट में ऐसी ठोकर मारी कि पिताजी बिलबिलाकर जमीन पर गिर पड़े। उनकी पगड़ी लुढ़ककर दूर जा गिरी। चश्मा गिरकर टूट गया। चश्मे के बिना उन्हें कुछ नहीं दिखता।

क्रोध, दुख और भय से मैं थरथरा रहा था। न जाने कैसे मैं उस पुलिसवाले की तरफ दौड़कर गया और उसकी छड़ीवाले हाथ को पकड़कर मैंने उससे कहा, 'वाई आर यू हिटिंग हिम?' उसने जवाब में मुझे ऐसा थप्पड़ मारा कि मुझे लगा कि किसी ने मुझे हथौड़ा मार दिया है। मेरी आँखों के सामने अँधेरा छा गया। अब तक पिताजी दर्द भूलकर उठकर खड़े हुए थे और 'साहब, साहब', 'चाइल्ड', 'मिस्टर हैमिल्टन माई फ्रेंड'— जो-सो-कुछ बोलने लगे थे।

किस बात का क्या असर हुआ, हमें नहीं मालूम, पर हमें वापस रेल में चढ़ने दिया गया। सारी रात पिताजी दर्द से कराहते रहे और मेरा गाल सनसनाता रहा। रेल कलकत्ता बहुत देर से पहुँची क्योंकि जहाँ साहब लोगों का भोजन होता है, वहीं रेल रुक जाती है। मैं यह तमाचा कभी नहीं भूलूँगा। पिताजी को बहुत दर्द है। पेट की जगह नीली पड़कर सूज गई। मेरी आँख के नीचे भी नील बँध गई है।

6

जिन्दगियाँ बेमतलब

किशोर बाबू की पत्नी दुख करती हैं—बाइपास सर्जरी के बाद किशोर बाबू की हालत देखकर।

किशोर बाबू का आग्रह है कि यहाँ इस कथा में 'दुख करना' को 'दुख मानना' या 'दुखी होना' में न बदला जाए। तो क्या दुख 'किया' जा सकता है ? दुख करना शायद उसे कहेंगे जब आप किसी बात का दुख मानें, लेकिन आपमें उस दुख को मिटाने की रत्ती-माशा भी ताकत न हो।

अब किशोर बाबू सिर्फ सड़कों पर ही भटकते नहीं फिर रहे, बल्कि अपने दादा-परदादा की डायरियों को लेकर इस तरह सिर खपा रहे हैं, जैसे इन पीले पन्नों में समान सूराख बनानेवाले कीड़ों के पास जिन्दगी का कोई ऐसा राज हो, जिसे ढूँढ़ निकालने के लिए ही दिल के 'सर्जन' ने उनके दिल की बन्द नालियाँ खोली हों!

आश्चर्य तो इस बात का भी है कि जिस आदमी पर सारी जिन्दगी हर पुरानी चीज को नई शक्ल दे डालने का भूत सवार रहा हो, वह इन पीले गन्ध मारते पन्नों को नीचे की कोठरी के पुराने बक्सों से ढूँढ़ निकाले और रात-दिन उन्हें पलटता रहे। यह तो 'अम्मा जी' (किशोर बाबू की माँ) की जिद न होती, तो किशोर बाबू कब के इन पुरानी फालतू पोथियों को गंगा में प्रवाहित करवा चुके होते। उन्हें यह करके सचमुच उतना सन्तोष होता जितना उन्हें अपने कभी न देखे हुए दादा और (एक साल की उम्र होने के कारण) भूल चुके परदादा के अस्थि-कलश को गंगा में विसर्जित करके होता; ऊपर से जगह खाली हो जाने का सुख अलग।

किशोर बाबू की सारी जिन्दगी ही गुजरी है एक बंगाली से खरीदे हुए इस पुराने मकान को 'साउथ' कलकत्ता के एक आधुनिक मकान की शक्ल देने में। जब से यह मकान खरीदा, कभी मिस्त्रियों की ठक-ठक बन्द नहीं हुई। बीच में कोई एकाध साल भले ही किसी कारण से ठोंका-पीटी बन्द रही हो। ढाँचे के अलावा इसमें कुछ पुराना नहीं बचा।

बरामदे में नीचे लोहे की ग्रिल की जगह दीवार बनी ताकि सड़क से बरामदे में बैठे लोग न दिखें। फिर उसके ऊपर आधुनिकतम डिजाइन की ग्रिल लगी। हरे रंग की शटरवाली खिड़कियाँ बदलीं, जिनमें बीचवाला डंडा खींचकर सीधी हो गई लकड़ियों के पटरों के बीच से बाहर देखा जा सकता था—सत्यजित राय की 'चारुलता' की तरह। उनकी जगह काँच लगी हुई पल्लों की खिड़कियाँ लगीं। डबल डोर बने, दो पल्लेवाले दरवाजों के। मकान के नीचे आधे भाग में ईंटदार कटिंग की डिजाइन। बाहर चूने के पलस्तर की जगह 'डिस्टेम्पर' रंग करवाने के लिए सारा पुराना झड़ता हुआ सीमेंट झाड़ा गया। ऊपर चढ़ा मकान के हाड़ पर नया मांस। फिर नया रंग। मकान के दाएँ तरफ बनी सारी खिड़कियाँ बन्द करवाकर दीवाल चिनाई गई, जिससे बगल के गरीब बंगाली परिवार के मकान के लोग इधर न झाँक सकें। सड़क के तरफ की दीवार दुगुनी ऊँची कर दी गई। अब बारी आई लाल सीमेंट के फर्श को बदलने की। पहले लिनोलियम चढ़ा फर्श पर—नीले-हरे रंग का आवरण। दो-चार साल बाद कहीं-कहीं मोज़ाक का फर्श। फिर मार्बल के टुकड़े देकर आगे-पीछे की तरफ 'क्रेजी' मारबल का फर्श। तब कहीं बीसों बरस बाद अब असली संगमरमर का समय आया।

सारी मुसीबत की जड़ यह संगमरमर है—किशोर बाबू की पत्नी को लगता है। कहते भी हैं कि चक्की का पीसा खाना चाहिए, दाँत का पीसा नहीं। पर किशोर बाबू ने उनकी कब सुनी है? पाँचों लड़कियों और लड़के के ब्याह का खर्च, ऊपर से मकान का नया रंग-रूप और अब नया संगमरमर—लोगों ने क्या दाँत नहीं पीसे होंगे कि कहाँ से इतना धन बरस रहा है? नजर न लगती, तो और क्या होता? नतीजा सामने आ ही गया न—बाइपास सर्जरी से बचे, तो फिर सिर में चोट लग गई। यह क्या लोगों की कुदृष्टि का ही फल नहीं है? अब घूमते हैं शाम-सुबह सड़क पर पागलों की तरह!

लोगों के कलेजे पर मलहम शायद इतने से भी नहीं लगा, तो अब यह दूसरा नतीजा। न जाने क्या अंट-शंट लिखते हैं और लिखवाते हैं! कहाँ से दीमक खाई किताबें और डायरियाँ निकाल डाली हैं! पुरखों से इतना ही प्रेम था तो क्यों नहीं सँभाली भिवानी की हवेली और बगीचा? बगीचा सरकार हड़प गई लगभग मुफ्त में और हवेली औने-पौने दाम में एक साल पहले ही बेच डाली। किशोर बाबू की पत्नी ने जब कहा कि इतने से रुपयों के लिए क्यों पुरखों की जायदाद बेचते हैं, तो उन्हें झिड़क दिया, 'औरतों में बुद्धि होती, तो छेद न कर देतीं मर्दों के सिर में! क्या करेंगे उस मनहूस जगह को रखकर? कभी आबाद हुई वह हवेली, जो अब होगी? तुम्हारे बच्चे रहेंगे उसमें कि तुम जाकर रहोगी?'

अब दादा-परदादा से जी भर गया तो, और तो और, अपनी भाभी की पुरानी चिट्ठियाँ-कागजात-किताबें निकालकर पढ़ रहे हैं। लड़का कह रहा था कि

'लगता है, सारे मुर्दे एक साथ ही उखाड़ डालेंगे।' कौन समझाए? कभी किसी की सुनी नहीं। हमेशा अपनी चलाई। एक अम्माजी की तो फिर भी सुनते रहे, बाकी तो बस जिन्दगी में भाभी की थोड़े दिन भले सुनी होगी। जब किशोर बाबू की पत्नी ब्याह कर आईं, तब तो भाभी से पूछे बिना पत्ता तक न हिलाते थे। लेकिन धीरे-धीरे समय बीतता गया और यह बात आई-गई हो गई। शुरू में उन्हें यह भाभी-पुराण अखरा भी था—यह क्या! रात-दिन भाभी-भाभी? माना कि भाभी बहुत अच्छी हैं, बेचारी भरी जवानी में विधवा हो गईं, पर हर एक चीज की एक हद तो होती है। सिनेमा जाएँ तो भाभी साथ में! विक्टोरिया जाएँ तो भाभी के बिना क्या मजाल जाने की! एक बार अकेले में दबी जबान से उन्होंने कुछ कहा कि लोग कुछ ऐसा-वैसा कहेंगे, तो ऐसा चिल्लाए कि किशोर बाबू की पत्नी को लगा कि उनके प्राण ही निकल जाएँगे। भाभी हँसकर खुद भी कहतीं, 'इन लोगों के खानदान की परम्परा ही होगी। मैं ब्याह कर आई, तो तुम्हारे भैया 'बड़ी मामी, बड़ी मामी' की ही रट लगाए रखते थे। जब बातें करें, तो उनकी ही बातें। तुम्हें बुरा तो नहीं लगता न किशोर बाबू का भाभी-भाभी करना?' भाभी उन्हें बार-बार सुधारने की चेष्टा करतीं, 'ऐसा करो, ऐसा मत करो, किशोर बाबू को यह पसन्द है, वह पसन्द है।' बेचारी भली औरत थी। बच्चों को इतना सलीका सिखाया।

अम्माजी और भाभी—दोनों की वे लाड़ली। लेकिन बहुत अच्छे लोग भी हमेशा तो अच्छे नहीं लग सकते। उनका अपना तो कभी कुछ जैसे रहा ही नहीं। कभी मन-ही-मन दुख करतीं, तो खुद ही यह नहीं जान पातीं कि किस बात का दुख कर रही हैं। सबका इतना प्रेम-आदर मिला है, फिर किसी को क्या कहें? सबके मन से गिर जाएँगी, अगर कोई हल्की बात कह दी तो। पहले बात कहनी बन्द हुई शब्दों में और फिर बात बननी भी बन्द हो गई अन्दर में। अन्दर चुप—बाहर चुप।

पाँचों लड़कियों और बेटे ने भी अपनी दादी या फिर ताई से ही सब बातें पूछीं। उन्होंने माँ को चुप देखा तो सोचा कि माँएँ शायद ऐसी ही होती हैं। सिर्फ बड़ी होती हुई सबसे छोटी लड़की ने पिता से रोज किसी-न-किसी बात पर असहमति होने के कारण उनसे पूछा, 'माँ, तुम इतना चुप क्यों रहती हो? तुम बताओ कि तुम क्या सोचती हो? तुम सबकी बातें क्यों सहती हो?'

लेकिन फिर माँ के चेहरे पर आए असुविधा भरे भाव को देखकर उसने भी जान लिया कि अब माँ इतनी दूर आ चुकी है कि उसकी खुद की मर्जी से उसका परिचय तक खत्म हो गया है—दूर कभी बचपन में बने और बिछड़ गए किसी मित्र की तरह।

तब उसने जान लिया कि पिता से लड़ाई में माँ उसकी कोई मदद नहीं कर सकती। तब वह अपनी ताई की ओर मुड़ी, 'बड़ी माँ, तुम बताओ कि पापा इस तरह

क्यों सोचते हैं लड़कियों के बारे में? हम क्यों नहीं खेल सकते बगल के मकान की लड़कियों से? हम क्यों नहीं खड़े हो सकते बरामदे में? हम क्यों नहीं जा सकते अपनी सहेलियों के घर? हम क्यों कैद हैं पिंजरे में बन्द चिड़ियों की तरह? तुम क्यों कैद हो बड़ी माँ? तुमने क्या पाया ऐसा जीवन जीकर? किसके लिए जीवन जिया तुमने ऐसा? तुम क्यों सहती हो हर बात पर पापा की मर्जी?'

ताई ने किताबें पढ़-पढ़कर बूढ़ी हो चली मिचमिचाई आँखों और असमय निपट सफेद हो गए सिर को हिलाकर मैथिलीशरण गुप्त की 'यशोधरा' से पंक्तियाँ उचार दीं, 'अबला जीवन हाय तुम्हारी यही कहानी। आँचल में है दूध और आँखों में पानी।' और कहा, 'बेटी, औरतों के लिए जीवन ऐसा ही है। उन्हें तो सब कुछ सहकर जीना है। हमेशा दबकर रहना है। लेकिन तुम्हारे पापा हमेशा ऐसे नहीं थे। वक्त ने उन्हें ऐसा बना दिया। चारों तरफ चिन्ताएँ। इतने खर्च। अकेले कमानेवाले। क्या करें वे भी? तुम लोग पाँच-पाँच बेटियाँ। और बेटी, अब मैं कहाँ जाऊँगी? अब तो एक ही ख्वाहिश है कि किशोर बाबू मेरी अरथी को नीमतल्ला पहुँचा आएँ। औरत एक बार घर छोड़ दे तो उसे कहीं ठौर नहीं है इस धरती पर। इतने साल तुम्हारे पापा ने मुझे मान दिया, अब वे बदल गए तो क्या मैं भी बदल जाऊँ? उनके सिवा मेरा कौन अपना है?'

किशोर बाबू की छोटी लड़की अपनी दादी की ओर मुड़ी, 'दादी, तुमने क्यों बनने दिया पापा को ऐसा? ऐसा लगता है, जैसे हम किसी मिलिटरी रूल में रह रहे हों! उनकी ही मर्जी से हम सोएँ, जगें, पढ़ें, हँसें और कभी ज़िद न करें—कभी न रोएँ। ऐसा क्यों है?'

दादी ने अपनी बड़ी-बड़ी कोहिनूर आँखों से पोती को देखा, 'हो गया तेरा पापा ऐसा। मैं क्या करती? जिद्दी तो शुरू से था। औरतें ही औरतें घर में। बाप-भाई का साया तो रहा नहीं उस पर कि किसी के काबू में रहता। माँ, भाभी, बहू—फिर तुम पाँचों लड़कियाँ। हमेशा अपनी ही चलाई। अब आदत पड़ गई।'

किशोर बाबू के एक ही जिन्दगी में पूरी तरह से दूसरे आदमी में बदलने या कहिए कि हिटलर में बदलने की प्रक्रिया में कुछ वारदातें ऐसी हैं, जिनकी छाप किशोर बाबू की माँ, भाभी और पत्नी के ऊपर इतनी गहरी खुद गईं कि फिर कभी नहीं मिटीं। हर बात की शुरुआत तो आखिर कहीं होती है न?

आज किशोर बाबू यह कथा लिखवाते हुए अपने जीवन को इस प्रश्न पर कसकर देखना चाहते हैं कि आदमी को अपनी मर्जी चलाने का मौका मिल जाए तो क्या वह अपने पुराने विचारों-धारणाओं-मान्यताओं को धो-पोंछकर एकदम दूसरा ही व्यक्ति बन सकता है?

किशोर बाबू और उनकी भाभी ने अपनी एक नई भाषा तक ईजाद कर रखी थी—उनका दोस्ताना इतना पक्का और गहरा था। मजे की बात यह कि

किशोर बाबू इस भाषा को सुनकर ठीक-ठीक समझ नहीं सकते थे, पर बोल सकते थे और उधर भाभी इस भाषा को बोल नहीं पाती थीं, लेकिन समझ खूब सकती थीं।

'तरफुम कितरफने दिरफनों बारफद आरफोगे?'—क्या समझे?—मतलब कि 'तुम कितने दिनों बाद आओगे?' इस भाषा में हर शब्द में 'रफ' कहीं-न-कहीं जोड़कर उसकी मात्रा बाद में जोड़ दी जाती थी। भाभी के बिना किशोर बाबू कभी कलकत्ते के बाहर घूमने तक नहीं गए। जब लड़कियाँ बड़ी हो रही थीं तब हाथ में कुछ पैसों की सहूलियत होने से किशोर बाबू ने सपरिवार हिल-स्टेशन जाने का कार्यक्रम बनाया। तब उन्होंने भाभी को भी साथ लिया, 'नहीं तो फिर भाभी कैसे पहाड़ देखेंगी? उन्हें कौन दिखाएगा?' लेकिन यही किशोर बाबू बदले तो ऐसा बदले कि उनकी पत्नी तक एक बार उन्हें देखती-की-देखती रह गईं, जैसे उन्हें पहचान नहीं रही हों!

उन दिनों किशोर बाबू ने कलकत्ते शहर की एक नामी सांस्कृतिक संस्था की सदस्यता ली। लगातार कई महीनों तक अपने घर में मासिक मीटिंग रखने का प्रस्ताव करते-करते अन्ततः उनके घर में मीटिंग होना तय हो गया। किशोर बाबू ने जीवन में बहुत संघर्ष किया था और अब उसका सु-फल सबके सामने प्रकट होनेवाला था। मकान की शक्ल काफी कुछ नई बन चुकी थी। बाहर उनके नाम की 'नेम प्लेट' संगमरमर के टुकड़े पर काले अक्षरों में लगाई जा चुकी थी। सीढ़ियाँ अलबत्ता लाल सीमेंट की और टूटी-फूटी रह गई थीं, पर उसके पहले और बाद का हिस्सा तो लोगों को प्रभावित करने के लिए काफी था। एक चीनी काठ-मिस्त्री को पकड़कर उससे नई डायनिंग टेबल और कुर्सियाँ बनवाई जा चुकी थीं। 'बूफे' रखना होगा—आजकल वही चलन है। एक पुराना सेकंड-हैंड सोफा खरीदकर उस पर नया कपड़ा लगवा दिया गया था, जो माँ के पास ही एक पुराने कपड़े की गाँठ में कभी का खरीदा हुआ रखा था।

किशोर बाबू ने हर चीज को—जहाँ तक सम्भव था, उस समय की अपनी हैसियत के अनुसार—एक नई शक्ल दे दी थी और अपने घर की नई साज-सज्जा और आधुनिक रौनक पर खुद ही मुग्ध हुए जा रहे थे। इसमें भाभी का सबसे बड़ा योगदान रहा था। खाने में तरह-तरह की नई डिशें रखी गई थीं, जिन्हें बनाने में किशोर बाबू की पत्नी को महारत हासिल था (हालाँकि उन दिनों टी.वी. नहीं आया था जो उन्हें आधुनिक कुकिंग सिखाता)।

कुल मिलाकर सारी व्यवस्था किशोर बाबू के मनोनुकूल हो गई थी। यहाँ तक कि किशोर बाबू ने गजल और कविताओं की अपनी एक पुरानी कॉपी निकालकर भी देख ली थी कि मौका पड़ने पर सांस्कृतिक संस्था के सदस्यों को चमत्कृत किया जा सके।

'वे सब क्या संस्कृति और साहित्य जानते होंगे? सब पैसों की पॉलिश है। हमारे जमाने में स्कूल में कविता पाठ के सारे पुरस्कार मैंने जीते थे—मैथिलीशरण गुप्त से लेकर जयशंकर प्रसाद तक सारे कवियों को घोट रखा था। क्यों भाभी, ठीक कहता हूँ या नहीं?' किशोर बाबू दोनों बड़ी लड़कियों को बीते हुए जमाने के किस्से पर किस्से सुना रहे थे।

भाभी ने किशोर बाबू को कई दशकों बाद साहित्य में रस लेते हुए पाया था और उनकी प्रसन्नता की सीमा नहीं थी। उन्होंने ही तो उन दिनों किशोर बाबू को हमेशा चुन-चुनकर कविताएँ दी थीं याद करने के लिए। कितनी किताबें पढ़वाई थीं किशोर बाबू को! पर वे यह बात याद दिलाकर किशोर बाबू के रंग में भंग नहीं डालना चाहती थीं।

भाभी ने आज उमंग में भरकर अपनी एक खुशनुमा रंग के पाड़ (किनारी) की साड़ी निकाली। किशोर बाबू को कितनी पसन्द आई थी यह साड़ी! पहली बार पहाड़ों की सैर पर जाते हुए वे लाई थीं—नैनीताल में कम-से-कम पाँच बार पहनी होंगी यह साड़ी, पर कलकत्ते में लौटकर तो पहनी ही नहीं गई। कुछ शर्म-सी लगी थी उनको यह साड़ी पहनते हुए। कुछ ज्यादा ही खुश गुलाबी-सा रंग है पाड़ का। पर आज तो सब पढ़े-लिखे लोगों की जमात आएगी—खुले विचारोंवाली। आज यह साड़ी पहनने में कोई हर्ज नहीं। बिना किनारी की सफेद साड़ियाँ पहनते-पहनते उकता भी चली हैं। बहुत प्रसन्न मन से वे साड़ी पहनकर लगभग शरमाती हुई कमरे से बाहर निकलीं।

'अरे, वाह बड़ी माँ! आज तो तुम गजब सुन्दर लग रही हो!' किशोर बाबू की बड़ी बेटी ने उन्हें देखते ही कहा।

तभी किशोर बाबू वहाँ आए। भाभी को देखकर उनका चेहरा पहले काला हुआ और फिर लाल, 'तुम्हारा दिमाग क्या अब एकदम ही खराब हो गया है भाभी? उम्र बढ़ने के साथ-साथ आदमी की अक्ल बढ़ती है, पर मुझे लगता है, यू.पी. (उत्तर प्रदेश) वालों की अक्ल कम होने लगती है। यह क्या इतने चटक-मटक रंग की साड़ी पहनी है! क्या कहेंगे लोग देखकर? कुछ तो मर्यादा रखी होती समाज में!'

भाभी के कानों में एक-एक शब्द गरम पिघले हुए सीसे की तरह उतरता चला गया। उनके पीहरवालों को लेकर यू.पी. पर तरह-तरह के चुटकुले सुनाकर किशोर बाबू शुरू से उन्हें छेड़ते आए थे, पर आज 'यू.पी.' शब्द उनके दिल को हमेशा के लिए छेदकर रख गया। उन्होंने अम्माजी और देवरानी की तरफ देखा। सब चुप थे। सब सन्न थे। किसी ने उनसे आँखें नहीं मिलाईं। सिर्फ किशोर बाबू की बड़ी बेटी उन्हें एकटक देखती रही।

भाभी ने साड़ी बदल ली और अपने अन्दर उमड़ते आँसुओं के लावे को दबाकर किशोर बाबू की पहली सांस्कृतिक पहल को पिटते देखती रहीं। बरसों

के अनभ्यास से किशोर बाबू ने कभी किसी कविता को बिना सन्दर्भ के बोल दिया या फिर गलत सन्दर्भ में बोल दिया। कभी कविता की पंक्तियाँ गलत थीं और कभी कवि का नाम। इतना ही नहीं, वे उन सारे 'पोतड़ों के रईसों' को, जो संगमरमर के फर्शों और बेल्जियम झाड़-फानूसों को देखते हुए बड़े हुए थे, बार-बार अपना नया मोजाक का फर्श दिखलाते रहे और अपने प्लास्टिक के नए लैंप-शेड की आत्ममुग्ध प्रशंसा करते रहे। उस दिन भाभी के प्रति अपने व्यवहार के लिए किशोर बाबू न शर्मिन्दा हुए थे और न ही उन्हें इस बात का कोई अहसास हुआ था कि उन्होंने कोई गलती की है; बल्कि उसके बाद शायद यह घटना ही कारण बनी कि उन्होंने हर मौके-बेमौके यह प्रमाणित करने की कोशिश की कि भाभी अब 'आउटडेटेड' होकर सठिया गई हैं और उनका दिमाग पूरी तरह काम नहीं करता।

धीरे-धीरे किशोर बाबू इस बात को एक निर्विवाद सच मानते चले गए। कई बरसों तक यह फतवा सुनते-सुनते उनकी पत्नी ने तो इसे सच माना ही, खुद भाभी भी इसे सच मानने लगी थीं। किशोर बाबू की लड़कियाँ उनसे हिन्दी साहित्य का कोई प्रश्न पूछने आतीं तो वे दुखी होकर कहतीं, 'अब तो मुझे कुछ याद ही नहीं रहता। मेरा दिमाग खराब हो गया है। सब भूल गई हूँ पढ़ा हुआ।'

सिर्फ किशोर बाबू की छोटी लड़की उनसे कहती, 'तुम कुछ नहीं भूली हो। सब याद है तुम्हें। न ही तुम्हारा दिमाग खराब हुआ है।' पर वह किसी तरह ताई के माने हुए सच को झूठ प्रमाणित नहीं कर पाती थी।

किशोर बाबू की पत्नी को यह सब कोई बात याद नहीं। न ऐसा होने की शुरुआत याद है, न ऐसा चलते जाने की प्रक्रिया और न ही और कुछ। बस, उन्हें इतना अहसास भर है कि किशोर बाबू ने शुरू में भाभी को इतना मान और प्रेम दिया जितना दुनिया में कोई देवर अपनी भाभी को नहीं देता। इस कारण अपने दिल पर लगी हुई चोटें उन्हें हल्की-हल्की याद हैं। पर वे खुद भी तो उस समय बच्ची ही थीं। उन्हें यह खयाल जरूर है कि बाद के दिनों में कुछ तो भाभी का दिमाग खराब-सा हो गया, कुछ किशोर बाबू चिड़चिड़े हो गए और नतीजा यह हुआ कि भाभी की हर बात पर किशोर बाबू या तो झुँझला जाते या उस बात को पूरे जोर-शोर से काटकर उसका क्रियाकर्म कर डालते। भाभी की हर बात में बोलने और सलाह देने की पुरानी आदत थी, जो बदलते समय के साथ नहीं बदली थी। इसलिए वे थोड़ा दुख पाती थीं। किशोर बाबू की पत्नी तो इतना ही जानती हैं कि हर आदमी अपने स्वभाव से मजबूर होता है। इसमें किसी का क्या वश? किसको दोष दिया जा सकता है? भाभी कितनी गुणी थीं—उनके पहनने-ओढ़ने के तरीके, बात करने के तरीके में कितना सलीका था! पर बाद में उनके सारे गुण ही उनके दोष बन गए। सब भाग्य की बात है। कोई इसमें क्या कर सकता है?

किशोर बाबू की पत्नी शाम की चाय लेकर कमरे में घुसीं, तो किशोर बाबू ने झट अपनी डायरी बन्द कर दी जिसमें वे लिख रहे थे। जाहिर था कि कुछ ऐसा था, जो किशोर बाबू उन्हें नहीं दिखाना चाहते थे। यों तो किशोर बाबू की पत्नी में उनके कागजात बिना पूछे उलटकर देखने की न हिम्मत थी और न ही रुचि, लेकिन आज तुरन्त उन्होंने सोच लिया कि किशोर बाबू चाय पीकर जैसे ही पैदल घूमने निकलेंगे, वे देखेंगी कि उन्होंने क्या लिखा है। शायद उनका डॉक्टर भी जानना चाहेगा कि वे क्या सोच रहे हैं। भाभी के हाथ की लिखी एक कॉपी किशोर बाबू के बगल में पड़ी थी। वे उस कॉपी के पास बैठकर उन्हें चाय पकड़ाने लगीं।

'भाभी अपने अन्त के दिनों में बहुत अकेलापन महसूस करने लगी थीं। नहीं...?'

किशोर बाबू के अचानक पूछने पर वे चिहुँक पड़ीं। क्या कहें? इस बात का क्या जवाब दें? उन्हें कुछ समझ में नहीं आया। किशोर बाबू उनकी ओर देखे जा रहे थे। इसलिए उन्होंने बिना कुछ कहे सहमति में सिर्फ गर्दन हिलाई।

किशोर बाबू ने फिर कहा, 'तुमने भाभी की यह कॉपी देखी है?'

किशोर बाबू की पत्नी ने भाभी के मरने के बाद कॉपी देखी तो थी, पर खोलकर नहीं।

किशोर बाबू ने उनकी गर्दन 'ना' करते हुए हिलने पर उन्हें खोलकर पहला पन्ना दिखाया, 'देखो।'

किशोर बाबू की पत्नी ने देखा कि उस पन्ने के बीचोबीच एक पंक्ति बाकी के खालीपन के बीच इस तरह तैर रही थी, जैसे चारों ओर के विराट समुद्र के बीच एक छोटी-सी नौका, 'जिन्दगी के सफर में अकेले हैं हम'। न जाने क्यों किशोर बाबू की पत्नी की आँखें भर आईं।

भाभी थीं तो अकेली ही। कितनी अकेली, कौन जान सकता है!

'हर कोई चाहता है इक मुट्ठी आसमान'—एक दिन सफेद-काले टी.वी. के दिनों में फिल्म का यह गाना देखकर भाभी कितना रोई थीं, उन्हें याद आया।

'अब यह पढ़ो।' किशोर बाबू ने कहा।

उनकी पत्नी फिर चौंकीं। क्या किशोर बाबू की आवाज भर्राई हुई थी? उन्होंने पढ़ा, 'किसलिए—किसके लिए—किसके आसरे मैंने यह जीवन काटा? उस तस्वीर के पीछे, जिसने मुझे अब इतने सालों बाद धोखा दिया? मुझे कहीं का नहीं रखा? वह तस्वीर, जो पटना में पहली नजर में मेरे हृदय में बस गई थी—जिसकी यादों के सहारे मैंने सोचा था कि मैं जीवन काट दूँगी—उसने 'भी' मुझे धोखा दिया। मुझे दर्पण में सफेद बालोंवाली एक औरत नजर आती है और वह तस्वीर अब भी जवान है—वह तो एक अठारह साल के खूबसूरत लड़के की तस्वीर है। उससे मेरा क्या सम्बन्ध हो सकता है? उसने 'भी' मुझे छोड़ दिया। मुझसे अच्छी तो 'बड़ी मामी'

की जिन्दगी थी—उन्होंने अपना जीवन देकर कुछ साबित तो किया! मैंने क्या साबित किया? मेरे जीवन का क्या मतलब निकला?'

किशोर बाबू की पत्नी ने सिर उठाकर उनकी ओर बहुत भारी दिल से देखा। क्या फायदा अब इनमें झाँकने से?

किशोर बाबू उनकी ओर एकटक देख रहे थे, 'तुम बता सकती हो कि यहाँ दो बार 'भी' पर इतना जोर क्यों दिया गया है?'

किशोर बाबू की पत्नी को कुछ नहीं सूझा। उनका दिल घबरा रहा था। उन्होंने जवाब में जो कहा, उसका किशोर बाबू के प्रश्न से कोई सम्बन्ध नहीं था।

'ललित भैया क्या सचमुच अपनी तस्वीर जितने ही सुन्दर थे? अम्माजी कहती थीं कि उनकी आँखें अम्माजी पर गई थीं, लेकिन उनका कलेजा अपने पिता की तरह बहुत कमजोर था। बड़ी मामीजी के मरने का दुख वे नहीं सह सके। भीतर ही भीतर टूट गए थे। क्या सचमुच ललित भैया इसीलिए मर गए?'

'नहीं, ललित भैया मरना नहीं चाहते थे। मैं जानता हूँ, वे भाभी के लिए जीना चाहते थे।' किशोर बाबू चाय का कप रखकर आँखें मूँदकर लेट गए।

आज बरसों-बरस बाद उन्हें अपने पिता का चेहरा याद आया—उस पिता का, जिसकी उनके जीवन में कोई भूमिका नहीं रही थी; सिवाय इसके कि वे माँ के पति थे और उनके जन्मदाता। आखिर उनके पिता की जिन्दगी का क्या मतलब था?

7

पुनः कलि-कथा : 1940

किशोर कभी भिवानी से कलकत्ता लौट आने से लेकर पिता के मरने तक के समय की बात माँ से नहीं पूछता। वह जानता है कि वहाँ से स्वप्न की दुनिया खत्म होती है और बाद की दुनिया शुरू होती है। पिता की मौत उसने देखी है। वह ग्यारह साल का था। तब तक वह बहुत सारी बातें समझने लगा था। पिताजी हर समय उदास और चिन्तित रहते। जब-तब उनका दिल घबरा उठता और उनके हाथ-पाँव ठंडे पड़ जाते। माँ कहतीं कि अपने पिता केदार बाबू की कच्ची मौत और दादा रामविलास बाबू के चले जाने के बाद से पिताजी ऐसे हो गए हैं। किशोर देखता कि जब पिताजी कोई काम की जुगत बैठाने निकल जाते, तब माँ के पास हरिहर महाराज आता और कपड़े की गाँठों के सौदे की रकम माँ को दे जाता। वह उनके मैके का पुराना दलाल है और माँ उसके मार्फत कुछ हिसाब बना लेती हैं। वे इस बात को न मायके के लोगों को जानने देना चाहती हैं और न अपने पति को। पर पिताजी जानते हैं। तभी न वे माँ को उस दिन बंकिमचन्द्र के उपन्यास में सूर्यमुखी के पति की तरह कह रहे थे, 'तुम ही मेरी सब कुछ हो—माँ की तरह स्नेहिल, बेटी की तरह श्रद्धावान, सुख में सखी, शिक्षिका, सेविका—सब कुछ।'

माँ ऐसी बातें सुनकर अपनी आँखें लजाकर झुका लेती हैं।

माँ घर को ऐसा साफ-सुथरा चमकाकर रखती हैं कि दुनिया में कोई नहीं रख सकता। नानाजी का घर बहुत बड़ा है, तो क्या हुआ, माँ जैसी सफाई तो वहाँ कभी नहीं रहती। माँ न कभी एक घड़ी खाली बैठती हैं और न कभी पिताजी की तरह बैठी-बैठी चिन्ता करती हैं। माँ ही हमेशा चौरंगी और विक्टोरिया मैदान घूमने जाने का कार्यक्रम बनाती हैं। वह ललित भैया के कहने पर भी नानाजी की मॉरिस गाड़ी नहीं मँगवातीं। फिटन गाड़ी के पैसे भी माँ ही पिताजी के हाथों पर धर देती हैं।

हर पूर्णिमा के दिन वे लोग चाँद की रोशनी में सफेद चाँदनी बिछाकर कटोरदान से निकालकर खीर, पूड़ी और आलू की सब्जी खाते हैं। किशोर के

दोस्त उसकी बातें सुनकर सुनते-के-सुनते रह जाते हैं। उनकी माँएँ कभी इस तरह चौरंगी जाने की कल्पना नहीं कर सकतीं। चौरंगी की चमकती हुई दुकानें कितनी अद्‌भुत सुन्दर हैं—आर्मी नेवी स्टोर्स, हॉल एंड एंडरसन, व्हाइट वे लैडला! विक्टोरिया मेमोरियल के सामने मैदान में बैठकर चौरंगी को देखना। मोटरकार, टैक्सी, बस, ट्राम, घोड़ागाड़ी की आवाजें! बिजली की शाम ढले जगमगाहट, ब्रिस्टल होटल से आती बाजे की मधुर ध्वनि, हिन्दुस्तानी दुकान पर बजता ग्रामोफोन—किशोर के दोस्तों में से ऐसे बहुत कम हैं जिन्होंने यह सब देखा है। शान्तनु की बात और है, वह तो रहता ही चौरंगी पर है। माँ के कहने पर पिताजी कभी-कभी ललित भैया को और उसको हरिसन रोड से ट्राम में बैठाकर भी चौरंगी ले गए हैं।

किशोर कई बार सोचता है कि माँ ही हर कार्यक्रम क्यों बनाती हैं—कभी पिताजी अपनी तरफ से क्यों कुछ नहीं सोचते? पर पिताजी हर समय परेशान रहते हैं। माँ उनको हिम्मत बँधाती रहती हैं। वह कई बार माँ को पिताजी को कुछ-कुछ समझाते सुनता है।

किशोर के दिमाग में पिताजी से जुड़ी स्मृतियाँ बहुत कम हैं। हर जगह माँ की दुनिया फैली हुई है। माँ ने अन्त में भी पिताजी को सही सलाह दी थी कि वे किसी अच्छे डॉक्टर को अपने मलद्वार में हुआ नासूर दिखा लें—पास में रहनेवाले मुक्ताराम बाबू स्ट्रीट में 'चाँदसी' चिकित्सक से इलाज न करवाएँ। लेकिन पिताजी नहीं माने। शरद बाबू को उन्होंने इसलिए नहीं दिखाया क्योंकि व्यापार के मामले को लेकर वे नानाजी लोगों से नाराज थे। शरद बाबू नानाजी के घर के डॉक्टर हैं, इसलिए पिताजी उनसे भी नाराज थे। इस बार माँ की नहीं चली थी। किशोर को याद है कि सब कुछ इतनी जल्दी हुआ था कि माँ की माल के काम की जरीदार ओढ़नी, जो वे बाहर जाते समय ओढ़ती थीं, खूँटी पर टँगी की टँगी रह गई और फिर कभी काम नहीं आई।

ललित भैया इस आघात से इतने गहरे टूट गए थे कि कई दिनों तक न रोए और न कुछ बोले थे। माँ को सफेद साड़ी में देखना उनके लिए इतना कठिन था कि वे जितनी बार माँ को देखते थे, एक नए सिरे से और टूटते जाते थे। माँ ने अपने आँसू पीकर ललित भैया को सँभाला था। ललित भैया हर समय माँ की गोद में सिर रखकर पड़े रहते थे। कोई काम होने पर किशोर ही करता था।

तभी से किशोर को धीरे-धीरे घर की दुनिया की सँभाल करने की आदत होती गई है। यों भी ललित भैया ने तीन साल बड़े होने पर भी हमेशा छोटे भाई ही की चलने दी है, किशोर के दिमाग में तरह-तरह की सूझें जो आती हैं।

बड़े मामा जी एक बार दोनों भाइयों को पाँव दबाने के लिए कह खुद खर्राटे लेते सो गए। दोनों पाँव दबाते-दबाते जब उकता गए तब ललित भैया ने उसकी

तरफ देखा। उसने ललित भैया के कान में फुसफुसाकर कुछ कहा और वे दोनों एक-दूसरे को मारने लगे। उनके हल्ले-गुल्ले से मामाजी की नींद खुल गई और वे चिल्लाए, 'यही धरती का बीच है तुम लोगों के लड़ने के लिए? जाओ, भागो, बाहर जाकर लड़ो!'

किशोर ने कहा, 'मामाजी, हम तो पाँव दबा रहे थे आपके।'

'जाओ, बहुत दबा लिये पाँव!' मामाजी ने गुस्से से कहा।

वे दोनों हँसी दबाते बाहर आ गए और बाहर आकर खूब हँसे।

बड़ी मामी समझ गई थीं कि उन्होंने जरूर कुछ शरारत की है, 'क्यों लाला, बड़े हँस रहे हो आज! क्या बात है?'

बड़े मामाजी का आतंक ऐसा था कि सारा घर उनसे थर-थर काँपता था। मामी तो उनके आगे साँसें भी सहम-सहमकर लेती थीं। ललित भैया को मामी से बहुत प्रेम था, इसलिए उन्होंने मामी को पूरा किस्सा सुना दिया।

मामी भी हँसी थीं, 'मान गए लालाजी आपको! सबके कान काटोगे बड़े होकर—दिखता है मुझे।'

ललित भैया बड़ी मामी की कोई भी बात चलने पर उदास हो जाते। किशोर ने देखा था कई बार—मामी को खुद अपने हाथ से खाना पकाकर थाली सजाते और मामाजी को भरी थाली उठाकर फेंकते। थाली की झनझनाहट थमती, तब तक मामाजी उठकर घर से बाहर चले जाते और रात भर घर नहीं लौटते। मामी अपनी बड़ी-बड़ी कजरारी आँखों और सुतवाँ नाक को पल्ले से पोंछती जातीं और थाली में खाली कटोरियाँ वापस उठाकर ले जातीं। उनका झक गोरा रंग एकदम लाल हो जाता। तब रघु नौकर आता और मुँह भींचे चारों तरफ बिखरे साग-दाल पोंछकर साफ करता।

'मामीजी कानपुर के बड़े खानदान की है।' ललित भैया कभी-कभी किशोर को वह सब बताने लगते जो उन्होंने इधर-उधर से सुनकर जान लिया था। 'देखते नहीं, कितनी सुन्दर हैं! एकदम किसी राजा की रानी होने के लायक! बेचारी ऐसे आदमी के पल्ले पड़ गई हैं जो हीरे की कदर ही नहीं जानता। वे क्या ज्यादा सुन्दरियाँ होंगी, जिनके यहाँ मामाजी जाते हैं?'

'कहाँ जाते हैं?' मामीजी की प्रशंसा से उकताए हुए किशोर ने तुरन्त कान खड़े कर लिये।

'तुम्हें नहीं मालूम? अच्छा, तुम्हें कैसे मालूम होगा? तुम तो बच्चे हो। जाते हैं बहूबाजार किसी मैना ठकुरानी के पास। पता नहीं, हिन्दू है या मुसलमान! बड़े ठाठ-बाट से रहती है। उसका अपना मकान है और उसी में एक मस्जिद भी बनी हुई है बहुत पुरानी। वैसे तो इन लोगों का क्या हिन्दू, क्या मुसलमान! पर कहते हैं कि उसके जैसा सुरीला गला किसी का नहीं—वह जब गाती है तो हवा भी रुक

जाती है।' ललित भैया बोलते-बोलते चुप हो गए, जब उन्हें समझ में आया कि उन्हें जिसकी बुराई करनी चाहिए, वे उसकी बड़ाई करने में लग गए हैं।

'लेकिन भैया, तुम्हें इतना सब कैसे मालूम? तुम क्या गए हो वहाँ पर?' किशोर ने कुछ सन्देह से पूछा।

'तुम्हारा दिमाग खराब है? मैं जाऊँगा ऐसी जगह पर!' ललित भैया का चेहरा लाल हो गया था, 'मेरे संग एक लड़का पढ़ता है मदन। उसके ताऊ हैं न, वे ज्वाला बाबू—वही, जो बड़े मामा के दोस्त हैं—जिनके पास बड़ी ऑस्टिन है जो रोज सुबह विक्टोरिया मैदान जाती है। ज्वाला बाबू तो हर जन्माष्टमी पर अपने घर बुलाते हैं अपनी बहूबाजारवाली को। वह चौक में भगवान के सामने बैठकर भजन सुनाती है। मदन ने देखा है उसे। बालों में फूल लगाती है। खूब गहने पहनती है। मदन की ताई शाम होते ही घर के सारे शीशों पर सफेद पर्दा लगवा देती हैं। वे कहती हैं कि शाम के बाद भली औरतों को शीशे में अपना चेहरा नहीं देखना चाहिए। शाम को कैसा सिंगार? शाम को तो 'कसबिनें' सिंगार करती हैं।'

किशोर ने सुझाव रखा, 'चलो, एक दिन हम चलकर किसी 'कसबिन' को देख तो आएँ।'

ललित भैया एकदम डर गए, 'नहीं-नहीं, किशोर, ऐसा कभी मत करना। मेरी गलती हुई जो तुम्हें यह सब बताया। तुम्हें नहीं मालूम, ये लोग बंगाल का काला जादू जानती हैं। अपने घुटने तक के बालों से एक बार तुम्हें छू देंगी, तो फिर तुम इनके चंगुल से नहीं निकल पाओगे। सोचो, अगर मामाजी को पता चल गया तो क्या होगा? वे हमारी खाल ही उधेड़ देंगे। और माँ को पता चल गया तब? हमारी माँ पहले ही दुखियारी हैं। तुम मुझे वचन दो कि फिर कभी ऐसी बात सोचोगे भी नहीं?'

'अच्छा, अच्छा! लेकिन भैया, तुम्हें किसने बताया कि वे जादूगरनियाँ होती हैं?'

'बड़ी मामी ने, और किसने?' ललित भैया ने कहा, 'बड़ी मामी एक दिन बहुत रो रही थीं। नानीजी ने कुछ कहा होगा मामाजी के लिए।—हाथ से ही लड़का निकल गया—ऐसा कुछ। तब बड़ी मामी को बहुत दुख हुआ था। उन्होंने कहा मुझे—माँ होकर ऐसी बातें करती हैं। ये औरतें जादूगरनियाँ होती हैं। न तुम्हारे मामा उस मरे नासपीटे ज्वाला प्रसाद की बात सुनकर इनका गाना सुनने जाते, न इनके जादू में फँसते। अब बेचारे फँस गए हैं, तो वे भी क्या करें?—देखा तुमने किशोर, कितनी अच्छी हैं मामीजी! कभी मामाजी की बुराई तक नहीं करतीं। इतना सब सहती हैं, पर फिर भी कहती हैं—जो सुख मेरे भाग्य में नहीं था, वह मुझे कोई कैसे दे सकता था?' ललित भैया का गला रुँध गया।

'नानाजी कुछ क्यों नहीं कहते बड़े मामाजी को? मेरी तो समझ में नहीं आता!' किशोर ने गुस्से से कहा।

'नानाजी बड़े मामाजी को बहुत चाहते हैं। किसी बात के लिए उन्हें मना नहीं कर सकते। वे कहते हैं कि लड़के को गाना सुनने का शौक है, तो इसमें हर्ज ही क्या है? कहते हैं, औरतों को रोने-धोने की आदत होती है। बड़े घर की लड़की ले आया, यही भूल हुई। पति को कोई शौक हो तो पत्नी को समझना चाहिए। मामीजी का एक ही सहारा है—बगल में राधेश्याम बर्मन की माँ है न, वे कुछ जादू से छुटकारा पाने का उपाय जानती हैं। रोज छत से मामीजी उनके पास चली जाती हैं—मामाजी को छुटकारा दिलाने के लिए कोई 'प्रयोग' करने। देखो, क्या पता, कुछ हो ही जाए!'

बर्मन बाबू की माँ को किशोर ने कई बार देखा था। उसने सुना था कि वे चोर पकड़ने के लिए अनाज फटकने का एक सूप कैंची में अटकाकर रखतीं, जिसे दो आदमी पकड़े रहते। जब चोर का नाम आता, तभी सूप घूम जाता। एक बार पड़ोस की एक औरत के गहने चोरी होने पर इसी तरह बर्मन बाबू की माँ ने उसके नौकर को पकड़ाया था। बर्मन बाबू की माँ का चेहरा-मोहरा ऐसा रोबदार था कि उनके सामने पड़ते ही चोर का चेहरा फक पड़ जाता। ऊपर से यह बात चारों तरफ फैली हुई थी कि उनका बताया कभी गलत नहीं निकला है। किशोर को लगता था कि बर्मन बाबू की माँ सूप घुमाने के पहले ही समझ जाती थीं कि चोर कौन है।

बर्मन बाबू का परिवार कलकत्ते के पुराने रईस खत्रियों का परिवार था। बर्मन बाबू की माँ के गोरे चेहरे पर नाक में चमकती हीरे की लौंग, पान से लाल होंठ, काली पैनी आँखों के सामने बर्मन बाबू भी अदब खाते थे। किशोर को शान्तनु ने बताया था कि देशबन्धु चितरंजन दास और सुभाष बाबू का बर्मन बाबू के यहाँ आना-जाना था। हावड़ा से सियालदह को जोड़ने के लिए पिछली शताब्दी के अन्तिम वर्षों में जब हरिसन रोड बनी और उसके दोनों तरफ मकान बनाने के लिए जमीन अंग्रेजों ने बेची, तभी बर्मन परिवार ने वहाँ काफी जमीन खरीदी थी। सामने खादी भंडार में जब भी कोई कांग्रेस का बड़ा नेता आता, तो वह बर्मन बाबू के घर मिलने आता या बर्मन बाबू खादी भंडार जाया करते थे। बर्मन बाबू की माँ एकदम गोरी-चिट्टी खत्राणी थीं। ऊपर से चमकदार कजरारी आँखें। किशोर को वे खुद किसी जादूगरनी से कम नहीं लगती थीं। लेकिन उनका कोई उपाय बड़ी मामी के काम नहीं आया। कोई ऐसा चमत्कार वे नहीं कर पाईं जो बड़े मामाजी को बहूबाजारवाली के जादू से छुड़ा सके।

अन्त में शायद घुटते-घुटते बड़ी मामी को राजयक्ष्मा हो गया। उनका शरीर सूखकर पिंजर मात्र रह गया। गोरा रंग मटमैला पड़ गया। पर चेहरे की आब ज्यों-की-त्यों बनी रही। अब नानीजी उन्हें चौका-चूल्हा छूने नहीं देती थीं। इसलिए न वे मामाजी की थाली परोसतीं और न मामाजी ही अब थाली फेंकते। मामाजी को

उनके कमरे में जाने की भी मनाही थी। बड़ी मामी अपने कमरे के छोटे-से बरामदे में खड़ी होतीं, तभी किसी को दिखाई पड़तीं। उनके पास एक दाई रहती, जो उनकी देखभाल करती थी।

ललित भैया को मामी ने खुद उनके पास आने से मना कर दिया। ललित भैया एकदम बुझे-बुझे रहने लगे। बड़े मामाजी भी अब बहुत शान्त हो गए थे। यहाँ तक कि नौकर-चाकरों को डाँटने या गाली-गलौज करने के लिए भी उनकी ऊँची आवाज घर में अब गूँजनी बन्द हो गई थी। उन्होंने मामीजी के इलाज के लिए राजयक्ष्मा के बड़े अंग्रेज डॉक्टर को भी किसी रियासत से बुलवाया, लेकिन मामीजी को कोई दवा नहीं लगी। मामाजी ने बहूबाजार जाना भी बन्द कर दिया। सारा घर मानो यम की प्रतीक्षा कर रहा था।

एक दिन कई सप्ताह के बाद किशोर ने उन्हें बरामदे में खड़े देखा। अब उनके चेहरे की चमक भी खत्म हो चुकी थी, पर वे मुस्करा रही थीं। किशोर ने साफ देखा कि वे मुस्करा रही थीं। उन्होंने इशारे से अपने कद से हाथ ऊपर करके जैसे पूछा कि ललित कैसा है ? किशोर ने जवाब में गरदन हिलाई। तब उन्होंने फिर अपनी तरफ इशारा करके जैसे कहा, 'मैं सोने जा रही हूँ। मैं ठीक हूँ।' फिर वे कमरे के अन्दर चली गईं।

उसी दिन उनकी मृत्यु हो गई।

उनकी मृत्यु के बाद ललित भैया ने नाना-मामा के घर जाना बिलकुल छोड़ दिया। बड़ी मामी के अपने पास आने से मना करने के बाद से ही वे माँ के बहुत कहने पर कभी-कभार वहाँ जाते थे। बड़ी मामी की मृत्यु के दो-तीन महीने बाद बड़े मामाजी ने माँ को कहकर ललित भैया को बुलवाया। वे ललित के सिर पर हाथ फेरते रहे और उनकी आँखों से टप-टप आँसू गिरते रहे।

एक दिन किशोर ने सुना कि नानीजी माँ को कह रही थीं, 'बड़ी जो टोटका-टोना करवा रही थी, वही उसके उलटा पड़ गया। इसीलिए उसे मरना पड़ा।'

किशोर ने देखा कि माँ के चेहरे पर नानीजी के प्रति हिकारत के स्पष्ट भाव उभर आए थे। बड़ी मामी के प्रति अपनी माँ के व्यवहार से उन्हें पहले भी बहुत कष्ट था। इसके पीछे शायद ललित भैया का बड़ी मामी के प्रति प्रेम भी एक कारण था। पन्द्रह साल के पितृहीन लड़के के मन पर यह दूसरा आघात उन्हें बहुत तकलीफ दे रहा था। माँ ने किशोर को कमरे के दरवाजे से बाहर जाने के लिए कहा।

किशोर ने दरवाजे की ओट में खड़े होकर सुना कि माँ कह रही थी, 'तुमसे मैंने कितनी बार कहा था माँ, कि उस बेचारी के मन की तकलीफ को समझने की चेष्टा करो, पर तुमने कभी नहीं सुनी मेरी। कभी बड़े भैया को रोकने की कोशिश नहीं की। तुम्हें भाभी से यही शिकायत थी न कि वह अपने को बहुत बड़े बाप की

बेटी समझती है ? देख लो उसका बड़प्पन—उसने अपनी जान देकर भैया को बहूबाजार जाने से रोक लिया है। जीत भाभी की हुई है, माँ!'

माँ बोलते-बोलते रुक गई थीं। उनकी आँखों से आँसुओं की धाराएँ बहने लगी थीं—चेहरे की थकान की रेखाओं को उकेरती हुई। दरवाजे की ओट में खड़े हुए किशोर को होंठों में अपने ही आँसुओं का खारा स्वाद आने पर पता चला कि वह भी रो रहा है। माँ ने अचानक रोना बन्द कर आँसू पोंछ लिये थे, जैसे उन्होंने ठान लिया हो कि वे अपनी बात पूरी करके ही रहेंगी, 'वह कोई टोना-टोटका नहीं कर रही थी। बर्मन बाबू की माँ ने भाभी को बताया था कि उनकी दादी कहती थीं कि जो स्त्री अपने स्तनों पर मेहँदी से मोर और कमल का फूल बनाती है, उसका पति हमेशा उसके वश में रहता है। भाभी ने यही करके देखा था। लेकिन यह प्रयोग करके भी जब वह भैया को नहीं रोक सकी, तो उसने यह रास्ता चुना। उसने ठीक होने के लिए कोई दवा नहीं खाई थी माँ, सुना तुमने ? वह ठीक होना ही नहीं चाहती थी। कुछ उलटा टोटका नहीं हुआ। वह जीत गई माँ। उसके लिए मुझे कुछ मत कहो। मैं नहीं सुन सकती उसके बारे में।'

किशोर का दिल दहल गया। यह कैसी जीत है ? जब जीतनेवाला ही नहीं रहा, तो हार-जीत का अर्थ ही क्या ? उसने अपने कानों से सुनी इस बात को ललित भैया को नहीं बताया। उसे मालूम था कि वे बरदाश्त नहीं कर पाएँगे। ललित भैया बहुत दिनों तक गुमसुम रहे। उनका दोस्त मदन भी कभी-कभी बहूबाजार के चक्कर लगाने लगा था। धीरे-धीरे किशोर को मालूम होता गया था कि बहुत सारे जान-पहचान के लोग वेश्याओं के पास जाया करते हैं। किन्तु इस कारण न घर में और न समाज में ही उनकी खास अप्रतिष्ठा है। अलबत्ता ऐसे लोगों के बारे में हरेक को मालूम जरूर होता है।

अमोलक ने किशोर को बताया कि उसके एक रिश्ते के चाचा रोज रात को हाथ में बेले का गजरा बाँधकर, इत्र छिड़ककर, फनाफन सफेद कुर्ता पहनकर घर से बाहर निकल जाते हैं। नियत समय पर उन्हें लेने के लिए एक घोड़े की फिटन आती है, जिसमें वे अपनी महबूबा को बहूबाजार से लेकर रात को विक्टोरिया-चौरंगी घुमाते हैं। उधर चाची के हर साल एक बच्चा हो जाता है, इसलिए वे या तो गर्भवती रहती हैं या जापे (जचगी) में।

कैसी जिन्दगी है हमारे घरों में औरतों की!—किशोर कई बार सोचता है। सारे दिन घर में बन्द रहती हैं। कभी बाहर निकलना हुआ, तो जरीदार भारी ओढ़नी ओढ़कर। गरदन तक घूँघट डालकर। अमोलक कहता है कि हाथरस में उसके ननिहाल में मकानों की छतें एक दूसरी से सटी हुई हैं। वहाँ औरतों को एक-दूसरे के घर जाने के लिए ओढ़नी नहीं लेनी पड़ती—वे छत-ही-छत से दूर तक कई-कई घरों में आ-जा सकती हैं। उनकी छतें ही उनके लिए सड़कें हैं। उन्हें नीचे की

दुकान से कोई सामान मँगवाना होता है तो वे ऊपर एक तल्ले से साड़ी लटकाकर नीचे दुकानदार को आवाज दे देती हैं। वह उसी साड़ी में सामान बाँध देता है जिसे वे ऊपर खींच लेती हैं। महीनों-महीनों तक औरतें घर के बाहर सड़क पर कदम नहीं रखतीं।

अमोलक ने ही उसे किसी द्वारकादास की कलकत्ते के वेश्यालयों पर लिखी हुई एक पुस्तक के बारे में भी बताया है, जो संयोग से कॉलेज स्ट्रीट में उसके हाथ लग गई थी। उसमें लिखा था कि जब से कलकत्ता बना, तभी से यहाँ वेश्याओं की भरमार थी। डेढ़ सौ साल पहले वेश्याओं की बड़ी-बड़ी कोठियाँ हुआ करती थीं जिनमें पचास-पचास कमरे तक हुआ करते थे। कलकत्ता हमेशा बाहर से आकर व्यापार करनेवालों का शहर रहा है। इसलिए यूरोपियन वेश्याओं से लेकर बड़ी-बड़ी नामी मुस्लिम वेश्याएँ और बनारस की वेश्याएँ यहाँ हुईं जिनके पास भारी धन-जायदाद हुआ करती थी। पूरे-के-पूरे इलाके वेश्याओं के इलाके कहलाते थे।

अमोलक घर में सब तरह की बातें सुना करता है क्योंकि उसके यहाँ देश-समाज की तमाम विकृतियों पर खुली बातचीत होती है। उसके पिता कांग्रेस के सक्रिय कार्यकर्ता हैं। उसे किसी भी तरह के प्रश्न पूछने की भी घर में छूट है—ऐसी बातें होते समय उसे बाहर कर दिये जाने का तो कोई प्रश्न ही नहीं उठता। अमोलक कहता है कि प्राय: मारवाड़ियों के घरों में पुरुषों को हर तरह की मनमानी करने की छूट है जबकि स्त्रियों पर हर तरह की पाबन्दी है। लेकिन इससे अन्दर ही अन्दर न जाने कितने तरह के गलत सम्बन्ध पनपते रहते हैं। उसने सुना कि हाल में बड़ाबाजार के एक मकान में एक पन्द्रह साल की कुँवारी लड़की का किसी से गर्भ ठहर गया था। छठे महीने उसे गर्भपात हो गया तो उसने बिना किसी को बताए बच्चे को टट्टीघर के पीछे की तरफ फेंक दिया। बाद में जब बहुत हल्ला हुआ, तब जाकर पता चला।

'बंगाल में रहते हुए भी मारवाड़ी औरतें कितनी पिछड़ी हुई हैं!' अमोलक किशोर से हर बार उतने ही दुख से कहता है, 'कांग्रेस की मीटिंगों में लाल पाड़ की साड़ी पहने, खुले लम्बे बालोंवाली लड़कियों को—बौलो, बौलो बौलो/शतवीणा वेणु/सबे/भारत आबार जगत-सभाय/श्रेष्ठ आसन लबे—गाते देख मेरी आँखों में आँसू आ जाते हैं। कब हमारे समाज में जागृति आएगी? बंगाली लोग हमें बेमतलब ही 'मेड़ो' और 'खोट्टा' नहीं कहते। सचमुच हमारी हालत बहुत गिरी हुई है।'

अमोलक लेक रोड के बंगाली पाड़े (मुहल्ले) में रहता है। उसे लगता है कि जब आजादी आ जाएगी, तब उसके पाड़े के लड़के उसे 'मेड़ो-खोट्टा' कहना अपने-आप बन्द कर देंगे। दस साल पहले अमोलक की माँ ने बड़ाबाजार में विदेशी

वस्त्र बेचनेवालों की दुकानों पर पिकेटिंग की थी। तब मारवाड़ी समाज के लोगों ने उन्हें वेश्या तक कहकर पुकारा था।

अमोलक को इस बात पर आज भी बहुत गहरा क्षोभ होता है। मन–ही–मन इस बात से वह माँ से कुढ़ता भी रहा है। एक बार उसने माँ को कह दिया था, 'जब इस तरह की बातें हो सकती थीं, तब क्या तुम्हें कुछ दिन और नहीं ठहरना चाहिए था? क्या तुम्हें सोचना नहीं चाहिए था कि ऐसी बातें कही जा सकती हैं तुम्हारे लिए?'

तब माँ ने कहा था, 'ठहरने और नहीं ठहरने से क्या फर्क पड़ता? औरत कुछ भी करना चाहे तो उसकी जिन्दगी का क्या यही मतलब नहीं निकाला जाता?'

8

7 नम्बर, प्रसन्न कुमार टैगोर स्ट्रीट

किशोर सबकी बातें सुनता है और एक अजीब कशमकश का अनुभव करता है। शान्तनु हो या अमोलक—सब समाज, देश, जिन्दगी के बारे में बड़ी-बड़ी धारणाओं से टकरा रहे हैं। लेकिन उसकी जिन्दगी सेंट्रल एवेन्यू के इस मकान के इन दो कमरों में सिमटकर रह गई है। कई बार उसे लगता है, जैसे उसके पंख कतर दिए गए हों! उसकी कहीं कोई हिस्सेदारी नहीं हो सकती। उसके जीवन पर दो-दो अकाल मौतों का ऐसा साया पड़ गया है कि उसे सिर्फ जूझना है—अपनी जिन्दगी से। देश की आजादी, मारवाड़ी जाति का पिछड़ापन, औरतों की हालत—इस सब बातों से टकराने के लिए भी तो अपनी आजादी चाहिए। वह जरा-सी देर कर देता है, तो माँ का कलेजा उठ जाता है—हाथ-पैर ठंडे होकर दिल तेजी से धड़कने लगता है। वह खुद ही एक सहारा है किसी का, उसका कोई सहारा नहीं। उसे सपने देखने की छूट नहीं। चारों तरफ ऐसा माहौल है जहाँ लोग अपनी पुरानी धारणाओं-विचारों से छूटने के लिए छटपटा रहे हैं, लेकिन उसका जीवन उन्हीं में उलझा हुआ है। वह किसे माने और किसे न माने ?

उसके अपने अन्दर ही कई दुनियाएँ हैं, जिनका आपस में कोई मेल नहीं। शान्तनु की दुनिया को वह अपनाने गया, तो खोपड़ी के पीछे की यह गुठली मिली, जो जब-तब टसकने लगती है। अब वह अमोलक की दुनिया के प्रति खिंच रहा है। किसी तरह वह शनिश्चर के दान, भुतहा मकानों और मृत्यु के अज्ञात कारणों से छूटना चाहता है, जो उसके सिर पर चढ़कर नींद में भी उसे घोंटते रहते हैं।

इन दिनों वह रात-रात सपने देखता है। कई बार उसे सपने में ऐसा महसूस होता है कि वह एक ऐसे बिन्दु पर पहुँच गया है जहाँ सारी समस्याएँ खत्म हो गई हैं। हालाँकि उठने पर उसे किसी तरह याद नहीं आता कि उसने क्या हल ढूँढ़ निकाला था सपने में। सपने में वह कभी-कभी शान्तनु को लम्बे-लम्बे भाषण देता है, कभी सत्यपालजी को लाइब्रेरी में बैठकर कुछ-कुछ कहता रहता है। कभी वह

गली-गली भटकता है—टेढ़ी-मेढ़ी घूमती गलियों में चलते-चलते वह अमोलक का घर खोजता है और बार-बार घूम-फिरकर एक चौकोर तालाब तक पहुँच जाता है, जिसके पानी में माँ काली की भसान (विसर्जन) की हुई मूर्तियों के अन्दर का पाट-भूसा तैर रहा है। पर अमोलक का घर किसी तरह उसे मिलता नहीं। फिर उसे याद आता है कि वह अमहर्स्ट स्ट्रीट के पश्चिम की गलियों में अमोलक का घर खोज रहा है जबकि अमोलक लेक टेम्पल रोड पर रहता है। कलकत्ते के दक्षिणी छोर के बजाय वह उत्तरी छोर की तरफ क्यों चला आया है, यह उसे समझ में नहीं आता। तभी उसकी नींद इसी परेशानी में खुल जाती है और वह देर तक जागता हुआ परेशान रहता है।

क्या कह रहा था वह आज सपने में शान्तनु से? शान्तनु ने उसकी बात मानी भी थी क्योंकि उसके तर्क बहुत जोरदार थे। किस विषय पर बातें हुई थीं उनकी? वह दिमाग पर जोर डालता है। हाँ, उसने बताया था शान्तनु को—कि वह राममन्दिर के बाहर खड़े शनि महाराज के पीतल के लोटे में ताँबे के चौकोर सिक्के, छेदवाले गोल सिक्के और सरसों का तेल हर शनिवार को डालकर आता है। उसे याद है शान्तनु की हैरानगी यह बात सुनने पर। उसने शान्तनु को यह भी बताया था कि जिस बार पिताजी ने भिवानी से लौटते हुए कलकत्ते में मंगलवार को प्रवेश किया था, उसी बार वे ऐसे बीमार पड़े थे कि फिर ठीक ही नहीं हुए। पिताजी को अन्त तक अफसोस रहा था कि उन्होंने ऐसा क्यों किया। वे कलकत्ते के बाहर जाना चाहते थे कि मंगलवार को किए गए वर्जित प्रवेश का पिछला मुहूर्त बदल डालें, पर ऐसा सम्भव नहीं हो पाया। कलकत्ता काली माँ का क्षेत्र है—नरमुंडों की माला धारण करनेवाली, बलि के खून की प्यासी देवी का क्षेत्र। मंगलवार को कलकत्ते में प्रवेश यात्री पर भारी पड़ता है—पिताजी ने इस मान्यता को जानते हुए भी ऐसा किया था। क्या पता, इसीलिए ऐसा हुआ! कौन जानता है, क्या सच है!

किशोर का दिमाग सपनों की बातें याद कर भन्नाने लगा था। यह सच है कि वह शान्तनु से ये सब बातें छुपा लेता है, पर ये सब बातें उसके दिमाग से बाहर तो होतीं नहीं। वह इन बातों को सच नहीं मानता, फिर भी इनसे मुक्त कहाँ हो पाता है! लेकिन वह जानता है कि शान्तनु से ये बातें नहीं कही जा सकतीं। वह समझ नहीं सकता इन कमजोरियों को, न ही वह उसे किसी तरह से मदद कर सकता है इनसे मुक्त होने में। आदमी या तो अन्धविश्वासी होता है या नहीं होता—शान्तनु इतना ही जानता है।

किशोर के अन्दर रात को जो दुनिया चलती है, वह उसके दिन की दुनिया से बिलकुल अलग है। रात को वह दिमाग से नहीं सोच सकता। उसके सारे डर रात को असलियत ले लेते हैं और वह पूरी शक्ति से उनसे लड़ते हुए भी उन्हें जीत नहीं पाता। माँ कहती है कि उनके ससुर कहते थे कि भिवानी की हवेली कभी फली

नहीं उन लोगों को। उसका गृह-प्रवेश गलत निषिद्ध मुहूर्त में हुआ था, इसीलिए वह कभी आबाद नहीं हुई और न वे लोग ही कभी सुखी हुए जो उसमें रहे। तो फिर आदमी जाए कहाँ? क्या यह मकान हमारे लिए शुभ है?—किशोर रात को नींद में इस सवाल से जूझता है। क्या माँ को यह बात कहे? लेकिन फिर वे लोग जाएँगे भी कहाँ?

अन्त में एक रात किशोर ने माँ को ही ये बातें कह डालीं। रात को उसका दिमाग शनि, मंगल, शुभ-अशुभ—न जाने कैसी-कैसी बातों में उलझ जाता है। वह सो नहीं पाता। तब माँ ने उसे अपनी मुक्ति की कहानी सुनाई थी और किशोर धड़कते दिल से माँ की गाथा सुनता रहा था, 'तेरे और ललित के पहले मेरे एक लड़की हुई थी। तेरी वह बहन तीन महीने की होकर मर गई थी। मैं दुख से पागल हो गई थी उन दिनों। वह इतनी प्यारी थी कि उसे आए दिन नजर लग जाती। भिवानी में रोज झाड़ा देनेवाला आता, दो बराबर की सींकें झाड़ू से तोड़कर बनाता। फिर उसे झाड़ा देता और तब हर बार एक सींक दूसरी सींक से बड़ी हो जाती। तब वह बड़ी सींक का उतना ही टुकड़ा तोड़ देता जिससे कि वह छोटी सींक के बराबर हो जाए और कहता—लो, इतनी नजर लगी थी। लेकिन अन्त में वह कुछ नहीं कर पाया। वह दूध पीती, तो उसके दिल से अजीब धड़-धड़ की आवाज आती। डॉक्टर को दिखाया तो उसने कहा, दिल में छेद है। पर किसी इलाज से कुछ नहीं हुआ। एक दिन वह दूध पीती-पीती मर गई। उसे सफेद कपड़े में लपेटकर दफनाने ले गए। मैं बिलकुल पागल हो गई—हर समय रोती रहती—कोई मेरी गुड़िया को वापस ला दो।

'हमारे घर में एक नेवगण (नाई की स्त्री) आती थी—बहुत पुरानी। सबके सिर में तेल लगाती, पैर दबाती। हमारे यहाँ कई पुश्तों से उसकी पुश्तें काम करती आई थीं। उसने मुझे बताया कि रात को श्मशान में 'सेवड़े' (तांत्रिक) लोग आते हैं और बच्चों की लाशों को खोदकर निकाल लेते हैं। उस समय कोई जाकर पीछे से उनके बाल पकड़ ले तो वह बच्चे को जिन्दा ले आ सकता है। मेरी हालत ऐसी थी कि मैं अपनी बच्ची को वापस लाने के लिए कुछ भी करने को तैयार थी।

'हमारे घर कपड़े धोनेवाली धोबिन से एक जोड़ी कपड़े माँगकर घूँघट से अपने को पूरी तरह ढककर उस रात मैं सूखी नदी के श्मशान तक पहुँच गई। मुझे नहीं मालूम कि कैसे मेरी हिम्मत हुई कि ऐसी जगह में मैं जाऊँ। हम लोग कभी-कभी नदी पर पूजा करने जाते थे। और मैंने सुना था कि टीले के ऊपर चढ़कर श्मशान था। उस रात वहाँ भयंकर सन्नाटा था। कोई लाश जलाने के लिए नहीं लाई गई थी। एक जगह किसी झोंपड़ी में रोशनी जल रही थी। वहाँ पहुँचकर मैंने देखा कि झोंपड़ी के बाहर एक चौकोर घेरा बना हुआ था, जिस पर अठारह खोपड़ियाँ रखी हुई थीं। अचानक मुझे समझ में आया कि ये बच्चों की खोपड़ियाँ थीं क्योंकि वे बहुत छोटी

थीं। वह सचमुच किसी तांत्रिक का स्थान था। लेकिन वहाँ कोई नहीं था। उन खोपड़ियों को देखकर मुझे होश आ गया। मैं तुरन्त भागकर टीले से उतरने लगी।

'किसी तरह मैं घर पहुँची। भगवान की कृपा से किसी ने मुझे देखा नहीं। लेकिन उस दिन से मेरे अन्दर से डर-भय बिलकुल निकल गया। जो जब होना होता है तभी होता है। आदमी कमजोर होता है इसलिए वह झेलना नहीं चाहता सच्चाई को। तब उसे ऐसे लोग भी मिल जाते हैं जो उसकी कमजोरी को पकड़कर उससे या तो कुछ फायदा उठाना चाहते हैं या खुद सचमुच ऐसी बातों पर विश्वास करते होते हैं। पर असल में यह सब छलावे के अलावा और कुछ है नहीं।

'मैं अब इस तरह की किसी बात में पड़ना नहीं चाहती। उसे सच मानना नहीं चाहती। जो होता है, उसे सहना ही सबसे सही रास्ता है। वह क्यों हुआ, इसके पीछे पड़ने से कुछ नहीं मिलता। तुम्हें अब से शनि महाराज को दान देने की कोई जरूरत नहीं। चलो, अच्छा हुआ कि तुमने मुझे यह बता दिया।'

उस दिन से किशोर को सपने आने बिलकुल बन्द हो गए थे।

सपने, सपने ही होते हैं। वे उठने पर यों भी खत्म हो जाते हैं, पर हकीकत उठने पर भी जिन्दा रहती है। उस मकान के पते को और उस दृश्य को किशोर कभी भूल सकता है क्या?

7 नम्बर, प्रसन्न कुमार टैगोर स्ट्रीट। बड़ी मामी की मौत के बाद मामाजी लोग हरिसन रोड से यहाँ आ गए थे। किशोर को सिनेमा की तरह उस मकान में ललित भैया के मरने का दृश्य जब-जब याद आता है, उसका गला मानो जकड़ा जाता है—उसी तरह, जैसे उसी मकान में एक दिन सपने में भूत ने उसकी छाती पर चढ़कर उसका गला दबा दिया था। उस भूत की बकरे जैसी दाढ़ी उसके गालों में चुभ रही थी। किशोर ने बहुत कोशिश की थी कि उसको ढकेलकर अपना गला छुड़वा ले या किसी तरह पास में सोई हुई माँ या ललित भैया को आवाज दे दे; किन्तु उसके गले से कोई आवाज नहीं निकल रही थी और न ही उसके हाथ-पैर हिल सकते थे।

उसके पूरे शरीर को जैसे लकवा मार गया था—बस, उसके अन्दर कोई अपने को बचाने के लिए पूरे दम से निःशब्द चीख रहा था। उसकी खुद की यह चीख उसके कानों में कहीं अतल से आती हुई सूँ-सूँ की ध्वनि में बदल जाती थी। उसे इस पूरे दौरान पूरा होश था—यहाँ तक कि उसने अपने मृत पिता से प्रार्थना की थी कि वे किसी तरह उसे बचा लें। उसे हनुमानजी भी याद आए थे जो उसे मालूम था कि भूत-प्रेतों से रक्षा करते हैं। और फिर अचानक ही वह प्रेतात्मा जो उसके सीने पर चढ़कर बैठी हुई दोनों हाथों से उसका गला दबा रही थी, गायब हो गई। बाद में धड़कते हुए दिल से उसने अपने सुन्न हो गए हाथों को हिलाकर करवट बदलकर माँ को देखा था, जो गहरी नींद में सो रही थी।

क्या सचमुच उसने कोई भूत देखा था या यह कोई डरावना सपना था ? लेकिन यह कैसा सपना था जो एकदम हकीकत जैसा था—क्योंकि उस समय भी उसे मालूम था कि वह सपना नहीं देख रहा है। वह बहुत दिनों तक इस बात पर विचार करता रहा था, पर किसी को इस बारे में बता नहीं पाया था। ललित भैया या शान्तनु को बताता, तो यह बात पक्की थी कि वे उसका खूब मजाक बनाते—उसे सोलहवीं शताब्दी का निपट गँवार या अन्धविश्वासी बताते। शान्तनु तो शायद किसी नाटक के संवाद की तरह कहता, 'क्या कह रहे हो तुम, किशोर! हजारों साल की इस गहरी नींद से अब तो उठो। हिन्दुस्तान की महाजाति के अब जागने का समय है दोस्त—भूत-प्रेत, हनुमान-पीर-फकीर आदि सब बातें अब छोड़ दो। इन्होंने हमें बहुत धोखा दिया है। अब हमें सबसे मुक्त होना है।'

किशोर धीरे-धीरे इस विचित्र स्मृति से मुक्त हो गया था। इसके कुछ दिनों बाद ललित भैया की सगाई तय हो गई। किसी नए व्यक्ति के परिवार में सम्मिलित होने का उत्साह माँ, ललित भैया, किशोर सबको उस अँधेरी छाया से मुक्त कर गया था, जो पिताजी की मृत्यु के बाद से उनके ऊपर घिरी रहती थी। पर ललित भैया की शादी के चार महीने पहले एक बार उठा पेट का भयंकर दर्द शादी के छह महीने बाद ही फिर साक्षात् काल का रूप धरकर सामने आया था।

डॉक्टर शरद मुखर्जी यानी शरद बाबू के हमेशा हँसते रहनेवाले चेहरे की हँसी जब बिलकुल गायब हो गई थी, तभी उन लोगों ने जान लिया था कि मामला गड़बड़ है। चौंसठ रुपया फीस लेनेवाले बंगाली डॉक्टर विधानचन्द्र राय अपनी बड़ी ऑस्टिन गाड़ी में आए, तब सबके चेहरे एक बार उम्मीद से चमके थे। ललित भैया की 'अपरूप' सुन्दरता और आँखों में जीवन की याचना, विधवा माँ की सफेद साड़ी की कातरता और झकाझक धोती-कुर्ता पहने तीनों मामाओं और नाना की निरीह प्रार्थनाओं को डॉक्टर राय ने बहुत गौर से देखा था। उनके चेहरे पर कोई भाव नहीं आए थे। गाड़ी में बैठते हुए उन्होंने गर्दन दाएँ-बाएँ हिलाते हुए शरद बाबू को कुछ कहा था और चले गए थे।

शरद बाबू ने नानाजी को भाभी को बुलवा लेने के लिए कहा और रो पड़े। तब नानाजी जमीन पर वहीं सड़क पर उकड़ूँ बैठ गए थे, जैसे उनसे बात करने आनेवाले नौकर-महाराज या दलालों को अक्सर किशोर ने उनके सामने बैठते देखा था। नानाजी ललित भैयावाले कमरे में वापस न जाकर अपने कमरे में बड़े मामाजी के सहारे लड़खड़ाते हुए से चलकर गए थे। किसी ने किसी को कुछ कहा नहीं था, पर सभी जैसे समझ गए थे।

ललित भैया ने न जाने क्या और कैसे समझा था, पर डॉक्टरों की बहत्तर घंटों की मोहलत में उन्होंने एक बात की रट लगा दी थी, 'माँ, अपने घर चलो। मैं यहाँ ठीक नहीं होऊँगा।' इस दशा में घर ले जाने की बात माँ ने मुँह से न कहकर आँखों

से बड़े मामाजी से कही थी, पर उन्होंने अपना मुँह फेर लिया था। अंग्रेज डॉक्टर को किसी तरह तुरन्त बुलवाने का इन्तजाम करने के लिए उन्होंने धरती-आसमान एक कर दिया था। उन्होंने जैसे ठान लिया था कि वे यमराज की इस बार किसी तरह नहीं चलने देंगे। सारे शरीर में अपेंडिक्स फटकर जहर फैल चुका है—वे इस बात को किसी तरह मानने को तैयार नहीं थे। जहर फैल जाता, तो क्या ललित का इसी तरह चेहरा दिपदिपाता रहता? अभी तक काला नहीं पड़ गया होता? अंग्रेज डॉक्टर ने ऑपरेशन करने की सलाह दी, तो वे तुरन्त तैयार हो गए थे—इसके बावजूद कि डॉक्टर ने कहा था कि बचने की उम्मीद दस प्रतिशत भी नहीं है। लेकिन शरद बाबू ने मामाजी को रोका था।

भाभी की आहट सुनने के लिए ललित भैया की आँखें और कान भयंकर तकलीफ के बावजूद दरवाजे पर लगे हुए थे। बड़े मामाजी इस बात से हार गए थे। अंग्रेज डॉक्टर गुस्से से बड़बड़ाता हुआ बिना फीस लिये चला गया था—इंडियन लोगों के पिछड़ेपन और मूर्खता को कोसता हुआ।

बड़े मामाजी ने अब नौकर को हटाकर ललित भैया को हाथ पंखा झलने का काम अपने ऊपर ले लिया था। छत पर घूमते बिजली के पंखे से ललित भैया को आराम नहीं मिल रहा था। बड़े मामा जैसे ही पंखा झलना बन्द करते, ललित भैया आँख खोल देते। कोई और पंखा झलता तो भी वे बेचैन होकर 'पानी-पानी' कहते या पानी पिलाने का इशारा करते। डॉक्टर ने पानी बिलकुल बन्द करवा दिया था। ललित भैया को बर्फ चुसवाकर सिर्फ कुछ बूँद पानी ही दिया जा सकता था। बड़े मामाजी हाथ बदल-बदलकर सारी रात ललित भैया को पंखा झलते रहे थे और नौकर उनका एक हाथ दबाता रहा था।

किशोर ने रात को कई बार उठकर यह दृश्य देखा था। ललित भैया ने एक बार माँ से कहा था, 'माँ, क्या तुम भी मुझे पानी नहीं दोगी?' तो माँ के गले से एक अजीब-सी आवाज निकली थी।

बाकी कमरे में सन्नाटे के स्वर गूँज रहे थे। कमरे में नानाजी कुर्सी डालकर चुपचाप बैठे थे। सभी मृत्यु की पदचाप सुनने के लिए ही जैसे स्तब्ध थे।

ललित भैया ने सुबह फिर कहा, 'मुझे अपने घर जाना है।' फिर वे चुप हो गए।

तब किशोर को न जाने क्यों वह बकरे की दाढ़ीवाले भूत का सपना याद आया था। क्या ललित भैया ने भी वह सपना देखा था और इसीलिए यहाँ नहीं रहना चाहते थे? किशोर को वहाँ फेरी लगाकर बरतन बेचनेवाले ने बताया था कि उस घर में पहले एक दाढ़ीवाला बंगाली रहता था जिसने गली में फाँसी लगाकर आत्महत्या की थी।

सुबह भाभी अपने पिता और भाई के साथ पहुँच गई थीं। मूक बहते आँसुओं से दोनों ने एक-दूसरे को विदा दी थी। तब कमरे में सिर्फ किशोर था। बाकी सब कमरे

से बाहर चले गए थे। माँ ने भाभी को कुछ नहीं कहा था। किशोर की ओर भैया ने चुपचाप एकटक देखा, पर कुछ कहा नहीं। वह भाभी के पीछे कुर्सी पकड़कर खड़ा रहा। वह भैया से रुक जाने को कहना चाहता था, पर कह नहीं पाया।

ललित भैया का वश चलता तो क्या वे भाभी को छोड़कर जा सकते थे? वे रोज भाभी को चिट्ठी लिखते थे, यह बात किशोर और माँ दोनों जानते थे।

भाभी को उनके पिता अपने किसी रिश्तेदार के घर ले गए थे। जाते समय भाभी ने माँ की साड़ी पकड़ ली। माँ ने उन्हें कलेजे से लगा लिया। फिर धीरे से अपनी साड़ी छुड़ाकर वे ललित भैया के पास जाकर बैठ गई थीं।

ललित भैया की आँखें अब दरवाजे की तरफ से हट गई थीं। उन्होंने दरवाजे की तरफ पीठ कर ली और कहा, 'माँ, मरनेवाले की अन्तिम इच्छा तो हर जगह पूरी की जाती है। मुझे पानी पिला दो माँ, नहीं तो तुम सारे जीवन पछताओगी।'

माँ के सिर पर हमेशा ढका रहनेवाला पल्ला गिर गया और उन्होंने बड़ी-बड़ी आँखों से मामाजी की ओर देखा। बड़े मामाजी ने अचानक दिल दहला देनेवाली आवाज में चिल्लाकर कहा, 'नहीं बेटा, तुम प्यासे नहीं मरोगे। लाओ, पानी लाओ। एक बाल्टी पानी लाओ। पियो बेटा, जितना चाहते हो, पियो।'

एक गिलास पानी पीते ही भैया को खून की काली उलटी हुई और उन्हें आराम मिल गया। उन्होंने किशोर को हाथ के इशारे से पास बुलाया और उसके हाथ में माँ का हाथ थमा दिया।

किशोर के लिए ललित भैया के मरने का यह दृश्य किसी भयंकर-से-भयंकर स्वप्न से ज्यादा भयावह है। नींद में इस दृश्य से उसे मुक्ति मिलती है। इसलिए वह सो जाना चाहता है। किन्तु सपनों की दुनिया में भी जीवन की हकीकत तरह-तरह के चोले बदलकर चली आती है और उठने पर फिर वही। दो विधवाओं के बीच उसका जीवन एक रेगिस्तान की तरह है। वह हँसना चाहता है, तो उसे खुद अपनी हँसी अपराध-सी जान पड़ती है। माँ कभी ललित भैया का उसके सामने नाम तक नहीं लेती—कई बार उसे माँ की कठोरता पर आश्चर्य होता है। क्या माँ ललित भैया और पिताजी को भूल गई है? सब लोगों के घरों में मरे हुए लोगों के चित्र मढ़कर दीवार पर लगाए जाते हैं, जब-तब उन पर फूल-मालाएँ चढ़ाई जाती हैं, पर माँ ने न पिताजी का चित्र दीवार पर लगवाया था और न अब ललित भैया का। क्या उसे भी कुछ हो जाए तो माँ उसे ऐसे ही भूल जाएगी?

ललित भैया मरना नहीं चाहते थे। बड़े चाचा जब उनसे मिलने आए तब ललित भैया ने उनसे कहा था, 'चाचाजी, मैं मरना नहीं चाहता।'

चाचाजी सुबककर रह गए थे।

यदि कोई किसी को अपनी उम्र दे सकता, तो क्या माँ, बड़े मामाजी, नानाजी, चाचाजी उन्हें अपनी उम्र नहीं दे देते? हुमायूँ को उसके पिता बाबर ने अपनी उम्र

दे दी थी। लेकिन ये सब तो सिर्फ कथाएँ हैं। शान्तनु कुछ भी कहे, पर सच तो यही है कि आदमी कुछ नहीं कर सकता।

ललित भैया को अपनी शादी को लेकर कितना उल्लास था! भाभी को उन्होंने खुद पसन्द किया था। वे अपने दोस्त जगदीश की शादी में पटना गए थे और वहीं उनकी मुलाकात शान्ता भाभी से हुई थी। शान्ता भाभी कानपुर से उसी शादी के लिए पटना आई थीं। वे जगदीश की ममेरी बहन थीं। उनकी सगाई आगरा में हो चुकी थी। वे अच्छा गाती थीं, हालाँकि सुन्दरता में ललित भैया के आस-पास भी नहीं फटकती थीं। शायद ललित भैया के लिए उनका बड़ी मामी की तरह कानपुर की लड़की होना और अच्छा गा सकना ही आकर्षण का कारण बन गया। जगदीश ने ही दोनों पक्षों को समझाया था—बात यहाँ तक बढ़ गई थी कि भाभी के पिता ने आगरा की सगाई छोड़कर ललित भैया से शान्ता भाभी की शादी तय कर दी थी।

शादी के बाद दोनों कुल मिलाकर दो महीने साथ रहे। दूसरी बार जब भाभी कानपुर जाकर लौटीं तब ललित भैया मृत्यु-शय्या पर ही थे। यदि भाभी को विधवा न होना होता, तो क्यों हुई सगाई छोड़कर उनकी सगाई ललित भैया से की जाती? क्या शान्तनु के पास इस बात का कोई जवाब है?

किशोर के लिए वे दो महीने जीवन के सबसे सुन्दर महीने हैं। भाभी उसे कितना मान देती थीं! ललित भैया ऐसे दिखाते, जैसे उन्हें अपने छोटेवाले कमरे में जाने की कोई जल्दी न हो! वे माँ के बड़े कमरे में ही बैठे-बैठे कुछ पढ़ते रहते। किशोर अच्छी तरह जानता था कि वे कुछ नहीं पढ़ रहे हैं। हर बार उनकी किताब का वही पन्ना खुला रहता। अन्त में माँ जबर्दस्ती करके ललित भैया को भेजतीं। वे बत्ती बुझा देतीं और कहतीं कि उन्हें नींद आ रही है।

ललित भैया के जाने पर माँ के चेहरे पर एक गहरा सन्तोष रहता। वे हल्के-हल्के अपने में मुस्कराती रहतीं। भाभी के सलीके से कपड़े पहनने का तरीका, 'अम्माजी' कहकर बहुत प्रेम और आदर से बातें करना उन्हें बहुत अच्छा लगता। भाभी के कमरे में जब तक ललित भैया नहीं आते, किशोर उनके पास जमा रहता। भाभी के आने से यह कमरा जैसे रहस्यमय हो उठा था। उनके कमरे में हमेशा एक हल्की-सी सुगन्ध उठती रहती। शायद वे गुलाब का इत्र लगाती थीं। भाभी उसकी किताबें देखतीं। उन्हें किताबें पढ़ने का बहुत शौक था। वे भैया से भी अपनी पढ़ी हुई किताबों पर बातें करतीं। उन्हें कहतीं कि यदि वे उन्हें बांग्ला सिखा दें, तो वे बंकिम बाबू और शरत्चन्द्र की किताबों को बांग्ला में ही पढ़ लेंगी। ललित भैया मुस्कराकर रह जाते। दरअसल उन्हें खुद बांग्ला नहीं आती थी। किशोर कहता, 'भाभी, मैं सिखा दूँगा।' तब भैया-भाभी दोनों मुस्कराते।

पूर्णमासी के दिन जब माँ के कहने पर भैया-भाभी विक्टोरिया घूमने गए तब किशोर को भी साथ ले गए। उसे भाभी का विक्टोरिया के मैदान की हरियाली पर मुग्ध होना, चौरंगी की चहल-पहल को देखकर चकित रह जाना और गंगा के किनारे चलती हवा में अपने फरफराते आँचल को सँभालना याद है। भाभी को कलकत्ता एक बहुत सुन्दर शहर लगा था। फिर उन तीनों ने पहले की तरह चौरंगी के सामने मैदान में चादर बिछाकर टिफिन से खाना खाया था। पूर्व में उगते चाँद और पश्चिम में डूबते सूरज को उन लोगों ने देखा था और ललित भैया और किशोर दोनों को लगा था कि उनके पुराने दिन फिर वापस आ गए हैं। ललित भैया ने कहा था, 'अगली पूर्णमासी में माँ को भी लेकर आएँगे।'

9

कौल : 1 जनवरी, 2000 ईस्वी

चेहरे पर जोर की फूँक से किशोर बाबू की बन्द आँखें खुलीं और सीधे दो काली चमकती अपरिचित आँखों से जा मिलीं। उन दो आँखों के बीच चन्दन के त्रिपुंड की तीन धारियों के ऊपर एक गोल अठन्नी के आकार की सिन्दूर की बिन्दी चमक रही थी। टेढ़ी-नुकीली नाक के नीचे सघन काली-सफेद मूँछों और तेल से चिपके बालों को एक-एक करके किशोर बाबू ने देखा।

'क्यों बाबू, कैसा लग रहा है अब?' विजेता की मुस्कान के साथ पंडित ने किशोर बाबू की पत्नी की ओर एक नजर डालकर रोबदार आवाज में पूछा।

किशोर बाबू ने भी अपनी नजरें पत्नी पर टिका दीं। एक क्षण के लिए उनकी पत्नी के चेहरे पर बरसों के अभ्यास से वही पुराने भय के भाव उभर आए। किशोर बाबू की पत्नी ने आज तक पति से बिना पूछे जीवन में कोई कदम नहीं उठाया था। एक क्षण के लिए वे घबड़ाईं, पर फिर तुरन्त सहज हो गईं। अब किशोर बाबू बीमार हैं, तो निर्णय आखिर उन्हें ही लेने पड़ेंगे।

'दमदमवाले पंडितजी हैं। बड़ा कहने-सुनने पर आए हैं। जल्दी किसी के घर जाते नहीं।' एक ही साँस में वे बोल गईं।

'आप पूरे छत्तीस घंटे सोए रहे बाबू। सारे डॉक्टरों ने देख लिया, पर आपने आँखें ही नहीं खोलीं। शनि की साढ़ेसाती चल रही है आपकी। जन्मकुंडली देखी मैंने। चिन्ता की कोई बात नहीं। सारा इन्तजाम कर दिया है। बहू जी, आपको याद रहेगा न—एक काले घोड़े की नाल के लोहे से एक अँगूठी बनवा लें और बाएँ हाथ की मध्यमा में पहना दें। सारे कष्ट कट जाएँगे। जय भूतनाथ! मृत्युंजयो रक्षतु सर्वकालम्!' पंडितजी ने चारों ओर देखते हुए ऐसे कहा, जैसे सारी समस्या उन्होंने हल कर दी हो!

'घोड़े की कितनी नालें चाहिए पंडितजी? मेरे दोस्त के पास रेस के कई घोड़े हैं।' किशोर बाबू के लड़के ने अपनी अँगूठियोंवाले हाथ को चमकाते हुए पूछा।

पंडितजी ने अपनी चमकती आँखें उस पर टिका दीं। बोले, 'पिछली बार की डरबी तो हमारे खास शिष्य ने ही जीती थी।'

'कौन? नेवरजी को जानते हैं आप?' लड़के ने आश्चर्य से पूछा।

पंडितजी हँसकर रह गए। कुछ बोले नहीं। लड़के के चेहरे पर चकित होने का भाव स्थिर हो गया।

किशोर बाबू की हैरानगी की सीमा नहीं थी। छत्तीस घंटे! यानी डेढ़ दिन? पर डेढ़ दिन में उनके जीवन की रील तो पूरी देखी नहीं गई। इसका मतलब तो अभी और सोना पड़ेगा। उन्होंने एक नजर अपने लड़के और पाँचों लड़कियों पर डाली। उन सबके चेहरे पंडितजी के प्रति श्रद्धा से भरभरा रहे थे।

'अभी यहाँ से गोयनका जी के यहाँ जाऊँगा। तीन दिन से रोज आकर बैठ जाते हैं घर पर। जानते हैं न अलीपुर के गोयनका जी को?' पंडित जी लड़के से पूछ रहे थे।

लड़का विनय भाव से दोहरा हुए जा रहा था, 'जी हाँ! उन्हीं की एक जूट मिल में हम मशीनों के पाट्‌र्स सप्लाई करते हैं।'

किशोर बाबू के मन में आया कि पूछें कि वह गोयनका कौन-सी नई मुसीबत में पड़ गया है जो तीन दिन से आपके चक्कर लगा रहा है? तभी उनकी छोटी लड़की ने उनके बगल में बैठकर अपना मुँह तकिए पर उनके कान के पास घुसा दिया।

'पाऽऽ पाऽऽ!' उसके गले से रोती हुई आवाज निकली।

किशोर बाबू ने बच्चों के आँसुओं को कभी बढ़ावा नहीं दिया था और उनके बच्चे बचपन से ही जानते थे कि वे रोकर अपने पिता से कोई बात मनवा नहीं सकते। उनमें से कई तो कई बरसों से नहीं रोए थे। पर किशोर बाबू ने पाया कि छोटी लड़की की रुलाई से उन्हें भी अपने अन्दर कुछ उमड़ता-सा महसूस हो रहा है। वे डर गए। यह सब क्या हो रहा है उनके साथ और उनके आसपास?

किशोर बाबू नास्तिक नहीं थे। बहुत कोशिशों के बावजूद नहीं हो पाए। पर स्कूल के दिनों में शान्तनु और अमोलक की धार्मिकता-विरोधी सोहबत ने उन्हें ऐसा जरूर ढाल दिया था कि पंडे-पुजारी-ब्राह्मणों की छाया तक से वे कोसों दूर रहते थे। उन्होंने अपनी आस्तिकता को बिना खर्च और बिना झंझट की, दफ्तर जाने से पहले कुछेक मिनटों की एकाध श्लोक-भजन की आवृत्ति करने तक ही सीमित रख छोड़ा था। अक्सर तो वे कपड़े भी घर के मन्दिर के सामने ही खड़े होकर पहन लेते थे। बटन बन्द करते-करते खड़े-खड़े ही मुँह-ही-मुँह में उनकी पाठ-पूजा खत्म हो लेती। कभी भगवान से कुछ माँगना होता, तो जरूर वे एकाध मिनट और खर्च करके आँखें मूँदकर उतनी देर के लिए स्थिर हो जाते।

अपने घर की बागडोर सँभालने के बाद उन्होंने माँ को भी कभी कीर्तन-भजन-भागवत, साधु-प्रवचन में झाँकने नहीं दिया—भाभी या उनकी पत्नी का तो यह सब करने का सवाल ही नहीं उठता था। सिर्फ हर साल जनवरी में गंगासागर की यात्रा पर जानेवाला एक साधु मेरठ से आता था और कलकत्ता प्रवास करते हुए एक बार माँ से मिलने उनके घर जरूर आता था। उनकी पत्नी उन्हें बताती कि किस

तरह हाथ फेरकर उसने हरे धनिए के गुच्छों को मीठी मिश्री बना दिया; किस तरह उसने हाथ ऊपर करके एक सन्तरा प्रकट किया जिसके साबुत छिलके को छीलने पर उसकी हर कली के साथ एक किशमिश लगी हुई थी। पर किशोर बाबू ने कभी उसकी बातों पर विश्वास नहीं किया, बल्कि वे कहते, 'किसी दिन मेरे हत्थे चढ़ जाएगा, तो उसके हाथ-पैर तोड़ दूँगा। औरतों को बेवकूफ बनाता है।' उसके अलावा ऐसे किसी दूसरे व्यक्ति को उन्होंने अपने घर में कदम नहीं रखने दिया था।

गंगासागर वाले साधु के लिए उन्होंने सन्तोष कर लिया था कि वह साल में एक दिन आता है। हालाँकि हर साल उसके आने की खबर सुनकर वे एक नए सिरे से निराश होते क्योंकि हर साल उन्हें उम्मीद रहती कि वह मर-खप गया होगा। भगवान नाम की ताकत को अपनी मुट्ठी में किए होने का दावा करनेवाले लोगों को उन्होंने हमेशा प्रतिद्वन्द्वी की तरह देखा था। अपने एकच्छत्र अधिकार वाले क्षेत्र में किसी दूसरे के प्रवेश का खतरा उठाने में वे विश्वास नहीं रखते थे।

अब यह नया दमदम वाला पंडित कहाँ से आ टपका? लेकिन फिलहाल किशोर बाबू उस पंडित से या पंडितों पर अटूट विश्वास रखनेवाले अपने लड़के से किसी बहस में नहीं पड़नेवाले थे। दूसरे कई काम उनके दिमाग पर हावी थे।

31 दिसम्बर की शाम को अपनी रोज की सड़कों की सैर करते हुए एक अद्‌भुत अनोखा संयोग हुआ था, जो अधूरा छूट गया था। उन्हें उस अनुभव के अन्तिम सिरे तक अभी पहुँचना था।

किशोर बाबू ने पत्नी और बच्चों की ओर देखा। उन लोगों के चेहरे देखकर उन्हें अपने अन्दर एक गहरी टीस का अनुभव हुआ। कितनी सीमित दुनिया है इन लोगों की! कितने घिरे हुए बन्द विचार! कहीं कोई अद्‌भुत बात अन्दर आने के लिए कोई छिद्र नहीं। जीवन के प्रति कितना सतही रोमांचहीन, 'कट एंड ड्राइड' रुख!...लेकिन क्या उन्होंने ही इन लोगों को ऐसा नहीं बना दिया है? अब कैसे इन लोगों को अपने अन्दर चलती उस दुनिया के हिस्सेदार बनाएँ, जिसे ये लोग सामान्य व्यवहार की बाउंड्री के पार की दुनिया समझते हैं—झक्कियों, सनकियों की दुनिया? कैसे इन्हें समझाएँ कि तुम लोगों ने चालू मापदंडों को निर्णायक मानकर जो संसार बनाया है, उसमें कितना नुकसान है? कितनी चीजों को देख पाने, महसूस कर पाने से तुम वंचित रह जा रहे हो?

किशोर बाबू ने सच्चे हृदय से उन लोगों को धन्यवाद दिया जिन्होंने उन्हें ऑपरेशन के बाद यह सिर की चोट दी थी। अपने जीवन के अन्तिम हिस्से में ही सही; कम-से-कम मरने से पहले उन्होंने जीवन को उस पूरी गहराई, पूरी समृद्धि—उसके पूरेपन में जानने की पहल तो की!

कुछ सोचकर किशोर बाबू ने अपनी पत्नी को इशारे से पास बुलाया। 'पूर्णमासी कब है, जानती हो?' उन्होंने पत्नी के थके, तनावग्रस्त चेहरे को स्नेह से देखते हुए पूछा।

किशोर बाबू की पत्नी का चेहरा पीला-सा पड़ गया, 'क्यों, क्या बात है? पूर्णमासी का क्या करना है? चन्द्रमा का दान करना है क्या?'

'नहीं-नहीं, कैसी बातें करती हो! मुझे कुछ हुआ थोड़े ही है। मैं बिलकुल ठीक हूँ। बिना मतलब तुम इन पंडितों के चक्कर में पड़ रही हो। और सुनो, मुझे दूसरे पंडितों यानी डॉक्टरों की भी कोई जरूरत नहीं है। बिना मतलब पैसे मत बरबाद करो।' किशोर बाबू ने पत्नी को समझाने की चेष्टा करते हुए अचानक महसूस किया कि उनकी पत्नी इस भाषा को समझने की क्षमता कभी की खो चुकी है। यही बात अगर वे गुस्से से ऑर्डर देते हुए कहें, तभी वह उन्हें दिमागी तौर पर ठीक मान सकती है।

किशोर बाबू ने एक लम्बी साँस भरकर छोड़ी, 'अच्छा सरोज, तुम्हें याद है, हमारी शादी के बाद एकाध बार पूर्णमासी के दिन हम लोग माँ और भाभी को लेकर विक्टोरिया मैदान गए थे और हम लोगों ने घास पर चाँदनी बिछाकर टिफिन से खीर-पूड़ी निकालकर खाना खाया था? तुम्हें याद है न?'

किशोर बाबू की पत्नी के चेहरे पर फिर भय की छाया घिर आई। उन्होंने सन्देह भरे स्वर में कहा, 'हाँ, याद तो आता है कुछ-कुछ।'

'तुम पता लगाओ न कि पूर्णमासी कब है? हम सब इस बार उसी तरह चाँदनी रात में वहीं विक्टोरिया के मैदान में बैठकर खाना खाएँगे। लड़के-बहू, बेटी-जँवाई—सबको लेकर चलेंगे। पहले तो हमारे पास गाड़ी नहीं थी। याद है न, टैक्सी के पैसे खर्च करना कितना अखरता था। दसेक साल बाद गाड़ी आ गई, लेकिन पता नहीं क्यों, हम लोग कभी उस तरह पूर्णमासी पर विक्टोरिया-चौरंगी गए नहीं।'

किशोर बाबू की पत्नी का माथा ठनक गया। हो न हो, किसी भूत-प्रेत का साया पड़ा है इन पर। क्या दिमाग सही होने पर ये कभी ऐसी बातें कर सकते हैं? इन डॉक्टरों का भगवान कभी भला न करे। अच्छे-खासे आदमी की यह गत बनाकर रख दी है। लड़के-बहू-बेटियों-जँवाइयों को लेकर अब पूर्णिमा के दिन पिकनिक मनाने जाएँगे? यह सोचकर वे हतप्रभ थीं कि क्या किशोर बाबू अब इतना भी नहीं समझ पाते कि बच्चों को खीर-पूड़ी जैसी चीज खाकर अपना कोलेस्टेरॉल बढ़ाना ही हुआ, तो वे क्या इस तरह मैदानों-सड़कों में बैठकर खाएँगे? चौरंगी के नए पेशावरी खानेवाले रेस्तराँ 'जारंग' में बैठकर तीन-चार सौ रुपए प्लेट का खाना ही नहीं खा लेंगे? पर अब इन्हें कौन समझाए?

उन्होंने कहा, 'अभी तो मेरे खयाल से पूर्णमासी में एक महीना बाकी होगा। शायद परसों-तरसों ही तो पूर्णमासी थी।'

किशोर बाबू के चेहरे पर निराशा के भाव उभर आए, 'ठीक है, एक महीने बाद ही सही।'

किशोर बाबू की पत्नी ने आई बला को एक महीने टालकर चैन की साँस ली और निश्चय किया कि वे पंडितजी को छोड़कर और को पूर्णमासी वाली यह बात नहीं बताएँगी।

अकेले होते ही किशोर बाबू वापस 31 दिसम्बर की शाम के चार बजे के समय पर लौट गए। उस समय किशोर बाबू के सारे बच्चे 'न्यू ईयर्स ईव' के उपलक्ष्य में कलकत्ता शहर के सबसे नामी पुराने क्लबों में (जिन्हें अंग्रेज यहाँ से जाते वक्त अपनी शानदार विशाल इमारतों, स्वीमिंग-पूलों और वैसी ही धवल वर्दी पहनकर सफेद टेबल-क्लाथ बिछानेवाले बेयरों के साथ भविष्य के देसी साहबों की पीढ़ियों के लिए छोड़ गए थे) नाचने और खाने के लिए खास तौर पर सिलवाई गई पोशाकों को निकालकर तैयार होने की सोच रहे थे। तभी किशोर बाबू ने शाम के चार बजे कलकत्ते शहर के कैमेक स्ट्रीट पर एक अजीब दृश्य देखा।

उन्होंने देखा कि एक सुन्दर युवा बंगाली औरत एक नौजवान से कुछ छीनने का प्रयास कर रही थी, जिसे वह अपनी पॉकेट में डालने की कोशिश कर रहा था। उन दोनों के झगड़े और हाथापाई को देखकर किशोर बाबू हैरत में पड़ गए। उन्होंने रुककर उस नौजवान से बांग्ला में पूछा कि वह क्या कर रहा है? इस औरत की किस चीज को वह छिपा रहा है? क्यों नहीं उसे दे देता?

तब उस औरत ने कहा, 'विष है, विष। देखिए न दादा, यह विष खाकर मरेगा। इससे यह बोतल छीन लीजिए।'

एक दूसरा राहगीर जो किशोर बाबू को रुककर बीच में पड़ते देखकर वहीं खड़ा हो गया था, आगे बढ़ा और उसने उस नौजवान का हाथ मरोड़कर उसकी पॉकेट से जहर की टीन की बोतल निकाल ली। देखते-ही-देखते उस राहगीर ने उस बोतल के ढक्कन को ईंट से तोड़ दिया और कैमेक स्ट्रीट के निरंतर पसरते कूड़े के ढेर के बगल में, फुटपाथ की कच्ची जमीन पर उसे पूरा उड़ेल दिया।

अब नौजवान ने किशोर बाबू को क्रुद्ध आँखों से घूरते हुए कहा, 'करवा दिया न आपने मेरा पैंतालीस रुपयों का नुकसान! यह कोई जहर की बोतल नहीं थी। पौधों में लगे कीड़ों को मारने की दवा थी—मेटासिन। मैं माली का काम करता हूँ। देखिए एग्री-होर्टीकल्चर गार्डन की यह स्लिप।'

किशोर बाबू हतप्रभ रह गए। उन्होंने उस औरत की तरफ देखा।

उस युवा औरत ने प्रार्थना-भरे स्वर में कहा, 'दादा, इसने मुझे कहा था कि यह अब जिन्दा नहीं रहेगा। विष खाकर मरेगा। मैं क्या करती, आप बताइए?'

किशोर बाबू ने समझ लिया कि कुछ प्रेम-व्रेम का मामला है। उस औरत ने फिर कहा, 'दादा, आपने मेरे लिए इतना किया। अब आप इसको श्यामबाजार इसके घर भी पहुँचा दीजिए। नहीं तो मुझे चैन नहीं पड़ेगा। आप दया करके मेरे लिए इतना और कीजिए।'

किशोर बाबू ने देखा कि उसकी आँखों से अनवरत आँसू बह रहे थे। उन्हें कष्ट हुआ। ठीक है—इतना तो वे कर ही सकते हैं। रवीन्द्र सदन से मेट्रो रेल पकड़ेंगे और ज्यादा-से-ज्यादा बीस मिनट में श्यामबाजार पहुँच जाएँगे। आज यही सही।

रास्ते भर ट्रेन में नौजवान उनसे आँखें चुराए मुँह लटकाए बैठा रहा। किशोर बाबू ने उससे कहा, 'देखो, मैं तुम्हारे पिता की उम्र का हूँ। आज यदि मेरा लड़का ऐसा कुछ करे तो मुझ पर क्या बीतेगी, मैं जानता हूँ। अभी हाल में मेरे दिल का ऑपरेशन हुआ है। यह जीवन इतना कीमती है, क्या इस तरह नष्ट कर देने के लिए है?'

मेट्रो रेल की धड़धड़ाहट के बीच लड़के ने उनकी तरफ भावहीन आँखों से देखा, 'आप क्यों मेरे पीछे पड़े हैं? आप अपने घर जाइए। मेरे पीछे-पीछे यहाँ क्यों चले आए हैं? मैं मरनेवाला नहीं था। मैंने तो उसे यों ही डराने के लिए कहा था।'

किशोर बाबू चुप रहे। उस औरत को जो वचन दिया है, अब वही करेंगे। यह लड़का चाहे जो कहे। कितना मिलता है यह लड़का उनके बचपन के दोस्त शान्तनु से! वैसी ही आँखें, वैसे ही घुँघराले बाल, वही बात करने का ढंग।

'क्या तुम्हारे पिता का नाम शान्तनु है?' किशोर बाबू ने किसी भी असम्भव-सी बात के आखिर एक प्रतिशत सम्भव होने की सम्भावना के बारे में सोचकर, कुछ हिचकते हुए उससे पूछ डाला।

लड़के ने उनकी तरफ ऐसे देखा, जैसे किसी पागल को देख रहा हो, 'जी नहीं, मेरे पिता का नाम गिरीश दास है।'

'ओह!' कहकर किशोर बाबू चुप हो गए।

श्यामबाजार के स्टेशन पर मेट्रो रेल के रुकते ही वे लड़के का हाथ पकड़कर साथ-साथ उतरे। सीढ़ियाँ चढ़ते वक्त लड़के ने झटककर अपना हाथ छुड़ा लिया और फुर्ती से स्टेशन की सीढ़ियाँ लाँघता हुआ गायब हो गया। किशोर बाबू सन्न खड़े रहे।

बदतमीज! डंडे से पीटना चाहिए ऐसे लड़कों को। एक बुजुर्ग का इतना भी खयाल नहीं? कोई तमीज नहीं है आजकल के लड़कों को। क्या करें? बेकार सीढ़ियाँ चढ़ें या वापस ट्रेन पकड़कर लौट जाएँ? किशोर बाबू कुछ देर तक सीढ़ियों पर खड़े रहे, फिर अपने-आप ही उनके कदम ऊपर की ओर उठते गए।

स्टेशन के बाहर सड़क पर आकर उन्होंने चारों तरफ नजरें घुमाकर देखा, उस लड़के का कहीं अता-पता न था। क्या यहीं से टैक्सी कर घर लौट जाएँ? किशोर बाबू को अचानक थकान महसूस हुई। शायद उन्हें इतनी सीढ़ियाँ नहीं चढ़नी थीं।

किशोर बाबू फुटपाथ छोड़ सड़क के किनारे खड़े हो गए। ऑफिसों की छुट्टी हो गई थी। कोई टैक्सी खाली नहीं थी। वे सड़क पर परेशान खड़े हुए बसों, गाड़ियों का धुआँ खाते रहे। ऐसी मूर्खता उन्होंने जिन्दगी में पहली बार की थी। आ गए उस औरत की बातों में। वह क्या खोया हुआ बच्चा था, जिसे पकड़कर वे उसके माँ-बाप के पास उसके घर पहुँचानेवाले थे?

पर करें क्या? अपने दिल के जिस हिस्से को उन्होंने परत-दर-परत चढ़ाकर जाम कर दिया था, उसे इन डॉक्टरों ने न जाने किस तरह कितना खोल डाला था कि उनका दिल सँभाले नहीं सँभल रहा था। हर मामूली बात पर उनका दिल दुख के मारे पिघला जा रहा था। उस औरत के आँसू देख नहीं पाए।

किशोर बाबू टैक्सी न मिलने की सम्भावना को कठिन समझकर वापस मेट्रो स्टेशन की ओर मुड़े, तो उन्होंने देखा, वही नौजवान उनके ठीक पीछे खड़ा था। उसके चेहरे पर एक झेंप-भरी मुस्कान थी और आँखों में जैसे क्षमा-याचना। किशोर बाबू दंग रह गए। कैसा लग रहा है—एकदम शान्तनु की तरह! उसी तरह धोखा देना और फिर वैसे ही अनकही माफी माँगते प्रकट हो जाना—जरूर यह किसी गिरीश दास-वास का लड़का न होकर शान्तनु का ही लड़का है।

'क्यों, क्या इरादा है?' किशोर बाबू ने स्नेह भरी मुस्कान के साथ कहा, 'शान्तनु मेरे बचपन का दोस्त है। क्या मिलवाओगे नहीं अपने पिता से?'

नौजवान के चेहरे पर फिर वही भाव आया, जैसे कि वह किसी पागल को देख रहा हो! 'कितनी बार कहूँगा आपको कि मेरे पिता का नाम शान्तनु नहीं, गिरीश दास है। चलिए, मेरे घर चलिए और खुद देख लीजिए। अभी टैक्सी मिलेगी भी नहीं आपको। चलिए, घर चलकर चाय पी लीजिए। बिना मतलब मेरे कारण इतना कष्ट उठा रहे हैं। देखा नहीं जाता मुझसे।' नौजवान ने अपना मुँह घुमा लिया और उनका हाथ पकड़कर सड़क पार करने लगा।

किशोर बाबू ने पाया कि सड़कों के बीचोबीच खड़ा लाल रंग का पुराना काली मन्दिर, आस-पास दौड़ती गाड़ियाँ—सब धुँधले हो रहे हैं। वे रो रहे थे! न जाने किसलिए? उन्हें अपने पर बड़ी शर्म आई। अपनी झकाझक सफेद टी-शर्ट की बाईं बाँह से उन्होंने सड़क पार करते-करते आँखें पोंछ डालीं कि लड़का उन्हें रोते न देख ले।

लाल मन्दिर के पास सड़क पार करके किशोर बाबू उस नौजवान के साथ श्यामबाजार की गलियों में घुस गए। 'चितरंजन मिष्टान्न भंडार' वाले की नामी रसगुल्ले वाली दुकान—जिसकी मारवाड़ियों के घरों में पैदा होनेवाले हर कुलदीपक के जन्म के साथ दिन दुगुनी रात चौगुनी कमाई होती गई है—को पार करके वे निरंतर सँकरी होती गलियों में घुस रहे थे। उन्होंने पाया कि बंगालियों के पुराने भव्य स्तम्भोंवाले खँडहर होते मकानों के पास से गुजरते हुए वे एक जीर्ण-शीर्ण मकान के बाहर खड़े थे। मकान के छोटे-से अहाते में लगी लौकी की बेल के नीचे से गुजरते हुए वे सीढ़ियाँ चढ़कर उस नौजवान के साथ एक तल्ले पहुँचे। टूटे-फूटे कबाड़ और जंग खाई मशीनों के पार्ट्स से भरे एक बड़े से कमरे को पार कर नौजवान उन्हें नीचे दिखते अहाते के तीन तरफ घूमते सँकरे गलियारे में ले आया।

'बाबा, बाबा, बाहर आओ। मेहमान आए हैं। माँ, दो कप चाय बनाओ।' गलियारे में घुसते ही उसने जोर से आवाज लगाई।

'कौन है सुमित ?' पूछते-पूछते लुंगी के ऊपर नंगे बदन एक अति दुर्बल, पैंसठ के आस-पास का व्यक्ति बाहर निकल आया।

'आमार बाबा—गिरीश दास!' नौजवान ने कहा। फिर किशोर बाबू की ओर देखकर बोला, 'इनका नाम नहीं जानता, पर ये बहुत भले आदमी हैं।'

गिरीश दास और किशोर बाबू दोनों हक्के-बक्के एक-दूसरे की ओर देखते रहे। घड़ी की सुई जब एक मिनट से अधिक बढ़ गई, तब गिरीश दास के बेटे को लगा कि कहीं कोई गड़बड़ है।

'क्या आप लोग सचमुच एक-दूसरे को जानते हैं ?' सुमित ने स्तब्ध स्वर में पूछा।

'क्यों आए हो यहाँ किशोर ? क्या काम है मुझसे ?' गिरीश दास उर्फ उनका चचेरा भाई बनवारी चिढ़ और नफरत से भरा हुआ चुनौती देता उनसे पूछ रहा था।

किशोर बाबू उस नफरत के सामने गूँगे हो गए। वे कुछ कह नहीं पाए। अच्छा, तो सुमित की शक्ल शान्तनु से न मिलकर उनके चचेरे भाई बनवारी से मिलती है ? तभी उन्हें ऐसा-कैसा लगा था सुमित से मिलकर। जाना-पहचाना-सा कुछ। किशोर बाबू की आँखें डबडबा आईं।

सुमित ने यह देखा। उसने गुस्से से पिता से कहा, 'तुम जो करते हो न, बाबा, हद है! ये मेरे मेहमान हैं, तुम्हारे नहीं, समझे ? तुम्हारा कोई पुराना झगड़ा हो, तो पीछे सलटना। आज मैं एक बड़ी मुसीबत में पड़ गया था। इन्होंने ही मेरी जान बचाई।'

बनवारी ने अपने लड़के को चिन्ता और प्रेम की मिली-जुली दृष्टि से देखा। लड़के ने कहा, 'बाद में बताऊँगा। पहले चाय। आइए, किशोर बाबू, लगता है, आज आपके ग्रह-नक्षत्र ही उलटे चल रहे हैं। अच्छा तंग किया है मैंने आपको!' सुमित की आवाज में उनके प्रति आदर था।

बनवारी की पत्नी सिर ढके चाय लेकर आ गई थी। साधारण बंगाली औरत। कुछ स्थूल शरीर, गहरा साँवला रंग। चेहरे पर चेचक के घिसे हुए पुराने दाग। सस्ता चश्मा। कहीं पिचके और कहीं फूले हुए से नाक-नक्श। किशोर बाबू को निराशा हुई। इस औरत के लिए बनवारी ने सारे घरवालों से नाता तोड़ा। क्या देखा उसने इस औरत में ?

बनवारी की माँ की मृत्यु के बाद बनवारी के पिता और बड़े भाइयों ने बनवारी की ओर कोई ध्यान नहीं दिया था। उन्हीं दिनों रहे-सहे व्यापार में घाटा लग गया। तंगी के आलम में हमेशा से काले-कलूटे दुबले साधारण से मरियल बनवारी को कौन पूछता और कौन उसके ब्याह की बात करता ? वह यों ही काम की तलाश में भटकता रहता। और तभी सबने अचानक सुना कि बनवारी ने किसी बंगाली औरत से खुद ब्याह रचा लिया था और उसे मारवाड़ियों की तरह पूरे चेहरे को ढकनेवाले घूँघट में लेकर अपने पिता के दरवाजे पर आ खड़ा हुआ था। चाचा ने गाली-गलौज से बनवारी का स्वागत किया था और उसे 'मछली खानेवाली',

'कुलनाशिनी' औरत के साथ घर की देहरी से उलटे पाँव यह कहते हुए लौटा दिया था कि आज से तुम हमारे लिए मर गए।

क्या यह वही औरत है?—किशोर बाबू ने सोचा। आज उन्हें सुमित को देखकर लगा कि शायद इस साधारण औरत में कोई असाधारण आत्मा छुपी होगी, जिसने स्नेहहीन बनवारी को सहारा दिया होगा।

शादी के बाद एक बार बनवारी कई सालों बाद किशोर बाबू के पास आया था। उस समय तक वे प्रतिष्ठित हो चुके थे। बालीगंज का मकान उन्होंने खरीद लिया था। दरबान ने उन्हें आकर बताया था कि बनवारी नाम का कोई आदमी उनसे मिलना चाहता है। रुपए माँगने आया होगा।—किशोर बाबू ने सोचा था। बंगालिन ने कहीं छोड़ तो नहीं दिया?—जानने की उत्सुकता उनमें जगी थी जरूर। किन्तु फिर हमेशा सही व्यवहार करने के आदी किशोर बाबू ने सोचा था कि बिना मतलब बनवारी से मिलेंगे—उसे रुपए देने से इनकार करेंगे। क्या फायदा? उसे कुछ डाँट-वाँट देंगे तो माँ को दुख होगा। उन्होंने दरबान को यह बोलने के लिए कह दिया कि बाबू बीमार हैं। किसी से नहीं मिलेंगे।

उनकी उम्मीद के अनुरूप बनवारी इशारा समझकर लौट गया था। पर उसे एक बार देखने की इच्छा वे नहीं रोक पाए थे। बरामदे के एक कोने से उन्होंने झाँककर उसे नीचे मकान के अहाते में खड़ा हुआ देखा था। वह चप्पल खोलकर उनकी तरफ पीठ किए हुए सड़क को देखता हुआ नंगे पाँव खड़ा था। उसने काले झूलते हुए पैंट पर एकदम मटमैली गन्दी झूलती हुई शर्ट पहन रखी थी। उसके बाल हमेशा की तरह पानी लगाकर पीछे की तरफ काढ़े हुए थे। उसकी खुली हुई चप्पलों को देखकर किशोर बाबू अवाक् रह गए थे। उसके लम्बे-लम्बे पंजों में आनेवाली कभी लम्बी रही हुई चप्पलों में से एक सिर्फ आधी थी और दूसरी दो-तिहाई।

आज बनवारी को देखकर किशोर बाबू को वे चप्पलें फिर याद आ गईं। बनवारी के जाने के कुछ महीने बाद एक दिन माँ ने किशोर बाबू को कहा था कि उनसे मिलने आए भिवानी के एक पुराने पंडित ने उन्हें बताया कि उसने बनवारी को कलकत्ते में बस कंडक्टरी करते हुए देखा है। माँ को पंडित की बात पर यकीन नहीं आया था। तब किशोर बाबू ने उस दिन का किस्सा माँ को बताया, 'तभी बनवारी की चप्पलें ऐसी थीं। कंडक्टरी करते-करते एड़ियों के पास से घिसकर टूट गई होंगी। सस्ती चप्पलें कितनी कम चलती हैं!'

यह बात सुनकर माँ तीन दिनों तक लगातार रोती रही थीं। किशोर बाबू बहुत परेशान हुए थे। वे दुनिया में सब कुछ सह सकते थे पर माँ का रोना नहीं सह सकते थे। एक इसी मामले में जीवन उन्हें बिलकुल बदल नहीं पाया था। पर बढ़ती उम्र के साथ माँ में यह नया परिवर्तन आया था। जीवन के सारे दुख उन्हें उन दिनों रुलाने में कामयाब नहीं हुए थे, पर अब यदि किसी बात पर उनका जी दुख जाता, तो वे

कई-कई दिनों तक रोती रहतीं। कहतीं, 'क्या करूँ, मुझे अगला-पिछला सब दुख याद आ जाता है।' बनवारी को लेकर माँ के आँसुओं की ऐसी बाढ़ उमड़ेगी, यह किशोर बाबू ने कभी सोचा नहीं था। देवरानी की आत्मा को लड़के की यह हालत देख कितना कष्ट होता होगा, यह सोचकर माँ के आँसू थम नहीं रहे थे। वे ऊपर जाकर 'बड़े बाबू' और 'छोटे बाबू' को क्या जवाब देंगी कि उनके अपने खून की यह दुर्दशा हो रही है!

क्या कहें बनवारी को उस दिन के लिए आज?—किशोर बाबू टूटे हुए हैंडिल के कप को पकड़कर चाय पीते हुए सोच रहे थे। और गिरीश दास? यह नाम क्यों रख लिया बनवारी ने? क्या मारवाड़ी बनकर जीना उसके लिए सम्भव नहीं था? क्या सुमित अपने पिता की यह हकीकत जानता है? उन्होंने सुमित की तरफ देखा। तभी बनवारी ने सुमित को कहा, 'मेरे बड़े भाई हैं ये। तुम्हारे जैठा (ताऊ)।'

बनवारी की पत्नी ने दरवाजे की ओट से यह सुनकर तुरन्त आकर बंगालियों की तरह उनके दोनों पाँवों की रज लेकर अपने माथे पर लगाई। किशोर बाबू ने सच्चे दिल से उसे आशीर्वाद दिया। उन्होंने पाँव छूने के लिए बढ़ते हुए सुमित की ओर स्नेह से देखते हुए कहा, 'देखो, खून की पुकार अपनी पीढ़ी के लिए भले ही न सुनाई पड़े, किन्तु अगली पीढ़ियों के लिए कैसी चली आती है! सुमित को देखते ही मुझे लगा, जैसे यह मेरा कोई अपना है। मैंने सोचा, हो-न-हो, यह मेरे बंगाली दोस्त शान्तनु का लड़का है। याद है न तुम्हें, मेरे स्कूल का दोस्त शान्तनु?'

बनवारी ने हामी भरते हुए सिर हिलाया, 'वही न, जो सुभाष बाबू का पक्का और अन्धा भगत था?' फिर वे दोनों खिलखिलाकर हँस पड़े थे।

इस संयुक्त हँसी ने उनके बीच के सारे सालों को गायब कर उन्हें स्कूल की दुनिया में पहुँचा दिया था। 'तुम भी तो भाई, स्कूल में उसी के पिट्ठू बन गए थे। कितनी चिन्ता रहती थी सबको तुम्हारी! याद है न, 1945 में जब आजाद हिन्द फौज के अफसरों—शाहनवाज-ढिल्लों-सहगल—का अभिनन्दन हुआ था देशबन्धु पार्क में, तब कैसे तुम सारे स्कूलों के लड़कों को बटोरकर लीडरी करते हुए जुलूस लेकर पैदल गए थे देशबन्धु पार्क? याद आया?' बनवारी ने पूछा था।

'देशबन्धु पार्क गए थे कि देशप्रिय पार्क? याद नहीं आ रहा। उन दिनों मॉन्यूमेंट या ब्रिगेड परेड ग्राउंड में तो सभाएँ होती नहीं थीं—बस, उत्तर कलकत्ता में देशबन्धु पार्क और दक्षिण में देशप्रिय पार्क। क्या दिन थे वे भी! अब लगता है, जीवन तो वही था। उसके बाद तो सिर्फ जीवन की लाश ढोई है अब तक। बेहोशी में सारा जीवन कट गया। ऐसा लगता है, महज एक धुँधलापन हो उन बीच के सालों में। जब से बाइपास सर्जरी हुई है, तब से फिर न जाने कैसे उन्हीं पुराने दिनों में लौट आया हूँ। कितना बुरा व्यवहार किया मैंने तुमसे जब तुम मिलने आए थे मुझसे! लेकिन मैं होश में नहीं था भाई, यही समझकर मुझे माफ करना।'

कितना अजीब संयोग है! जीवन भी कैसे-कैसे खेल खेलता है! किशोर बाबू को कभी-कभी लगता है कि इन सारी घटनाओं का घटित होना किसी अनजानी वृहत् योजना के तहत हो।—लेकिन, किशोर बाबू ने सोचा, इन बातों के घटने के लिए जीवन व्यक्ति से कुछ खास तरह की माँग करता है। यदि आदमी जीवन की ये माँगें पूरी कर दे, तभी ऐसा होना सम्भव है।—किशोर बाबू दमदम वाले पंडित के जाने के बाद बहुत देर तक लेटे-लेटे यह सब सोचते रहे।

उन्हें फिर मिलने जाना है बनवारी से। सुमित माली का काम करता है, उसे किसी अच्छे धन्धे या नौकरी पर लगवाना है। लेकिन उन्हें ही जाना होगा बनवारी के घर। उसे और उसकी पत्नी को इस घर में बुला नहीं सकते। उन लोगों का कोई सत्कार न करे, यह वे सह नहीं सकेंगे। लेकिन यदि कभी बनवारी ने ऐसा कुछ कहा कि टूटी हैंडिल के कप में चाय पीते-पिलाते रहोगे, या अपने घर में ले जाकर कभी 'बोन चाइना' की क्रॉकरी में भाभी के हाथों की चाय पिलाओगे, तो क्या कहेंगे? कह देंगे कि भाई, मेरा घर तुम्हारे आने लायक नहीं है। पहले मैं भी नहीं था। इसीलिए नहीं आया था। तुम्हें ही पिलानी होगी मुझे चाय।—किशोर बाबू के मन में आया, क्या एक बढ़िया टी सेट खरीदकर उपहार में ले चलें? फिर वे डर गए। नहीं, ऐसी चीजों को वे बीच में नहीं आने देंगे—बनवारी और अपने बीच। टी सेट सुमित खुद ही खरीदेगा।

माँ, अब तो तुम खुश हो न?—किशोर बाबू ने मन-ही-मन स्वर्ग में बसनेवाली माँ से पूछा और करवट बदलकर माँ के चित्र को देखा! और शान्तनु! शान्तनु कहाँ होगा? उसका भी पता लगाना है किशोर बाबू को। 31 दिसम्बर की शाम से ही किशोर बाबू लगातार शान्तनु के साथ हैं। पहले शान्तनु का पता लगाना है और फिर अमोलक का। क्या उन दिनों उन लोगों ने सोचा भी था कि कोई दिन ऐसा आएगा कि उन्हें जीते-जी यह मालूम नहीं रहेगा कि उनमें से कोई जीवित है या नहीं?

इस अफसोस-भरे खयाल का आना ही था कि तभी किशोर बाबू के दिमाग के अन्दर की दुनिया में वह घटना घटी, जिसे, कथाकार को भय है कि एक किस्सा गढ़ने का उपक्रम मात्र मान लिया जाएगा। पर किशोर बाबू ही जानते हैं कि यह किस तरह हुआ। अचानक किशोर बाबू के मस्तिष्क की परतों को छेदते और भेदते हुए उस शाम उनकी वह स्मृति लौट आई जिसे वे पहली जनवरी की रात को नींद में सोते-जागते बार-बार खोजते रहे थे। कैसे भूल गए थे किशोर बाबू यह बात? आखिर कैसे भुलाया जा सका उनसे वह कौल, जो उन्होंने अपने दोस्तों से किया था? किशोर, शान्तनु अमोलक की त्रिमूर्ति का यह कौल था—1 जनवरी, 1940 को किया गया कौल। उन तीनों का जन्म संयोग से 1 जनवरी, 1925 को हुआ था। शायद उनकी दोस्ती का शुरू में यही आधार था।

पन्द्रह साल की उम्र में उन तीनों ने अमेरिकन कहानीकार ओ' हेनरी की एक कहानी पढ़ी थी : 'आफ्टर ट्वेंटी ईयर्स' (बीस साल बाद)। उस कहानी में दो

दोस्त एक-दूसरे से यह वादा करते हैं कि वे बीस साल बाद चाहे कहीं भी हों, यदि जिन्दा रहे, तो उसी रेस्तराँ में एक साथ रात्रि-भोजन करेंगे, जिसमें उन्होंने अन्तिम बार साथ खाया था। बीस साल बाद नियत समय और जगह पर इन्तजार कर रहे दोस्त से दूसरा दोस्त जब मिलने आता है, तो उसकी जलाई जाती सिगार की रोशनी में वह पुलिसवाला होने के कारण देख पाता है कि उसका दोस्त वही कुख्यात अपराधी है जिसकी पुलिस को अरसे से तलाश है। वह अपनी जगह सादे कपड़े पहने हुए दूसरे पुलिस अफसर को भेजकर उसे गिरफ्तार करवा देता है। यह दूसरा अफसर अपराधी बन गए दोस्त को एक चिट देता है जिसमें उसके पुलिस अफसर दोस्त ने पूरी स्थिति का बयान करते हुए उससे कौल पूरा कर न मिल पाने की अपनी मजबूरी का इजहार किया था।

ओ' हेनरी की दूसरी कहानियों की तरह इस कहानी के चमत्कारक अन्त और किस्से को लिखने के तरीके ने उन तीनों को ऐसा बाँधा था कि शान्तनु के दिमाग में एक योजना उपज आई थी। उन तीनों के जीवन के पचहत्तर वर्ष एक साथ एक जनवरी, दो हजार (1.1.2000) ईस्वी के दिन पूरे होंगे। क्यों न वे एक कौल करें कि उस दिन वे तीनों मिलकर भारतीय परम्परा के अनुसार एक साथ संन्यास आश्रम की ओर प्रस्थान करें, बशर्ते कि तब तक वे जीवित रहें! ओ' हेनरी की कहानी में दोनों दोस्त जिस रेस्तराँ में मिलनेवाले हैं, वह बीस साल बाद एक लोहे के सामान की दुकान में तब्दील हो जाता है। इसलिए किशोर ने यह सुझाव रखा था कि तीनों विक्टोरिया मेमोरियल में महारानी विक्टोरिया की मूर्ति के सामने, या अगर वह न रहे, तो उसी जगह पर साठ साल बाद मिलेंगे।

वहाँ तो अब महारानी विक्टोरिया की जगह महर्षि अरविन्द की मूर्ति लग गई है।—किशोर बाबू को खयाल आया। बचपन में किए हुए अनेक संकल्पों और आदर्शों की तरह यह कौल भी किशोर बाबू के दिमाग से एक सिरे से गायब हो गया था। क्या विधाता ने उन्हें यह सिर की चोट इसीलिए दी है कि वे अपने दोस्तों से किए हुए वादे को याद रख सकें? लेकिन क्या शान्तनु और अमोलक को यह कौल याद होगा? किशोर बाबू को लगा कि अवश्य होगा। ऐसा हो ही नहीं सकता कि न हो। जिस विधाता को शान्तनु और अमोलक नहीं मानते, या सम्भवत: अब तक मानने लग गए हों—वह उन्हें भी उनकी तरह जरूर याद दिलाएगा। किसी-न-किसी तरह। आदमी की स्मृति का लोप होना या बने रहना भी अन्तत: उसकी इच्छा पर ही निर्भर है।

किशोर बाबू को आज भी वह दिन तारीख के साथ ज्यों-का-त्यों याद है, जिस रात को वे उलझनों के अतल सागर में डूबते-उतराते शान्तनु के कारण रात भर सो नहीं पाए थे। जुलाई महीने का दूसरा दिन ही था न?

10

2 जुलाई, 1940

2 जुलाई, 1940। किशोर की खोपड़ी के पीछे बनी गुठली आज रात बहुत टसक रही है। उसे सारे दिन सड़कों पर घूमते रहने की थकान के बावजूद किसी तरह नींद नहीं आ रही। वह बार-बार उस गुठली पर हाथ लगाता है। क्या इस गुठली का उसके दिमाग की सोचने-विचारने की नाड़ियों से कोई सम्बन्ध है? जब भी वह पड़े-पड़े ज्यादा सोचता है, यह ज्यादा टसकती है। जब वह इधर-उधर घूमता रहता है, कुछ-न-कुछ करता रहता है, तो ठीक रहता है। ऐसा लगता है, जैसे इस गुठली में न समा सकने जितनी प्रचंड ऊर्जा भर गई हो! इन दिनों लाइब्रेरी जाने की बात माँ को कहकर हर शाम किशोर घंटों सड़क पर घूमता रहता है—इस तरह बनजारों-फकीरों की तरह सड़कों की धूल फाँकने में ही जैसे उसकी मुक्ति हो!

उसकी नई चप्पलें बिलकुल घिस गई हैं और दो बार मोची से वह उनमें सिलाई करवा चुका है। उसके अन्दर जैसे कोई दूसरा उसे चलाए चला जाता है—वह चलते हुए न थकान महसूस करता है और न अकेलापन। कितने ही लोगों को वह उनकी शक्लों से पहचानने लगा है और कितने ही लोग उसे पहचानने लगे हैं। खास कर सड़क पर कुछ-कुछ बेचने के लिए घूमनेवाले, फेरीवाले, मूड़ी-मुड़की बेचनेवाले, बर्तन बेचनेवाले और बेचनेवालियाँ, रद्दी कागज-टिन खरीदनेवाले, सब्जी का डाला लेकर हाँक लगानेवाले, बन्दर या कठपुतली का नाच दिखानेवाले और अपनी तरह निरुद्देश्य घूमनेवाले कई लोगों को भी वह जान गया है; कितने ही ऐसे लोग—जिनके माँ या बाप की तरफ से किसी पीढ़ी में कोई यूरोपियन रहा होगा, मुसलमान फकीर, चिमटा लेकर घूमनेवाले कनफटे जोगी, चाय के कप के टूटे टुकड़ों को बजाकर गानेवाला आदमी। कुछ पागल। हिन्दू-मुस्लिम एकता पर भाषण देनेवाला तिरंगा झंडा लिये फकीर।

कई बार किशोर को लगता है कि सिर की गुठली एक बहाना मात्र है, दरअसल उसे तरह-तरह के काम करते या बेकार समय काटते लोगों को देखते

हुए घूमने में ही ऐसा आनन्द आने लगा है जो उसे और कुछ भी करके नहीं आता। पर वह शान्तनु के साथ अब कहीं जाने को बिलकुल तैयार नहीं है।

कल सुभाष बाबू हॉलवेल मॉन्यूमेंट को हटाने के लिए कूच करेंगे। शान्तनु ने उससे आज स्कूल में पूछा था कि क्या कल वह उसके साथ वहाँ जाएगा? किशोर कुछ नहीं कह पाया था। न 'हाँ', न 'ना'। सच तो यह है कि वह जा नहीं सकता। पिछली बार की मुसीबत से ही अब तक उसका पीछा नहीं छूटा है—क्या पता, यह सिर की गुठली आगे चलकर जानलेवा बीमारी में ही बदल जाए? कई बार बाल बनाते समय वहाँ हाथ लगते ही यह सोचकर वह काँप जाता है। उसे डर सिर्फ यह है कि उसके मरने पर माँ का क्या होगा? अब चाहे शान्तनु मारवाड़ियों के दब्बू और कायर होने की कितनी ही बातें क्यों न करे, वह नहीं जानेवाला है उसके साथ। बल्कि अब वह सोचने लगा कि उस दिन भी शान्तनु के साथ जाना गलत था। पर वह करे भी क्या? एक तरफ पता नहीं किन-किन ग्रहों की कुदृष्टि का खौफ है, जिनसे वह स्कूल आने पर छुटकारा पाता है और दूसरी तरफ स्कूल में खुद की हीनता का भाव।

शान्तनु और अमोलक—दोनों ही उससे पढ़ने में पीछे हैं, पर वे बाहरी दुनिया के बारे में उससे कितना अधिक जानते हैं! कितने स्वप्न हैं उनकी आँखों में देश के लिए, भविष्य के समाज के लिए! उसके पास क्या स्वप्न है? किसी तरह मामा लोगों के अहसानों से उबरकर अपने परिवार के लिए दाल-रोटी का हिसाब बैठाना। बड़े मामा ने कहा है—छुट्टी के दिन हरिसन रोड की दुकान पर बैठने के लिए जबकि छुट्टी के दिन वह दिन भर सड़कों पर घूमना चाहता है।

बड़े मामा माँ से कहते हैं, 'अभी से काम-काज में पड़ने से किशोर बिगड़ेगा नहीं। जमाने की हवा बहुत खराब है। ऊपर से सिर पर बाप-भाई का साया नहीं। अपनी मनमर्जी से एक बार चलने लगा, तो बाद में वश में नहीं आएगा।'

किशोर जानता है कि मामा की हुक्म-उदूली न वह कर सकता है और न माँ। दुर्वासा मुनि का अवतार जो ठहरे बड़े मामा! छोटे भाइयों की ही किसी गलती पर छाँट नहीं छोड़ते तो उसकी तो बिसात ही क्या है! सारे दिन डाँटते रहेंगे दुकान पर। लेकिन कोई चारा भी तो नहीं। दुकान पर नहीं बैठेगा तो करेगा भी क्या?

लेकिन कल का क्या किया जाए? सुबह आठ बजे शान्तनु आएगा राममन्दिर के सामने। उसके साथ न जाने के लिए क्या बहाना किया जाए? क्यों नहीं उसने कल ही कह दिया कि वह नहीं जा सकता। उस दिन भी वह शान्तनु के साथ सिर्फ यह प्रमाणित करने ही चला गया था कि ऐसा नहीं है कि अपने निजी स्वार्थों के मारे वह बेड़ियों में जकड़ी भारत माता के लिए कुछ नहीं सोच रहा।

सिर में चोट लगने के बाद से वह अमोलक की बातों की तरफ खिंच रहा है। अमोलक ने उसे बताया है कि फाँसी पर चढ़ने के पहले रामप्रसाद बिस्मिल ने भी

देश के युवकों को यही कहा था कि क्रान्तिकारी दलों का रास्ता सही नहीं है। अमोलक कहता है कि गांधीजी का अहिंसा और सत्याग्रह का मार्ग कायरों की कायरता छिपाने की नीति नहीं है, जैसा कि गांधीजी के विरोधी समझते हैं, बल्कि वह बहुत गहरी आत्मिक शक्ति का मार्ग है।

शान्तनु के दिमाग में भूरे-सफेद घोड़े की सवारी करते, 1928 के कांग्रेस अधिवेशन के समय बंगाल वालंटियर्स की सैनिक वर्दी-बूट पहने सुभाष बाबू की छवि इस तरह समाई हुई है कि वह सुभाष बाबू का नाम लेते ही उत्तेजित हो जाता है, 'अहिंसा के रास्ते पर चलकर कभी आजादी हासिल नहीं की जा सकती। आधुनिक विज्ञान के युग में गांधीजी कहाँ से ये पुराने घिसे-पिटे सिद्धान्तों को ले आए हैं जिनके कारण ही भारत सदियों से गुलाम रहा है। विवेकानन्द ने कहा है कि बुद्ध के कारण भारतवर्ष बरबाद हुआ और ईसामसीह के कारण ग्रीक और रोमन सभ्यताएँ। वैदिक धर्म के चार पुरुषार्थ—धर्म, अर्थ, काम, मोक्ष—का मार्ग ही सही मार्ग है।—अब सुभाषचन्द्र बोस ही बंकिमचन्द्र के 'आनन्दमठ' उपन्यास के संन्यासियों की तरह ब्रह्मचर्य और भौतिक त्याग के रास्ते पर चलकर इस देश को आजाद करवा सकते हैं।'

किशोर को शान्तनु की बातें गलत नहीं लगतीं। खुद उसका दिल यही कहता है कि एक बार दम लगाकर सब कुछ उखाड़ फेंका जाए। यह सत्याग्रह करना, जेल जाना—क्या होगा इससे? हर बार गांधीजी ने किसी-न-किसी बात को लेकर आन्दोलन स्थगित कर दिया है। समुद्र तट तक मीलों जाकर नमक बनाने से क्या आजादी मिल जाएगी? वह हरिसन रोड की दुकान के बाहर अनशन करके बैठ जाए तो क्या मामाजी उसे दुकान के काम से मुक्त कर देंगे?

आजादी तो अपनी ताकत बढ़ाकर छीनकर ही ली जा सकती है। ऐसे क्या कोई किसी को इसलिए आजादी दे देगा कि वह भूखा मर रहा है या वह बिना कुछ कहे जेल जाने को तैयार है? यह तो बिलकुल बचकानी-सी बात है। पर इतने लाखों-लाख आदमी पता नहीं क्या सोचकर गांधीजी की बात पर विश्वास करते हैं! क्या इसलिए कि हम सब मरने से डरनेवाले लोग हैं? क्या इटली के मैजिनी या आयरिश क्रान्तिकारियों की तरह बहादुरी हमारी नस्ल में ही नहीं है? लेकिन शिवाजी, राणा प्रताप भी तो हमारे यहाँ हुए हैं।

लक्ष्मीचन्द रोज स्कूल में खाकी निकर पहनकर आता है। किशोर ने एक दिन उसके कहने पर सुबह-सुबह जाकर उनकी कवायद देखी है। अच्छा तो बहुत लगता है उन लोगों की सामूहिक प्रार्थना को सुनना—नमस्ते सदा वत्सले मातृभूमे। उन लोगों का लेजिम चलाने का अभ्यास देखना। मँझले मामा भी बीच में कुछ दिनों शाखा में जाते थे। पर उन्होंने जल्दी ही छोड़ दिया। माँ कहती है कि जैसे हिन्दू हैं, वैसे ही मुसलमान। हिन्दू अपने धर्म का पाबन्द है, मुसलमान अपने धर्म का। बचपन

में एक बार किशोर बहुत बीमार पड़ गया था, तब नाखुदा मस्जिद के बाहर बैठे रहनेवाले एक फकीर की दुआ और फूँक से ही ठीक हुआ था।

माँ कहती है, 'तेरा जीवन उस फकीर की अमानत है। मुसलमान अपने धर्म के जितने पक्के हैं, उतने तो हिन्दू हैं ही नहीं। महीने भर रोजा रखते हैं। उनसे हमारी लड़ाई कैसी ?'

मँझले मामा को भी माँ ने ही शायद कुछ कहा था। तभी से उन्होंने शाखा में जाना छोड़ दिया।

किशोर शान्तनु की बातें सुनता है, तो उसकी बातें ठीक लगती हैं और अमोलक की सुनता है तो उसकी। क्या गलत सोच रहे हैं सुभाष बाबू, यदि वे हिटलर और मुसोलिनी से हाथ मिलाना चाहते हैं ? जो अंग्रेजों के दुश्मन हैं, वे ही तो हमारे दोस्त हो सकते हैं। लेकिन अमोलक कहता है कि सुभाष बाबू 'फासीवादी' ताकतों से मदद लेना चाह रहे हैं। वे जल्दबाजी में यह भूल रहे हैं कि साधन की शुद्धता एक बड़ी बात है।

'मारवाड़ी छात्र-निवास' के वार्षिकोत्सव पर एक वाद-विवाद प्रतियोगिता में विषय यही रखा गया है, 'अहिंसा : कितनी कारगर, कितनी नाकाम'। शान्तनु और अमोलक दोनों ने इसमें अपना नाम लिखवा रखा है। किशोर को कई बार शक होता है कि उसके साथ बातें करके दोनों प्रतियोगिता में बोलने की प्रैक्टिस कर रहे हैं। वह दोनों की सुनता है। और दोनों की बातें विपक्ष की सुनी हुई बातों से काटता है। इस तरह दोनों को ही पता चल गया है कि उनके तर्कों की काट में दूसरा क्या बोलने जा रहा है।

अमोलक ने किशोर से एक दिन पूछा, 'यदि शान्तनु मुझे हराने के लिए जिस समय मैं बोलूँ, उस समय माइक खराब करवा दे, तो क्या तुम इसे ठीक कहोगे ?'

किशोर समझ गया कि वह साधन की शुद्धि की बात समझाने के लिए उससे यह पूछ रहा है। उसने जब यह प्रश्न शान्तनु से पूछा था, तो शान्तनु बोला, 'तुम्हारा अपना कोई दिमाग नहीं है ? जो अमोलक कहता है, उसे तोतारटन्त की तरह बोल देते हो।'

लेकिन जो हो, बंगाल के गरम खून के लिए सुभाष बाबू से बढ़कर कोई नेता नहीं हो सकता। किशोर को लगता है कि हर देश की मिट्टी-हवा की एक तासीर होती है और इसी तरह हरेक आदमी की भी। खुद उसे सुभाष बाबू की ही बातें ज्यादा ठीक लगती हैं—उनमें जोश है, संघर्ष करने का माद्दा है। अमोलक और सोहन मूँधड़ा की तरह किशोर तकली कातने की बात सोच ही नहीं सकता। वे दोनों स्कूल में तकली कातते हैं। इससे तो अच्छा यही है कि सारे अंग्रेजों को मार भगाया जाए। किशोर इन दिनों अपनी सेहत बनाने के लिए दंड-बैठक करने लग गया है और अर्जुन ठाकुर की व्यायामशाला में जाने की सोच रहा है। जापानियों की तरह

खुद की रक्षा करने की भी तरकीब सीखी जा सकती है—जुजुत्सु—या ऐसा ही कुछ नाम है उसका। उसने इधर-उधर शाम को घूम-फिरकर ऐसी जगहों का पता लगा लिया है जहाँ यह सब सिखाया जाता है। स्कूल में बास्केट बाल खेलने में भी उसने अपना नाम लिखा लिया है। उसे अब अपने शरीर में ताकत लानी है।

अमोलक ने उसे तकली कातना सिखाने की चेष्टा की थी, पर वह मामाजी लोगों का नाम लेकर पीछे हट गया था। मामाजी की कपड़े की दुकान है और उसमें अंग्रेजी मिलों के ही कपड़े बिकते हैं।

'अपने पेट पर लात मारकर देश-सेवा नहीं करनी भाई अपने को।' बड़े मामाजी कहते हैं, 'इसके लिए हम लोग थोड़े ही अपना 'देस' छोड़कर यहाँ आए थे! हमको तो इन अंग्रेजों को भगाने का एक ही तरीका ठीक लगता है—एक हिन्दुस्तानी एक अंग्रेज को भी मार दे, तो सारे अंग्रेज एक दिन में खत्म हो जाएँगे।'

किशोर को बहुत चिढ़ होती है मामाजी की बातों से। करना-धरना कुछ है नहीं। अपने से ही फुरसत नहीं। ऊपर से बड़ी-बड़ी बातें। इतना ही करें कि टाँगकर दिखाएँ दुकान में गांधी-नेहरू-बोस की तस्वीर।

उसने हिम्मत करके मामाजी से कहा, 'मामाजी, मेरा दोस्त अमोलक कहता है कि हमारा देश सूत कातने और कपड़ा बुनने के कारण ही 'सोने की चिड़िया' कहलाता था। यहाँ के महीन कपड़े की इतनी माँग थी कि यूरोप के व्यापारी उसे सोने-चाँदी के बदले खरीदा करते थे। गांधीजी चरखा चलाने के लिए यों ही नहीं कहते।' वह पहली बार मामाजी के सामने एक साथ इतने वाक्य बोला था।

मामाजी आश्चर्य से 'अच्छा' कहकर कुछ सोचने लगे थे। लेकिन किशोर को मालूम है कि खुद उसे विश्वास नहीं है कि चरखा चलाकर आजादी मिल सकती है या अंग्रेजों की दयानतदारी पर मिली सरकार चलाकर आजादी आएगी।

क्रान्ति ही माँग है समय की। किशोर अपने इतिहास के अध्यापक रघुनन्दन मिश्र के प्रिय कवि बालकृष्ण शर्मा 'नवीन' की पंक्तियाँ गुनगुनाता है, 'आओ, क्रान्ति बलाएँ ले लूँ! अनाहूत आ गई भली। वास करो मेरे घर-आँगन। विचरो मेरी गली-गली।'

कहावत है कि मोर नाचता है, पर अपने पैरों को देखकर रो पड़ता है। क्रान्ति की बातें करना सहज है, पर उन पर अमल करना किशोर के लिए किसी तरह सम्भव नहीं। शान्तनु आएगा उसे लेने, तब क्या कहेगा उसे? क्या कह दे कि माँ को तेज बुखार है और उन्हें इस हालत में अकेला छोड़कर नहीं जा सकता। ऐसा ही कुछ कहना पड़ेगा। यह निर्णय लेकर किशोर सो पाया था।

उसकी नींद सुबह नौ बजे शान्तनु के जगाने से ही खुली। शान्तनु को देखकर वह सफेद पड़ गया। माँ की बीमारी की बात तो अब कह नहीं सकता।

'रात भर नींद नहीं आई शान्तनु! इसलिए सुबह नींद नहीं खुली। दस मिनट में तैयार होता हूँ।' किशोर ने कहा था।

शान्तनु का चेहरा उतरा हुआ था, 'कहीं नहीं जाना है। रात भर मैं भी सोया नहीं। इधर आने से पहले खबर आई कि सुभाष बाबू अपने घर पर ही गिरफ्तार कर लिये गए हैं। दुनिया में लड़ाई छिड़ी हुई है और अभी अंग्रेजी सरकार कोई खतरा नहीं मोल लेना चाहती।'

किशोर का दिल उछल पड़ा। आज भगवान और माँ के आशीर्वाद से ही उसकी जान बची है, वरना न जाने क्या होता!

माँ शान्तनु के लिए सुहाली और दूध का गिलास ले आई थी, 'लो बेटा, सुबह कुछ खा-पीकर थोड़े ही निकले होगे घर से।'

शान्तनु ने कृतज्ञता से भरकर गिलास पकड़ लिया। माँ के जाने के बाद उसने कहा, 'किशोर, तुम्हारी माँ जैसी माँ मुझे मिल जाए तो मैं दुनिया की बड़ी-से-बड़ी सम्पत्ति लुटा दूँ। साक्षात् माँ दुर्गा।'

शान्तनु मातृहीन है। उसके पिता डॉ. राय दाँत के डॉक्टर हैं। उनके भव्य व्यक्तित्व को देखकर किशोर ने भी सोचा है कि काश, उसके पिता ऐसे होते! चौरंगी में उनके घर पर साहित्यिकों और राजनीतिक लोगों का बराबर जमघट लगता है। शान्तनु को सहज ही सब कुछ मिला हुआ है। किशोर को वहाँ जाने से उसके भाग्य से सचमुच ईर्ष्या होती है और वह यह बात शान्तनु को कह भी चुका है।

पर शान्तनु ने सिर झटककर उसकी बात को खारिज कर दिया है। पिता से शान्तनु के विचार मेल नहीं खाते। वह अपने पिता और उनके पास आनेवाले तरह-तरह के लोगों को काफी हिकारत से देखता है, 'इन लोगों का अपना खुद का कोई दिमाग नहीं है। सब बेपेंदी के लोटे हैं। कभी किसी के पक्ष में बोलते हैं, कभी किसी के। ऐसे लोग ही देश की आजादी के लिए सबसे बड़ा खतरा हैं। ब्रिटिश साम्राज्य का विरोध करनेवाली कोई भी विचारधारा हो, ये उसी के पक्ष में बोलने लगेंगे। कभी गीता से बोलेंगे, कभी बाइबल से। कभी गांधी के पक्ष में, कभी फासीवादी इटली के पक्ष में, तो कभी साम्यवादी रूस के। ये हर पक्ष के आदमी हैं और हर विपक्ष के।'

किशोर को लगता है कि शान्तनु की पिता के प्रति सबसे बड़ी शिकायत सुभाष बाबू को लेकर है। डॉ. राय ने एक दिन बहस में, जब किशोर भी वहाँ उपस्थित था, कहा था, 'मुझे सुभाष बाबू की देशभक्ति में कोई सन्देह नहीं है, लेकिन व्यक्तिगत तौर पर सुभाष बाबू बहुत अधिक महत्त्वाकांक्षी हैं। गांधीजी से उनका मूल विरोध इसीलिए है कि वे चाहते हैं कि बागडोर उनके हाथ में रहे।'

शान्तनु यह सुनकर तिलमिला गया। उसने बिफरकर प्रतिवाद करते हुए कहा, 'सुभाष बाबू ने सिविल सर्विस की इतनी बड़ी नौकरी छोड़ी। चौथे नंबर पर स्थान प्राप्त करने पर भी अपना कैरियर देश के लिए स्वाहा कर दिया। ब्रह्मचर्य के व्रत

का पालन कर रहे हैं भारत माता के लिए, और आप कहते हैं कि वे व्यक्तिगत रूप से बहुत महत्त्वाकांक्षी हैं? मैं कहता हूँ, आप सब अंग्रेजों के पिट्ठू हैं।'

डॉ. राय शान्त भाव से मुस्कराते रहे थे। किशोर ने आश्चर्य से देखा कि उन्हें बिलकुल गुस्सा नहीं आया था। उन्होंने शान्तनु से कहा, 'देखो, उत्तेजित होने से हमेशा नुकसान होता है। हम सत्य से दूर चले जाते हैं। यदि मैं तुम्हें एक गुप्त बात बताऊँ, तो तुम भी मेरी बात मानोगे। गांधीजी ने हरिपुरा कांग्रेस का अध्यक्ष सुभाष बाबू को इसलिए बनाया था कि सुभाष बाबू की माँ ने गांधीजी को चिट्ठी लिखी थी—यदि सुभाष इस बार कांग्रेस का राष्ट्रपति नहीं बना, तो वह टूटकर बिखर जाएगा। सरदार पटेल ने हरिपुरा कांग्रेस में कई लोगों को कहा था—बंगाल के रसगुल्ले को राष्ट्रपति बना ही दिया महात्मा ने।'

शान्तनु पिता को अंग्रेजों का पिट्ठू कह देने पर लज्जित महसूस कर अब तक चुपचाप सुनता रहा था। वह फिर गुस्से से उबल पड़ा, 'यह सब झूठ और निरी गप है। गांधीजी कांग्रेस में अपनी डिक्टेटरशिप चला रहे हैं और सुभाष बाबू के प्रतिरोध से नाराज होकर उन्होंने सुभाष बाबू को हर जगह से निकाल बाहर किया है। आज सुभाष बाबू अकेले पड़ गए हैं, तो आप उनके विपक्ष में सुनी-सुनाई बातें कह रहे हैं।' शान्तनु उठकर कमरे से बाहर चला गया।

डॉ. राय ने एक लम्बी साँस छोड़ी और कहा, 'एकदम टिपिकल बंगाली चरित्र है हमारे शान्तनु का। अपने हीरो के खिलाफ कोई बात सुनने को तैयार नहीं। मैं कौन-सा गांधी का भक्त हूँ! लेकिन आदमी सोच और देखकर तो निर्णय लेगा? सुभाष बाबू बंगाली हैं, तो हम उनके चरित्र में कोई अवगुण न देखें? यही हमारा राष्ट्रप्रेम है? मेरे मित्र नीरद बाबू बताते हैं कि उनके डिप्टी मजिस्ट्रेट चाचा कहते थे कि कालिदास बंगाली था। वह 'दास' था न—बंगालियों का 'सरनेम' है दास। कोई 'मेड़ो' या 'खोट्टो' इतनी अनुपम रचना कर ही नहीं सकता। अब बताइए, यह भी कोई बात है? बिना मतलब के बखेड़े खड़े करने, बेकार की बहसों में पड़कर बाल की खाल निकालने या फिर भावुकता में बहने में अपनी सारी मानसिक शक्ति और प्रतिभा को नष्ट करना ही हमारा जातीय स्वभाव बन गया है।'

किशोर को डॉ. राय की बातें सुनकर घोर आश्चर्य हुआ था। बंगालियों के लिए दूसरे सभी प्रान्तों में बहुत अधिक सम्मान का भाव है। एक बंगाली अपनी ही जाति की इस तरह आलोचना कर सके, यह कोई छोटी बात नहीं। कितनी हिम्मत चाहिए इसके लिए! लेकिन किशोर जानता है कि डॉ. राय के इस आत्मालोचन के पीछे उनकी कई पीढ़ियों का इतिहास छुपा है। शान्तनु ने बहुत-कुछ बताया है उसे। बड़ाबाजार लाइब्रेरी के सत्यपालजी ने भी उसे जानकारियाँ दी हैं और कुछ किताबें भी।

डॉ. राय का परिवार कलकत्ते के उन सबसे पुराने परिवारों में से एक है, जिन्हें 'जंगल साफ करनेवाले जमींदारों' के रूप में जाना जाता है। अंग्रेजों ने तीन सौ साल

पहले जब सूतानटी, गोविन्दपुर और कलिकाता के तीन गाँवों में से, जिनसे कलकत्ते का निर्माण हुआ, गंगा नदी के किनारे की सबसे ऊँची जगह को अपनी पहली नगरी बसाने के लिए चुना, उस समय अधिकांश कलकत्ता दलदल और जंगल था। इनसे फोर्ट विलियम तक आनेवाली हवाओं के द्वारा मलेरिया, डेंगू जैसी बीमारियों से मरनेवाले लोगों की संख्या से घबराकर अंग्रेजों ने आसपास का दलदल और जंगल साफ करवाना शुरू किया। अठारहवीं शताब्दी के मध्य तक कलकत्ता फोर्ट विलियम अढ़ाई सौ एकड़ के फैलाव के अन्दर यूरोपियनों, आरमेनियनों और पुर्तगाली क्रिश्चियनों के रहने का घिरा हुआ स्थान बन गया था, जिसे 'गोरे शहर' के रूप में जाना जाता था। इसके बाहर नदी के मुहाने से करीब साढ़े तीन मील उत्तर तक 'नेटिव' या 'काला शहर' बसा था और इन दोनों भागों को घेरती हुई 'मराठा खाई' थी जो मराठों के आक्रमण से कलकत्ते को बचाने के लिए बनाई गई थी।

उत्तर में 'काले शहर' के जंगलों के पट्टे खरीदनेवाले ताल्लुकदार राजा लोगों में अधिकांशतः सुवर्ण वणिक जाति के थे, जो अंग्रेजों को ताँत के कपड़ों की आपूर्ति करने का काम करते थे। डॉ. राय का परिवार इनमें से एक था। इन परिवारों ने अपनी जमीन पर अपने भव्य महलों के इर्द-गिर्द घनी बस्तियाँ बसाईं जिनसे एक बड़ी रकम उन्हें किराए के रूप में प्राप्त होती थी। इन पुराने बंगाली परिवारों की बेहिसाब सम्पत्ति का आलम यह था कि 1780 में जब एक परिवार का मुखिया शोभाराम बसाक मरा, तो उसके पास कलकत्ते के बड़ाबाजार में सैंतीस मकानों के अलावा हजारों मोती, हीरे, माणिक, सोने की मोहरें और सूत, मसालों और अफीम के भरे हुए गोदाम थे। स्वेज, बम्बई, बसरा तक उसका व्यापार फैला हुआ था। सत्यपालजी ने किशोर को बताया था कि धीरे-धीरे ये सभी परिवार आपसी झगड़ों, निकम्मेपन और भोग-विलासिता के कारण विपन्न होते गए थे। अन्ततः ये लोग किरायाखोर बनकर रह गए। इनके लिए अंग्रेजों में 'रेंटियर' शब्द चलता है।

शान्तनु की कई पीढ़ियों का इतिहास इसी तरह की अपार समृद्धि से बिलकुल रसातल तक पहुँचने का इतिहास है। इसके पीछे उसके परदादाओं के आपसी होड़ में एक श्राद्ध पर उस जमाने में आठ लाख रुपए खर्च करने की कहानी है। शान्तनु के परदादा तक आते-आते उनकी माँ कनुप्रिया के श्राद्ध पर हुए खर्च को लेकर भाइयों के आपस में चल रहे मुकदमे—जो इंग्लैंड के प्रिवी कौंसिल तक गया था—के कारण उनका परिवार नष्ट होता गया था। ऐसा कहा जाता है कि कलकत्ते के तीस मील की दूरी तक के गाँवों में कनुप्रिया देवी के श्राद्ध पर खाने जाने के लिए किसी घर में चूल्हा नहीं जला था।

किशोर इन सारी अद्‌भुत बातों को पढ़ते-पढ़ते अपनी भिवानी की हवेली की बातें भी सोचता है। क्या वाकई दुनिया में उत्थान के बाद पतन और पुनरुत्थान सृष्टि-चक्र ही है? पुरानी पीढ़ियाँ न जाने कितनी किंवदन्तियाँ छोड़ जाती हैं,

जिनकी छाया में नई पीढ़ियों को जीना पड़ता है—वे अपने अतीत से पूरी तरह कभी उबर नहीं पातीं। डॉ. राय की बंगालियों की आलोचना के पीछे उनकी अपनी परिवार की गाथा है।

कनुप्रिया देवी के श्राद्ध के लिए खुदवाए हुए घी का एक तालाब उत्तर कलकत्ता में उनकी खँडहर होती राजबाड़ी के पिछवाड़े में जलकुम्भी के नीले फूलों और हरे पत्तों से ढका आज भी मौजूद है। बंगाल में सुरा-सुन्दरी, ब्राह्मणों, रिश्तेदारों और वकीलों पर अपनी सारी जायदाद-सम्पत्ति स्वाहा कर देनेवालों की बीसियों कहानियाँ हैं। न जाने कितनी कहावतें ऐसे लोगों, 'हरि घोष', 'गौरी सेन' पर बन गई हैं—माँगने आनेवाले से कही जानेवाली कहावतें, 'क्या तुमने इस घर को हरि घोष का गोला (गोदाम) समझ रखा है, जो माँगने चले आए', 'रुपए की जरूरत हो भाई, तो किसी गौरी सेन के पास जाओ।'

शान्तनु के दादा 'कनुप्रिया देवी' के वंशज होते हुए भी अपने पिता के श्राद्ध की रस्म ठीक तरह से न निभा पाने के कारण जब घर-घर आलोचना का विषय बने, तो वे जीते-जी बंगाल न लौटने की कसम खाकर अपने ममेरे भाई के पास राजपूताना की एक रियासत में चले गए थे। बाद में वे वहाँ के दीवान हो गए थे।

एक दिन किशोर के बहुत आग्रह करने पर शान्तनु उसे उत्तर कलकत्ता में अपने पैतृक महल का खँडहर दिखाने ले गया था। लोहे के ऊँचे दरवाजे के पीछे, ताड़ के ऊँचे पेड़ों की कतारों से घिरे, गाड़ी जाने के रास्ते के परे दिखते खँडहर को किशोर ने रोमांच के साथ देखा था। झड़े हुए पलस्तर और संगमरमर की सीढ़ियों के आस-पास उग आई झाड़ियों के बावजूद बारजे, छतें, कंगूरों के साथ भारतीय विक्टोरियन शैली का विराट स्तम्भोंवाला भव्य मकान। मकान के बाहर कोर्ट की नोटिस लगी हुई थी।

'तुम्हारा मन नहीं होता शान्तनु कि तुम इस महल में राजा-महाराजाओं की तरह रहते?' किशोर ने पूछा था।

'नहीं, बिलकुल नहीं। न मैं कभी इस मकान में रहने आऊँगा और न कभी अपना हिस्सा लूँगा। पिताजी अपना हिस्सा छोड़नेवाले नहीं हैं, किन्तु मैं कभी इस मकान से मिलनेवाले एक रुपए को भी काम में न लूँगा। मुझे नफरत है इस मकान से।' शान्तनु उत्तेजित हो गया था।

'किन्तु क्यों?' अचरज से किशोर ने पूछा।

'मालूम नहीं तुम्हें, कैसे आया होगा यह धन हमारे पास? इन्हीं अंग्रेजों के टुकड़ों पर पलने से। मेरे लिए ऐसा पैसा छूना काले साँप को छूने के बराबर है, उसी तरह जिस तरह मेरे दादा के लिए था।' शान्तनु चुप हो गया था।

किशोर के मन में अपनी स्थिति और विचारों को लेकर हीन-भाव गहरा गया। वह कितना साधारण है! ऐसी ऊँचाई के सामने कितना बौना!

'तुम लोगों की कितनी पीढ़ियों तक का इतिहास मालूम है तुम्हें?' किशोर जानना चाहता है, 'तुम कुछ भी कहो शान्तनु, मुझे बहुत दिलचस्प लगता है यह सब। एक बात तुम्हें बताऊँ, मेरी माँ क्या कहती है इतिहास के बारे में?'

माँ का नाम सुनने से शान्तनु के चेहरे का भाव बदल जाता है। उसके चेहरे पर एक तरह की सौम्यता आ जाती है। किशोर समझता है—किसी एक के न होने पर दुनिया कितनी बदली-बदली होती है! कुछ भी वैसा नहीं रहता, जैसा होना चाहिए। हर समय आदमी के अन्दर एक जगह शून्यता रहती है, जैसे उसके कलेजे का एक हिस्सा किसी ने काटकर निकाल लिया हो!

'बताओ न, तुम्हारी माँ की बातें सुनना मुझे बहुत अच्छा लगता है। वे हमेशा एकदम सही बातें कहती हैं।' शान्तनु उसका हाथ पकड़कर महल के बाहर बने लाल सीमेंट के टूटते चबूतरे पर बैठ गया।

'माँ कहती है कि हम अपने इतिहास को मिटा नहीं सकते। इसलिए उस पर हमें शर्म या ग्लानि महसूस नहीं करनी चाहिए। हमारे पुरखों ने जो ठीक समझा, उन्होंने किया। जो हम ठीक समझेंगे, हम करेंगे। इतिहास से मुक्त होकर ही हम ठीक से जी सकते हैं।' —किशोर ने देखा कि शान्तनु पर उसकी बातों का असर हुआ है।

इतना बुद्धिमान होते हुए भी शान्तनु नहीं देख पाता कि उसके दादा ने मरने के पहले अपनी खीझ और नफरत उसके अन्दर डाल दी है, जो वे उसके पिता में नहीं डाल पाए थे। शान्तनु और उसके पिता डॉ. राय के बीच यह नफरत जैसे एक दीवार बनकर खड़ी है। उसे पिता की सारी बातें समझौतावादी और नकली लगती हैं। उसके अन्दर जैसे एक आग जल रही है जो कुछ जला डालने के लिए बेचैन है। कुछ और नहीं मिलता तो यह उसके अपने पिता से प्रेम को ही भस्म किए दे रही है।

'एक बात और कहूँ शान्तनु तुमसे?' किशोर ने गौर से शान्तनु को देखते हुए कहा था, 'जब तुम्हारे पिता डॉ. राय इस दुनिया में नहीं रहेंगे, तब तुम बहुत-सी बातों के लिए बहुत अफसोस करोगे। तब तुम्हें उनकी बहुत-सी बातें समझ में आएँगी—और यह अफसोस तुम्हें अपने जीवन के अन्तिम दिन तक—नीमतल्ला घाट तक—परेशान करेगा।'

'लेकिन मेरी मृत्यु यदि नदी में डूबने या पहाड़ से गिरने से हुई तब?' शान्तनु जोर-जोर से हँसने लगा। 'तब कैसे अफसोस करूँगा नीमतल्ला तक?'

किशोर ने भी उसी हँसी में अपना स्वर मिला दिया था।

शान्तनु के पिता एक गहरे आदमी हैं। उन्होंने दूसरी शादी क्यों नहीं की—किशोर कई बार सोचता है। बड़े मामाजी का दूसरा ब्याह हो गया है, कितनी अजीब बात है! क्या जरूरत थी उन्हें दूसरी शादी करने की? बहूबाजारवाली के पास तो

वे फिर जाने ही लगे थे। अब एक दूसरी औरत की जिन्दगी क्यों बरबाद कर रहे हैं? नई मामीजी उन्हें खुद जूते पहनाकर बहूबाजार जाने के लिए तैयार करती हैं—किशोर ने पुराने नौकर रघु से सुना है। जिस दिन वे बहूबाजार नहीं जाते, उन्हें खुद अपने हाथों से शराब डालकर घर में पिलाती हैं। रघु कहता है कि वे बहुत समझदार औरत हैं। लेकिन उनके माँ-बाप ने क्यों शादी की है उनकी एक दूजवर से? सुन्दर भी हैं काफी—दूसरी बड़ी मामी। माँ कहती है कि वे दोहरी 'मंगलिक' थीं यानी उनका मंगल ग्रह इतना कड़ा था कि वे शादी के बाद तुरन्त विधवा हो जातीं। इसका एक ही उपाय है कि किसी दूजवर से शादी कर दी जाए। अजीब दुनिया है मारवाड़ियों की। सचमुच शान्तनु ठीक ही कहता है—हम हर समय आशंका में जीनेवाले लोग हैं।

डॉ. राय का दूसरी शादी न करना किशोर के मन में उनके लिए बहुत आदर उपजाता है। आज इस चूबतरे पर बैठे-बैठे वह शान्तनु को उसके पिता के नजदीक ले आएगा—यह ठानकर किशोर उत्साहित है।

'अच्छा शान्तनु, देखो, तुम्हारे पिताजी ने तुम्हारे लिए दूसरी शादी भी नहीं की। तुमने कभी सोचा है इस बारे में?' किशोर ने कुछ संकोच से कहा।

पास ही कहीं किसी पेड़ पर लोहार चिड़िया हुँक-हुँक की धौंकनी चला रही है। किशोर का दिल भी उसी के संग-संग धड़कता है। शान्तनु ठठाकर हँसा। लोहार चिड़िया शायद डरकर उड़ गई।

'दिमाग खराब है तुम्हारा? मेरे लिए शादी नहीं की दोबारा? माई डियर, तुम्हें पता होना चाहिए कि डॉ. राय के पास मेरी माँ के लिए भी बिलकुल वक्त नहीं था। लोगों के दाँत ठीक करने के अलावा उनके शौक, उनकी रुचियाँ वह सारा समय खा जाती थीं, जो हकीकत में उन्हें अपने वृद्ध पिता, पत्नी और बेटे को देना चाहिए था।

'तुम्हें पता है, डॉ. राय हमारे खानदान का इतिहास लिख रहे हैं—अढ़ाई सौ वर्ष पुराना इतिहास? माँ के सामने से ही उनका यह काम चालू था। इसी परिवार के साथ जुड़ा हुआ है इस कलकत्ते शहर का इतिहास—जिससे मेरे दादा नफरत करते थे। हमारे परिवार का इतिहास जॉब चार्नक के कलकत्ता शहर बसाने के पहले का इतिहास है। तुम्हें अच्छा लगता है न सुनना? जॉब चार्नक कलकत्ता बसाने के पहले जब बंगाल में मारा-मारा बेसहारा फिर रहा था, तब यहाँ के स्थानीय जागीरदार राय 'मजूमदार' यानी हमारे परदादाओं ने उसे अपनी कचहरी में पनाह दी थी। उसने अपने कागज-पत्तर हमारे यहाँ ही रख छोड़े थे। वह सियालदह के पास प्रसिद्ध 'बैठकखाना' वृक्ष, जो एक विशाल पीपल का पेड़ था, के नीचे हुक्का पीते हुए हमारे खानदानी दादा से यह सलाह किया करता था कि अंग्रेजों की बस्ती कहाँ बसानी चाहिए। बाद में उसी पेड़ से प्रेम होने के कारण उसने कलकत्ता शहर यहाँ बसाया।'

‘क्या सचमुच? एक पेड़ से प्रेम के कारण? बड़ा अद्‌भुत आदमी रहा होगा! और देसी आदमी की तरह हुक्का पीना!’ शान्तनु की बातों से चमत्कृत होकर किशोर ने कहा।

शान्तनु का मुँह व्यंग्य से टेढ़ा हो गया, ‘जरूर रहा होगा। देसी बीवी भी रखी थी उसने। उसकी कब्र पर उसने एक गैर ईसाई की तरह मुर्गे की बलि भी दी थी जिसके कारण उसकी बहुत निन्दा हुई थी। लेकिन अन्त में वह इस देश में तकलीफ सहते-सहते इतना बौखला गया था कि छोटी-से-छोटी गलती पर अपने नौकरों को कोड़े से पिटवाता था। ऐसा करने के लिए उसने अपने रात के खाने का समय चुन रखा था, जिससे कि उसे उन लोगों के चीखने-चिल्लाने के कारण संगीत की जरूरत न हो।’

‘कहाँ मिल गईं तुम्हें शान्तनु ऐसी बातें? मैं नहीं मानता। गप लगा रहे हो तुम।’ किशोर ने अविश्वास से कहा।

‘अजीब इनसान हो तुम! ‘मेड़ो’ की तरह बात मत करो। एक अंग्रेज ईवान कॉटन की ही लिखी हुई पुस्तक से बता रहा हूँ। 1909 में छपी पुस्तक है। डॉ. राय से लेकर पढ़ लेना। उनके पास है। पृष्ठ संख्या नौ है। ठीक?’ शान्तनु ने मुस्कराते हुए कहा।

अपने पिता को ‘बाबा’ न कहकर ‘डॉ. राय’ कहना किशोर को यह समझाने के लिए काफी था कि शान्तनु की डॉ. राय के प्रति धारणाएँ जल्दी सुधरनेवाली नहीं हैं। क्या परिवार का इतिहास उन दोनों के बीच दुधारी तलवार की तरह खड़ा रहेगा? किशोर सुस्त हो गया।

‘क्या बात है किशोर? ‘मेड़ो’ कहने से नाराज हो गए? तुम नाराज नहीं होते, इसीलिए तो कह लेता हूँ दोस्त! अच्छा, चलो, तुम्हें खुश करने के लिए तुम्हें एक और अद्‌भुत बात बताता हूँ। हमारे एक पुरखे की सौ साल पहले की डायरी मेरे पिताजी के हाथों लग गई है। उनकी दिनचर्या बताऊँ? सुबह से दोपहर तक राजा शिवचन्द्र राय अपने पुजारियों, ब्राह्मणों, कुल-गुरु और वैष्णव भक्तों से बातचीत करते हैं और उन्हें दान देते हैं। दोपहर के भोजन के बाद एक घंटे वे अपने कर्मचारियों के साथ अपनी जायदाद के मामलों पर बात करते हैं। उसके बाद समय होता है दोस्तों और रिश्तेदारों के आने का। रात को वे चौपड़-शतरंज खेलते हैं और जादूगरों, मसखरों, चापलूसों और संगीतज्ञों से अपना दिल बहलाते हैं। इन सबके लालन-पालन के लिए वे ही जिम्मेदार हैं।’

‘सिर्फ एक घंटे काम? बाकी सारा दिन यों ही बिता देते थे?’ किशोर को आश्चर्य हुआ था।

‘काम भी क्या—अपने जमीन के किराए की वसूली और ब्याज के रुपयों की वसूली। कभी-कभी तो मुझे लगता है कि मेरे दादा और पिता भूत की तरह रात-दिन काम करके उनका प्रायश्चित्त करते रहे हैं। एक बार हमारे एक परदादा ने अपने

पाँच हजार रुपए जहाज से कुछ माल विदेश भेजने में लगा दिए। उस पर एक सौ सात रुपए का लाभ आने तक वे जिस कदर दिल घबराने की यातना से गुजरे—उससे उन्होंने निर्णय लिया कि इस तरह खतरा मोल लेकर अपनी सम्पत्ति से जुदा होने का काम वे कभी नहीं करेंगे।'

किशोर शान्तनु के लिए सोचता है कि वह भविष्य में क्या करेगा? शान्तनु में एक तरह की अस्थिरता है, जो किसी एक काम को टिककर पूरा करने में बाधा बन जाती है। वह जैसे जीवन को पूरी तरह समझ नहीं पा रहा। एक तरह का 'दिशाहारा' सा है वह। खुद उसने किशोर को कही है यह बात। क्या वह अपने पिता की तरह डॉक्टरी पढ़ेगा? लेकिन पिता की तो उसे कोई बात पसन्द नहीं। सुभाष बाबू के कारण उसके दिमाग से पढ़-लिखकर किसी नौकरी के लिए अपने को तैयार करने की बात बिलकुल निकल गई है। सुभाष बाबू ने 'हिंजड़े' शब्द का प्रयोग किया था उन बंगालियों के लिए जिनके जीवन का एकमात्र लक्ष्य अंग्रेजी शिक्षा प्राप्त कर सिविल सर्विस में जाना था। दूसरी ओर, बंगाल के बड़े वैज्ञानिक पी.सी. राय ने मारवाड़ियों से बंगालियों की तुलना करते हुए उन्हें उनकी अकर्मण्यता और किताबी अव्यावहारिकता के लिए धिक्कारा है।

शान्तनु कहता है कि बंगाली जाति अपने भविष्य को लेकर एक कशमकश और आत्म-निरीक्षण के दौर से गुजर रही है। शान्तनु के एक फुफेरे भाई ने जापान से इंजीनियरिंग की ट्रेनिंग लेकर पंखे बनाने का कारखाना खोला है। दूसरे भी कई क्षेत्रों में—दवा, साबुन, केमिकल, बल्ब—बंगाली आगे आने की कोशिश कर रहे हैं। क्या शान्तनु को इसमें से किसी काम के लिए ट्रेनिंग लेनी चाहिए? पर उसका मन कहीं एक जगह टिकता नहीं। क्या वह कवि बन सकता है—रवीन्द्रनाथ जैसा कवि नहीं—समर सेन की तरह अलग किस्म की कविताएँ रचनेवाला कवि? या वह वकालत पढ़े? बंगालियों में बहुत बड़े-बड़े वकील हुए हैं। वह अपना कोई एक मन नहीं बना पाता।

'शायद मेरी माँ जिन्दा होती, तो उसकी जो इच्छा होती, मैं वही बन जाता। मुझे कुछ सोचना नहीं पड़ता।' शान्तनु कहता है। लेकिन किशोर जानता है कि यह उसका महज भ्रम है।

शान्तनु इन दिनों उसके साथ रोज शाम को गलियों में घूमने लग गया है। पैदल चल-चलकर ही जैसे वे दोनों अपने जीवन का रास्ता खोज लेंगे। कभी-कभी वे दोनों स्कूल के बाद हरिसन रोड पर 'माधो भवन' के सामने से ट्राम पकड़ते हैं और ट्राम के अन्तिम छोर बेहाला डिपो तक चले जाते हैं और वहाँ जंगल में घूमते रहते हैं। लौटते समय शान्तनु चौरंगी के पास उतर जाता है और किशोर वापस माधो भवन तक आ जाता है। अमोलक इन दिनों रात-दिन किताबें पढ़ने में लगा है। न जाने उसे क्या बनना है!

किशोर के जीवन की समस्या बिलकुल अलग है। शान्तनु और अमोलक दोनों मैट्रिक के बाद क्या करना है—इस बात को लेकर परेशान हैं जबकि किशोर के सामने मामाओं की दुकान पर बैठने के अलावा कोई दूसरा रास्ता नहीं। मामा लोग दो सौ रुपए महीने का खर्च माँ को देते हैं। माँ को उन रुपयों को लेने में कितनी तकलीफ होती है, यह किशोर जानता है। जब ललित भैया दुकान पर बैठते थे, तब माँ रुपयों को लेते समय खुश होती थी। पर अब जब मुनीम आकर माँ को रुपए पकड़ाता है, तो माँ का मुँह काला पड़ जाता है। वह इन खैरात के रुपयों को लेना नहीं चाहती, पर दूसरा कोई चारा नहीं है। उसके पास पाँच सौ भरी सोना है, लेकिन सोने को बेचकर खर्च चलाना उसे सही नहीं लगता। यही तो उसके परिवार के भविष्य के लिए बची-खुची सम्पत्ति है। जितनी जमा-पूँजी उसके पास थी, वह ललित भैया की बीमारी में स्वाहा हो गई है। यदि किशोर दुकान पर बैठने लग जाए तो उसे बहुत राहत मिलेगी। वह जानती है कि किशोर अपनी मेहनत और लगन से मामा के अहसानों का कर्ज चुका देगा।

किशोर ने लाइब्रेरी में पढ़ने का बहाना कर मैट्रिक के इम्तिहान तक की छूट उससे ले ली है। पर अन्त में तो वही करना पड़ेगा, जो करने का उसका बिलकुल मन नहीं है—हरिसन रोड की दुकान पर बैठकर ब्रिटिश इंडिया कॉरपोरेशन का 'लाल इमली' का माल बेचना।

मामा की दुकान में 'कोहेन' नाम का एक यहूदी आता है जो थान में से ऊनी सूटों के तीन-साढ़े तीन मीटर के टुकड़े कटवाकर पोटली बना लेता है। किशोर ने इन दिनों सड़कों पर घूमते हुए उसे ऑफिसों और घरों में घूम-घूमकर माल बेचते हुए देखा है। किशोर का मन है कि किसी के शासन में काम करने के बजाय इस तरह स्वतंत्र होकर काम करे। क्या वह यहूदी कोहेन दो सौ रुपए नहीं कमा लेता होगा? पर मुसीबत यह है कि इस तरह का काम करना मामाजी की साख को धक्का पहुँचाएगा। वे कभी उसे इस तरह का काम नहीं करने देंगे। चीनी लोग भी बिस्तर के चादर, मेजपोश वगैरह कन्धों पर लेकर आवाज लगाते हुए घूमते हैं। सब जातियाँ अपना मनपसन्द काम कर सकती हैं, मारवाड़ी होना ही झंझट है। इस काम में इज्जत जाती है—उस काम में बदनामी होती है। बेकार की बातें! पर कौन समझाए?

एक बार माँ को उसने कोहेन के बारे में यों ही बताया था कि देखें, माँ क्या कहती है। माँ बिना कहे भी उसकी बात समझ गई थी। माँ ने हँसकर कहा, 'मैं सोच रही थी कि मोठ-कचौड़ी या ऐसा ही कुछ सामान घर में बना लिया करूँ और एक लड़का रखकर सड़क पर उससे डाला लगवा दिया करूँ। कैसा रहेगा?' वह चुप हो गया था। वह यह भी देखता है कि मामी-मौसियाँ या और-और स्त्रियाँ माँ के पास कुछ कढ़ाई करने, साड़ी के नीचे अन्दर की तरफ पट्टी लगाने के लिए अपनी

साड़ियाँ भेज देती हैं। माँ ने कह रखा है, 'मेरे पास एक गरीब ब्राह्मणी आती है, जो यह सब काम करने के लिए ले जाती है। उस ब्राह्मणी के हाथ में गजब की सफाई है।' लेकिन किशोर जानता है कि माँ यह सारा काम खुद ही करती है। वह देख-सुनकर भी अनदेखा कर देता है। माँ कभी किसी से कुछ माँगती नहीं। कभी अपनी गरीबी प्रकट नहीं होने देती। बड़े चाचाजी अगर मिलने आ जाएँ तो झट पैसे देकर नीचे से बढ़िया-से-बढ़िया मिठाई-कचौड़ी मँगवाती है उनके लिए—जैसे अलमारी में ऐसे कितने ही पैसे दबे पड़े हों! उन्हें खिलाकर इतना खुश होती है, जैसे न जाने क्या मिल गया हो! उन पैसों के खर्च होने का लेशमात्र भी दुख उसे नहीं होता।

किशोर सोचता है, वह कमाने लगेगा तो माँ को कोई काम नहीं करने देगा। दिन-रात माँ की सेवा करेगा। कितना भाग्यशाली है वह कि ऐसी माँ के पेट से उसने जन्म लिया है!

किशोर के सड़कों पर घूमने का एक मकसद अब यह भी है कि किसी तरह कोई काम बैठाने की जुगत निकल आए। वह चौरंगी में 'माखूराम' के अखबारों के स्टैंड पर भी घंटों खड़ा रहता है। अखबार बेचनेवालों को काफी पैसा बच जाता होगा? ऊपर से बढ़िया काम—सारे दिन आस-पास चलती दुनिया देखो और जब मन हो, अखबारों में दुनिया की खबरें पढ़ लो।

द्वितीय महायुद्ध छिड़ गया है और तरह-तरह की बातें सुनने में आ रही हैं। यदि अंग्रेज हार गए तो क्या भारत आजाद हो जाएगा? बड़े मामा के दोस्तों में कुछ तो ऐसे हैं जो खुलेआम अंग्रेजों के पिट्ठू हैं। उनमें से एक के लिए वह यह भी सुनता है कि वे अंग्रेज सिपाहियों के लिए गो-मांस की सप्लाई कर रहे हैं। अमोलक ने उसे बताया है कि ये सब 'टोडी बच्चे' हैं। अमोलक न जाने कितने अखबार पढ़ता है! कितना अच्छा हो कि अमोलक बड़ा होकर अखबार निकाले और वह भी इसी तरह का कोई काम करे। हरिसन रोड की कपड़े की दुकान में बैठने से अच्छा तो और कुछ भी करना है।

किशोर के साथ एक दिक्कत यह भी हो गई है कि पन्द्रह साल की उम्र तक पहुँचते-पहुँचते उसने करीब-करीब छह फीट की लम्बाई खींच ली है। उसकी आवाज भारी हो गई है। दाढ़ी-मूँछें आने से वह पन्द्रह साल का नहीं, बीस साल का लगता है। मामाजी की दुकान पर बैठने के दबाव के पीछे उसकी लम्बाई भी एक कारण है। शान्तनु और अमोलक अभी उससे कद में बहुत कम हैं और उनकी मूँछों की रेखाएँ अस्पष्ट ही हैं। अमोलक की तो अभी आवाज भी भारी नहीं हुई है। किशोर को लगता है, जैसे अचानक वह बहुत बड़ा हो गया हो! शान्तनु और अमोलक लड़कियों-औरतों के बारे में कोई दिलचस्पी नहीं जताते, लेकिन उसका ध्यान न चाहते हुए भी इन बातों की ओर जाने लगा है। उनके स्कूल के एक लड़के मदनमोहन सिंघानिया की शादी भी हो गई है और किशोर

देखता है कि अक्सर लड़के उसको घेरकर कुछ पूछते रहते हैं। वह भी इन दिनों मदनमोहन की तरफ देखकर मुस्कराता है जबकि पहले वह उसकी तरफ कभी ध्यान नहीं देता था।

किशोर का सड़कों पर घूमते-घूमते बहुत मन होता है कि कोई ऐसा काम करे 'जिससे उथल-पुथल मच जाए'। कई बार उसके मन में अजीब-अजीब खयाल आते हैं। तब वह अपने सिर की गुठली को छूकर चिन्ता से सोचता है कि कहीं वह पागल तो नहीं हो जानेवाला है ? कलकत्ते की सड़कों पर एक पागल कन्धे पर टिके डंडे पर थिगलियाँ-पोटलियाँ लटकाए घूमता उसे कई बार मिल गया है। उस पागल ने डंडे के ऊपर एक तिरंगा झंडा लगा रखा है। कहते हैं कि वह एक मारवाड़ी ही है जिसे 1921 के 'असहयोग आन्दोलन' के दौरान सिर पर पुलिस के डंडे की चोट लग गई थी। उस पागल की अब कोई जाति नहीं समझ में आती। वह पूरा-का-पूरा एक ही मटमैले रंग का है—सिर्फ उसके झंडे के ही तीन रंग चमकते हैं। कभी किशोर के मन में आता है कि उस पागल के जैसा वेश बनाकर पागल बन जाए और बड़े मामा को जाकर कह दे कि उसे उनकी दुकान पर बैठने का कोई शौक नहीं है। पागल बन जाने पर वह कोहेन की तरह माल लेकर घूम-घूमकर बेचने का धन्धा भी कर सकता है। वह धीरे-धीरे ठीक होने का अभिनय करता रहेगा। लेकिन उसके पागल हो जाने पर माँ कहीं सचमुच पागल हो गई तो ? यदि माँ को बतलाकर पागल होता है, तब तो माँ कभी ऐसी बात के लिए राजी होनेवाली नहीं है। बिना मतलब माँ को यह भी पता चल जाएगा कि वह दुकान पर नहीं बैठने के लिए क्या-क्या करने को तैयार है। वह और परेशान ही होगी।

स्कूल में जब से लम्बे कद और भारी आवाज के कारण उसे 'चाणक्य' नाटक में चाणक्य की भूमिका के लिए चुना गया है, तब से उसके दिमाग में इस तरह की बातें और भी अधिक आने लगी हैं। उसके अभिनय की सब तरफ प्रशंसा हुई है, यहाँ तक कि 'हिन्दी नाट्य परिषद' के मँजे हुए नाटकवालों ने भी उसकी तारीफ की है। 'भामाशाह की देशभक्ति', 'चन्द्रगुप्त', 'शिवाजी', 'छत्रसाल' आदि नाटक किशोर ने देखे हैं और यदि मामाजी का डर न हो तो वह नाट्य परिषद का बाकायदा सदस्य हो जाए। लेकिन हर जगह मामाजी का डर मौजूद है। कहीं वह चैन की साँस नहीं ले सकता। गले में डली रस्सी के फन्दे की तरह है यह डर, वरना क्या वह मास्टरी करके ही इतना खर्च नहीं निकाल सकता ? पर किशोर को मालूम है, वह कितना भी सोचे, मामा लोगों के खिलाफ जाना उसके वश की बात नहीं है।

सुभाष बाबू की गिरफ्तारी के दिन किशोर की सब कुछ उथल-पुथल कर देने की इच्छा सचमुच पूरी हो गई। शान्तनु की उदासी उसके लिए असह्य हो रही थी। शान्तनु ने उससे कहा कि वह स्कूल नहीं जाना चाहता। लेकिन किशोर उसे जबरदस्ती स्कूल ले आया। स्कूल में किसी लड़के ने शान्तनु पर ताना कस दिया,

'क्या यार शान्तनु, सुभाष बाबू गिरफ्तार हो गए और तुम स्कूल की छुट्टी भी नहीं करवा सके?' बात किशोर को चुभ गई।

उसने उस दुबले-पतले लड़के का कॉलर पकड़ लिया, 'चलो, हम तुम्हीं से करवाते हैं स्कूल में आज हड़ताल।'

योजना यह बनी कि वह लड़का कक्षा से पेशाब करने के बहाने निकलकर हेडमास्टर के कमरे के बाहर पड़ा छुट्टी का घंटा बजाएगा। इसके पहले एक दूसरा लड़का दरबान के पास पूछताछ करने के बहाने कह आएगा कि आज शायद स्कूल की छुट्टी हो सकती है क्योंकि सुभाष बाबू की गिरफ्तारी के कारण जुलूस निकलनेवाला है। बाकी सारी कक्षाओं में भी यह खबर फैला दी जाएगी कि छुट्टी हो सकती है। चूँकि शान्तनु और किशोर पर ही अगले दिन शक किया जाएगा, इसलिए वे दोनों पं. रघुनन्दन मिश्र की कक्षा में बाकायदा मौजूद रहेंगे।

उस लड़के ने जाकर जैसे ही छुट्टी का घंटा बजाया और गायब हुआ कि सारी कक्षाओं से लड़के शोरगुल मचाते स्कूल के दरवाजे के पास आ गए। दरबान ने यह समझकर कि किसी गड़बड़ी के कारण छुट्टी कर दी गई है, स्कूल के दरवाजे खोल दिए। जब तक हेडमास्टर बाहर आकर रोकने की चेष्टा करते, तब तक आधे लड़के स्कूल से बाहर आ चुके थे। अगले दिन पं. रघुनन्दन मिश्र ने गवाही दी कि शान्तनु और किशोर उनकी कक्षा में मौजूद थे। बाद में कोई सुराग न मिलने पर मामला दब गया। शान्तनु इतना खुश हुआ था कि सुभाष बाबू के गिरफ्तार होने का दुख तक भूल गया। उस बात से उन दोनों की दोस्ती में नई ऊर्जा आ गई थी।

11

हिटलर और नेहरू

किशोर बाबू अपनी कथा क्यों लिखवाना चाहते हैं— ऐसा नहीं कि वे नहीं जानते कि यह सवाल लोगों के मन में जरूर उठेगा। उनकी जैसी जिन्दगियाँ तो लाखों की संख्या में बिखरी पड़ी हैं। उसमें क्या असाधारण है? आखिर हर आदमी जब जन्म लेता है तो उसके परिवार का इतिहास और उसके समाज का इतिहास उसके पहले ही जन्म ले चुका होता है। वह जिन लोगों से मिलता-जुलता है, उन पर भी यही बात लागू होती है। यहाँ तक कि जिस कलकत्ते शहर में पैदा होकर किशोर बाबू ने अपना सारा जीवन बिताया है, उसका भी इतिहास अनेक किताबों में लिखा जाकर पुस्तकालयों में भरा पड़ा है। तब उनके पास कौन-सी ऐसी बात नई रह गई है, जिसे कहना उन्हें जरूरी लगता है?

किशोर बाबू के जीवन का कोई ऐसा महत्त्व नहीं है जिसे विश्व-देश-समाज के प्रति किए गए किसी अवदान की महत्ता से तौला जा सके। लेकिन किशोर बाबू को लगता है कि हरेक जिन्दगी के अन्दर हर दूसरे व्यक्ति की जिन्दगी की एक कथा छिपी हुई रहती है। हर आदमी मूलतः अपनी जिन्दगी के बारे में सोच पाता है या सोचना चाहता है। इसलिए किसी कथा में उसे अपनी यथार्थ, कल्पना या स्वप्न की जिन्दगी के मिल जानेवाले अंश को ही समझना चाहिए कि यही कथा कहने या लिखनेवाले का कथ्य है : यह अपनी ही जिन्दगी का टुकड़ा उस कथा पढ़नेवाले को उतने भर के लिए पृथ्वी के गुरुत्वाकर्षण से मुक्त कर देता है। वह उठता है, उड़ता है ऊपर। देश और काल के परे। अपनी क्षुद्र आत्म से परे। और यही मुक्ति है।

मुक्ति— इससे अधिक सारगर्भित शब्द शब्दकोश में दूसरा कौन होगा? ऐसा शब्द, जिसका मरते दम तक आदमी नए-नए अर्थ निकालता रहता है। प्रेम, वासना, लोभ, सम्पत्ति जैसे शब्द भी जब साथ छोड़ देते हैं, जिनसे सारे जीवन आदमी बँधा हुआ चलता है, तब भी मुक्ति का अर्थ उतना ही नया, उतना ही जरूरी बना रहता है। किशोर बाबू को लगता है कि आदमी की कई मुक्तियाँ हैं और एक मुक्ति यह भी जानने में है कि कोई आदमी पूरी तरह एक आदमी नहीं होता। कहते हैं कि माँ

और बाप की सात-सात पीढ़ियों की तरफ से आदमी में गुण चले आते हैं। इस तरह चौदह पीढ़ियों के माँ-बाप जिनमें से प्रत्येक में पिछली चौदह पीढ़ियों के गुण रहते हैं, हर आदमी के अन्दर जिन्दा रहते हैं। इसीलिए एक आदमी की कई-कई जिन्दगियाँ एक ही जिन्दगी में हो सकती हैं? कभी वह किसी की जिन्दगी का हिस्सा जीता है, कभी किसी की। किशोर बाबू यह सब सोचते-कहते बहुत उलझ जाते हैं, पर वे अपनी कथा लिखवाने का मूल कारण इसी उलझन में कहीं कह चुके हैं, ऐसा उन्हें महसूस होता है।

किशोर बाबू की एक जिन्दगी में तीन जिन्दगियाँ जी गई हैं। देश की आजादी तक यानी बाईस साल की उम्र तक उनकी एक जिन्दगी थी। उसके बाद उनकी दूसरी जिन्दगी शुरू होती है—पूरे पचास साल की जिन्दगी। इस दूसरी जिन्दगी में पहली जिन्दगी की कोई छाया तक नहीं थी। इसलिए किशोर बाबू उसे एक नए जन्म की तरह ही अब देख पाते हैं। यह भला कौन कह सकता है कि किशोर बाबू की जिन्दगी के ये पचास साल भारतवर्ष के 'लोकतंत्र' के पचास सालों की तरह रहे हैं, जिनमें आजादी की लड़ाई के आदर्शों की खुरचन तक नहीं रही?

किशोर बाबू के चरित्र में आए बदलाव पर यदि किसी एक व्यक्ति ने कभी आश्चर्य व्यक्त किया था, तो वह थी शान्ता भाभी—ललित भैया की बहू। लेकिन वे इसे समूचे देश के चरित्र में आ रहे बदलाव से जोड़कर कैसे देख पातीं या इस बात से कैसे जोड़ पातीं कि आजादी के बाद किशोर बाबू ने नेहरू को अपना 'हीरो' मान लिया था?

उनकी भाभी ने ज्यादा से ज्यादा यही सोचा होगा कि सन् 1942 के आस-पास जब जापानियों के डर से कलकत्ता खाली हो गया था, किशोर बाबू जर्मन रेडियो पर हिटलर का ब्रॉडकास्ट बहुत सुना करते थे। कहीं उसका ही गहरा प्रभाव उन पर पड़ गया दिखता है। उन्होंने यह भी सोचा कि कई बार ऐसा होता है कि अपने लोगों की जिन आदतों से आदमी सबसे ज्यादा परेशान होता है, समय आने पर वह उन्हीं आदतों को ज्यों-का-त्यों अपने जीवन में उतार लेता है। अपने बड़े मामा यानी 'दुर्वासा ऋषि' से किशोर बाबू हरिसन रोड की दुकान पर बैठने के दौरान बहुत त्रस्त रहे थे। जब मँझले मामा ने बड़े मामा को दुकान की राजगद्दी से बर्खास्त कर दिया तब किशोर बाबू ने पाया था कि दूसरे के साँस लेने की जगह को तय करने का खानदानी गुण मँझले मामा में भी उसी मात्रा में बरकरार है।

देश की आजादी के साथ ही मामाओं के पद-चिह्नों पर चलते हुए किशोर बाबू ने जहाँ तक सम्भव हुआ और जितने लोगों तक सम्भव हुआ, सबकी जिन्दगी को अपनी तरह चलाया। सड़क पर इन दिनों घूमनेवाले एक पागल की तरह हम यह तो नहीं कहते घूम सकते कि नेहरू ने जीते-जी देश में एक 'चुने हुए' डिक्टेटर की तरह

राज किया और फिर उसकी बेटी और नातियों ने वही किया। एक पागल को बहुत सारी बातें कहने की सुविधा होती है—डर और लज्जा दोनों से ही वह मुक्त होता है। कलकत्ते शहर में हमेशा से इस तरह के लोग दिखाई पड़ते हैं और वे जो बातें करते हैं, उनमें कितनी असलियत और कितनी सनक और बहक होती है, वे ही जानते हैं। 'एक जे छिलो नेहरू/हिटलरेर परे/शे कोरलो इलेक्शन/होलो सबार ऊपरे...' (एक जो था नेहरू/हिटलर के बाद/कराया उसने चुनाव/और हो गया सबके ऊपर...) —इन दिनों किशोर बाबू सड़क पर घूमते हुए ऐसे ही एक पागल से मिलते हैं।

किशोर बाबू ने देखा है कि यह पागल कई पुराने अखबार पढ़ता और रखता है। उसके पास उन्होंने 1948 का 30 जनवरी की शाम को निकला 'स्टेट्समैन' देखा है जिसमें बड़े-बड़े काले अंग्रेजी अक्षरों में हेडिंग थी, 'महात्मा गांधी शॉट डैड'। शायद देश की राजधानी दिल्ली में भी इतने राजनीतिक पागल नहीं घूमते होंगे जितने कलकत्ते में। इसका कारण किशोर बाबू यही समझते हैं कि कलकत्ता सदा प्रबुद्ध लोगों की नगरी थी—यहाँ राजनीतिक चेतना हमेशा से रही है। जब से किशोर बाबू इस पागल से मिले हैं, उन्हें भी पुरानी कतरनें रखने का शौक हो गया है। वे रद्दीवालों से पुराने अखबार और पत्रिकाएँ लेकर वहीं सड़क के किनारे पड़े किसी स्टूल पर बैठ जाते हैं। कोई काम की बात मिलने पर जेब से एक पतली छोटी कैंची निकालकर उसकी कतरन काट लेते हैं। उन्हें ऐसा करते देख कई लोग उन्हें पागल समझते हैं, लेकिन रद्दीवाले उन्हें देखकर खुश होते हैं क्योंकि हर कतरन का किशोर बाबू एक रुपया देते हैं। इस तरह किशोर बाबू के पास बहुत सारी कतरनों का ढेर लग गया है।

किशोर बाबू की पत्नी को इसकी जानकारी न हो, ऐसा नहीं है। पर उन्होंने बहुत सावधानी बरती है कि बच्चों को यह सब पता न चले। बच्चे इतना भर जरूर देख रहे हैं कि उनके पिता इन दिनों अखबार बहुत पढ़ने लगे हैं। लेकिन जब शाम को किशोर बाबू घूमने निकल जाते हैं, तब उनकी पत्नी उन सारी कतरनों के लिफाफों को निकालकर पलंग पर एक बार सजाकर देखती हैं कि किशोर बाबू क्या खोज रहे हैं। उन्हें कुछ समझ में नहीं आता। हर्षद मेहता, नरसिम्हा राव, चन्द्रास्वामी, सुखराम, लालूप्रसाद यादव, जयललिता के नामों की एक सूची बनाकर एक बड़े लिफाफे में वे कतरनें जमा कर रहे हैं। एक-दूसरे लिफाफे में बोस्निया का युद्ध, इराक-ईरान युद्ध, रूस में पावरोटी के लिए लम्बी लाइन, इथोपिया के भूखे मरते बच्चों के चित्र उन्होंने डाल रखे हैं। तीसरे लिफाफे में बंगलूर की विश्वसुन्दरी प्रतियोगिता, माइकल जैक्सन, देवराला सती के मामले में अभियुक्तों के दोषमुक्त होकर छूटने की सूचनाएँ इकट्ठी की हुई हैं।

किशोर बाबू की पत्नी का धैर्य छूटने लगा है। क्या करें? इन अखबारों की कतरनों को इस तरह अलग-अलग लिफाफों में इकट्ठा करने का आखिर क्या अर्थ है? किशोर बाबू को इन सब झंझटों-झमेलों से क्या लेना-देना है? वे बागड़ोदियाजी

की तरह पॉलिटिक्स में जाकर कोई एम.पी. थोड़े ही बननेवाले हैं? फिर क्यों माथापच्ची करते हैं इन सब बातों से? इससे अच्छा है कि लड़के की मदद करें—सेल टैक्स, इनकम टैक्स—न जाने किन-किन मामलों को लेकर वह परेशान रहता है। अकेला पड़ गया बेचारा। एक कारण है क्या परेशानी का उसके पास? मार्केट इतनी नई-नई गाड़ियों से भर गया है। जिनके पास देखो, एक शानदार गाड़ी है। मारुति और वह भी—800 तो अब मिडल क्लास की गाड़ी है। कितनी इच्छा है उसकी एक बड़ी गाड़ी खरीदने की। कहता है, ओपल या फोर्ड जैसी कोई गाड़ी हो, तभी जीने का मजा है, पर करे क्या? शादी को पाँच साल हो गए, अभी तक बच्चा नहीं हुआ। उसका इलाज इतना खर्चीला है। बाप की बीमारी, माँ की दवाएँ, पत्नी की फरमाइशें, बहनों के नेगचार—कोई एक खर्च है? लड़के की तरफ देखती है तो किशोर बाबू पर खीझ आती है। अखबारों की कतरनें ऐसे सहेजकर रख रहे हैं, जैसे नोटों की गड्डियाँ सहेज रहे हों!

अचानक किशोर बाबू की पत्नी के दिमाग की घंटियाँ बज उठीं। मिल गया इलाज। हो न हो, इस मकान के वास्तु में कोई गड़बड़ है। उनके एक रिश्तेदार खेतानजी ने अपना नया-का-नया फ्लैट पूरा तुड़वा डाला है। हैदराबाद से एक वास्तुकार पंडित आया था—उसने कह दिया कि यदि अपने सारे दरवाजे सही तरफ नहीं लगवाए तो आप पागल हो जाएँगे। इस तरह पागल होने से तो थोड़ा खर्च करना ही ज्यादा अच्छा है न! खेतानजी किशोर बाबू को देखने आए थे, तो बेचारे इतना अपने पढ़े हुए के आधार पर बता गए थे, 'भाभीजी, आपके मकान के उत्तर-पूर्व कोने में यह नारियल का पेड़ ठीक नहीं है। इसे मकान के दक्षिण-पश्चिम कोने में होना चाहिए।'

'लेकिन भाई साहब, पेड़ तो मकान में हमेशा से ही है इसी जगह। पेड़ तो कोई अलमारी नहीं है कि हम उसे उठाकर उस तरफ रख दें।' किशोर बाबू की पत्नी ने चिन्तित होते हुए कहा था।

खेतानजी हँस पड़े थे। 'वह तो ठीक है भाभीजी, पर पेड़ कटवा तो सकती हैं। खैर, जैसी आपकी मर्जी! आप इतना जरूर कीजिए कि मकान के उत्तर-पूर्व कोने में एक मिट्टी के बड़े चौड़े मुँह के बर्तन में पानी भरवाकर रख दीजिए। इससे आपके घर में हमेशा धन संचित रहेगा।'

किशोर बाबू की पत्नी ने तुरन्त अगले ही दिन वहाँ पानी रखवा दिया था। पेड़ कटवाने की हिम्मत किशोर बाबू को बिना पूछे उनकी नहीं हुई थी। उन्होंने निश्चय किया कि आज ही खेतानजी से उस वास्तुकार पंडित का अता-पता पूछेंगी। लड़का कह रहा था कि इन दिनों अखबारों में वास्तु-शास्त्रियों के विज्ञापन भरे रहते हैं, पर उनमें से किसी को चुनना, क्या पता, ठीक न हो!

उस रविवार की सुबह किशोर बाबू जल्दी ही घूमने निकल गए। किशोर बाबू की पत्नी ने उठकर सुना कि आज वे गाड़ी चलाकर ले गए थे। उन्होंने बड़ी राहत

महसूस की। कुछ तो दिमाग सुधरा। हो सकता है कि मनोचिकित्सक की दवाएँ ही कुछ काम कर रही हों!

किशोर बाबू लौटकर आए तो बड़े प्रसन्न दिख रहे थे। आते ही उन्होंने अपना लेटर पैड निकाला और चिट्ठी लिखने बैठ गए। उन्होंने उस चिट्ठी के एक के बाद एक कई मजमून बनाए। हर पिछला मजमून मोड़-माड़कर कूड़ेदान में फेंकते जाते। पाँच बार ऐसा हो जाने पर किशोर बाबू की पत्नी का माथा ठनका।

'किसे चिट्ठी लिख रहे हैं?' उन्होंने पूछा।

'ज्योति बसु को।'

किशोर बाबू के घर में बरसों से काम करनेवाले, हमेशा सुस्त रहनेवाले अफीमची ड्राइवर का नाम मुहल्ले में न जाने किसने किस उलटे तर्क से 'ज्योति बसु' रख दिया था और तब से उसका यही नाम चला जा रहा है। ज्योति बसु छुट्टी लेकर घर गया हुआ था और घर गए उसे एक महीने से ऊपर हो गया था।

किशोर बाबू की पत्नी ने चिन्ता से कहा, 'कितने दिन हो गए उसे घर गए। आपको गाड़ी चलाने में तकलीफ हुई क्या? कितने दिन बाद गाड़ी चलाई आपने। लेकिन इतनी चिट्ठियाँ फाड़ने की क्या जरूरत है? आप तो ऐसा कभी नहीं करते थे!'

किशोर बाबू ने फिर कागज को मसोसकर उसकी गिंडी बना दी और कूड़ेदान में फेंकते हुए बोले, 'अपने ड्राइवर को नहीं, बंगाल के ड्राइवर मुख्यमंत्री ज्योति बाबू को चिट्ठी लिख रहा हूँ।'

किशोर बाबू की पत्नी के हृदय की धड़कन एक क्षण के लिए भय से रुक गई। 'हे भगवान, अब यह क्या नई बला है? हे हनुमानजी महाराज, ये ठीक हो जाएँ तो सवा मन का चूरमा सालासर में चढ़ाऊँगी।' किशोर बाबू की पत्नी को लगा कि अब हद पार हो चुकी है। उनके पति पागल हों न हों, लेकिन वे जरूर पागल हो जानेवाली हैं। उनकी आँखें डबडबा आईं। अब यह बात तो बच्चों से भी कहनी पड़ेगी। यह नया शौक लग गया तो कल को दिल्ली में आए दिन बदलते प्रधानमंत्रियों को चिट्ठी लिखने लगेंगे।

उन्होंने बड़ी मुश्किल से अपने को सँभाला, 'क्या लिख रहे हैं ज्योति बाबू को?'

'तुम्हें मालूम है सरोज, पिछले रविवार को मैं डलहौजी से ट्राम पकड़कर धर्मतल्ला होते हुए बालीगंज आ रहा था। वैसे ही जैसे बचपन में आता था। राजभवन के सामने धर्मतल्ला की तरफ ट्राम घूमी तो मैंने देखा—विप्लवी रासबिहारी बोस की बड़ी-सी मूर्ति के ललाट पर एक सफेद रंग का लम्बा तिलक लगा हुआ है। मैं बड़ा चकित हुआ। किसने लगाया होगा इतनी ऊँची मूर्ति के माथे पर तिलक? उस सफेद तिलक को देखकर, जानती हो, मुझे किसकी याद आई? स्वामी रामानन्द कृष्ण की। मैं एकाएक पचास साल से भी पीछे चला गया।

'1942 के 'भारत छोड़ो आन्दोलन' के दिनों की बात है। सुभाष बाबू तो सन् 1941 में ही भारत छोड़कर काबुल होते हुए जर्मनी और फिर बाद में सिंगापुर चले गए थे। गांधी-नेहरू वगैरह सब नेता गिरफ्तार थे। शान्तनु और अमोलक को कुछ समझ में नहीं आ रहा था कि वे क्या करें। वे लोग आई.ए. यानी बारहवीं में पढ़ रहे थे और मैं दुकान पर बैठने लगा था। सोहन मूँधड़ा, जो अमोलक के साथ गांधी का पक्का भक्त था, अचानक तकली कातना छोड़कर एमिल बर्न्स की 'वॉट इज मार्क्सिज्म' पढ़ने लगा था। वह पक्का कम्यूनिस्ट बन गया था और उसका साथी बन गया था खाकी निकर पहनकर स्कूल आनेवाला लक्ष्मीचन्द, जो राष्ट्रीय स्वयं सेवकसंघ की शाखा में रोज जाता था। सब लोग बिलकुल दिग्भ्रमित और मायूस हो गए थे। तभी मुझे मुर्शिदाबाद में सफेद तिलक लगानेवाले स्वामी रामानन्द कृष्ण मिले। मुझे और शान्तनु को उन्होंने सिर्फ व्यक्तिगत जीवन में सही दृष्टि अपनाने में मदद नहीं की, बल्कि देश के प्रति अपने कर्तव्य बताने...।'

किशोर बाबू की पत्नी से रहा नहीं गया। अभी तक वे किसी तरह अपनी बेचैनी दबाकर सुन रही थीं। उन्होंने बीच में किशोर बाबू को टोकते हुए पूछा, 'तो ज्योति बसु को चिट्ठी लिखने की क्या बात है? रासबिहारी बोस किसी स्वामी जैसा तिलक लगाएँ तो लगाएँ, हमें क्या तकलीफ है?'

किशोर बाबू ने आश्चर्य के साथ सोचा कि कितनी जल्दी उनकी पत्नी न केवल अपने दिमाग से सोचने लगी है, बल्कि बिलकुल बेखौफ होकर अपनी धारणा भी उनके सामने रखने लगी है। सचमुच संसार में लोकतंत्र कभी मर नहीं सकता। कहीं भी एक मामूली छिद्र पाते ही पीपल-बड़ के पौधों की तरह पत्थर में भी जड़ें जमाकर बाहर निकल आता है।

'सुनो तो सही पूरी बात, सरोज। आगे जब ट्राम लेनिन की मूर्ति के पास पहुँची, तब लेनिन के मुँह पर बह आई सफेद धारियों से मुझे पता चला कि वह कोई सफेद तिलक नहीं था, बल्कि चिड़ियों-कबूतरों की बीट थी। मुझे बहुत धक्का लगा। मैंने सोमवार से सारा शहर घूम-घूमकर देखा कि गांधीजी, सुभाष, विवेकानन्द, नेहरू, अम्बेडकर, मातंगिनी हाजरा, रानी रासमनि, खुदीराम, शरत बोस—सबकी मूर्तियों का यही हाल था। मैं ज्योति बाबू को लिख रहा हूँ कि गांधीजी की मूर्ति तो मैंने बीस रुपए खर्च करके, मुँह-अँधेरे एक छोकरे को गाड़ी में उसके अड्डे से लेकर, उससे साफ करवा दी थी, पर और कितनी मूर्तियाँ मैं साफ करवाऊँगा? मेरा निवेदन है कि ज्योति बाबू हमारे देश के महान नेताओं के कलकत्ते में हो रहे इस सार्वजनिक अपमान को तुरन्त रोकें और उनके सिर पर छतरी जैसा कुछ लगवा दें। आखिर ज्योति बाबू अब और कितने दिन के हैं? तिरासी साल के होने आए। बहुत जल्द उनकी प्रतिमा की भी यही गत होनेवाली है।'

12

नाइन्टीन फोर्टी टू : अ लव स्टोरी?

किशोर दुकान पर बैठने लगा है। मैट्रिक पास करने के बाद ऐसा न करना किसी युक्ति से सम्भव नहीं रह गया था। ललित भैया ने भी यही किया था और उसे भी यही करना है। यूरोप की लड़ाई के कारण कॉपी-पेंसिल, दूध, चाय, दवा, अनाज—सारी चीजों के दाम अनाप-शनाप बढ़ गए हैं। माँ बहुत परेशान रहती है मन-ही-मन। शान्ता भाभी के कलकत्ता आकर रहने से भी थोड़ा-बहुत खर्च बढ़ ही गया है। माँ के लिए अपनी तंगी को छिपाना दिन-ब-दिन कठिन होता जा रहा है। बड़े चाचाजी मिलने आए तो माँ ने इस बार उनके लिए नीचे से नाश्ता नहीं मँगवाया। वह, 'अलमारी की चाभी ही नहीं मिल रही', 'चाभी कहाँ गई' करती रही। इन सब बातों से किशोर पर दुकान में जल्दी-से-जल्दी बैठने का दबाव बढ़ता गया था—दुकान पर बैठने के बाद मामाजी से कुछ रुपए बढ़ाने के लिए कहा जा सकता है।

किशोर का शान्तनु और अमोलक के साथ पहले जितना मिलना नहीं होता। उनकी जिन्दगियों के रास्ते अलग हो गए हैं। पर वे लोग न जाने क्यों उससे मिलने के लिए कभी-कभी दुकान पर आ जाते हैं जो कि मामाजी को बिलकुल पसन्द नहीं है—खासकर शान्तनु का बंगाली होना। वे दोनों बहुत आग्रह करते हैं कि वह रविवार को शान्तनु के घर आए।

शुरू-शुरू में किशोर को उनके दुकान आने पर बहुत झिझक होती थी। उसे दुकान के काउंटर पर बैठना ऐसा लगता था, जैसे उसे नंगा करके सड़क पर बैठा दिया गया हो! वह नहीं चाहता था कि शान्तनु और अमोलक उसे वहाँ बैठा हुआ देखें। पर अब वे लोग आने ही लगे, तो वह अभ्यस्त हो गया है, उतना बुरा नहीं लगता। वे लोग जितनी देर रहते हैं, वह ऐसे दिखाता है, जैसे उसे दुकान की किसी बात से कोई मतलब नहीं। पुराने मुनीमजी से लेकर दुकान के माल दिखानेवाला तक सब यह समझते हैं और मन-ही-मन मुस्कराते हैं।

मामाजी लोगों ने दुकान के ऊपर ही एक तल्ले में गद्दी खोल ली है। किशोर को दुकान में उन लोगों के सामने न दिखने से फिर भी थोड़ी राहत मिल गई है,

वरना कई बार उसका मन होता था कि हरिसन रोड पर सामने चल रही ट्राम के चक्कों के नीचे अपना सिर रख दे।

बगल की फलपट्टी से जब-तब कोई फलवाला चला आता है और दस थान माल देखने के बाद बिना कुछ लिये यह कहकर चला जाता है, 'आपके यहाँ उस तरह की चीज नहीं है।' ऐसे मौकों पर किशोर का मन होता है कि उसे कॉलर पकड़कर काउंटर के अन्दर उठाकर डाल दे और उसकी खूब धुनाई करे। वह बड़े मामा की सारी गालियाँ सीख गया है और ऐसे मौकों पर मुँह-मुँह में उसी क्रम में बुदबुदाकर 'हरामजादा, साला, भैनचोद, सूअर का बच्चा' का जाप कर लेता है। ऐसा करने से मन कुछ तो हल्का हो जाता है।

किशोर ने बाजार में रहकर व्यापारियों का घटियापन और ओछापन अच्छी तरह देख लिया है। शान्तनु की बातें कितनी सही थीं! इन्हें किसी देश-समाज-धर्म नाम की चीज से कोई मतलब नहीं। ये सिर्फ अपने मुनाफे की सोच सकते हैं, 'साले, घी में चरबी मिलानेवाले लोग!' वह देखता है कि व्यापारी बिलकुल नहीं चाहते कि यूरोप की लड़ाई बन्द हो जाए—दो-तीन साल चले तो व्यापार-धन्धे में तेजी आए। लड़ाई बन्द होने या अंग्रेजों के हारने की अफवाह उड़ जाती है, तो बाजार मन्दा पड़ जाता है। किशोर का मन होता है कि सड़क पर खड़े होकर चिल्ला-चिल्लाकर कहे, 'अर्थपिशाचो, तुम्हारा यह मुनाफा तुम्हारी अगली पीढ़ियाँ नहीं भोग सकेंगी। सब खत्म हो जाएगा।' किसी फर्म के दिवालिया होने की बात वह सुनता है तो उसके अन्दर खुशी की एक लहर दौड़ जाती है, 'एक और गया'। बाद में वह पछतावा भी करता है—क्या बनता जा रहा है वह! दूसरों की तकलीफ पर मजा लेनेवाला? लेकिन हर बार उसकी प्रतिकिया फिर वैसी ही होती है।

लड़ाई के कारण कभी-कभी शेयर बाजार के अचानक बहुत तेज हो जाने पर मन्दी में बेचने का सौदा करनेवालों को बुरी तरह घाटा लग जाता है। दलालों पर बहुत रिस्क रहती है। बड़े मामाजी भी छुप-छुपकर फाटका करते हैं, किशोर यह बात जानता है। उनका मूड देखकर वह जान लेता है कि उन्हें घाटा लगा है या घाटा कुछ मेक-अप हुआ है। इन दिनों उनकी गालियों की बौछार मानसून की बारिश की तरह बरसती रहती है। कई बार किशोर को भय होता है कि मामा लोगों का फर्म डूब गया, तो उसका और माँ-भाभी का क्या होगा। ऐसा खयाल आने पर वह दुकान के काम में मन लगाने की जी-जान से चेष्टा करने लगता है।

बड़े मामाजी का मूड समझकर उसके अनुरूप चलकर अपना फायदा करना—अचानक किशोर के लिए दुकान के ऊब भरे काम से एक दिलचस्प 'खेल' में बदल गया है। इस कारण दुकान के पुराने मुनीमजी आजकल किशोर से थोड़ा दबने लगे हैं। मामाजी के दुकान में आते ही एकाध बार किशोर ने उनकी गलती की ओर इशारा कर उन्हें मामाजी के हत्थे चढ़ा दिया है। इससे दो फायदे हुए हैं—एक तो

मामाजी के सामने उसकी यह छवि बनती है कि वह दुकान के हर काम पर घर के आदमी की तरह पैनी निगाह रख रहा है। दूसरे, मुनीमजी उससे पंगा लेने में थोड़ा घबराने लगे हैं। पहले वह अपने लिए चाय-समोसे मँगवाता था, तो मुनीमजी को पैसे देने में इस तरह तकलीफ होती थी, जैसे उन्हें जबरदस्ती भीख देनी पड़ रही हो! इस बात को समझते हुए उसे समोसों को पानी के साथ निगलना पड़ता था। अब मुनीमजी फुर्ती से उसके चाय-नाश्ते के लिए रुपए निकालते हैं।

मुनीम जी के बाप का क्या जाता है? हिसाब तो मामा देखते हैं। कुछ कहकर देखें, अब मैं बहुत दिन दबनेवाला नहीं हूँ। आदमी काम भी करे और भूखा भी मरे?—किशोर सोचता है।

लेकिन वह जानता है कि मामाजी इस तरह की बातें कभी सोचेंगे भी नहीं। ऐसी बातों के लिए उनके दिल में बहुत समाई है। यह तो दुकान के मुनीम-गुमाश्ते ही हैं जो उसे अपने में से एक मानना चाहते हैं—उसे हर क्षण उसकी हैसियत बताना चाहते हैं।

किशोर को कई बार लगता है, जैसे सारा माहौल क्षुद्रता और हिंसा का समुद्र हो, जिसमें कोई उसका पैर पकड़कर नीचे खींच रहा हो। स्कूल से कितनी अलग जिन्दगी है दुकानदारी की। वह खुद अपनी शक्ल शीशे में देखता है तो उसे लगता है, वह किसी और की शक्ल है। एक कड़वी झुँझलाहट उसकी आँखों-नाक-होंठों में बस गई है। इसने उसके नाक-नक्श ही बदल डाले हैं। वह माँ के पास आता है तो उसे कुछ चैन पड़ता है। वह माँ से गले लिपटकर पूछना चाहता है, 'माँ, इस बुरी दुनिया में तुम कैसे इतनी अच्छी तरह रह पाई?' वह माँ से कुछ भी नहीं कहता, पर माँ पता नहीं कैसे अन्तर्यामी की तरह उसके मन की बात जानकर उसका उत्तर दे देती है। अभी उस दिन माँ कह रही थी, 'आदमी को धीरज रखना होता है। किसी जगह आदमी अपनी साख एक दिन में नहीं जमा सकता। इसी बीच धीरज खो दे तो उससे बड़ी बेवकूफी कुछ नहीं। वक्त बड़ी चीज है...।'

वक्त?—सब ठीक है लेकिन किशोर सपने देखता है समय से भी तेज भागने के। वह जंगल, पहाड़, नदियाँ फलाँगता हुआ दौड़ा चला जा रहा है। उसके कैनवास के जूतों के नीचे धरती चरमरा रही है—सूखे पत्तोंवाली धरती। भागते-भागते अचानक उसके हाथ में कहीं से एक तिरंगा झंडा आ जाता है। उसे उस झंडे को बहुत दूर पहुँचकर किले की सबसे ऊपरी दीवार पर लगाना है। वह इतना थक जाता है कि उसे लगता है कि उसके हाथ में झंडा न होकर कई मन का पत्थर हो! वह आँखों की पलकों पर टिक गई पसीने की बूँदों को झटककर तिरंगे झंडे को देखता है। नहीं, वह रुक नहीं सकता। उसे अपनी जीभ पर खारे पसीने का स्वाद आता है। वह इतना थक गया है कि उसे लगता है कि वह किसी भी क्षण बेहोश होकर गिर जाएगा। अचानक कहीं से शान्तनु प्रकट हो जाता है। उसका पसीना एक

सफेद रूमाल से पोंछ देता है। उसकी पीठ थपथपाकर उसके हाथ से तिरंगा झंडा ले लेता है। इतने में सुभाष बाबू बर्लिन रेडियो से अंग्रेजी में भाषण देते हैं और शान्तनु उसकी आँखों में देखकर मुस्कराता है। उठने पर दौड़ने की थकान तक मालूम पड़ती है—इतने असली हैं किशोर के सपने।

किशोर को इन दिनों कई बार ऐसा महसूस होता है कि अमोलक का गांधी-प्रेम और शान्तनु का सुभाष-प्रेम, दोनों ही कुछ-कुछ मन्द पड़ गए हैं। हो सकता है कि यह उसका भ्रम हो! पर जमाने की हवा ही कुछ ऐसी है कि सब कुछ धुँधला गया है। हर आदमी के दिल में हर किसी के प्रति शंका घुस गई है। अमोलक अपने पिता की तरह गांधीजी पर सौ प्रतिशत यकीन नहीं रख पाता, वह तरह-तरह की बातें सुन डगमगा जाता है।

लोग कहते हैं कि दुनिया में लड़ाई शुरू होने पर प्रान्तों में कांग्रेस की सरकारों से त्यागपत्र दिलवाने का क्या लाभ रहा? इससे तो कांग्रेस की ताकत कम ही हुई न? जब नाजियों से लड़ने को कांग्रेस उचित मानती है, तब वह अंग्रेजी साम्राज्य का साथ ही क्यों नहीं दे रही है? क्या पता, साथ देने पर बहुत से राजनीतिक लाभ मिल जाते! ऊपर से गांधीजी ने ऐसे वक्त में अंग्रेजों के लिए ज्यादा मुसीबत नहीं खड़ी करने का निर्णय कर 'व्यक्तिगत सत्याग्रह' का संकल्प करवाया है। इससे क्या होनी-जानी है?—इस तरह की बहसें करनेवालों की कोई कमी नहीं है। इन सब बातों से अमोलक में भी एक तरह की अस्थिरता आ गई है। अपने पिता की तरह गांधीजी को 'महात्मा' मानकर उनकी हर बात का समर्थन वह नहीं कर पाता। आजकल चरखा चलाने में उसका मन नहीं लगता।

सुभाष बाबू के कलकत्ते से गायब हो जाने के समय से ही शान्तनु ढीला पड़ गया है। पहले तो उनके बारे में तरह-तरह की अटकलें लगाई जा रही थीं जिनमें भावुकता के कारण आत्महत्या से लेकर बीमारी में माथा खराब होने और संन्यासी बनकर हिमालय में चले जाने तक की बातें थीं। उसके बाद काबुल के उनके एक वक्तव्य की प्रति डॉ. राय तक पहुँची। उसे पढ़कर सुभाष बाबू को लेकर डॉ. राय ने काफी उलटी-पुलटी बातें कही थीं। पर हमेशा की तरह शान्तनु अपने पिता से इस बार नहीं उलझा था। सुभाष बाबू ने उस वक्तव्य में लिखा था, 'अंग्रेजी शासन समाप्त होने के बाद कुछ वर्षों के लिए एक तानाशाह का होना आवश्यक है। कोई और संविधान यहाँ पनप नहीं सकता।'

सुभाष बाबू को भारतीय समाज की सारी समस्याओं का समाधान तानाशाही में दिखाई दे रहा था—यह बात शान्तनु के भी गले नहीं उतरी थी। आखिर कुछ भी हो, उसके पिता डॉ. राय ने उसे हमेशा अपना स्वतंत्र मत बनाने की छूट दी है। शान्तनु सही हो या गलत—डॉ. राय ने कभी किसी तरह की जबरदस्ती कर अपने विचार उस पर थोपने का प्रयत्न नहीं किया है। अब शान्तनु को समझ में आने लगा

है कि डॉ. राय की उदारता को वह उनका ढुलमुलपन समझता आया था। वह देख रहा है कि डॉ. राय ने सब तरह के लोगों से संवाद बनाए रखा है—भले ही वे कितने ही विरोधी मत के हों।

सन् 1941 की जनवरी में कलकत्ता शहर से सुभाष बाबू क्या गए कि शहर के खाली होने की जैसे एक शुरुआत हो गई। जैसे-जैसे लड़ाई हिन्दुस्तान के नजदीक आती गई, वैसे-वैसे शहर से बाहर जाने की मारामारी मच गई। जून के महीने से मानसून की शुरुआत के साथ ही कलकत्ते में ब्लैकआउट शुरू कर दिया गया। दुश्मनों द्वारा हवाई जहाजों से बम गिराने के भय ने कलकत्ते की रगों में मानो रक्त-प्रवाह को अवरुद्ध कर दिया। जगह-जगह मकानों के सामने छोटी-छोटी दीवार खड़ी कर दी गईं, ताकि बम गिरें तो मकानों के अन्दर उतनी तबाही न हो। कहीं बालू के बोरे पर बोरे भरकर रख दिए गए। कहीं खंदकें खोदी गईं ताकि सायरन बजने से उनमें शरण ली जा सके। कलकत्ते के लोगों पर बमों का भय शहर पर मँडराते मानसून के घने बादलों के घटाटोप की तरह ही छा गया। हवा रुक गई। उमस की हद हो गई।

किशोर ने रविवार के दिन चिपचिप पसीने के बावजूद शान्तनु और अमोलक के साथ ट्राम में और पैदल घूमकर ये सारे दृश्य देखे। उन तीनों के घरों में भी कलकत्ता छोड़कर बाहर जाने की बातें होने लगी थीं। वे तीनों ही जाना नहीं चाहते थे। देखा जाएगा, जब बम गिरेंगे। गिरने तो दो पहले।

जवानी की आदत मँडराते हुए खतरे को नजरअन्दाज करने की होती है, जबकि पके हुए लोग खतरे की आहट हर घड़ी एकदम नजदीक सुनते रहते हैं। रात को ब्लैकआउट के घुप्प अँधेरे में लोग चक्षुःश्रवा हो रहे थे—आँखों से भी कानों का काम लेनेवाले। लेकिन चूँकि बमों की आवाज एक-एक दिन साँस रोककर इन्तजार करने पर भी नहीं सुनाई दी, लोगों ने बोलना शुरू किया। हर घर में रात का समय जैसे बहस का समय बन गया। जिसके पास जो विषय थे, उन पर ही वे चखचख करने लगे।

किशोर रात को सूनी अँधेरी सड़कों पर आस-पास के मुहल्लों में घूम आता है। ऐसा लगता है कि हर घर में हर आदमी बोल रहा हो। जैसे कोई चुप नहीं रहना चाहता। सबसे बड़ा विषय है कि शहर छोड़कर कौन कहाँ जा सकता है—किसके परिचित, रिश्तेदार कलकत्ता के बाहर हैं जो थोड़े दिनों के लिए पनाह दे सकें। किशोर और माँ को बड़े मामा की दूसरी ससुराल फर्रूखाबाद जाना है, भाभी को अपने मायके कानपुर, शान्तनु को मुर्शिदाबाद, अमोलक को वर्धा। बहुत से मारवाड़ी राजपूताना जा रहे हैं—अपने देस। किशोर सोचता है, जितने दिन जाना टाला जा सके, उतना ही अच्छा। डॉ. राय का मत है कि कलकत्ते पर हवाई हमला शायद ही होगा। जापानी समुद्री रास्ते से ही आएँगे। उनकी राय मामाजी को बताकर किशोर कलकत्ते से जाना टरकाना चाहता है।

तभी जर्मनी ने रूस पर हमला कर दिया। इससे कलकत्ते के राजनीतिक माहौल में एक दूसरी सनसनी फैल गई। कलकत्ते में कम्यूनिस्ट अब ब्रिटिश सरकार के पक्ष में बोलने लगे—फासीवाद के खिलाफ 'लोक-युद्ध' में वे अंग्रेजों का साथ दे रहे थे। नाजियों के विरुद्ध होने के बावजूद कांग्रेस देश को आजादी मिले बिना युद्ध में ब्रिटिश साम्राज्य का साथ न देने का निश्चय कर चुकी थी। अमोलक के पिता कम्यूनिस्टों की कड़ी आलोचना कर रहे थे, पर अमोलक को समझ नहीं आ रहा था कि वह किसे गलत माने और किसे सही! अमोलक की बातें किशोर में कहीं गहरे तक कुछ उलटती-पलटती हैं, 'हर आदमी, जो गरीब और गिरे हुओं के पक्ष में है, क्या कुछ-न-कुछ मात्रा में कम्यूनिस्ट नहीं है ? उस अर्थ में हम सभी कम्यूनिस्ट हैं।'

किशोर ने दुकान में बैठने के पहले सड़कों पर फिर-फिरकर जो दुनिया देखी है, उसकी गरीबी और जहालत वह भूला नहीं है। भिखमंगों का शहर है कलकत्ता। अमोलक कहता है कि ये सारे भिखमंगे अंग्रेजों ने बनाए हैं। बंगाल के कपड़े बुननेवालों और दूसरे उद्योगों में जुटे लोगों को इन्होंने जड़ से उखाड़ डाला है—गाँवों में कोई काम न होने की वजह से ये भिखमंगे कलकत्ता की गलियों में भर गए हैं। अब अंग्रेजों ने 'बंगाल वेगरेंसी बिल, 1938' पास किया है जिससे कि भिखमंगों को पागल कुत्तों की तरह पकड़कर शहर के बाहर बहुत दूर छोड़ा जा सके। अमोलक को किशोर ने कई बार सड़क पर भिखमंगों से देर-देर तक बातें करते देखा है। दुकान में बैठने के बाद किशोर ने एक दूसरी दुनिया देखी है। यदि कोई भिखमंगा दुकान के सामने खड़ा हो जाए तो मामाजी के गर्जन से बेचारे का दिल धड़कना रुक सकता है। शायद इस इलाके के सारे भिखमंगे इस बात को जानकर अब दुकान के सामने कभी भीख माँगने खड़े नहीं होते।

मामाजी अमोलक के पिता के बाजार में घूम-घूमकर चन्दा माँगने के लिए कहते हैं, 'पैसा कमाना छोड़ अपने मूल वैश्य धर्म से नीचे उतरकर दान माँगते फिर रहे हैं। करेंगे देशसेवा! मारवाड़ियों के नाम पर कलंक हैं ये लोग! दिमाग फिर गया है—इसीलिए फेरी लगाते घूमते हैं। प्रभातफेरी! खादीफेरी! बहुत अपने पुरखों का नाम उजागर कर रहे हैं।'

किशोर का दिल जल उठता है इस तरह की बातें सुनकर। मन होता है कि कुछ भयंकर कर डाले। मन होता है, कहे, 'आपको पता होना चाहिए कि ये लोग कलंक लगा नहीं रहे हैं, कलंक धो रहे हैं मारवाड़ियों का।'

किशोर प्रभातफेरी देखता है, तो उसके अन्दर जैसे एक आवेग उठता है। उसका गला जकड़ जाता है। 'मेरा रंग दे वसन्ती चोला...।' किशोर का चोला वसन्ती नहीं रंग सकता—पर धन्य हैं ये लोग और यह धरती धन्य है जिसमें ऐसे लोग पैदा हुए हैं।—हमारा जीवन तो कीड़े-मकोड़ों की तरह का जीवन है—उद्देश्यहीन। स्वार्थ से भरा जीवन।

सन् 1941 के साल का अन्तिम महीना आते-आते जापान के अमेरिका और इंग्लैंड पर आक्रमण कर देने से आतंक इतना बढ़ गया कि कलकत्ते के लोगों के पास शहर खाली करने के अलावा कोई चारा नहीं रह गया था। अपना शहर गर्भ में माँ की ओलनाल की तरह आदमी से जुड़ जाता है। उसे छोड़ना कितना कठिन होता है, किशोर को पहली बार अहसास हो रहा है। यह रामविलास दादाजी, छोटे दादाजी, अपने पिता—सबके बारे में सोचने लगा है कि जब वे लोग अपनी धरती को छोड़कर यहाँ आए होंगे, तब उन्हें कितना कष्ट हुआ होगा। शायद इसीलिए वे अपनी औरतों को नहीं लाए। बाद में औरतें आईं, पर किसी भी बड़े त्योहार या बच्चा पैदा करने के लिए वे वापस देस ही जाती थीं। ललित भैया भी भिवानी में ही पैदा हुए। आदमी इधर, औरतें उधर। ललित भैया की शादी में सुने एक मारवाड़ी गीत के बोल किशोर को याद आते हैं :

मेहँदी मोल की ऐ।
ऐ जी मेहँदी राची म्हारे हाथ,
म्हारो बन्नो बस्यो है दूर, सहेली
कुण निरखे म्हारा हाथ?

[मैंने खर्च करके हाथों में सुन्दर मेहँदी लगवाई है। मेहँदी रच गई, पर सखि, मेरे हाथ कौन देखेगा? मेरा घर तो दूर बसा हुआ है।]

—मँझले मामा की पिछले महीने शादी हुई है। पर मामी अपने माँ-बाप के पास रामगढ़ चली जाएँगी और मामा कलकत्ते में रहकर कारोबार सँभालेंगे। अभी तो मामी के हाथों की मेहँदी फीकी भी नहीं हुई है। पर क्या उपाय?

जापानियों ने सिंगापुर की तरफ कई जगह बम गिराए हैं। बाजार एकदम गिर गए हैं। स्कूल, कॉलेज सब बन्द हो रहे हैं। सिंगापुर में हथियारों से लैस आधुनिक अंग्रेजी जहाजों को जापान द्वारा डुबो दिए जाने पर दशहत फैल गई है। लोगों का कहना है कि अंग्रेजी राज का सूरज डूबनेवाला है। कुछ लोग जापानियों के प्रति बहुत प्रेम का अनुभव कर रहे हैं और उनका स्वागत करने को तैयार बैठे हैं। दूसरी तरफ नेहरू ने कहा है कि यदि सुभाष बाबू जापानियों के साथ आए तो मैं हाथ में तलवार लेकर खुद उनका विरोध करूँगा। कम्यूनिस्ट तो सुभाष बाबू को 'क्विसलिंग' (गद्दार) कह ही रहे हैं। चारों तरफ घबराहट फैल गई है। इसमें मेहँदी रचे हाथों की किसे फिक्र है?

किशोर और माँ 16 दिसम्बर, 1941 के दिन, जिस दिन रंगून पर बम गिरने की खबर आई, फर्रूखाबाद जानेवाली रेल में बड़े मामाजी के साथ चढ़ गए थे। सिर्फ मँझले मामा कलकत्ते में रह गए। बाजार की हालत ऐसी हो गई थी कि किसी माल की कोई कीमत नहीं रह गई। बड़े मामाजी को फाटके में बहुत बड़ा धक्का लगा है—यह बात किशोर अच्छी तरह जान गया था। जाने के पहले ही एक बार ऊपरी

गद्‌दी में बहुत जोरों की बाताबाती हो गई थी। किशोर ने सुना था कि मँझले मामा बड़े मामा से कह रहे थे, 'तुमने हम लोगों को पेंदे में बैठा दिया है। तुम्हारी ऐयाशी और नखरे हम लोग अब सहनेवाले नहीं हैं। तुम्हें अब काम करने की कोई जरूरत नहीं है। तुम घर बैठो और मुझे काम सँभालने दो।' किशोर चकित रह गया था। बड़े मामाजी ने प्रतिवाद में कुछ भी नहीं कहा था। किशोर को लगा था कि अभी बड़े मामाजी गरजेंगे और मँझले मामा बचपन की तरह धोती में पेशाब कर देंगे। पर ऐसा कुछ नहीं हुआ। बड़े मामा जैसे हार गए थे। तीन महीने पहले घर में पालक की पकौड़ी को लेकर भयंकर झगड़ा हुआ था—बड़े मामा ने देख लिया था कि माँ से लेकर उनकी सारी बहनें और छोटे भाई उनके खिलाफ हो गए हैं।

हर बार की तरह उस रविवार को बड़े मामा की मित्र-मंडली ताश खेलने के लिए घर पर जुटी थी। कलकत्ते के खाली होते मकानों में से एक मकान लेक रोड पर बड़े मामाजी ने सस्ते दामों में खरीद लिया था। मामाजी के एक मित्र ने फरमाया, 'पालक की पकौड़ी खाएँगे।' पालक का तो मौसम नहीं है, पालक कहाँ मिलेगा? किसी दूसरे ने कहा, 'मछुवा बाजार में।' तुरन्त गाड़ी शहर के दूसरे छोर मछुआ तक दौड़ा दी गई थी। युद्ध की वजह से पेट्रोल की राशनिंग चल रही थी। एक गाड़ी को छह गैलन पेट्रोल ही मिल सकता था। इस कारण सड़कों पर गाड़ियाँ दिखनी बहुत कम हो गई थीं। प्रायः मोटरवाले भी बस-ट्राम में आने-जाने लगे थे। उस रात पालक की पकौड़ी को लेकर मँझले मामा ने बहुत हल्ला किया था। तभी सबको व्यापार में हुए घाटे का पता चला था। बड़े मामा उस दिन भी कुछ नहीं बोले थे। उनका कमरा अगले दिन दुकान जाते समय ही खुला था। इसके बाद वे बहुत चुप रहने लगे थे। उनकी मित्र-मंडली फिर कभी घर नहीं आई।

व्यापार के घाटे को मँझले मामा ने बहुत होशियारी से सँभाल लिया। इसमें उनकी ससुराल से आए रुपयों का भी कमाल था। उन्होंने सबके रुपए चुकता कर दिये थे और पूरी लगन से ऊपर-नीचे का काम सँभालने लगे थे। अपनी शादी के अगले दिन ही वे दुकान चले आए। उनके फर्रूखाबाद जाने का प्रश्न ही नहीं उठता था। मँझली मामी उन लोगों की रेल-यात्रा के लिए जब मेहँदी-रचे हाथों से पूड़ियाँ बेल रही थीं, तब किशोर ने चौके में जाकर देखा कि उनके आँसू कई बार उनकी साड़ी में न गिरकर पूड़ी पर छलक जाते थे। तब वे पूड़ी को कपड़े से पोंछ देती थीं और अपने बगल में रखे हुए बेंत के चौड़े डगरे में डाल देती थीं। उन्हें अगले दिन अपने पीहर रामगढ़ की रेल पकड़नी थी।

किशोर से फर्रूखाबाद जाते हुए एक पूड़ी भी रेल में नहीं खाई गई। आँसुओं की पूड़ी! संसार में ऐसा क्यों होता आया है हमेशा से? एक छोटी-सी जिन्दगी में, जो जिसके साथ रहना चाहता है, वह उसके साथ क्यों नहीं रह पाता? क्यों कभी मृत्यु बीच में आ जाती है और कभी कोई और कारण?

घर से हावड़ा स्टेशन तक जाने का दृश्य किशोर कभी भूल नहीं सकता। इतने सारे लोग मानो एक संग किसी तंग दरवाजे से निकल जाना चाहते हों! सड़कों पर रिक्शेवालों, फिटनों, मोटरों की भीड़ लगी थी। बस-ट्रामों में कहीं जगह नहीं थी। हावड़ा स्टेशन के प्लेटफॉर्म पर सैकड़ों आदमी टिके हुए थे कि किसी तरह टिकट मिल जाए या रेल के डिब्बे में घुसने को मिल जाए तो मौत के शिकंजे से भाग निकलें। किसी भी क्षण मौत असली रूप धरकर आकाश से प्रकट हो सकती थी। पाँच-सात आदमियों के लिए रेल में जगह रिजर्व कराने के लिए एक सौ रुपए तक घूस के दिये जा रहे थे। हवाई हमले की चेतावनी देने के लिए ट्रायल पर सायरन बजती तो लोगों के दिल धड़कने लगते।

मँझले मामा उन लोगों को बैठाने स्टेशन आए तो किशोर ने मामा से पूछ लिया था कि क्या वह फर्रूखाबाद थोड़े दिन रहकर शहर की हालत सुधरने पर कलकत्ता लौट सकता है? उन्हें भी आराम रहेगा और किशोर का दिल कलकत्ते के सिवाय कहीं लगनेवाला नहीं है। मँझले मामा ने इनकार नहीं किया और किशोर ने शीघ्र ही वापस लौटने की ठान ली।

किशोर लौटा, लेकिन मँझले मामा की नई डिक्टेटरशिप को झेलने के लिए नहीं। वह लौटा स्वामी रामानन्द कृष्ण के पास—इस विराट जीवन का एक और पहलू जानने के लिए।

किशोर बाबू अपनी कथा के इस अंश को विराट रूप में ही लिखवाना चाहते हैं। जो बातें उन्हें उस समय जिन्दगी के सत्त्व की तरह लगी थीं, उन्हें, उन्हीं शब्दों—रूप-रस-गन्ध— के साथ वे अपनी कथा में रखना चाहते हैं, भले ही इससे कथा क्यों न भटककर दूर मुर्शिदाबाद चली जाए! वह कथा ही क्या, जो पढ़नेवाले को स्वामी रामानन्द कृष्ण की तरह अपने अन्दर झाँकने का मौका न दे?— इस विचार के साथ पूरे मन से किशोर बाबू इसे लिखवाने में जुट जाते हैं।

फर्रूखाबाद के सात असहनीय महीनों को बिताकर—जिनमें हर समय अपने जीवन और भविष्य के बारे में चिन्ता ने सिर के पीछे की गुठली के दर्द को एक स्थायी दर्द बना दिया था—जब किशोर कलकत्ता पहुँचा तो कलकत्ते की सूनी सड़कें, बन्द दुकानें और बाजार देखकर अचानक उसके मन में एक दुस्साहसिक विचार आया। मँझले मामा को क्या पता चलेगा, यदि वह मुर्शिदाबाद चला जाए शान्तनु के पास—उनसे बिना मिले?

शान्तनु, अमोलक और माँ-भाभी के बिना किशोर को कलकत्ते में रहना भारी लग रहा था। उसने शान्तनु का पत्र, जो उसे फर्रूखाबाद में मिला था, निकालकर फिर पढ़ा : 'आम के बगीचों, पास बहती गंगा और 'रवि शस्य' के खेतों के बीच

लग रहा है कि स्वर्ग में आ गया हूँ। 'सोनार बांग्ला' देखना हो, तो सारे बन्धन तोड़कर भागकर चले आओ। ऐसा मौका फिर नहीं मिलेगा। अमोलक वर्धा से लौटकर यहाँ आएगा, ऐसा उसने लिखा है। हमारी तिकड़ी खूब जमेगी। तुम दोनों के लिए एक अनोखा उपहार भी यहाँ तुम्हारा इन्तजार कर रहा है। लेकिन उसे रहस्य ही रहने दो। बस, इतना दावे के साथ कह सकता हूँ कि जब यहाँ से कलकत्ता लौटोगे तो जीवन वैसा नहीं रहेगा, जैसा है।'

किशोर को इस पत्र में एक सम्भावना का स्वप्न दिखाई पड़ता है। कितने लुभावने शब्द हैं—एक बदला हुआ जीवन! किशोर में इन दिनों एक अजीब तरह की निराशा घर करने लगी है। सत्रह साल का हो गया है वह। अपनी शादी की बात ज्यादा-से-ज्यादा दो-तीन साल टाल सकता है। उसके पहले अपने पाँवों पर खड़ा होना है। पर किस तरह ? हर तरफ स्थितियाँ बिगड़ती ही जा रही हैं। कुछ भी तो अच्छा होता नहीं दिखता—न संसार में, न देश में, न परिवार में।

जियागंज (मुर्शिदाबाद) में शान्तनु का घर गंगा के किनारे खड़ा है—उसी तरह इतिहास की गन्ध समेटे, जैसे उत्तर कलकत्ते का राय परिवार का खँडहर होता महल। लेकिन इस मकान के जीवित होने की धड़कन मकान के बाहर ही से सुनी-देखी जा सकती है। हर मकान का भी एक चेहरा होता है क्या—आदमियों की तरह ? बूढ़ा होने पर भी यह मकान अभी जिजीविषा से भरा है—पुराने जमाने के इनसानों की तरह। हर आनेवाले के लिए यह स्वागत में मुस्कराता है, जानेवाले के लिए उदास होता है।

इसके पुराने सीमेंट के शेरों पर कोई बच्चा सवारी करे, तो यह अपने बचपन को याद कर खिलखिलाता है। इसके नारियल के पेड़ों से जब डाब का अमृत जैसा मीठा पानी कोई पिए तो इसकी बूढ़ी आँखें तृप्ति और सन्तोष से भर उठती हैं। इसके बगीचे से 'श्रीकृष्ण बाँसुरी' नाम के विशाल केले को खाकर कोई तीन घंटे के लिए अपना पेट भर ले, तो यह फूला नहीं समाता। इसके पास आम के चार पेड़ हैं—चारों कोनों में लगे हुए। एक फल का नाम है 'कोहिनूर'। यह सबसे महँगा और श्रेष्ठ आम है—मुर्शिदाबाद के नवाबों की खास पसन्द। लेकिन 'रानीपसन्द' आम दूसरी तरफ है। क्या यह सिराजुद्दौला की अपरूप सुन्दरी पटरानी लुत्फन्निसा की पसन्द थी ? उसके गले से नीचे उतरती पान की पीक की तरह क्या इस आम की हल्की-सी खटास भी उसके व्यक्तित्व में देखी जा सकती थी ? चम्पा के फूल की सुगन्ध लिये 'चम्पा' आम भी उस चम्पकवर्णी को बहुत पसन्द था। 'शाहदुल्ला' आम की गुठली शान्तनु के किसी पुरखे ने नवाबों के माली को लम्बी रकम देकर प्राप्त की थी, क्योंकि यह शाही नियम था कि आमों के बीजों को छेदकर नष्ट कर दिया जाए ताकि साधारण लोग यह आम न उगा सकें।

किशोर मुर्शिदाबाद में शान्तनु का यह नया रूप देखकर चकित है। अपने परिवार का इतिहास ढूँढ़ने और लिखने के कारण पिता से नाराज रहनेवाला शान्तनु हर समय इतिहास की बातें करता है। कहाँ-कहाँ की बातें! उसकी संगीत में रुचि है, यह किशोर स्कूल से जानता है। पर अब संगीत भी इतिहास से जुड़ गया है, जैसे शान्तनु की और सारी बातों से।

'कबियाल संगीत सुनोगे—'एन्थनी फिरंगी' का कबियाल संगीत? दो सौ साल पहले हुआ था वह पोर्तुगीज फिरंगी। जानते हो, वह काली का भक्त था?

'बाउल गीत सुनोगे, तो सुनते रह जाओगे। क्या मिठास है जीवन के सत्य से घुली हुई! बंगाल में बाउल फकीरों की परम्परा अब भी चली आ रही है।

'मालूम है, सिराजुद्दौला इतना रूप-आसक्त था कि हिन्दू स्त्रियों को अपने हरम में लाने के लिए उसने एक नया तरीका खोजा था। उसके डर से हिन्दू औरतें बहुत कम बाहर निकलने लगी थीं। उसके आदमी नावों में रहते—जब भी कोई अपूर्व सुन्दरी गंगा में नहाने आती, वे उसे वहीं से उठा ले जाते थे। लेकिन जब सिराजुद्दौला के शव को हाथी से बाँधकर अंग्रेजों ने पूरे मुर्शिदाबाद में घुमाया तब सारे हिन्दुओं ने उसके लिए 'सांघातिक' दुख का अनुभव किया और उसकी आत्मा की शान्ति के लिए गंगा तर्पण कर स्नान किया। फिरंगियों का सामना करनेवाला वह उनका अपना 'सिराज' था...'

जियागंज-अजीमगंज की प्रकृति, शान्तनु की बातें और शान्तनु के स्वामी रामानन्द कृष्ण उर्फ जोगेशचन्द्र चक्रवर्ती। 'अद्‌भुत' शब्द के अलग-अलग विस्तार। किशोर जब स्वामीजी से पहली बार मिला, तो उनकी पहली बात सुनते ही शान्तनु के बदलाव का कारण और किशोर-अमोलक के लिए रखे रहस्यमय उपहार का अर्थ समझ गया था, 'तुम्हारा दुख क्या है? किसलिए है? तुम्हारी सारी पीड़ा, सारे कष्टों का एक ही मूल कारण है—अपने स्व-भाव को न जानना। जानते हो, तुम क्या चाहते हो जीवन से? या दूसरों से सीखी-पढ़ी बातों को ही तुमने मान लिया है? तुम जो कर रहे हो, क्या अपनी इच्छा से कर रहे हो? यदि तुम्हारे ऊपर कोई दबाव, कोई मजबूरी नहीं रहे, तब भी तुम क्या वही करोगे जो कर रहे हो?'

किशोर अवाक् रह गया था। स्वामीजी यों ही सबके लिए कह रहे हैं या वे उसी के बारे में शान्तनु से जानकर कह रहे हैं? वह आहत हो गया था इन शब्दों से। उसका कष्ट यही तो है कि वह जो कर रहा है, करना नहीं चाहता। पर क्या कोई दूसरा रास्ता है? वह भी तो यही खोज रहा है। बातों से खाली क्या होगा? जो स्थिति है, वह तो है ही। क्या किया जा सकता है उसका—सहने और कष्ट पाने के सिवाय? लेकिन कोई मजबूरी नहीं रहती तो क्या करता? यह तो वह नहीं जानता—उसी तरह, जैसे शान्तनु और अमोलक नहीं जानते।

स्वामी रामानन्द कृष्ण का गौर वर्ण, ऊँचा कद और तीखे नाक-नक्श, गेरुआ लुंगी और चादर, जैसे एक आभा से दीप्त हैं। माथे पर सफेद रंग का लम्बा टीका। कितनी उम्र होगी इनकी? पैंतालीस के करीब। इनका स्वर जैसे एक गहरी गुफा से आता हुआ लगता है। क्या इतिहास है इनका? शान्तनु ने मिलाने से पहले क्यों नहीं बताया? सिर्फ इतना बताया कि वे किसी रामानन्दी सम्प्रदाय में दीक्षित संन्यासी हैं। शान्तनु के घर के पास अपने पैतृक मकान में, जो अब खाली पड़ा है, रहने लगे हैं। एक अविवाहित छोटा भाई है जो कलकत्ते रहता है। कभी-कभी मिलने आता है।

'धृष्टता के लिए माफ करें स्वामीजी! लेकिन मेरे लिए यह जानना बहुत जरूरी है कि क्या आपने अपने स्व-भाव को जान लिया है और आप वैसा ही जीवन जी रहे हैं, जैसा आप जीना चाहते हैं?' किशोर ने पूछा।

स्वामीजी की आँखें पहले मुस्कराईं, होंठ बाद में। 'लगभग।'

किशोर ने यह जवाब सुनकर आश्चर्य से शान्तनु की तरफ देखा। उसका चेहरा देखकर वह समझ गया कि शान्तनु यह प्रश्न पूछ चुका है। जवाब की ईमानदारी ने उसे जकड़ लिया। एक मामूली शब्द किसी आदमी का इतना परिचय दे सकता है, उसे पहली बार पता चला।

स्वामीजी और शान्तनु का साथ—जीवन का सहज संगीत। रोज सूर्योदय से पहले उठना। एक घंटे तारों की छाँव के नीचे चलते हुए धीरे-धीरे होती उजास को देखते हुए उगते सूर्य को देखना। 'दस मिनट शान्त होकर ध्यान'। किसका? —किसी का भी। किसी ईश्वर के चित्र या ॐ ध्वनि का; या अपने ही अन्दर चलते रक्तप्रवाह के अनवरत संगीत का। चिड़ियों के कलरव का। गंगा के प्रवाह का। जिससे भी मन प्रसन्नता का अनुभव करे। टिके। 'दो मिनट प्रार्थना'। धन्यवाद-परक प्रार्थना। किस चीज का धन्यवाद? किस चीज की कृतज्ञता? और किसके प्रति?—जो भी अच्छा लगा था, लग रहा है, उसके लिए। उसके स्रोत को धन्यवाद। ईश्वर है तो ठीक, नहीं तो प्रकृति, स्वयं अपने-आपको। यही अहोभाव है। प्रार्थना कोई माँग नहीं—तन-मन-धन, परिवार किसी के लिए माँगना नहीं। 'एक घंटा अध्ययन'। अपनी रुचि के विषय को लेकर। शाम को एक घंटा घूमना। और बातें—असंख्य शब्दों का अनवरत प्रवाह—देश का भविष्य। समाज की स्थिति। कर्तव्य। बन्धन। शरीर-मन-आत्मा। व्यष्टि-समष्टि। ईश्वर की जरूरत। आदमी और आदमी के बीच भेद। ब्राह्मण-शूद्र। हिन्दू-मुसलमान। अहिंसा और हिंसा। अपने को जानना। मुक्ति।

किशोर के लिए समय की घड़ी ने अपनी टिकटिक धीमी कर दी है। जीवन के क्षण-क्षण में वह एक अनुपम तृप्ति का अनुभव कर रहा है। उसका मन उस भार से पूरी तरह मुक्त है, जो वह यहाँ ढोकर लाया था। पर उसकी जगह एक अनजानी व्यथा उसके अन्दर दिन-रात टसकने लगी है। यह तो उधार का समय है जो वह

जी रहा है। उसके बाद ? क्या वह हमेशा ऐसा ही जीवन नहीं जी सकता है ? क्यों नहीं ? उसने स्वामीजी से पूछा था।

'तुम जीवन को पकड़कर क्यों रखना चाहते हो ? जो मिल गया है, वह बना रहे—ऐसा क्यों सोचते हो ? अपनी इच्छा को बीच में मत आने दो। जीवन के प्रवाह में अपने को छोड़ दो—बहने दो खुद को। वही तुम्हें सही जगह पहुँचा देगा। निरन्तरता की चाह ही तो दुख है। जीवन तरह-तरह का है। न कोई अच्छा है, न बुरा। ये विशेषण तो हमारी इच्छाओं के लगाए हुए हैं। तुम्हें दुकान पर बैठना इतना बुरा न लगता, तो तुम इस जीवन को सदा के लिए अपनाना नहीं चाहते। संन्यास किसी चीज से भागना नहीं है, यह तो तभी सम्भव है जब इसे पाना तुम्हारे लिए जीने-मरने का प्रश्न बन जाए।'

किशोर को ऐसा लगा था, जैसे स्वामीजी ने उसके सामने आईना रख दिया हो ! हाँ, यह सच है कि जीवन उसे अपने सारे रसों से, आकर्षणों से अपनी तरफ खींचता है। शान्तनु और उसमें यह एक बहुत बड़ा अन्तर है। किशोर ने मँझले मामा की शादी से पहले उनसे बहुत हिम्मत करके पूछा था कि क्या वे शान्ता भाभी से शादी नहीं कर सकते ? मँझले मामा ने तिलमिलाकर उससे कहा था कि वह खुद ही क्यों नहीं कर लेता ? तब से किशोर के मन में यह बात घूमती रहती है।

मुर्शिदाबाद आने के बाद से उसने पाया है कि वह जब भी अकेला होता है या रात को सोने के पहले शान्ता भाभी का चेहरा उसके सामने घूमता रहता है। उनके प्रति एक प्रबल आकर्षण उसमें छुपा हुआ है, यह बात यहाँ आने के बाद उसने स्पष्ट जान ली है। कभी किसी बात पर उनके ध्यान से उसका हृदय जोर-जोर से धड़कने लगता है। शायद इसका कारण यह है कि यहाँ जानी-पहचानी पृथ्वी से दूर एक अनजाने प्रदेश में उसके सारे सामाजिक डर उसे अपने हृदय की सच्ची भावनाओं तक पहुँचने पर रोक नहीं लगाते।

स्वामी रामानन्द कृष्ण अपने पिछले जीवन—जोगेशचन्द्र चक्रवर्ती के जीवन के बारे में जब-तब बताते रहते हैं। किशोर के बिना बताए ही वे जानते हैं कि वह उनके पिछले जीवन के बारे में सब कुछ जान लेना चाहता है। सब कुछ।

'एक आत्मकथा को पढ़ते हुए भी कोई सब कुछ थोड़े ही जान पाता है किसी के बारे में ? कितना कुछ होता है जो लेखक खुद अपने बारे में नहीं जानता—वह छूट जाता है। कितना कुछ होता है जो वह जानता है—लेकिन कहने लायक शब्द नहीं खोज पाता। वह छूटता है। और कितना कुछ होता है जो वह कहते समय काट-छाँटकर रोक लेता है। इस जिन्दगी में सब कुछ 'लगभग' होता है। 'एप्रोक्सिमेट'। लेकिन यही तो है जो आदमी को आगे हाँके ले जाता है। अपूर्णता से पूर्णता की ओर की यात्रा है जीवन। लेकिन फिर, 'लगभग' पूर्णता। 'लगभग'—स्वामीजी हँसते हैं।

यह 'लगभग' शब्द अब उन लोगों के बीच हँसने का एक स्रोत बन गया है। हँसी ठीक-ठीक कितनी जरूरी होती है जीवन में? वह कोई हवा तो नहीं, जिसके बिना आदमी जी न सके। लेकिन हँसी इतनी जरूरी होती है, यह किशोर ने अभी जाना है। वह भी अकारण हँसी। जिस हँसी के पीछे कारण होता है, वह कोई हँसी नहीं होती। कभी धूर्तता होती है, कभी हिंसा, कभी अभिमान। किशोर और शान्तनु स्वामीजी के साथ जैसे हर घड़ी हँसने के लिए तैयार रहते हैं। बेमतलब हँसी। पद्मा नदी की तरह अनवरत बहती हँसी।

'पूर्वी बंगाल में जहाँ हमारे पिताजी रहते थे—ऊँची जगह पर मिट्टी के एक तल्ले की 'बाड़ी' (घर) बनाकर—वहाँ पद्मा में बाढ़ आने पर मछली पकड़ने का बड़ा आराम हो जाता था। घर में ही बाँस के मचान पर खाना बनाते-बनाते ही बैठकर मछली पकड़ी और सीधे कड़ाही में।'

आदमी क्या अपनी सारी तकलीफों पर हँस सकता है—किशोर के अन्दर कोई पूछता है। लेकिन हँस पा सकने की भी तो एक यात्रा तय करनी पड़ती है।

'वह कई जन्मों की यात्रा है,' स्वामीजी फिर हँसते हैं, 'कोई पद्मा पर मल्लाहों के गीत सुनते-सुनते इस पार से उस पार की यात्रा थोड़े ही है!'

'स्वामीजी, आप पद्मा को हर बात में बीच में ले आते हैं, चाहे उसका सम्बन्ध हो या न हो। 'लगभग' शब्द की तरह।'

किशोर की बात पर स्वामीजी ठठाकर हँसते हैं।

किशोर खुद चकित है कि उसका दिमाग कैसे ढूँढ़ ला रहा है हँसने के लिए कोई सूत्र? वह हँसता है, खूब हँसता है और उसके अन्दर एक दूसरा किशोर अपनी ही हँसी पर चकित होता रहता है। लेकिन कभी-कभी दुखी-उदास भी। कभी वह दूसरा किशोर डरता भी रहता है। एक अनजाना-सा डर। लेकिन फिर किशोर इस दूसरे किशोर को डपटकर दुबका देता है। कई-कई दिनों के लिए। हँसते हुए भी डरना? क्या इसलिए कि यह हँसी चुक जाएगी और फिर वही जीवन शुरू हो जाएगा?

स्वामीजी 'जोगेशचन्द्र चक्रवर्ती' के जीवन के बारे में इस तरह बताते हैं, जैसे वह कोई और व्यक्ति हो—उनसे अलग कोई अस्तित्व! क्या सचमुच आदमी अपने अतीत के लिए पूरी तरह मर सकता है? एक ही जीवन में दो जीवन? क्या पुराने जीवन की कोई खरोंच इस नए जीवन में नहीं चली आई है जो कभी-कभी टसक जाती हो?

पूर्वी बंगाल में विक्रमपुर जिले के मेदिनीमंडल ग्राम के अपने घर के किस्से स्वामीजी के अन्दर अब भी सुप्त बीजों की तरह दबे पड़े हैं। जब-तब वे हवा-पानी-मिट्टी अनुकूल होते ही छोटी-छोटी पत्तियाँ बाहर फैला देते हैं। क्या सिर्फ उन दोनों को हँसाने के लिए? या पूर्वी बंगाल का वर्णन करने के लिए?

'ऊँची-ऊँची जगहों पर हमारे घर बने रहते थे, पर बरसात के दिनों में सब घरों के बीच पानी भर जाता। गाय-भैंस को चारा खिलानेवाली गोल 'टागाड़ी' में बैठकर छोटे-छोटे चप्पुओं से उन्हें खेते हुए लोग एक-दूसरे के घर बात करने जाते। गोल नौका—कब घूम जाए, ठिकाना नहीं। एक बार हमारे दूर के रिश्ते का एक मामा, जो हमारा पड़ोसी था, दो रुपए माँगने आया टागाड़ी में बैठकर। मेरे पिताजी ने कहा—एक रुपया ले लो। तुरन्त वह घूम गया। पिताजी ने उसकी पीठ से कहा—अच्छा, दो रुपए ही लो। वह फिर सामने की तरफ पीले दाँत दिखाता घूम गया। उसके दो रुपए ले जाने के बाद पिताजी ने कहा—साला, टागाड़ी सँभालना नहीं जानता। बिना मलतब दो रुपए गए।'

किशोर और शान्तनु देर तक हँसते हैं।

मेदिनीमंडल ग्राम—ब्राह्मण-पंडितों का गाँव। पद्मा को जीवन भर कोई भूल नहीं पाए—ऐसी फरफराकर नदी से आनेवाली हवा। धान के हरे खेत और उन पर उड़ती श्वेत शंखचीलों की पंक्ति। ओस से भीगी सुबह। नदी से आती-जाती नावों से माँझियों के गानों के स्वर। जमींदारों के सुन्दर बजरे। कभी अंग्रेजी स्टीमर। हर घर की अपनी-अपनी नौका। सारी चीजें नौका से आतीं : चिउड़ा, मूड़ी, गुड़। स्वामी रामानन्द कृष्ण अपनी गहन गम्भीर आवाज में गाते हैं :

आड़ाली धानेर चिउड़ा, बिन्नी धानेर खोई
[आड़ाली धान का चिउड़ा, बिन्नी धान की खोई।]
फोड़ितपुरा पाटाली गुड़, सिलिमपुरा दोई
[फोड़ितपुर का पाटाली गुड़, सिलिमपुर का दही]
ओ बोन्धु, जाइयो आमार बाड़ी
[ओ बन्धु, मेरे घर आ जाना]
तोमार लाइका भाइजा तोइरी
[तुम्हारे लिए भूँजकर तैयार है]
आउस धानेर मूड़ी
[आउस धान की मूड़ी]

'देखो, पूर्वी बंगाल के लोकगीत भी तरह-तरह के धानों के चिउड़ा, मूड़ी, खोई की ही बात करते हैं। जोगेश के गाँव के ब्राह्मण अपनी भीषण भूख के लिए दूर-दूर तक प्रसिद्ध थे। भात का कितना बड़ा पहाड़ वे एक बार में खा सकते थे, इसकी कल्पना नहीं की जा सकती। जोगेश के दादा 'टोल' (पाठशाला) चलाते थे। संस्कृत की पढ़ाई होती। पढ़नेवाले दरिद्र, तो पढ़ानेवाले दरिद्र न होते तो क्या होते? दादा याज्ञनिक (यजमानी) पुरोहित का भी काम करते। लोग प्रायः काँसे के बर्तन और कपड़े दान में देते थे। एक बार दादी ने कहा—चावल नहीं हैं, चावल लेकर

आना। लेकिन दान में पहनाए गए नए कपड़े? लौटते समय दादा ने अपने सारे कपड़े उतारकर चावलवाले को दे दिये और खुद गमछा बाँधकर चावल लेकर घर आ गए।'

स्वामीजी और शान्तनु ठठाकर हँसते हैं। किशोर चुप रहता है। अपने परिवार की दरिद्रता पर कोई हँस सकता है? स्वामीजी उसे गौर से देखते हैं।

'दरिद्रता में ही आदमी की परख होती है। वेद-वेदान्त, शास्त्रों-पुराणों का अद्‌भुत ज्ञान था जोगेश के दादा को। और ईमानदारी ऐसी कि उनकी गवाही पर बड़े से बड़े मुकदमे का फैसला हो जाता था।'

किशोर के दिल में आवेग-सा उठता है। उस दिन माँ झूठ-मूठ चाभी खोजने का नाटक करती रही। बड़े चाचाजी के लिए कचौड़ी-हलवा मँगाने के लिए रुपए नहीं थे उसके पास। उसे गर्व होना चाहिए अपनी माँ पर। अपनी इस हालत पर शर्म कैसी! वह स्वामीजी को कृतज्ञता से देखता है। क्या वे ये सब गाथाएँ इसीलिए सुनाते हैं कि वह अपने को देख सके? सुधार सके?

'और जोगेश के पिताजी—क्या पिताजी भी 'टोल' चलाते थे?' किशोर पूछता है।

'अरे नहीं। हर अगली पीढ़ी पिछली पीढ़ी के जीवन से अलग जीवन चाहती है। जोगेश के पिता शरत्‌चन्द्र चक्रवर्ती बने पुलिस में दारोगा। यजमानी और टोल चलाने से तंग आ चुके थे। अपने खाने का ठिकाना नहीं था। ऊपर से जो दरिद्र ब्राह्मणों के लड़के पढ़ने आते, उनके भी खाने की व्यवस्था करनी पड़ती। तंग आकर पुलिस की नौकरी पकड़ ली। बंगाल के अनेक विप्लवियों से उनका पाला पड़ा।'

शान्तनु का फक् चेहरा देख किशोर समझ गया था कि स्वामीजी के इस इतिहास के बारे में शान्तनु नहीं जानता था।

'नरेन्द्रनाथ बनर्जी का नाम सुना है—प्रसिद्ध विप्लवी, जिसने रेल से बन्दूकें निकालने के लिए डाका डाला था? उन्हें जोगेश के घर पर ही नजरबन्द करके रखा गया था। वे घर के सदस्य की तरह रहते। हाथ में हथकड़ी रहती, पर घर पर आराम से रहते-खाते। जोगेश के पिता का उन पर इतना विश्वास था कि उन्हें खुला छोड़ देते। वे कभी भागे नहीं। जोगेश के पिता की मृत्यु तक उनके आपस में पारिवारिक सम्बन्ध बने रहे।'

'लेकिन क्या जोगेश को इस बात से कोई तकलीफ नहीं थी कि उसके पिता ब्रिटिश पुलिस में हैं?' शान्तनु पूछता है किशोर के अन्दर उठता प्रश्न।

'क्यों? ऐसा क्यों होना चाहिए था? जोगेश के पिता ने अपनी नौकरी के कर्तव्यों के करते हुए भी कभी अपने देश के लिए कष्ट उठाते लोगों को चोर-डाकुओं की तरह नहीं समझा; बल्कि वे उनकी तकलीफों को दूर करने के लिए अपनी जेब से खर्च हुए पैसे को धन्य समझते। जोगेश को वह जीवन खुद तो जीना नहीं था। वह तो दर्शक था मात्र। जीवन की स्थितियों का दर्शक। उसे क्यों तकलीफ

होती ? देखो भाई, किसी कर्म की गति क्या है, यह कौन जान सका ? गीता में कृष्ण कहते हैं, 'गहना कर्मणो गतिः'—कर्म की गति बड़ी गहन है। उसे समझना आसान नहीं है। पुलिस में रहकर भी जोगेश के पिता अपने देशवासियों की सेवा ही कर रहे थे।'

किशोर के मन में कहीं गहरे वही प्रश्न कुलबुला रहा है—जोगेशचन्द्र ने संन्यास क्यों लिया ? वह यह भी जानता है कि स्वामीजी जानते हैं कि वह इस प्रश्न का उत्तर पाने के लिए बेसब्री से इन्तजार कर रहा है। लेकिन शायद स्वामीजी उस उत्तर को उसके नियत समय पर ही देंगे। ढाका यूनिवर्सिटी से एफ.ए. तक पढ़कर कलकत्ते के प्रेसीडेंसी कॉलेज में अर्थशास्त्र पढ़नेवाला छात्र संन्यासी हो जाता है—यह अकारण नहीं हो सकता।

रोज शाम को स्वामीजी के पास पढ़ने आनेवाले पाँच-सात लड़कों को देखकर किशोर सोचता है कि क्या जीवन की गति एक चक्र में ही घूमती है ? क्या अपने पुरखों की तरह 'टोल' चलाने में ही स्वामीजी को अपने जीवन की सार्थकता दिखाई पड़ रही है ?

किसी तरह की कोई गहरी धार्मिक आस्था स्वामीजी में कहीं दिखाई नहीं पड़ती। एक 'ॐ' लिखे हुए चित्र को छोड़कर उन्होंने कहीं कोई मूर्ति नहीं रखी है।

स्वामीजी कहते हैं, 'भारतवर्ष की खासियत यह है कि यहाँ कुछ भी त्यागा नहीं जाता। यह भी सत्य है, यह भी सत्य है और वह भी सत्य है। इसलिए इतना कबाड़ भर गया हमारे धर्म में। जब हम एक बार 'रूप' को स्वीकार कर लेते हैं, तो हम कुछ भी फेंक नहीं सकते। न जाने सत्य किस 'रूप' में छुपा हो ! हर एक रूप का एक नाम है और एक गुण भी। बस, तब हम रूप की इतनी भीड़ में उलझे रह जाते हैं। लेकिन अफसोस, हर रूप की आत्मा हमसे ओझल रहती है।'

गीता, रामायण, महाभारत, त्रिपिटक आदि ग्रन्थों के साथ ही स्वामीजी तरह-तरह की पुस्तकें रखे हुए हैं—इतिहास, अर्थशास्त्र, बंकिम साहित्य वगैरह-वगैरह। कभी जप-तप करते हुए किशोर उन्हें नहीं देखता। तब फिर वह क्या चीज है जिसे पाने के लिए वे संन्यासी हुए हैं ? या किस चीज से भागकर वे संन्यासी हुए हैं ?

तुमि बन्धु, आइया बोला रे
[तुमने कहा था बन्धु, तुम आओगे ?]
ओ बन्धु, आमार फूल बागाने
[बन्धु मेरे फूल-बागान में।]
बेल चम्पा फूटे रोयेछे एखाने शेखाने
[बेला, चम्पा इधर-उधर खिले हुए हैं।]
बन्धु, जाइयो आमार बाड़ी...
[बन्धु, तुम मेरे घर आना...।]

किशोर और शान्तनु को देखकर अपने घर के आँगन में गुलाब के पौधों में पानी देते हुए स्वामीजी मुस्कराते हुए गाते हैं। किशोर उनकी आवाज के दर्द से ठिठक जाता है। क्या स्वामीजी किसी का इन्तजार कर रहे हैं? कौन बन्धु है यह? स्वामीजी पूरी कड़ी गाकर खिलखिलाकर हँसते हैं। बेवजह। या किसी वजह को छुपाने के लिए? उन्होंने अपनी गेरुआ धोती घुटनों तक उठा रखी है।

स्वामीजी किशोर को अपनी धोती को देखते हुए देखते हैं, 'जोगेश जब प्रेसीडेंसी कॉलेज में दाखिल होने कलकत्ता पहुँचा तो जानते हो, क्या वेश था उसका? घुटनों तक धोती, पिता का उधार लिया ढीला गलाबन्द कोट, माथे पर चन्दन, तेल में चुपड़े बाल। प्रिंसिपल साहब की ऑफिस के बाहर नोटिस था कि छात्रों का दाखिला हो चुका है और इस विषय में बात करने के लिए वे तैयार नहीं हैं। जोगेश ने स्लिप भेजी और बाहर खड़ा रहा। वहीं खुद प्रिंसिपल के रोज कक्षाएँ लेने का साप्ताहिक कार्यक्रम भी लगा हुआ था। अन्दर बुलाया गया तो प्रिंसिपल ने अजूबे की तरह ऊपर से नीचे तक जोगेश को देखा। फिर कहा—तुमने देखा कि बाहर क्या लिखा हुआ है? उसने कहा—जी हाँ। और उनका पूरे सप्ताह का कक्षा लेने का कार्यक्रम उन्हें सुना दिया। प्रिंसिपल अवाक् होकर देखता रहा। फिर उसने जोगेश को भर्ती होने का फॉर्म सही करके पकड़ा दिया।'

वे तीनों देर तक हँसते हैं। किशोर स्वामीजी की वेश-भूषा की कल्पना कर बार-बार हँसता है।

'क्या जोगेश ने जान-बूझकर किया ऐसा?'

'प्रिंसिपल को अपनी योग्यता बताने का और कोई रास्ता भी तो नहीं था, बन्धु, जोगेश के पास।' स्वामीजी की हँसी नदी की तरह बह रही है।

'गंगा की तरह नहीं, पद्‌मा की तरह। पद्‌मा ज्यादा बड़ी है, ज्यादा गहरी है। तुमने देखी नहीं पद्‌मा। तुम नहीं जान सकते बन्धु!'

लेकिन तब स्वामीजी पद्‌मा को छोड़कर यहाँ जियागंज में क्यों रह रहे हैं? विक्रमपुर में क्यों नहीं? किशोर को अब यह पूछ डालना है। कलकत्ता लौटने से पहले।

कलकत्ता! कलकत्ते के बारे में सोचने से किशोर को लगता है, जैसे वह किसी और दुनिया, किसी और समय के बारे में सोच रहा हो! उसे मामा की नाराजगी का भय नहीं है कि उन्हें पता चल गया कि यह मुर्शिदाबाद में है, तो क्या होगा? रत्ती भर भी घबराहट महसूस होने पर वह आँखें बन्द कर गंगा के प्रवाह को देखता है तो उसके अन्दर जैसे एक चमत्कार घटित होता है। उसका मन स्थिर हो जाता है। सचमुच कोई नदी किसी आदमी के लिए जीने का आधार बन सकती है, उसे अब मालूम हुआ। गंगा के अनवरत अविच्छिन्न प्रवाह का ध्यान आते ही उसे लगता है कि समय भी एक प्रवाह है गंगा की तरह। इस प्रवाह में सब कुछ

बदलनेवाला है। कुछ भी जीवन में स्थिर नहीं है। हम सब किसी इतिहास के पन्ने हैं जो बहुत जल्दी ही आगे पलट जानेवाला है।

गंगा के उस पार अजीमगंज से इधर जियागंज के 'एडवर्ड कॉरोनेशन हाई स्कूल' में पढ़ने के लिए जगतसेठों के दो वारिस आते हैं। शान्तनु बताता है, 'स्कूल में जब-तब लड़के उन पर तानाकशी करते हैं कि इनके कारण सिराजुद्दौला हारा। ये विश्वासघाती हैं। वे कभी इस बात का जवाब नहीं देते। सबसे बहुत विनम्रता और शालीनता से बात करते हैं। शायद वे अपने रक्त में मौजूद इतिहास के लिए खुद को जिम्मेदार मानते हों!'

'कितना मुश्किल है मुक्त होना बीते हुए से!' किशोर सोचता है।

जियागंज में पुराना इतिहास जहाँ-तहाँ बिखरा पड़ा है। समय के पुराने छूटे हुए पदचिह्न। उन्हें देखकर भी किशोर को एक अनबूझ सान्त्वना मिलती है—सब कुछ गुजर जाएगा। नवाबी अमल के मकानों में अब साधारण लोग रहते हैं। स्वामीजी के पास आनेवाले एक लड़के कालिदास चक्रवर्ती के साथ किशोर और शान्तनु फुटबॉल खेलने जाते हैं। वह जिस मकान में रहता है, वह कभी पुराना पोस्ट ऑफिस था। उसके नीचे चौक में एक मारवाड़ी-ओसवाल परिवार रहता है। लड़कियों के नाम हैं : 'चाँद' और 'पान'। दोनों अपूर्व सुन्दरियाँ हैं। यहाँ के मारवाड़ियों ने अपने रीति-रिवाजों को बनाए रखते हुए भी डेढ़ सौ सालों में अपने को काफी हद तक बंगाली बना लिया है। उन्हें बांग्ला में बात करते हुए देखकर कोई कह नहीं सकता कि वे बंगाली नहीं हैं।

'चाँद' की कुछ महीने पहले पूरे बैंड-बाजे के साथ दहेज का शहर में घुमाकर प्रदर्शन करते हुए शादी हुई है। वह ब्याही गई है बीकानेर में। कालिदास शादी के एक सप्ताह पहले, बार-बार हर नेगचार पर मुहल्ले के मन्दिर में बैंड-बाजे के साथ जाने-आने का विवरण खूब हँस-हँसकर सुनाता है। किन्तु चाँद की विदाई के समय होनेवाले भयंकर क्रन्दन की बात बताते हुए उसकी आँखें डबडबा जाती हैं। चाँद उसे राखी बाँधती थी—वह अपनी आँखों को एक क्षण के लिए कसकर मींचते हुए बताता है।

जियागंज में मारवाड़ियों का कपड़े और किराने का बड़ा व्यवसाय है, जो पिछले डेढ़-दो सौ सालों से उनके हाथों में पीढ़ी-दर-पीढ़ी चलता आया है। यहाँ के मारवाड़ियों के भोजन में पटलेर दोरमा (परवल भरवाँ), मोचा घंट (केले के फूल की सब्जी), थोर (केले की सफेद जड़ से बननेवाली तली हुई चीज)—सब शामिल हो गया है।

'ये लोग हम लोगों से भी बढ़िया बनाते हैं। चड़चड़ी (सूखी पत्तियों की सब्जी) और तेलेर भाजा (सब्जियों की तली हुई पकौड़ी)!' कलिदास कहता है। 'इनकी मिठाइयाँ तो बस दिव्य हैं—मोटी-मोटी बादाम की कतलियाँ, राजभोग,

हलवा, पेठा—खाने की शुरुआत ही ये मिठाइयों से करते हैं।' उसके मुँह में पानी भर आता है।

किशोर और शान्तनु हँसते हैं।

'लेकिन नीरेन बाबू डॉक्टर की 'वेलर हॉर्स' (वेलर जाति का नामी घोड़ा) की बग्घी भी सबसे ज्यादा इनके यहाँ ही आती है।' कलिदास उनकी हँसी में साथ देता है।

दो संस्कृतियाँ—एक मरुभूमि की रेतीली बालू से आई हुई, दूसरी बंगाल की शस्य-श्यामला धरती पर पनपी हुई। इस धरती ने इन्हें भी ठौर दिया है—दूर मरुभूमि के बाशिन्दे को, लेकिन उनकी अपनी हजारों साल पीछे जानेवाली जड़ें हैं। वे उन जड़ों को कभी नहीं उखाड़ते। इनका समाज जैसे चौबीसों घंटे जागनेवाली एक अदृश्य आँख है जो नियमों का उल्लंघन करनेवाले से सख्ती से पेश आती है। उसके नियमों से लगे-बँधे ये चलते हैं, लेकिन इस धरती की संस्कृति को भी अपने अन्दर समाने देते हैं। कलकत्ते की तरह यहाँ दो संस्कृतियाँ समानान्तर नहीं चलतीं—यहाँ इनके रास्ते एक-दूसरे से बार-बार मिल जाते हैं।

यह मूलतः वैष्णवों का प्रदेश है—कीर्तनिया वैष्णवों का। बड़ी गोविन्दबाड़ी और छोटी गोविन्दबाड़ी—दोनों के कीर्तन-दल राधा-कृष्ण के नित्य-नूतन प्रेम की धारा से पूरे इलाके को सिंचित करते आए हैं। किन्तु गंगा के धारे-किनारे चलते कलकत्ता से आए राजपथ के किनारे कोई खड़ा हो जाए तो श्वेताम्बर जैनियों के विराट मन्दिर के साथ-साथ असंख्य छोटे-छोटे शिव मन्दिर दिखाई दे सकते हैं। बिहार से आनेवाली तरह-तरह की व्यवसाय की सामग्रियों से लदी नौकाएँ जब अँधेरा होने पर घाटों से लग जाती हैं, उस समय नदी की नीरवता में आरती के समय बड़े शिवमन्दिर के दमामे के बजाए जाने का रव दूर-दूर तक सुनाई पड़ता है।

स्वामीजी के पास तरह-तरह के लोग आते-जाते हैं। किशोर और शान्तनु स्वामीजी को कभी दुग्गड़जी के साथ जैन धर्म पर चर्चा करते हुए पाते हैं तो कभी गंगा किनारे कुछ दिनों से रहते हुए कनफटे नाथ जोगी से बातें करते हुए। गाँव-गाँव घूमकर भिक्षा-वृत्ति करनेवाले वैष्णव-वैष्णवियों को नाक तक चन्दन का तिलक लगाए माला-चन्दन-खंजरी के साथ उनकी कुटिया में थोड़ी देर रुकते देखा जा सकता है। एक दिन स्वामीजी ने सुबह घूमते हुए एक वैष्णवी को देखकर हँसकर किशोर को कहा, 'तुम मुझसे पूछोगे कि आपने संन्यास क्यों लिया, तो मैं तुम्हें इस वैष्णवी के शब्दों में जवाब दूँगा—साधेर लाऊ कोरलों आमाय बैरागी (मेरी प्रिय लौकी ने मुझे वैरागी बना दिया)...तुम्हें पता है न कि लौकी के खोल को सुखाकर ही यह एकतारा बनता है, जिस पर ये गाते हैं।'

किशोर हँसकर चुप रह गया था।

स्वामीजी ने एकतारा और दोतारा, दोनों रख रखे हैं। कहते हैं, 'एक बाउल फकीर दे गया था और दूसरा एक मुसलमान दरवेश। सब मुझे अपने में शामिल पाते हैं। सच तो यह है कि शामिल करना चाहते हैं। लेकिन एक बिना नाथे हुए साँड़ की मस्ती का आलम—इन लोगों को क्या मालूम! कुछ दिनों तक मैं 'जय मुरशेद', 'जय मुरशेद' कहते हुए मुर्शिदाबाद के आदि सन्त 'मुरशेद' की नाम-साधना करनेवाले एक मुसलमान फकीर के साथ गाता घूमता रहा—देखेछि रूपसागरे/मनेर मानुष/काँचा सोना (देखा है मैंने रूप के सागर में/ मनरूपी मनुष्य को/वह कच्चा सोना है) —लेकिन पहुँचा उसी निष्कर्ष पर जिसे लालन फकीर ने कहा है न—गेराम बेड़े अगाध पानी/ओ तार नाई किनारा/नाई तरनी/पारे (उसके ग्राम तक पहुँचने के बीच अगाध पानी है/जिसका कोई किनारा ही नहीं है/न ही है नौका मेरे पास/पार जाने को)।'

क्या कहना चाहते हैं स्वामीजी उन दोनों को ?—किशोर बार-बार सोचता है। शायद शान्तनु के संन्यास के प्रति दिनोंदिन बढ़ते आकर्षण की धार को कुन्द करना चाहते हैं। इस सारी 'मन मुरशेद' वाली शब्दावली में एक अपूर्व खिंचाव है। पर किशोर को विद्यापति का गान ही जीवन के रंग-रस-हास-परिहास से अपनी तरफ बुलाता है :

जनम अवधि हम रूप निहारलि
[जन्म भर हमने रूप निहारा]
नयन न तिरपित भेल...
[पर नयन तृप्त न हुए।]

किशोर शान्तनु की तरह नहीं है। वह जीवन का रस चखना चाहता है।

'सखि काहे भुला दिया/काँपे नैन बहे झर-झर/थर थर काँपे प्रान/बाजे बंसी मधुर स्वर'—ये शब्द उसके अन्दर एक अजीब किस्म की बेचैनी और तड़प पैदा करते हैं। किन्तु शान्तनु अलग मिट्टी का बना हुआ प्रतीत होता है। वह डफली की ढुप-ढुप के साथ बाएँ हाथ की अँगुलियों में घुंघरू बाँधकर, एकतारे पर गानेवाले किसी बाउल फकीर को सुनता है, तो उसका चेहरा न जाने कैसा-कैसा हो जाता है। 'मुझे कहाँ मिलेगा मेरा मनमिलुआ, जिसकी खातिर रोता है मेरा प्राण सुआ... अरे हो...' इस बात को स्वामीजी को देखते हुए किशोर ने देखा है। कभी-कभी किशोर को शान्तनु के लिए भय-सा होता है। अपने आराध्य सुभाष बाबू की तरह कहीं उसकी भी एक आकांक्षा संन्यासी हो जाने की तो नहीं है ? स्वामीजी भी शायद इस बात को समझकर उसे तरह-तरह से बताना चाहते हैं कि संन्यास में कुछ ऐसा नहीं है, जो उसके बाहर रहकर न प्राप्त किया जा सके। इन दिनों उनकी तरह-तरह की कथाओं का घूम-फिरकर यही एक निष्कर्ष निकलने लगा है।

'एक बार मैं चला गया एक अवधूत के साथ तारापीठ श्मशान में। कर ली शव-साधना। अब पूछो, क्या पाया ? अरे भाई, कुछ नहीं। बस, मन से हमेशा के

लिए डर निकल गया भूत-प्रेत-मृत्यु का। बस, और कुछ नहीं। करके देखो तो पता चल जाता है कि कहीं कुछ नहीं। सबसे बड़ा सत्य तो इन बाड़ों पर लगी हुई तोरई और कद्दू की लतरों के पास है—इन बैंगन की क्यारियों के पास है—गंगा नदी के पास है—लेकिन हम बेचैन हैं कि उसे कहीं और ही पाया जा सकेगा। सत्य तो अपने अन्दर ही है—उस एकत्व की अनुभूति में—जिसका हमें ज्ञान होता है कभी-कभी किन्हीं विरल क्षणों में। उसे कौन नहीं जानता? कभी कमल के फूल को ताल में हवा से लहराते हुए देखते हुए हमने उसे जाना है। कभी श्यामवर्णी बादलों पर पड़ते एक सतरंगी इन्द्रधनुष को देखते हुए। कभी सुबह-सुबह नींद में अधजागे कोयल की कूक सुनते हुए। कभी किसी बच्चे की हँसी में। सबको पता है उसका किसी-न-किसी मात्रा में। लेकिन अपने 'न होने' के क्षण में ही उसकी कौंध मिलती है। वही—सुन्न महल में दियना बारि ले—शून्य महल में दीया जलाना है। किसी फकीरो, साधुपने की किसी प्रणाली में सत्य नहीं छुपा है। प्रणाली तो एक सहारा है, पर अक्सर सहारा ही लत बन जाता है। और फिर कहीं कोई नहीं पहुँचता।'

कहीं कोई नहीं पहुँचता? कभी स्वामीजी कहते हैं कि जोगेश के पास जॉर्ज पंचम के सिर की छापवाले ताँबे के दो पैसे खर्च कर रस भरे चमचम या मोहनभोग खाने का जो निश्छल आनन्द था, वह कहाँ चला गया? पद्मा के किसी पक्के घाट पर वटवृक्ष की छाया में बैठकर घाटों पर नहाती-तैरती-बर्तन माँजती लड़कियों-औरतों की चकर-चकर सुनते हुए मल्लाह का गान 'अरे हाय री विष्णुप्रिया, निमाई चाँद को कैसे तूने जाने दिया' सुनने का जो सरल आनन्द था, वह कहाँ चला गया? —तो क्या आनन्द बचपन में ही सम्भव है, जब इस बात का कोई आनन्द ही न हो कि हमारे मन में इतना आनन्द है? क्या जीवन का चक्कर लगाकर ही जीवन फिर वहीं आ खड़ा होगा? किशोर को चाँद की रोशनी में चौरंगी की तरफ देखते हुए मैदान में बैठकर खीर-पूड़ी खाना याद आता है। पिताजी माँ की तरफ कैसे देखते थे! भैया ने भाभी की ओर किस तरह देखा था! सब खत्म हो गया। स्वामीजी उसे क्या कहना चाहते हैं? बहुत कुछ समझ में आ गया—किसी क्षण ऐसा लगता है, फिर बाद में लगता है—कुछ समझ में नहीं आया।

किशोर नारियल-ताड़-सुपारी के पेड़ों को देखता है, धन मैनाओं के झुंड को, वनपाखियों को—सत्य कहाँ है? कहाँ छुपा है?...उसे लगता है कि सारी प्रकृति में जैसे कहीं एक गुजरे हुए सुख की तड़प है—ओ...रे...पागोल मन...मन...आ...मा...रे—यह मन कहाँ तक पहुँचता है और क्या पाना चाहता है? क्या शान्ता भाभी के साथ वह जीवन की मंजिलें तय कर सकता है? लेकिन क्या उसमें हमेशा किसी तीसरे की उपस्थिति नहीं रहेगी? क्या वह पूरे मन से उन्हें स्वीकार कर सकेगा? यह जानते हुए भी कि वह मन पूरी तरह कभी उसका नहीं हो सकता...उसका एक

हिस्सा—न जाने कितना बड़ा हिस्सा—ललित भैया की चिता के साथ जलकर राख हो चुका है।

किशोर अपने मन की उथल-पुथल से बेचैन फिर उसी जल-राशि के पास अकेला आया है, जो शिव की जटाओं से निकल न जाने कितने कूल-किनारों से होती हुए यहाँ तक आई है। कितनी छोटी-बड़ी जलधाराओं का उसमें संगम हुआ है, पर उसमें सब समरस हो जाता है। उसके अन्दर क्यों नहीं होती ऐसी समरसता? सब कुछ बिखरा-उलझा हुआ है, जैसे जलकुम्भी की लताएँ और जड़ें! जब अपने ही मन पर खुद विश्वास नहीं कि वह शान्ता भाभी को पूरी तरह स्वीकार कर पाएगा या नहीं, तब फिर किसके बल पर वह इस बात के लिए दुनिया से जूझेगा?

यह मन ही तो है सब आफतों की जड़। पलकों की तरह अस्थिर मन। पीछे से स्वामीजी की स्वरलहरी उसके कानों में पड़ती है : 'पद्दार ढेऊ रे/मोर शून्य हृदये खानी/निए जा/जा रे' (ओ पद्मा की लहरो/मेरे शून्य हृदय को/ले जाओ न संग-संग)। साथ ही उनकी जलतरंगों-सी हँसी। फिर हँसी। फिर रुककर हँसी। किशोर को आश्चर्य होता हैं इस हँसी पर। कैसे हँसा जाता है इतना?

'आपके शून्य हृदय को क्या पद्मा ही ले गई थी बहाकर—स्वामीजी?' किशोर पूछता है।

अच्छा है कि स्वामीजी आ गए हैं यहाँ। किशोर कल कलकत्ते लौट जाने की सोच रहा है। जियागंज में रहते हुए पन्द्रह दिन हो चुके हैं। उसके गायब हो जाने की सूचना सब लोगों को अब तक मिल जाने की पूरी सम्भावना है—हालाँकि लड़ाई के दिनों में डाक का देरी से पहुँचना आम बात है। माँ तो पगला जाएगी, अगर उसे पता चल गया तो। अब लौटना ही है। आज स्वामीजी से बात हो जाए।

वह स्वामीजी का चेहरा गौर से देखता है। न जाने उसे क्यों लगता है कि पद्मा में ही स्वामीजी का कोई रहस्य छुपा हुआ है। उसे ऐसा भी महसूस होता है कि स्वामीजी खुद उसे इस रहस्य के बारे में बताने के लिए सही जगह और समय खोज रहे हैं।

'पद्मा वह सब कुछ बहाकर ले गई थी जिसका मेरे लिए कोई अर्थ था और तब फिर मैंने उस 'पगली' पद्मा को अपना शून्य हृदय भी अर्पित कर दिया। जैसे ही मैंने उसमें अपना शून्य हृदय मिलाया, जानते हो, मैं आनन्द से भर गया। यह वही आनन्द है बन्धु, जो इस हँसी के माध्यम से बजता है। सुन सकते हो तुम उसे?' स्वामीजी ने मादल की तरह गम्भीर स्वर में उससे पूछा था।

किशोर के मन-प्राण उसकी दो आँखों में आ बसे थे। वह स्वामीजी के चेहरे की एक-एक रेखा को इस तरह पढ़ने की कोशिश करता रहा था, जैसे एक क्षण भी चूक गया तो उसका जीवन चुक जाएगा। क्या बतानेवाले हैं स्वामीजी उसे? और उसे ही क्यों?

'उसने मुझे मुहब्बत बख्शी थी या कि खुदाई बख्शी थी—यह कह पाना बहुत मुश्किल है। वैष्णव-वैष्णवी की सन्तान थी वह—सुर-संगीत उसके गले में साक्षात् सरस्वती की तरह बसा था। 'कादम्बिनी'—मुझे पद्मा के किनारे ही मिली थी पहली बार। एक बिल्ली के नवजात शिशु को नाम-धुन सुनाते हुए दूध पिलाने की चेष्टा करती हुई। उसने मुझे देखा। कहा—देखो न, दूध पीता नहीं। गाते-गाते मेरा गला दुख गया, पर जरा भी नहीं पीता। माँ-बाबा भिक्षा के लिए प्रभाती देने निकल गए। मैं क्या करूँ मेरे इस 'गौरांग' का?—मैं उसकी बातें सुन चकित उसे देखता रहा। वह मुझसे ऐसे बातें कर रही थी जैसे कितने पहले से मुझे जानती हो! उसकी बातों से भी ज्यादा चकित मैं उसकी दिव्य स्वरलहरी से था। क्या अपूर्व कंठ था उसका! और उसका वह चन्दन-चर्चित रूप—नाक तक लगे तिलक के दोनों तरफ घनी काली बरौनियों में जड़े दो विशाल नेत्र? मैं कभी उसे देखता, कभी उसके 'गौरांग' को। मैंने उसकी मदद की उसे दूध पिलाने में। फिर उसने उसी सहजता से मुझसे पूछा—क्या तुम्हीं श्याम हो?—मैंने उसकी काली गहरी आँखों में झाँककर हामी भरते हुए गर्दन हिला दी। वह गौरांग को लिये-लिये मेरे गले लग गई—मुझे मालूम था, तुम आओगे। मैंने तुम्हें देखते ही पहचान लिया था।'

किशोर के आश्चर्य का कोई ठिकाना नहीं है। आज स्वामीजी 'मैं' का प्रयोग कर बात कर रहे हैं—आज वे खुद के लिए 'जोगेश' शब्द का प्रयोग नहीं कर रहे हैं।

'सहज प्रस्फुटित था हमारा प्रेम। उसका प्रवाह भी सहज था—पद्मा की तरह ही विस्फारित और लयबद्ध। हम कृष्ण और राधा की भूमिकाएँ जो कर रहे थे।

'प्राण सखि रे सुन, कदम्ब तले वंशी बाजाए के!—पहले वह अपने घुटनों तक केश खोले चंडीदास की राधा थी—कोमल और सुकुमार हृदय। उसके बाद फिर विद्यापति की राधा। यौवन के धीरे-धीरे स्फुटन से पल-पल नवीना—क्षण-क्षण विकसित होती हुई। 'खने खन नयन कोन अनुसरई'—क्षण-क्षण में नयनों के कोने से देखती हुई, क्षण-क्षण हँसी से दाँतों की छटा दिखाती हुई, क्षण-क्षण अधरों के आगे सुगन्ध को पकड़ती हुई, कभी चौंककर तेज-तेज चलते हुए रुक जाती हुई, कभी आँचल को दाँतों से दबाकर लजाती हुई।'

किशोर इस अद्भुत प्रेम-कथा को सुनकर स्तब्ध है। स्वामीजी चुप हो जाते हैं। उनके बीच सन्नाटे में खाली गंगा के प्रवाह का मन्द रव है।

'फिर?' किशोर धीमे से एक शब्द उच्चारता है।

'फिर वही, जो होना था। दारोगा शरत्चन्द्र चक्रवर्ती को मालूम पड़ गया। कुलीन ब्राह्मण परिवार का लड़का और निकृष्ट 'बोष्टम' (वैष्णव) जाति की लड़की, जिसके कुल-गोत्र का कोई ठिकाना नहीं। न जाने उसके माँ-बाप का कभी विवाह भी हुआ था या नहीं। घर-घर भिक्षावृत्ति कर जीवन-यापन करने की शैली। दारोगा साहब ने लड़के को समझाया। यहाँ तक कहा कि 'बोष्टम' लड़की को

रखैल के रूप में रख लेना, पर विवाह तुरन्त करना पड़ेगा। अन्त में न मानने पर जोगेश को घर पर एक कमरे में कैद कर दिया गया। एक महीने तक उधर वह 'राधा' बिछोह सह नहीं पाई :

चानन भेल विषम सर रे
[चाँदनी विषम बाण बन गई]
भूषन भेल भारी
[आभूषण भारी हो गए]
अजहु हरि नहिं आयल रे
[अब तक हरि नहीं आए]
गोकुल गिरधारी
[गोकुल गिरधारी]

कादम्बिनी के विरह-गीतों से प्रान्तर का पत्ता-पत्ता व्यथित हो उठा। अपने हृदय की तीव्र ज्वाला को शान्त करने के लिए वह उस 'कीर्तिनाशा' पद्मा के पास गई या वर्षा के पानी से उफनती नदी ने उसे उसकी हृदय-ज्वाला को शान्त करने के लिए लील लिया—यह पता नहीं चल पाया। वह मछली की तरह तैरना जानती थी—यह कहते-कहते उसके माँ-बाप उसे खोजते रहे, पर वह कहीं मिली नहीं। जोगेश को पिता ने कलकत्ता पढ़ने भेज दिया। वह पढ़कर लौटा, तब पद्मा ने ही रास्ता दिखाया। एक दिन कहीं से एक बहता हुआ एकतारा नदी में नहाते हुए उद्विग्न जोगेश को पद्मा ने दिया और उसका शून्य हृदय बहाकर ले गई। जोगेश ने एकतारा बजाकर कादम्बिनी के गीत को गाया और अपने अन्दर एक अपूर्व आनन्द का अनुभव किया। उस साल पद्मा ने उनके घर को भी नहीं बख्शा। वह सब कुछ बहा ले गई। जोगेश के पिता शरत्चन्द्र रिटायर होकर जियागंज आकर बस गए। लेकिन पद्मा का वियोग सहकर ज्यादा दिन जी नहीं पाए। उनके मरने के बाद जोगेश ने विधिवत् संन्यास की दीक्षा ले ली।

किशोर के हृदय में जैसे कोई एकतारा बज रहा है! न जाने क्यों उसे लगता है कि उसे मालूम था कि स्वामीजी के पीछे कोई ऐसी ही कथा होगी? वह यह भी जानता है कि उसे अपना जवाब अभी मिलेगा।

'शान्ता भाभी से क्या उसे शादी करनी चाहिए?'

स्वामीजी उसकी आँखों में झाँकते हैं।

'जहाँ इतनी बार प्रश्न मन में उठे, वहाँ मन पूरी तरह संशयरहित नहीं है बन्धु! जीवन का इतना बड़ा निर्णय आधे मन से नहीं लिया जाना चाहिए। 'सखि कि पूछसि अनुभव मोय?'—हे सखी, तुम मेरा अनुभव क्या पूछती हो? 'सेहे पिरित अनुराग बखानिय तिल-तिल नूतन होय'—उस प्रीति-अनुराग का क्या बखान करूँ, वह तिल-तिल नूतन होता जाता है।'

13

अकाल कभी होता नहीं...

इधर कई दिनों से किशोर बाबू एक अजीब किस्म के अवसाद में डूबे हुए कथा लिखवाने से आनाकानी करते रहे। जहाँ तक कथा के प्रवाह के अगले पड़ाव का सवाल है, किशोर बाबू की कथा को आगे बढ़ने के लिए सन् 1942 से सन् 1943 की ओर बढ़ना चाहिए था। लेकिन किशोर बाबू की कथा आगे-पीछे ही नहीं, कभी-कभी पीछे और बहुत पीछे भी चली जाती है, जैसे किसी ने समय की घड़ी में उलटी चाभी भर दी हो! इन दिनों किशोर बाबू की पत्नी उन्हें भागवत-कथा का हिन्दी अनुवाद 'सुखसागर' पढ़कर सुना रही हैं जिसका मक़सद उनके दिमाग को सही पटरी पर लाने लायक पुण्य करना है। पर किशोर बाबू असम्भव किस्सों से भरी इस कथा को इसलिए सुन रहे हैं कि देखें, कथा लिखने का कोई पुराना कारगर तरीका भागवत से मिल सकता है क्या? वजह यह है कि उनके अन्दर कथा का प्रवाह उमड़ता है, पर बाहर निकलते-निकलते कहीं रुक जाता है और तब अपनी कथा लिखने के अर्थ और उसकी मूल्यवत्ता के प्रति उनमें गहरा सन्देह पैदा हो जाता है। उनकी पत्नी उन्हें भागवत कथा से 'कलियुग के लक्षण' पढ़कर सुनाती हैं और किशोर बाबू सामने के मकान की छत की मुँडेर पर बैठे तैंतालीस काले कौवों को गिनते हैं।

किशोर बाबू ने दिल के ऑपरेशन के बाद शाम को सड़कों पर घूमते हुए देखा है कि रोज शाम को कौए झुंड बनाकर मुँडेरों पर और मैदानों में चुपचाप इस तरह बैठे रहते हैं, जैसे उनकी पार्लियामेंट में कोई शोक प्रस्ताव पास हो रहा हो! अलबत्ता उनकी शोक-सभा में आदमियों की तरह मृत व्यक्ति की प्रशंसा में बक-बक की प्रवीणता प्रदर्शित नहीं की जाती। एक गम्भीर सन्नाटा-सा छाया रहता है, जैसे जीवन की असारता और क्षणभंगुरता पर मौन विचार हो रहा हो!

किशोर बाबू इन दिनों बहुत मौन रहने लगे हैं—ऐसा परिवार में सभी ने नोटिस किया है। उनके पढ़ने का क्रम भी अचानक बहुत बदल गया है। होमियोपैथी वाली

किताबें हटा दी गई हैं। पुरानी डायरियाँ भी। यहाँ तक कि अब किशोर बाबू अखबारों को पढ़ने तक में दिलचस्पी नहीं दिखा रहे, जबकि देश की आजादी की पचासवीं वर्षगाँठ के डेढ़ महीने ही बाकी रह गए हैं।

आलम यह है कि सारे अखबार इस आसन्न उत्सव पर इतिहास और वर्तमान को सही परिप्रेक्ष्य में देख सकने की अपनी काबिलीयत को एक-दूसरे से बढ़-चढ़कर साबित करने में या ज्यादा से ज्यादा चटपटा बनाकर पेश करने की होड़ में एड़ी-चोटी का जोर लगा रहे हैं। टी.वी. के सब चैनलों पर आजादीवाले कार्यक्रमों के बिकाऊपन को पहले से भाँपकर उसकी तैयारी करनेवालों की चाँदी कट रही है। राष्ट्रीय ध्वज, चक्र तथा 'वन्दे मातरम्' ने अखबारों और दूरदर्शन के विज्ञापनों में बिककर 'स्वतंत्रता' को करोड़ों रुपए का कारोबार बना दिया है। जूतों, मोजों, टी-शर्टों से लेकर गाड़ी बनानेवाली कम्पनी तक ने आजादी की पचासवीं वर्षगाँठ के झंडे के तीन उड़ते रंगों के बीच 'पचास' लिखे हुए नमूने को हर जगह छाप दिया है। यहाँ तक कि सारी मल्टीनेशनल कम्पनियाँ भारत की आजादी की वर्षगाँठ को इस तरह मनाने पर तुली हुई हैं मानो यह उनकी आजादी का ही जश्न हो! स्कूलों, अखबारों, पत्रिकाओं, स्वयंसेवी संस्थाओं—सब जगह इस अवसर पर विशेषांक निकालने की तैयारी है और पुराने इतिहास को इस तरह मथा जा रहा है, जैसे उसमें से अमृत या अनमोल रत्न निकल आएँगे!

'माइकेल जैक्सन आया-गया। लम्बे बालोंवाला 'यानी' भी ताजमहल के साथ चमककर गया। अब चाहिए था कुछ नया। चलो, अब मीडिया के पास बहुत दिन बाद जाकर कोई बड़ा सुयोग उपस्थित हुआ है, वरना घोटालों-हवालों को पढ़-सुन-देखकर दर्शक-पाठक उकता गए थे।' किशोर बाबू समझ रहे हैं, पर आजादी की अर्धरात्रि तक किए जानेवाले इस 'काउंट-डाउन' (उलटी गिनती) के प्रति वे निपट उदासीनता का अनुभव कर रहे हैं। न जाने कहाँ से एक किसी अजितनारायण बोस का लेख उनके हाथ लग गया है और 'भारत की अर्थव्यवस्था' से वे दिन-रात माथा मार रहे हैं। उस लेख में दी हुई टेबलों (तालिकाओं) के चौखानों में न जाने उन्हें क्या दिखाई दे रहा है कि वे बार-बार उस लेख को कभी आगे पढ़ते हैं तो कभी पीछे। किशोर बाबू की पत्नी ने बिलकुल न चाहते हुए भी उनका भौंचक चेहरा देखकर अन्त में उनसे यह पूछ ही डाला कि इन पन्नों में वे क्या ढूँढ़ रहे हैं?

'तुम्हें पता है सरोज, हमारे देश में आज भी चालीस प्रतिशत लोग एक साल में कुल मिलाकर चालीस रुपए अपने कपड़ों पर खर्च करते हैं।' किशोर बाबू ने बताया।

'अच्छा, चालीस रुपए महीने ही?' किशोर बाबू की पत्नी ने आश्चर्य जताया।

किशोर बाबू ने खीझकर कहा, 'चालीस रुपए महीने नहीं, चालीस रुपए साल और वह भी सिर्फ पहनने के कपड़ों पर नहीं, चादर-बिछावन, गमछा—सब मिलाकर चालीस रुपए।'

'ऐसा कैसे हो सकता है? कहीं छापे में भूल रह गई होगी।' किशोर बाबू की पत्नी यह कहते हुए पछताईं कि बिना मतलब उन्होंने बात को आगे बढ़ाया। उन्होंने तुरन्त बात को घुमाते हुए कहा, 'आज छुटकी आएगी आपसे मिलने। उसका फोन आया था।'

किशोर बाबू ने इस सूचना में रत्ती भर भी दिलचस्पी न दिखाई। वे बोले, 'तुम्हें एक किस्सा बताऊँ, तो तुम्हें विश्वास नहीं आएगा। परसों शाम मैं घूमता-घामता बेहाला की तरफ चला गया था। मैंने सोचा कि यहाँ तक आ ही गया हूँ, तो उस नर्स से मिल लूँ जिसने मेरे हार्ट के ऑपरेशन के समय मेरा बड़ा खयाल रखा था। संयोग से मुझे उसका ठिकाना भी याद था। मैंने एक मिठाई का डिब्बा खरीदा और बेहाला की गलियों में घूमते हुए पता पूछते-पूछते—बेहाला क्या है, गलियाँ ही गलियाँ, नम्बर मिलते नहीं—उस नर्स के मकान तक पहुँच ही गया। एक तल्ले का एक छोटा-सा सँकरे दरवाजेवाला टिन की छत का मकान था जिसके अन्दर घुप्प अँधेरा था।

'मकान के बाहर एक बूढ़ी औरत दरवाजे पर पाँव सिकोड़े बैठी थी। उसका पोपला मुँह लगातार हिल रहा था। उस बुढ़िया से मैंने पुतूल नर्स के लिए पूछा। उसने बांग्ला में बताया कि वह उस नर्स की माँ है। तब मैंने पूछा कि क्या वह घर पर है? बुढ़िया ने वहीं से आवाज लगाई—पुतूल, पुतूल। अन्दर से नर्स की आवाज आई पूछते हुए कि क्या बात है। बुढ़िया उठी और अन्दर चली गई। अन्दर से दोनों की झगड़ने की आवाज आती रही। फिर बुढ़िया बाहर आई और उसने कहा कि पुतूल घर में नहीं है। मेरा आश्चर्य देखकर वह अपना पोपला मुँह मेरे कान के पास ले आई और बताया कि उसने कपड़े नहीं पहन रखे हैं। आज उसने अपनी दोनों साड़ियाँ धो डाली हैं और वह बाहर नहीं आ सकती। क्या तुम्हें यकीन आएगा कि वह साफ-सुथरी चकाचक कपड़ोंवाली नर्स इतने गन्दे मुहल्ले में रहती है और उसके पास दो ही साड़ियाँ हैं? बुढ़िया से मैंने नहीं पूछा कि उसके कितने बेटे-बेटियाँ हैं। जरूर ही दो-तीन होंगे और सबका खर्च पुतूल ही चलाती होगी। मैंने उसकी माँ को मिठाई का डिब्बा दिया और उलटे पैरों लौट आया।'

किशोर बाबू की पत्नी ने मन-ही-मन माथा पीट लिया। अब तक सुना था कि आदमी का दिमाग फिर जाएं तो वह क्या न कर डाले। अब इनकी यह हालत हो गई है कि एक नर्स के घर ही पहुँच गए। इस बात पर अचरज करते हुए किशोर बाबू की पत्नी को एक दूसरी नर्स का किस्सा याद आ गया, जिसे वे आज तक नहीं भूल पाई हैं।

किशोर बाबू की माँ मृत्यु-शय्या पर थीं, तो उन पर रात की एक नर्स रहती थी। उसके लिए खाना पकाना उन्हें एक बहुत बड़ी समस्या लगती थी क्योंकि वह मोटी-मोटी अठारह रोटियाँ खा जाती थी। उन दिनों खाना बनानेवाला नौकर छुट्टी पर गया हुआ था और रोटियाँ किशोर बाबू की पत्नी को ही बनानी पड़ती थीं। तीन-

चार दिन बाद थककर उन्होंने किशोर बाबू को सलाह दी थी कि रात की नर्स को बदल देना अच्छा रहेगा। अगले दिन जब सुबह आठ बजे रात की नर्स घर जा रही थी तो किशोर बाबू ने पत्नी को आश्चर्य में डालते हुए नर्स के थैले की तलाशी लेनी चाही। नर्स के आनाकानी करने पर किशोर बाबू ने उससे थैला छीन लिया और अचानक न जाने क्या हुआ, अगले ही पल जमीन पर आठ-दस रोटियाँ छितराई हुई थीं और किशोर बाबू नर्स पर इस तरह चिल्लाने लगे थे कि उनके मुँह से झाग निकलने लगा था, 'तभी हमने सोचा कि इतना रोटी कोई औरत एक बार में कैसे खा सकता है। हमको पहले ही शक हो गया था। चोरी करता है आप। शर्म नहीं आता आपको? जी तोड़कर पैसा लेता है, ऊपर से चोरी करता है। हम आपके ब्यूरो में शिकायत करेगा। शर्म आना चाहिए...' किशोर बाबू की पत्नी एकदम सन्न रह गई थीं। अचानक उनका दिल बुरी तरह घबड़ा उठा था। उस दृश्य में—चोरी की हुई रोटियों के चारों तरफ छितरने के दृश्य में कुछ ऐसा था कि उनके दिल में अपने-आप एक प्रार्थना उठी, 'हे भगवान! हमें माफ कर दो। इस अपराध का दंड मेरे बच्चों को मत दो। माफ कर दो इस बार हमें।' किशोर बाबू कई दिनों तक हर आने-जानेवाले से, डॉक्टरों से इस किस्से की चर्चा करते रहे थे। हर बार उस घटना का जिक्र होते ही वह दृश्य किशोर बाबू की पत्नी की आँखों के सामने आ जाता और उनका कलेजा एक अनजाने भय से धक्-धक् करने लगता।

किशोर बाबू गौर से पत्नी का चेहरा देखते जा रहे थे—शायद वे भाँप रहे हों कि वे क्या सोच रही हैं। उनकी पत्नी को एक क्षण के लिए लगा कि किशोर बाबू भी उसी दृश्य के बारे में सोच रहे हैं। पर इस असम्भव से खयाल को उन्होंने परे ढकेल दिया।

किशोर बाबू कुछ देर तक अनमने-से बैठे रहे, फिर वे अपने घूमने के जूते पहन नीचे उतर गए। आज किस तरफ घूमने जाएँ? वे बालीगंज सर्कुलर रोड पर चल पड़े कि चलें, आज मिंटो पार्क के तालाब के किनारे किसी बेंच पर बैठेंगे। यों तो मिंटो पार्क के तालाब के तीनों ओर गाड़ियों का बहुत ट्रैफिक रहता है और चौथी ओर शहर का पाँच सितारा अस्पताल है, जिसके हर कमरे में न जाने कितनी पीड़ा भोगनेवाले लोग होंगे, किन्तु नारियल के पेड़ों से घिरे इस तालाब के जल को देखते हुए इन दिनों किशोर बाबू ने एक अजीब-सी शान्ति का अनुभव किया था। शायद पानी को देखने से आदमी के अन्दर कुछ बदलता है, ऐसा उन्हें लगा था।

किशोर बाबू मिंटो पार्क में घुस ही रहे थे कि एक नई चमचमाती हुई गाड़ी पार्क के सामने आकर रुकी और उसमें से एक खूबसूरत लड़का-लड़की की जोड़ी उतरी। किशोर बाबू लड़की को देखकर कुछ चौंके। उन्हें लगा कि इस लड़की को हाल ही में कहीं उन्होंने देखा है। किशोर बाबू ने दिमाग पर बहुत जोर डाला, पर उन्हें कुछ याद नहीं आया। उनके बगल से गुजरते हुए उन्होंने सुना कि लड़की

बांग्लाभाषियों की तरह हिन्दी बोल रही थी और लड़का हिन्दीभाषियों की तरह बांग्ला। फिर दोनों एकाएक कांवेंटी अंग्रेजी में कहीं चलने की बात करने लगे। लड़का टरकाने की चेष्टा में था और लड़की बार-बार किसी बात का आग्रह कर रही थी। अचानक लड़की की बोलने की मुद्रा से कुछ ध्यान में आने पर किशोर बाबू को याद आ गया कि उन्होंने लड़की को कहाँ देखा था। यह तो उनकी फैक्टरी के सुपरवाइजर मित्रा साहब की कॉलेज में पढ़नेवाली लड़की है। अभी तो हाल में उनके ऑपरेशन के बाद मित्रा साहब के साथ उनसे मिलने अस्पताल आई थी और उन्होंने मित्रा साहब से कहा भी था कि उनकी बेटी बहुत सुन्दर है, इसलिए उसको ब्याहने की चिन्ता तो कम-से-कम उन्हें नहीं करनी होगी।

अब तक लड़की ने लड़के को कहीं चलने के लिए राजी कर लिया था और वे दोनों पैदल सड़क पार कर कोने की इमारत की ओर बढ़ रहे थे। किशोर बाबू को यह जरूरी लगा कि वे देखें कि दोनों कहाँ जा रहे हैं। उनके पीछे चलते-चलते किशोर बाबू एक इमारत के एक तल्ले पर चढ़कर एक निहायत आलीशान कपड़ों की दुकान के सामने खड़े थे। उन्हें याद आया कि उन्होंने अपनी बड़ी बेटी को कहते सुना था कि मिंटो पार्क के सामने शहर की सबसे महँगी 'बुटिक' (कपड़ों की दुकान) खुली है। उनके पीछे-पीछे वे भी काँच का दरवाजा खोलकर अन्दर घुस गए और उन्होंने सेल्स गर्ल को कहा कि वे अपनी बेटी को उसके जन्मदिन पर एक साड़ी भेंट करना चाहते हैं।

साड़ियाँ देखते-देखते किशोर बाबू ने कनखियों से देखा कि लड़की ने बीसेक ड्रेसें अपने ऊपर लगा-लगाकर लड़के को दिखाते हुए तीन ड्रेसें छाँट ली हैं। बिल बना आठ हजार रुपयों का। अब मित्रा साहब की लड़की मुग्ध निगाहों से लड़के को देखती हुई झूमती हुई कपड़ों का पैकेट लिये सीढ़ियाँ उतर रही थी।—यह अब कहाँ जाएगी? इस लड़के को इन कपड़ों का क्या मुआवजा देगी? अपने सुपरवाइजर पिता को क्या बताएगी कि इन कपड़ों के लिए वह कहाँ से पैसे लाई? ऐसा क्या अकाल पड़ा था इसके जीवन में इन कपड़ों के बिना?—किशोर बाबू का दिमाग एक के बाद एक उठते प्रश्नों से भनभनाकर दुखने लगा। कैसा अ-समय आ गया है? क्या यही कलियुग है?—पत्नी से सुने कलियुग के लक्षण उन्होंने याद करने की चेष्टा की, तो उन्हें चौवन साल पहले आत्महत्या करनेवाली एक दूसरी लड़की की फूली हुई लाश याद आई।

उस रविवार किशोर घूमता-घूमता अमोलक के घर लेक रोड पहुँच गया था। पिछले एक साल के भीतर किशोर और अमोलक एक साथ जैसे दस साल बड़े हो गए थे—शान्तनु का उनके जीवन से कट जाना जिन्दगी को उस मुकाम पर

ले आया था जहाँ हृदय से संचालित निरी भावुकता तो खत्म हो ही जाती है—आदमी के अन्दर की मासूमियत भी कहीं साथ-साथ विलीन हो जाती है। बस, बची रहती है एक क्रूर संसार की वास्तविकता और उससे जूझने के लिए जिम्मेदारी का बोझिल अहसास।

अमोलक के पिता पिछले अगस्त से 'भारत छोड़ो' आन्दोलन में गिरफ्तार होकर जेल में थे। उधर शान्तनु के स्वामी रामानन्द कृष्ण एक क्रान्तिकारी दल के सदस्य थे, इसका पुलिस को पता चल गया था। वे संन्यासी के वेश में भीतर-ही-भीतर एक सशस्त्र विद्रोह की तैयारी कर रहे थे। उनके साथ-साथ पुलिस ने शान्तनु को भी मुर्शिदाबाद में गिरफ्तार कर लिया था। पर शान्तनु के पिता डॉ. राय ने बहुत कोशिश कर पुलिस विभाग में अपनी जान-पहचान के चलते उसे छुड़ा लिया था। शान्तनु पर प्लास लेकर बिजली के तारों को काटने और रेल की पटरियाँ उखाड़ने के अपराध को डॉ. राय ने एक नाबालिग लड़के को फुसलाया जाना सिद्ध कर दिया था। फिर उसे डॉक्टरी पढ़ने के लिए अपने मित्र के पास बम्बई भेज दिया था।

किशोर को इस दुख से उबरने में कई महीने लगे थे कि शान्तनु न तो बम्बई जाते समय उससे मिला था और न ही उसने डॉ. राय के दिए बम्बई के ठिकाने पर भेजे पत्र का कोई जवाब दिया था। यह सच है कि किशोर ने ईश्वर का बहुत शुक्र अदा किया था कि वह हॉलवेल मॉन्यूमेंट वाले दिन की तरह ही इस बार भी बाल-बाल बच गया था—उसके मुर्शिदाबाद से लौटने के पन्द्रह दिनों बाद ही यह सब बखेड़ा हुआ—वरना न जाने उसका क्या हश्र होता, लेकिन शान्तनु उसके मन की यह बात कैसे जान सकता था? तब फिर किशोर से इतनी नाराजगी क्यों? किशोर को कुछ समझ में नहीं आया था। क्या दुनिया अचानक इस तरह बदल जाती है? उसने अमोलक से यह बात पूछी थी, पर अमोलक कुछ सोचता हुआ चुप रहा था। अमोलक किसी बात पर कभी कोई अपनी राय नहीं देता—किशोर को अक्सर इस बात से बहुत खीझ होती है।

अमोलक को लेकर किशोर उस दिन ये सब बातें करता-करता घूमने निकल गया था। आकाश मानसून के बादलों से घिरा हुआ था और हवा का एकदम रुकना इस बात का संकेत था कि बहुत जोर से बारिश होगी। सुबह के समय शाम का-सा धुंधलका था। लेक (झील) के पास के मैदान को द्वितीय महायुद्ध के समय कलकत्ते में आई अमेरिकन सेना ने कँटीले तारों की बाड़ से घेर रखा था। कौतूहल से उसके अन्दर हब्शी और गोरे अमेरिकन सैनिकों को झाँकते हुए वे दोनों यहाँ खड़े हो गए। दो अमेरिकन 'टामी' उन्हें देखकर हँसकर कुछ गुनगुनाने लगे। उनके समझ में नहीं आया कि वे क्या गुनगुना रहे हैं पर राग और लय जानी-पहचानी थी। तब अमोलक ने जुगुप्सा से भरकर बताया, 'जानते हो, क्या गुनगुना रहे हैं? लगता

है, कानन बाला की फिल्म देखकर आए हैं, वही गुनगुना रहे हैं—छन्दे छन्दे दूलि आनन्दे आमि बनफूल गो।—चलो, यहाँ से चलो। लेक के किनारे हमारी पुरानी जगह बैठते हैं।'

किशोर का मन हुआ था कि वहाँ पड़ा पत्थर उठाकर उन पर फेंक दे, पर उसके हाथ कुलबुलाकर रुक गए थे।

वे दोनों उस पुराने शिरीष के पेड़ के नीचे बैठ गए जिसकी गोल छतरीनुमा शाखाएँ जैसे सुकून का एक घेरा बनाती थीं। वहाँ से वे उस पुल को देख सकते थे जो झील के बीच के छोटे-से द्वीप पर बनी दरगाह को ले जाता है। किन्तु अपनी मनपसन्द जगह पर आने पर भी अमोलक आज बहुत उदास था। किशोर ने सोचा, शायद वह अपने पिता के जेल में कष्ट पाने की बात सोच रहा हो।

'तुमने देखा किशोर, कलकत्ते की सड़कों पर भीख माँगनेवाले गाँव के लोग? 'रोज़ किस तरह बढ़ रहे हैं? मेरे पिताजी के मित्र हैं न—सम्पत चाचा—वे कह रहे हैं कि बंगाल के गाँवों के लोगों के पास खाने को कुछ नहीं है। अपने सारे बर्तन-भांडे बेचकर ये लोग चावल खरीदकर खा चुके हैं और अब भूख के मारे गाँव छोड़कर कलकत्ता आ रहे हैं। क्या होगा, पता नहीं! हमारे घर के बाहर नुक्कड़ पर एक परिवार ने पिछले दो सप्ताह से डेरा डाल रखा है। तुमने देखा उन्हें? सब सूख-सूखकर कंकाल हो रहे हैं। बाप और बेटा रोज भीख माँगकर लाते हैं। माँ और जवान बेटी वहीं बैठी रहती हैं। परसों रात को मैंने सुना कि बाप और बेटी में झगड़ा हो रहा है। बाप बेटी को भीख माँगने जाने के लिए कह रहा था। बेटी कह रही थी—मेरे पास शरीर ढँकने को तो कपड़े नहीं हैं। भीख माँगने कैसे जाऊँगी? —सोचो, किशोर, हम लोगों के पास कितने कपड़े हैं, मैंने कल माँ को कहा कि उसे एक साड़ी दे दो। माँ उन लोगों को खाने को तो कुछ-कुछ देती रहती है।'

किशोर ने भी उस नुक्कड़वाली लड़की को पिछले रविवार को देखा था। अपनी गरीबी और भुखमरी के बावजूद लड़की में ऐसा सलोनापन था कि उसकी तरफ आँखें गए बिना नहीं रहती थीं। किशोर को उस लड़की के लिए काफी डर लगा था—न जाने कितने लोग उस पर घात लगाए बैठे होंगे?

पार्क स्ट्रीट की तरफ अमेरिकन सैनिकों को एंग्लो-इंडियन लड़कियों के गले में हाथ डालकर सटाए घूमते किशोर ने देखा था। वे लोग दूसरे हाथ में कागज में लिपटा सींक कबाब लिये रहते और राक्षस की तरह खाते रहते। सारे शहर में इन लोगों की बदमाशियों और तरह-तरह के उत्पातों के किस्से फैले हुए थे। चार-पाँच साल की लड़कियों तक से बलात्कार करने की घटनाएँ हुई थीं। मिलिटरी पुलिस के फटफटिए इन लोगों पर निगाह रखने कलकत्ता में घूमते रहते, पर फिर भी आए दिन मिलिटरीवालों की नई-नई करतूतें सुनने को मिलतीं। मिलिटरी की 'मैक' ट्रकें सारे शहर में दौड़ लगाती रहती थीं और सड़कों पर जगह-जगह उनसे कुचलकर

मरे हुए कुत्तों की लाशें दिखाई पड़ जाती थीं। सिर्फ कुत्ते ही नहीं, शराब के नशे में चूर होकर न जाने कितने आदमियों को इन मिलिटरीवालों ने कुचला था। एक दिन चौरंगी में 'फिरपो' रेस्तराँ के सामने किशोर को एक अमेरिकी हब्शी सैनिक ने अपनी आधी खाई हुई चॉकलेट देने के लिए उसकी तरफ हाथ बढ़ाया था। क्रोध और नफरत से भरकर उनका मन हुआ था कि उस पर थूक दे, पर मार खाने के डर से उसने अपने को रोक लिया था। चौरंगी के सामने मैदान में बमबारी से बचने के लिए बनी खन्दकों में ये लोग लड़कियों को लिये पड़े रहते थे। उसने किसी को कहते सुना था, 'लगता है, ये लोग पूरे कलकत्ते को रंडीखाना बना देंगे!'

अचानक अमोलक की निगाह दरगाह के पास लेक में फैली जलकुम्भी की लताओं पर पड़ी थी, जहाँ बहुत से कौए अचानक इकट्ठे होकर काँव-काँव करने लगे थे। किशोर ने भी देखा कि एक लाश फूलकर पानी से ऊपर उठ रही थी और जलकुम्भी की लताओं में फँस गई थी। वे दोनों चीख पड़े थे। अचानक अमोलक थर-थर काँपने लगा था। वह फुसफुसाते हुआ बोला, 'वही लड़की है यह...यह वही लड़की है किशोर। यह वही है। मैं इसकी साड़ी पहचानता हूँ किशोर। यह यही पहने रहती थी हमेशा। यह वही है किशोर।'

अमोलक के आँसू बहते जा रहे थे और सुबकियों के बीच वह बार-बार यही बात दोहराता जा रहा था। उसकी यह हालत देख किशोर अपनी घबड़ाहट और भय भूल गया था और किसी तरह उसे घर लेकर आया था।

'तुमने कल उसे साड़ी नहीं दी माँ! अब वह मर गई पानी में डूबकर। माँ, तुमने उसे साड़ी क्यों नहीं दी ?' अमोलक माँ को देखते ही फिर बड़बड़ाने-सा लगा था। माँ को उसकी बात समझ में नहीं आ रही थी और किशोर ने रोते हुए बड़ी मुश्किल से उन्हें पूरी बात बताई थी।

अमोलक की माँ भी एकदम सन्न रह गई थीं। उन्होंने तुरन्त सम्पत चाचाजी को फोन कर उस मरी हुई लड़की के क्रियाकर्म का इन्तजाम करवाया था। इस घटना के कुछ दिन बाद उसी लड़की की माँ की भूख से अकड़ी हुई ठठरी नुक्कड़ पर लाश बनकर सम्पत चाचा के लिए एक और क्रियाकर्म की जिम्मेदारी बन गई थी।

अमोलक ठीक होकर सम्पत चाचा के साथ दिन-रात 'बंगाल रिलीफ कमेटी' के संग सेवाकार्य में लग गया था। एक दिन उसने कहा, 'अब पता चल रहा है कि न जाने कितनी लड़कियों ने इसलिए आत्महत्या की है क्योंकि उनके पास शरीर ढँकने तक को कपड़े नहीं थे। कितनी लड़कियों ने अपने-आपको इसलिए बेचा कि उनके पेट की भूख उनकी अँतड़ियों को खाने लगी थी। आदमी के अन्दर जो इनसानियत नाम की चीज है न किशोर, उसे पेट की आग लील जाती है—पति के लिए पत्नी, पत्नी के लिए पति, सन्तानों के लिए बूढ़े माँ-बाप—यहाँ तक कि माँ-

बाप के लिए अपने बच्चे भी बिकाऊ चीज में बदल जाते हैं, यदि उन्हें बेचने से पेट की भूख मिट सके।'

किशोर रोज अखबार में यह सब पढ़ रहा है जिसे अमोलक अपनी आँखों से देख रहा है और उसे बता रहा है। किशोर ने खुद पचासों लाशें सड़कों पर पड़ी देखी हैं जो भूख से मरे हुए लोगों की हैं। एक दिन तो उसने सेंट्रल एवेन्यू पर पुटीराम की मिठाई की दुकान के बाहर एक मरे हुए बच्चे की लाश देखी। उस दिन से वह बहुत कम खाने लगा है। अचानक उसकी भूख कम हो गई है। मिठाई तो वह बिलकुल नहीं खा सकता।

किशोर सप्ताह के छह दिन एक यंत्र के रूप में बदल जाता है जहाँ न उसका अपना दिमाग काम करता है और न उसका दिल। वह दिन-रात दुकान पर मेहनत से काम में जुटा रहता है। मामाजी लोगों को फौज की हरी वर्दी, तारपोलिन और कम्बल सप्लाई करने का टेंडर मिल गया है, जिसके कारण न काम का अन्त है और न मुनाफे का। वहाँ इन सब हवाई आदर्शों की किसी को जरूरत नहीं है कि गांधी-नेहरू सब जेल काट रहे हैं और अंग्रेजों की लड़ाई में मदद करना अपने देश से द्रोह करना है। यहाँ सब चाँदी काटने में लगे हैं।

मँझले मामा पर काम का जैसे नशा सवार हो गया है—बीस बरस की आयु में विधुर होकर उन्होंने धन कमाना ही अपने जीवन का ऐकान्तिक लक्ष्य बना डाला है। मँझली मामी के टायफॉइड होकर बहुत बीमार पड़ने और मरणासन्न होने की खबर सुन मामा रामगढ़ गए थे मामी से मिलने। मामी ने उनसे कहा, 'तुम्हारा क्या है—तुम तो दूसरा ब्याह रचा लोगे मेरे मरते ही। मुझे दुख अपने माँ-बाप का है। वे जीते-जी मर जाएँगे मेरे चले जाने से।'

मामी की बात मँझले मामा के दिल को चुभ गई। उन्होंने कह दिया, 'तुमने मुझे क्या समझ रखा है? तुम्हारा पति इतना सस्ता नहीं है। जाओ, तुम्हें मैं वचन देता हूँ कि मैं दूसरा विवाह नहीं करूँगा।'

किशोर को फर्रूखाबाद जाते समय बनाई गई मामी की आँसुओं की पूड़ियाँ याद आती हैं। दोनों ने एक-दूसरे को पूरी तरह जाना भी नहीं और हमेशा के लिए बिछड़ गए। लेकिन मँझले मामा उसी डोर से बँधे हैं जिसका दूसरा सिरा कहीं नहीं। किशोर की माँ उनके इस निर्णय पर बहुत दुखी हैं, 'आगे जाकर एकदम अकेला हो जाएगा। सब अपना-अपना संसार ले बैठेंगे और उसका कोई नहीं रहेगा।' पर मँझले मामा अपने निर्णय पर अटल हैं। किशोर कई बार सोचता है कि कैसी मूर्खता है यह! इधर मामा अकेले हैं और उधर शान्ता भाभी। कितना अच्छा हो कि दोनों की एक-दूसरे से शादी हो जाए! पर ऐसा सुझाव जीभ पर लाने की हिम्मत नहीं है उसकी। आखिर जो स्थिति है, वह तो सबके सामने है। शायद सभी के मन में ऐसी बात आती है, पर कोई यह बात कभी कहेगा नहीं, किशोर जानता है।

किशोर बिना सोचे-समझे सप्ताह में छह दिन काम में लगा रहता है। सिर्फ सातवें दिन वह वापस जिन्दा आदमी बन जाता है और उसे उस किशोर से और उसकी मजबूरियों से नफरत होती है, जो सिर्फ अपने पेट की सोच सकता है। उसके सिर के पीछे की गुठली शान्तनु के उसके जीवन से चले जाने के साथ अचानक ही गायब हो गई है और अब तो उसे याद भी नहीं आता कि कभी उसे चोट लगी थी। न ही उसे मुर्शिदाबादवाले स्वामीजी की कोई बात याद आती है, जैसे वह सब किसी और जन्म में किसी और किशोर के साथ घटी बातें हों! बातें और कल्पनाएँ कितनी भी अच्छी हों, पर जो है, उससे तो किसी तरह बचा नहीं जा सकता। अमोलक और शान्तनु में एक बहुत बड़ा फर्क किशोर को महसूस होता है—अमोलक किसी आदमी को इस कदर उसकी जड़ से नहीं उखाड़ता कि उससे कोई अपने दिल की बात ही न कर सके।

अमोलक किशोर के हालात और उसकी मजबूरियों को समझता है। इसीलिए वह किशोर से उसके सप्ताह के उन छह दिनों की बात नहीं करता, जो उसके अनुसार फिलहाल किशोर के 'गिरवी' दिन हैं—माँ और भाभी के लिए गिरवी रखी जिन्दगी। लेकिन हर आदमी को सात दिनों में से एक दिन अपनी मर्जी से जीने का अधिकार है और अगर वह ऐसा कर पाता है, तो वह कम-से-कम एक खरीदा हुआ गुलाम नहीं है। वह अपने अस्तित्व के बोध के साथ जी रहा है। अमोलक के दिलाए हुए इसी विश्वास के साथ रविवार के दिन किशोर अमोलक को उसके काम में मदद करता है क्योंकि बकौल अमोलक, 'जहाँ इतने लोग आँखों के सामने मर रहे हों, वहाँ आँखें मींचकर जीने की कोशिश करना आत्महत्या है।'

'आत्महत्या ?'—किशोर उस दिन पूरे समय अमोलक के द्वारा प्रयोग किए गए इस शब्द के बारे में सोचता रहा। अमोलक दिन-ब-दिन बड़ा गम्भीर होता जा रहा है। प्राय: वह शब्दों का इस्तेमाल इस तरह करता है कि शब्दों के अर्थ बदल जाते हैं, वरना 'जीने की कोशिश' भला 'आत्महत्या' कैसे हो जाएगी ? ये तो दोनों एक-दूसरे के विपरीत हैं।

तभी किशोर को मिदनापुर से आया साठ साल का निमाई हालदार सड़क पर एक दिन भीख माँगता मिला।

'पहले पिछले साल तूफान आया, फिर बाढ़। हमारा तो सब कुछ उसी में खत्म हो गया बाबू—घर-बाड़ी, फसल, अनाज, बकरियाँ और बर्तन। बाजार में चावल ही नहीं था और था भी तो उसका पहले से छह गुना दाम देने को हमारे पास पैसे कहाँ से आते ? कोई कहता कि सरकार ने सारा चावल फौज के लिए कलकत्ता भेज दिया है। कोई कहता, हर साल की तरह बर्मा से चावल नहीं आ रहा क्योंकि वहाँ जापानी लोग आ गए हैं। हमने घास खाई। मेरा एक लड़का घास नहीं पचा पाने के कारण उलटी-टट्टी करता मर गया। फिर हमने पत्ते खाए, जंगली जड़ें खाईं, घोंघे खाए।

'सरकार ने हमारी नौकाएँ छीन लीं—नहीं तो कम-से-कम हम मछली मारकर खा सकते थे। बोलते थे, जापानी लोग आएँगे तो उनको नौका नहीं मिलनी चाहिए। हम लोग क्या करते बाबू? मेरे दूसरे लड़के ने मेरे इकलौते पोते को गला घोंटकर जान से मार डाला क्योंकि वह खाने के लिए रो रहा था। तब और बरदाश्त नहीं कर सका मैं। उन लोगों के साथ और नहीं रह सका। रात को भाग निकला वहाँ से। हम लोग सब राक्षस बन गए थे—राक्षस!'

किशोर उसकी बातें सुनकर सन्न रह गया था। उसने देखा कि बूढ़ा रो रहा था, पर उसकी आँखों से आँसू नहीं निकल रहे थे। बस, उसका चेहरा रो रहा था।

उस बूढ़े की कथा सुनकर किशोर को अचानक अमोलक की 'आत्महत्या' वाली बात समझ में आ गई थी। हम सब मरे हुए लोग हैं। तभी हम जी पा रहे हैं—खा रहे हैं, हँस-बोल रहे हैं, खरीद रहे हैं, भविष्य की योजनाएँ बना रहे हैं।

रविवार को अमोलक की बहन के साथ भवानीपुर में ठेले पर भूखे लोगों की भीड़ को रोटियाँ बाँटते मामाजी के किसी कारिन्दे ने किशोर को देख लिया। अगले दिन माँ के साथ किशोर की सुबह-सुबह मामाजी के घर पेशी हुई। तब माँ ने मँझले मामा को कहा, 'हाँ, किशोर करेगा यह काम। इस काम में कोई बुराई नहीं है। भूखों को रोटी खिलाना कब से गलत हो गया भैया? किशोर ने मुझे नहीं बताया, नहीं तो मैं इस काम के लिए इसे रोटियाँ बनाकर खुद देती।'

किशोर माँ को चुपचाप देखता रहा। मामाजी कुछ अकबका गए, 'नहीं बाई! मैं यह थोड़े ही कह रहा हूँ कि किशोर गलत काम कर रहा है। मैं तो यह कह रहा हूँ कि इसका वह दोस्त सही नहीं है। उसका तो बाप जेल काट रहा है। पर अगर हमारे साहबों को पता चल जाए कि हमारा भानजा किसके साथ मेल-जोल रख रहा है, तो हमारा ऑर्डर खारिज हो सकता है। बड़ा नुकसान हो सकता है फर्म का। हमने भी हिन्दू महासभा को पैसे दिये हैं लंगर चलाने को। क्या हम भूखों के लिए दान नहीं कर रहे हैं? पर महासभा वाले इस तरह सड़क पर खड़े होकर खुद रोटियाँ बाँटने को हमसे कहें, तो हम थोड़े ही चले जाएँगे? हर आदमी को अपना रुतबा बनाए रखना चाहिए कि नहीं, तुम ही बताओ?'

जवाब में माँ ने कुछ नहीं कहा था। बस, मुस्कराई थीं। उनकी मुस्कराहट से मामा को तिलमिलाते किशोर ने देखा था। वह मुस्कराहट उस रुतबे का उपहास कर रही थी, जो बड़े मामा के पतन के बाद मँझले मामा के लिए दिन-ब-दिन बढ़ता जा रहा था। किशोर समझ गया था कि वह मुस्कराहट मँझले मामा से यह पूछना चाह रही थी कि आज बड़े मामाजी का क्या रुतबा है? बड़े मामाजी अपनी गृहस्थी लेकर अलग रहने लगे थे और उन्हें एक दिन किशोर ने घोर आश्चर्य से सब्जी का थैला लेकर पैदल घर जाते देखा था। वह उन्हें देख छिप गया था जिससे बड़े मामाजी शर्मिन्दा न हों।

'आदमी की क्या कीमत है ? कीड़े-मकोड़े की तरह मरते हुए लोग—लाखों लोगों के भूख और बीमारी से मरने की स्थिति जब आदमी ही आदमी के लिए पैदा कर दे, तब यह समझना चाहिए कि अब मनुष्यता के लिए थोड़े से शब्द मनुष्य से बड़े हो गए हैं : देश, वतन, सरकार, सिद्धान्त, कर्तव्य, हक—सारे शब्द आखिर शब्द हैं। भूख से मरते एक आदमी के लिए इन बड़ी-बड़ी बातों का क्या अर्थ है ? इतने भूखे लोगों के खून से रँगे हुए हैं खुद ये लोग—तब किन सिद्धान्तों की बातें अंग्रेज कर रहे हैं ? चर्चिल ने कहा कि आदमी की गरिमा को स्थापित करने के लिए यह लड़ाई है। पर वे जिनसे लड़ रहे हैं, उनसे ये लोग खुद किस तरह बेहतर हैं ? कहते हैं कि हिटलर यहूदियों को कीड़े-मकोड़ों की तरह मार रहा है, लेकिन अंग्रेजों के दिल में यहाँ मरते लोगों के लिए कौन-सा दर्द है ?'

अमोलक की बातें किशोर के दिल में गहरे उतरती हैं। क्या सचमुच दुनिया में मानवता नाम की चीज खत्म हो जाएगी ? यहाँ कोई अनावृष्टि नहीं हुई, कोई सचमुच का अकाल नहीं पड़ा—आदमी ने यह अकाल बना दिया आदमी के लिए ? कल उसने अखबार में पढ़ा कि अमेरिका में एक सोलह साल के लड़के ने अपने पिता की हत्या इसलिए कर दी क्योंकि पिता ने उसे नए जूते खरीदने के लिए पैसे नहीं दिये थे। किसी के लिए कोई सिद्धान्त, किसी के लिए जूते—लेकिन मरता तो आदमी ही है। अकाल कभी होता नहीं, बनाया जाता है अकाल।

सोमवार को अमोलक ने किशोर को बुलवाने के लिए सुबह-सुबह एक आदमी भेजा था। किशोर ने घबड़ाकर माँ की ओर देखा। क्या बात है ? कल रात देर से तो घर आया है अमोलक के पास से। इतनी देर में क्या हो गया ? सोमवार के किशोर ने, जो सिर्फ मशीन की तरह काम की ही सोच सकता था, रविवार के किशोर को डराया था—कल को कोई मुसीबत में अमोलक के साथ वहाँ फँस गया तो ? दुकान नहीं जाने पर मँझले मामा की नाराजगी और बढ़ जाएगी। ऊपर से अगर कोई झंझट पड़ गया, तो गया काम से ! क्या करे वह ? माँ उसकी कशमकश समझ रही थी। उन्होंने कहा, 'तुम चले जाओ। मैं भैया से बात कर लूँगी।' माँ के इतना कहते ही किशोर को अपने डर और कमीनगी पर बहुत शर्म आई थी। वाकई वह एकदम कायर है। अमोलक अच्छी तरह जानता है कि उसे कितनी दिक्कत होगी आज आने में। पर फिर भी यदि उसने कहलाया है, तो जरूर कोई ऐसी बात होगी जिसमें उसे उसकी बहुत जरूरत होगी।

किशोर जब अमोलक के घर पहुँचा था, तो उसने हैरत से देखा कि अमोलक एक नौ-दस महीने के बच्चे को गोद में दोनों हाथों में लेटाए कुर्सी पर बैठा था। बच्चे के नंग-धड़ंग शरीर के पंजर की हड्डियाँ दूर से गिनी जा सकती थीं। उसके पतले सींक-से सूखे हाथ-पैर इस तरह लटके थे, जैसे उसमें जान न हो ! पर लड़के में जान थी, यह उसके पेट के बार-बार उठने और गिरने से जाना जा सकता था।

अमोलक ने किशोर की ओर देखा। उन आँखों में किशोर को ऐसी थकान और हताशा नजर आई, जैसी शायद उसने सिर्फ अपनी ही आँखों में शीशे में उस समय देखी थी जब वह ललित भैया को जलाकर आया था। किशोर सिहर उठा। कौन है यह बच्चा?—उसने आँखों से ही अमोलक से पूछा था।

'कल रात को कोई इस बच्चे को हमारे दरवाजे पर छोड़ गया है। कुछ पता नहीं चल रहा है कि वह कौन है, जिसका यह बच्चा है।' अमोलक ने बुझे-बुझे कहा।

किशोर ने तब गौर से बच्चे को देखा, तो उसे जैसे बिजली का झटका लगा। बच्चे की पलकें स्थिर थीं—वह पलकें बिलकुल नहीं झपका रहा था।

किशोर ने कुछ कहने के लिए मुँह खोला कि अमोलक ने कहा, 'डॉक्टर गौरमोहन ने देख लिया है। 'मैरेस्मस' कहते हैं इस बीमारी को—इसकी पलकों ने काम करना बन्द कर दिया है।'

किशोर से यह पूछा नहीं गया कि अमोलक ने उसे क्यों बुलाया है। वह चुप खड़ा रहा।

अमोलक ने कुछ अटकते हुए उससे कहा था, 'मैं...मैं...मैंने तुम्हें इसलिए बुलाया कि इसका कुछ करना होगा। मेरा मतलब है कि यह बचेगा नहीं। डॉक्टर ने कहा है। तब क्या करना होगा? मेरा मतलब... सम्पत चाचा शहर से बाहर के जिलों में गए हुए हैं। यह मर गया तो तुम बताओ क्या करना होगा?'

किशोर के अन्दर एक ठंडी लहर कलेजे से उठकर दिमाग तक चली गई थी। अमोलक नहीं जानता कि मरे हुए का क्या किया जाएगा, कैसे किया जाएगा। किशोर जानता है। उसने अपने भाई को फूँका है। उसे अनुभव है। वह अमोलक की ओर सूनी आँखों से देखता रहा।

दो घंटे के बाद उस बच्चे के पेट ने उठना-गिरना बन्द कर दिया था। किशोर और अमोलक उसे लेकर केवड़ातल्ला श्मशान घाट आए। वहाँ का दृश्य देखकर वे दोनों जड़ हो गए। लाशों पर लाशों के ढेर लगे थे जलाने के लिए। भयंकर दुर्गन्ध उठ रही थी। एक बच्चे की अधखाई लाश पड़ी हुई थी—किशोर ने अखबार में पढ़ा था कि कुत्ते बच्चों की पड़ी हुई लाशें खा लेते हैं।

'भूख आदमी को क्या बना सकती है—यह देखने के बाद अब क्या हम कभी जीवन की सुन्दरता के बारे में सोच सकेंगे? प्यार, ममता, त्याग, धर्म—अब क्या इन बातों का हमारे लिए फिर कभी पहले जैसा अर्थ रह पाएगा—निर्मल, निर्दोष अर्थ?' अमोलक कहता है।

सचमुच किशोर को लगने लगा है कि उसके अन्दर कुछ जमकर पत्थर की तरह ठोस हो गया हो! अब कहाँ होता है पहले की तरह दुख, यह सब देखकर?

अमोलक कहता है, 'सबसे बड़ा नुकसान तो मेरे लिए यही है कि मुझे अब कभी किसी का दुख देखकर दुख नहीं होगा। हमारे लिए अपने छोटे-छोटे कष्ट

कितने बड़े होते हैं! लेकिन जब हम दुख और कष्ट के तल को देख लें, तब छोटे कष्ट कितने मामूली लगने लगते हैं! तीन दिन पहले माँ ने कहा कि उसके पैरों में बहुत दर्द हो रहा है। मैंने कहा—अच्छा।—पहले वह कभी बहुत दर्द होने से मुझे कहती थी, तो मैं तुरन्त कहता था—लाओ, मैं दबा दूँ।—बाद में मैं रात भर यह सोचता हुआ जागता रहा कि मैं कितना बदल गया हूँ!'

वे दोनों उस बच्चे की लाश को बाकी की लावारिस लाशों के साथ छोड़ आए थे। एक स्वयंसेवी संस्था वहाँ उन लोगों को जलाने की व्यवस्था कर रही थी।

'यह सब देखते-देखते हमारी संवेदनाएँ धीरे-धीरे संख्याओं में बदलने लगती हैं—इतने लोग मरे, इतने रुपए खर्च किए गए,' अमोलक लंगर में काम करते-करते किशोर को बताता है, 'और फिर ऐसा होता है कि जब पिछले महीने सात हजार सात सौ लोग मरे और इस महीने चार हजार ही मरे, तो आदमी एक तरह का सन्तोष और खुशी तक महसूस करता है। सोचने लगता है कि स्थिति सुधर रही है। उसके दिल-दिमाग में संख्याएँ आदमियों की जगह ले लेती हैं।

'यहाँ सड़कों पर 'मा गो एक टू फेन दाओ' (माँ, थोड़ा-सा भात का माँड़ ही दे दो) कहकर भीख माँगते सैकड़ों बच्चों, सड़क पर जगह-जगह पड़ी लाशों और अखबारों में गाँवों में बच्चों को बेचने की खबरों के बावजूद अंग्रेज तो अंग्रेज—बंगाल की मुस्लिम लीगी सरकार के खाद्य मंत्री सुहरावर्दी को यह घोषणा करने में महीनों का समय लगा है कि बंगाल में अभूतपूर्व अकाल पड़ा है। अभी तक सरकार यही कोशिश करती रही है कि कैसे सच को झूठ में या अर्ध-सत्य में बदला जा सके—उसकी भयंकरता को कम करके दिखाया जा सके!'

किशोर अमोलक को यह सब कहते ध्यान से देखता है।

पलकें न झपकानेवाले उस लावारिस बच्चे की मौत ने जैसे अमोलक के अन्दर कोई ऐसा घाव पैदा कर दिया कि उसकी बाहरी शक्ल भी बदल गई है। वह देखता है कि अमोलक के होंठों के किनारों की तरफ गाल से नीचे उतरती रेखाएँ अचानक बहुत गहरी हो गई हैं। ये क्या दुख की शाश्वत रेखाएँ हैं? यही रेखाएँ माँ के चेहरे पर, छोटे मामा के चेहरे पर और खुद उसके चेहरे पर भी खुदी हुई हैं। क्या आदमी के पास इस दुख से बचने का कोई उपाय नहीं? यह सब सोचते-सोचते उसका दिल घबराने लगता है। सबसे अच्छा यही है कि कुछ सोचो मत। बस, जो काम सामने हो, उसी में लगे रहो। माँ की तरह। छोटे मामा की तरह।

अमोलक को एक मिनट खाने-सोने तक की फुरसत नहीं है। सम्पत चाचा देश में जगह-जगह स्थापित सहायता कोषों और दक्षिण और पूर्वी अफ्रीका और लंका के प्रवासी भारतीयों के संगठनों से प्राप्त रुपयों से बंगाल के लिए अनाज खरीदने और दान में प्राप्त अनाज को बंगाल के गाँवों में वितरित किए जाने के लिए जगह-जगह घूम रहे हैं। कलकत्ते का काफी कुछ काम अमोलक जैसे कुछ लड़कों के जिम्मे है।

एक दिन अमोलक घर लौटते समय अपने मोहल्ले के नुक्कड़ पर अपने एक हमउम्र लड़के से मिला जिसके साथ वह कभी फुटबॉल खेला करता था। 'क्या तुम बीमार थे इन दिनों?' अमोलक ने उसके सूखे दुबले चेहरे को देखकर पूछा।

'नहीं तो!' कहकर लड़का धीरे से हँसा।

उसकी हँसी से अमोलक के मन में सन्देह हुआ और वह पानी पीने के बहाने उसके साथ उसके घर चला गया। वहाँ उसने देखा, उसकी माँ, बहन और छोटे भाई का भी ऐसा ही हाल है। उस लड़के के पिता किसी कपड़ा मिल के दफ्तर में काम करते थे।

'मैं उन लोगों की हालत देखकर समझ गया कि ये लोग इतने स्वाभिमानी हैं कि किसी से यह नहीं कह सकते कि तीस रुपए मन का चावल खरीदने की इनकी हिम्मत नहीं है, न ही ये लंगर पर जाकर खाना खा सकते हैं। मेरे खयाल में वे लोग सप्ताह में चार-पाँच दिन उपवास कर रहे थे। मध्यवर्ग का आदमी किसी से भीख नहीं माँग सकता। इनके लिए भी हमें कुछ करना चाहिए।' अमोलक ने किशोर से कहा।

उसके बाद उसने सम्पत चाचा के साथ मिलकर ऐसे लोगों के लिए दस रुपए मन चावल बेचने की एक योजना बनाई थी।

रिलीफ कमेटी के सदस्यों ने अपने राशन कार्ड बनाकर घर-घर जाकर बाँटे थे जिससे वे सस्ते में कमेटी की दुकानों से चावल खरीद सकें। अमोलक के साथ एक रविवार के दिन ये राशन-कार्ड बाँटते समय किशोर ने देखा था कि किस तरह अकाल की छाया घर-घर पर जैसे ग्रहण की तरह लग गई है। प्राय: लोगों ने कार्ड ले लिये पर किसी तरह की कृतज्ञता नहीं दिखाई। यह देखकर किशोर को बहुत आश्चर्य हुआ। वह उम्मीद कर रहा था कि उन लोगों के चेहरे खिल उठेंगे—वे गद्गद हो उठेंगे, जिन्हें ये कार्ड मिलेंगे। पर ऐसा कुछ नहीं हुआ। बल्कि उनके बुझे चेहरे और बुझ गए। कुछ लोगों ने तो कार्ड लेते समय उनसे आँखें तक नहीं मिलाईं।

'मरने के भय से आदमी मौत के पहले ही मर जाता है और मरा हुआ आदमी उत्साह, खुशी, कृतज्ञता कैसे अनुभव कर सकता है?' अमोलक ने उसे कहा कि वह पहले ही जानता था कि कई लोग कार्ड लेने की मजबूरी के कारण तिक्तता भले ही दिखाएँ, पर कृतज्ञता तो कम-से-कम नहीं प्रकट कर सकेंगे। 'कैसे बंगाल की रीढ़ तोड़ दी है इन अंग्रेजों ने! जिस बंगाल की संवेदनशीलता, भावुकता और जोश के किस्से कभी खत्म नहीं होते थे, उस जाति को किस दयनीय अवस्था पर पहुँचा दिया है! ऊपर से अभी किसी अंग्रेज ने कहा है कि 'भारत छोड़ो' आन्दोलन में सबसे अधिक उत्पात मिदनापुर में मचा था, इसीलिए ईश्वर ने उन्हें दंड दिया है। मुझे लगता है कि ये लोग खुद बंगाल से चिढ़कर उसे दंड देना चाहते थे—तभी इतने लोगों को मर जाने दिया। कितना अन्तर है एक बंगाली बच्चे में और दूसरे प्रान्त

के बच्चे में! हमारे मोहल्ले में बच्चे खेल-खेल में एक जुलूस बनाकर निकालते थे दो साल पहले—ना एक पाई, ना एक भाई (न एक पाई देंगे, न एक भाई देंगे—अंग्रेजों को युद्ध में लड़ने के लिए)। अभी सम्पत चाचा अनाज की खरीद करने लायलपुर और हिसार गए तो वहाँ बच्चों के मुँह से उन्होंने फौज में भर्ती करनेवालों का एक गाना सुना—भरती हो प्यारे रंगरूट, भरती हो। अठे मिले तनै फट्या लीतरा, बठे मिलै फुल बूट, अठे मिलै तने रूखी रोटी, बठै मिलेगा फूट (यहाँ तुम्हें फटे कपड़े मिलते हैं, वहाँ फुल बूट मिलेगा)।'

किशोर को हँसी आती है यह गाना सुनकर। वह हँसता ही जाता है। उसकी हँसी रोके नहीं रुक रही। अमोलक उसे पहले कौतूहल से, फिर आश्चर्य से और फिर कुछ चिढ़ के साथ देखता है। किसी को बहुत अधिक—बेहिसाब हँसते देखना हर आदमी को कुछ मुश्किल में डालता है। किशोर अमोलक को चिढ़ते देखता है और किसी तरह अपनी हँसी को दबाता है।

'बात यह है अमोलक, मुझे इसलिए इतनी हँसी आ रही है कि अचानक मेरे दिमाग में मँझले मामा की एक तस्वीर आ गई थी—फौजी पोशाक में फुल बूट पहने। अंग्रेज साहबों को खुश करने के लिए उन्होंने फौजियों के लिए घर की औरतों से स्वेटर, मोजे, मफलर बुनवाकर भेजे थे। मुझे लगता है कि उनके साहब अगर ऑर्डर देते कि तुम्हें भी वर्दी-बूट पहनकर लड़ने जाना है, तो मामा तैयार हो जाते।'

अमोलक हल्के से मुस्कराकर रह जाता है। कुछ कहता नहीं।

किशोर अचानक गम्भीर हो जाता है। उसे मामा का मजाक नहीं बनाना चाहिए था। अब अमोलक भी कुछ-न-कुछ कहेगा उन लोगों के लिए। पर अमोलक चुप रहता है—वह सीधे-सीधे या घुमा-फिराकर भी मामा लोगों पर कोई आक्षेप नहीं करता।

अमोलक क्या बिलकुल नीरस बनता जा रहा है?—किशोर को कई बार ऐसा महसूस होता है, जैसे अमोलक किसी भँवर में फँस गया हो और उसमें से निकलना उसके लिए असम्भव होता जा रहा हो! यह क्या है, वह ठीक-ठीक नहीं जानता। पर किसी की आत्मा पर कोई घटना इतना गहरा घाव छोड़ दे कि वह कभी भरे ही नहीं—इसमें कहीं कोई गड़बड़ है। आखिर जिन्दगी को आगे बढ़ते जाना है। उसने क्या खुद कम दुख झेला है? पर वह अब भी हँस सकता है। जीवन के प्रति उसका आकर्षण रत्ती भर भी कम नहीं हुआ। अमोलक इस तरह का क्यों हो रहा है? एक आजाद और सुखी भारत का सपना अमोलक के लिए एक बहुत बड़ा सपना हो सकता है लेकिन इस तरह क्या अपने-आपको नष्ट कर डालना ठीक है? उचित है? इस सपने का उस जीवन से क्या विरोध हो सकता है, जो अपने पूरे रंग-राग के साथ चारों ओर बिखरा हुआ है?

किशोर कभी-कभी एक दुकानवाले से छिपकर कुछ किताबें ले आता है—कुछ चित्र, कुछ उपन्यास। इसमें बुराई क्या है? इस उम्र में यह तो सभी करते हैं। लेकिन अमोलक से वह इस तरह की कोई बात नहीं कर सकता। अमोलक के लिए जीवन का यह पक्ष जैसे है ही नहीं। देश, समाज, जाति—तमाम दुनिया भर की फिक्र है उसे। पर पता नहीं, वह अपने जीवन के बारे में कुछ सोचता है या नहीं!

'अगर सचमुच विचार किया जाए तो एक कौर भी गले से नीचे नहीं उतारा जा सकता। इतना अन्याय है चारों ओर। आदमी जैसे आदमी का मांस खा रहा है!' अमोलक की इस तरह की बातें किशोर को हतप्रभ कर जाती हैं। वह भौंचक्का-सा सुनता है। कुछ कह नहीं पाता। क्या कहे? युद्ध और अकाल से पैसे कमानेवालों को वह जानता है। अस्पतालों के कूड़े में मवाद-खून से लिथड़े कपड़ों में खाने की चीज तलाशते आदमियों के ढाँचों को उसने देखा है। मरी हुई माँ के स्तन से लगे हुए शिशु को भी। पर फिर भी, इस तरह का सोच तो अमोलक को जीने नहीं देगा। उसे डर-सा लगता है अमोलक के लिए। पर वह क्या करे, क्या कहे उसे, वह समझ नहीं पाता। बस, उसे लगता है कि इस तरह इतना सोचना नहीं चाहिए। ज्यादा सोचना ही गलत है।

हर रविवार को किशोर अमोलक को कुछ और गम्भीर पाता है। पर इस बार तो पिछले छह दिनों में उसे न जाने क्या हुआ था—ऐसा लगता था जैसे उसकी आत्मा में कोई घुन लग गया हो: उसकी आँखें बाहर निकल आई थीं और उनके चारों तरफ काले चक्कर से थे। अमोलक ने उसकी तरफ देखकर आँखें हटा ली थीं। हर बार की तरह हल्के से मुस्कराया तक नहीं था। किशोर का दिल आशंका से जकड़ा गया—जरूर कोई नई बात है।

उसने लंगर में काम करनेवाले एक-दूसरे आदमी से पूछा तो उसने बताया, 'किशोर भैया, क्या बताएँ, आपके दोस्त को क्या हुआ है! इस तरह तो वे अपनी जान ही दे देंगे। मंगलवार को एक आदमी आया था खाना लेने। उसने शायद बहुत दिनों से कुछ भी नहीं खाया था। वह खिचड़ी पर टूट पड़ा था और दो मिनट में पूरी पत्तल साफ कर गया। फिर दुबारा लाइन में लगकर उसने खिचड़ी ले ली। बस, उसके पेट को सहन नहीं हुआ। तुरन्त उसने उलटी कर दी और देखते-ही-देखते यहीं प्राण छोड़ दिए। बड़ा भयानक दृश्य था। हम सबका मन इतना खराब हुआ कि क्या बताएँ! पर आपके दोस्त तो तब से ऐसे हो गए हैं। पत्थर-से हो रहे हैं। मैं सोचता हूँ कि सम्पत बाबू को जाकर कहूँ कि आप इन्हें सँभालें। इन्हें कहीं और किसी काम में लगा दें। ये सहन नहीं कर पा रहे हैं यह सब।'

किशोर को लगा था कि उसे जिस बात का डर था, वही घट रही है। अमोलक के अन्दर कुछ ऐसा टूट गया है, जो जुड़ नहीं पाएगा।

'क्यों अमोलक, तुम्हारे गांधीजी क्या बिलकुल नहीं हँसते?' उसने मौका पाकर पूछा।

अमोलक ने उसकी तरफ आश्चर्य से देखा, 'क्यों नहीं? बहुत हँसते हैं। बच्चों की तरह एक सरलता है उनमें।'

'तब तुम क्यों ऐसे होते जा रहे हो?' किशोर ने कह ही दिया।

अमोलक एक क्षण चुप रहकर बोला, 'तुम ठीक कहते हो। गांधीजी पर इस उम्र में इतना भार है, पर फिर भी वे हँसते हैं। मुझे ऐसा लगता है, जैसे मेरी आत्मा पर किसी ने लोहे का पहाड़ रख दिया हो! मैं हँसना-बोलना ही भूल गया हूँ। यह मेरी कमी है सचमुच। मुझमें आत्मशक्ति की कितनी कमी है, यह इसी से पता चलता है। मुझे अपने को बदलना होगा।'

'मुझे अपने को बदलना होगा'—अमोलक के मुँह से निकले ये शब्द किशोर को तुरन्त स्कूल के दिनों की ओर ले गए थे, जब राष्ट्रीय स्वयं सेवकसंघ में दीक्षित लक्ष्मीचन्द के साथ टिफिन के समय अमोलक का खूब झगड़ा हुआ था। लक्ष्मीचन्द ने अमोलक को सुनाते हुए गांधीजी के लिए कहा था, 'गांधी तो असल में मुल्ला गांधी है। तुम्हें पता है, उसका असली नाम मोहम्मद करीम गांधी है—मोहनदास करमचन्द नहीं। तभी तो वह हमेशा मुसलमानों के पक्ष की बात करता है...।'

अमोलक ये बातें सुनकर आपे से बाहर हो गया। उसने बिना सोचे-समझे लक्ष्मीचन्द का कॉलर पकड़ लिया और उसे अंग्रेजों का दलाल, टोडी-बच्चा आदि कहकर गालियाँ देने लगा। किसी से कभी झगड़ा न करनेवाले अमोलक का यह रूप देखकर एक बार लक्ष्मीचन्द भी सन्न रह गया। फिर उसे रोज सुबह की कवायद और लाठी भाँजना याद आ गया और उसने अमोलक को ऐसा धक्का दिया कि अमोलक पीठ के बल दूर जा गिरा। तब तक बहुत सारे लड़के इकट्ठा हो गए और बीच-बचाव कर दोनों को अलग-अलग दिशा में ले गए।

अमोलक यह अच्छी तरह जानता था कि अगर बात ऊपर हेडमास्टर या मैनेजिंग कमेटी तक गई तो कसूरवार उसे ही ठहराया जाएगा। 'शायद ये लोग उस दिन चैन का पानी पीएँगे जिस दिन मैं स्कूल से निकल जाऊँगा। अन्दर-ही-अन्दर ये सब हिन्दू महासभा को पैसा खिलानेवाले लोग हैं। वे भी, जो ऊपर से कांग्रेसी होने का नाटक करते हैं। मुसलमानों से नफरत करना ही इनके आपस में प्रेम का कारण है। लक्ष्मीचन्द ने जान-बूझकर मुझे चिढ़ाने के लिए गांधीजी के लिए ऐसा कहा क्योंकि उस दिन साहित्य-सभा में मैंने कहा था कि हमें ऐसी भाषा की जरूरत है जिसे मुसलमान और हिन्दू समान रूप से अपनी भाषा मान सकें। इस बात पर लक्ष्मीचन्द ने बहुत हो-हल्ला किया था—यहाँ तक कि सभा खत्म कर देनी पड़ी थी। तभी से वह बदला लेने की ताक में था।'

अगले दिन स्कूल में अन्दर-ही-अन्दर इस घटना को लेकर उत्तेजना थी कि आज क्या होगा। सब भौंचक्के रह गए थे, जब अमोलक ने लक्ष्मीचन्द के पास

जाकर अपने कल के व्यवहार के लिए माफी माँगी और कहा, 'मुझे अपने को बदलना होगा।'

किशोर को बहुत निराशा हुई थी और शान्तनु ने तो इसे सीधे-सीधे अमोलक का गांधी बनने का नाटक बताकर खारिज कर दिया था। किशोर और शान्तनु दोनों ही आज मन में तैयारी करके आए थे कि लक्ष्मीचन्द ने कुछ गड़बड़ की तो उसकी पिटाई करेंगे। वे दोनों टिफिन के समय अमोलक से कटे-कटे से रहे। तब अमोलक ने खुद ही आकर उनसे कहा, 'कल सारी रात मुझे बड़ी ग्लानि होती रही। किसी की मान्यता सही हो या गलत, हम उस पर हिंसा करके उसे जबरदस्ती नहीं बदल सकते। मुझे खुद मालूम नहीं था कि मेरे अन्दर इतनी हिंसा छुपी है। मैं तो खुद अपने से हार गया, दूसरों को मैं क्या बदल सकूँगा?'

शान्तनु ने गुस्से से कहा, 'तुम अपने को ही बदलते रहो। बदलने की भी क्या जरूरत है, इसी तरह रिरियाते रहो। लेकिन दूसरों को बदलने का सपना भूल जाओ। देख लेना, किसी को न तुम्हारे गांधीजी बदल पाएँगे और न तुम। ये भेड़िए दिन-ब-दिन खूँखार हो रहे हैं—मुस्लिम भेड़िए हों या हिन्दू, इन्हें तो सुभाष बाबू जैसा कोई नेता ही ठिकाने लगा सकता है। अभी भारत सेवाश्रम संघ की सभा हुई थी माहेश्वरी भवन में। वहाँ गए होते तो आँखें खुल जातीं तुम्हारी। शिव का बड़ा-सा त्रिशूलधारी चित्र लगाया था और 'दैत्यों' को मारने के लिए उकसाया जा रहा था। हर हिन्दू को सिपाही बनने के लिए ललकारा जा रहा था। मारवाड़ियों को अपना पैसा हिन्दू धर्म की रक्षा के लिए देने के लिए कहा जा रहा था। तुम रटते रहो अपनी अहिंसा, अहिंसा। उससे कुछ होने-जानेवाला नहीं है। बदलते रहो अपने-आपको...।'

शान्तनु की यह बात किशोर को आज अचानक बहुत जँच रही थी। उस समय किशोर ने इन बातों को शान्तनु के सुभाष-प्रेम की अभिव्यक्ति मानकर बहुत गौर नहीं किया था। पर अब अमोलक का यह नीरस, जिजीविषाहीन गम्भीर चेहरा उसकी आत्मा पर भी एक बोझ हो चला था। दुख और मनहूसियत कोई ऐसी चीजें तो नहीं कि आदमी उन्हें सदा गले लगाकर रखे! अपने को बदलना होगा—क्या यही सोचते-सोचते जीना, जीने का कोई तरीका है?

क्या सही है और क्या गलत है—इसका जब तक निर्णय न हो जाए, तब तक क्या बदलना है और किसे बदलना है? और कौन करेगा यह निर्णय? सच है कि वे लोग गए-गुजरे लोग हैं जो हँस-बोल रहे हैं, खेल-खा रहे हैं क्योंकि उन्हें कोई मतलब नहीं कि दुनिया का क्या हो रहा है। आदमी में करुणा होनी चाहिए लेकिन क्या करुणा का इस कदर इतना बढ़ जाना ठीक है कि वह खुद को ही खा जाए? क्या आदमी पूरी तरह दूसरों के लिए जी सकता है और सच पूछा जाए तो क्या यह उचित है?

किशोर अमोलक को हाथ बढ़ाकर रोक लेना चाहता है, 'दोस्त, रुक जाओ। जिन्दगी भर इस आग पर चलना बड़ा मुश्किल होगा। थोड़े से हमारे जैसे भी बनो।

थोड़ी अपनी भी सोचो। देखो, तुम्हारे कपड़े कितने घिस गए हैं! चलो, खादी भंडार से ही सही, दो जोड़ी नए कपड़े और चप्पल खरीदो।' लेकिन वह पाता है कि शब्द उसके गले में फँस जाते हैं। न जाने उसके गले से शब्द बाहर क्यों नहीं आते, उसके बदले उसे अमोलक की बातें याद आती हैं, 'देखो, गांधीजी को। तुम्हें मालूम है कि यह 'नंगा फकीर' कभी कितने शानदार कोट-सूट पहनता था? उसने यह सब इसलिए छोड़ा ताकि देश का गरीब-से-गरीब आदमी उसे अपना मान सके। हम लोगों के पास कितनी चीजें हैं, कितने कपड़े हैं!'

अमोलक की ये सब बातें सुनकर किशोर का मन कैसा-कैसा हो उठता है। कई बार उसे लगता है कि उठकर कहीं भाग जाए और कभी लौटकर न आए। नहीं बन सकता वह अमोलक जैसा। कतई नहीं बन सकता। बल्कि अमोलक के खस्ताहाल कपड़ों के कारण उसे अमोलक के साथ रास्ते पर कई बार चलते हुए शर्म आती है—कहीं कोई उसे देख न ले।

कल की ही बात है कि हरिसन रोड के पास उसने अमोलक को देखकर अनदेखा कर दिया—बाद में भले ही वह ग्लानि के कारण दिन-रात बेचैन रहा। कैसे कर सका वह अमोलक के साथ ऐसा? कौन थे वे लोग जिनका उसे डर था और क्यों था उसे यह डर? लेकिन वह यह भी जानता है कि इस डर से मुक्त होना उसके लिए आसान नहीं है। शायद फिर ऐसा होगा और वह फिर हरिसन रोड पर अमोलक से मिलते झिझकेगा।

जब से यह घटना हुई है, तभी से बार-बार किशोर के मन में यह सवाल उठ रहा है कि अमोलक ने उससे किसलिए दोस्ती रखी है? या क्या उन दोनों के बीच जो कुछ है, वह सचमुच दोस्ती है? अमोलक के साथ रहकर किशोर को अपने जीने का कोई मकसद, कोई अर्थ मिलता है, पर अमोलक को उसे अपने साथ रखकर क्या मिलता होगा? विदेशी कपड़े बेचनेवाला एक दुकानदार—यही तो है न वह? और कितना मामूली! क्षुद्रताओं और अहंकार से भरा हुआ। हर वक्त अपना नफा-नुकसान सोचनेवाला। उसके जीवन में क्या आदर्श है? क्या लक्ष्य है उसका? सिवाय अपनी बढ़ोतरी के? तब भी अमोलक उसे अपना दोस्त मानता है। उसे कभी अपमानित नहीं करता। कभी उसे ऐसा महसूस नहीं होने देता कि वह कितना तुच्छ है। कभी उसके मामा लोगों के बारे में ऐसी-वैसी बात नहीं कहता, जबकि वह यह जानता है कि पैसे कमाने के बाद मँझले मामा फिर हिन्दू महासभाई हो रहे हैं और हिन्दू महासभा को चन्दा दे रहे हैं। तो क्या अमोलक को भी उससे कुछ मिलता है? क्या हो सकती है वह चीज?

अचानक किशोर के मन में एक सन्देह उठा—क्या वह अमोलक के लिए खुद से अपने को महान साबित करने का पैमाना है, तुलना करने का एक आधार मात्र है? या ज्यादा-से-ज्यादा अमोलक के अन्दर बनी दुनिया के बाहर दूसरी दुनिया की

जानकारी का साधन-भर ?...हर आदमी की दुनिया उसका अपना निर्माण है और आदमी कितना भी उसके अन्दर ही रहना चाहे, पर फिर भी उसे जरूरत महसूस होती है कि वह पूरी तरह दूसरों की दुनिया से कट न जाए! सिर्फ एक पागल को ही ऐसी कोई जरूरत नहीं होती—वरना शायद साधु-सन्त भी इस जरूरत से परे नहीं हैं! तो क्या किशोर अमोलक की इसी जरूरत को पूरा करता है ? एक साधारण, आम, मामूली आदमी को पास रखने की जरूरत—ताकि वह पागल न हो जाए ?

किशोर का मन यह सब सोचकर बहुत उद्विग्न हो गया, 'कैसे इतने दिनों तक यह सच्चाई मुझे दिखाई नहीं पड़ी कि अमोलक किसी से मेरा परिचय क्यों नहीं कराता ? वह बहुत शर्मिन्दगी महसूस करता होगा कि उसका मेरे जैसा दोस्त है। सम्पत चाचा को उसने सिर्फ अपना दोस्त बताकर मेरा परिचय करवाया था—मैं क्या करता हूँ, मेरे मामा कौन हैं—यह सब बताने की उसने कोई जरूरत तक नहीं समझी। लंगर पर काम करनेवाले दूसरे लोग शायद मेरा पूरा नाम तक नहीं जानते। उफ्! इतने दिनों तक यह बात कैसे मेरी समझ में नहीं आई ? उसने मुझे अपने पिता से कभी ढंग से नहीं मिलाया। अपने घर बुलाने से भी शायद वह कतराता रहा है—लेक रोड दूर होने का तो सिर्फ बहाना था। हम लोग हमेशा शान्तनु के घर पर ही मिलते रहे। अब शान्तनु के बम्बई चले जाने पर तो उसके घर जाना एक मजबूरी है। और उसके घर में ऊपर तो मैं सिर्फ एक-दो बार ही गया हूँ। नीचे से आवाज लगा देता हूँ और वह नीचे उतर आता है।'

किशोर के मन में यह सब सोचते-सोचते यह निश्चय पक्का होता गया कि उसके और अमोलक के बीच दोस्ती की कोई वजह नहीं। इस बार वह अमोलक से कह देगा कि उसे किशोर पर तरस खाने की कोई जरूरत नहीं। दुनिया में हजारों-लाखों उसी की तरह जीते हैं और मर जाते हैं। वह गया-गुजरा ही सही। नहीं करनी उसे किसी की सेवा। अब से वह अपने लिए ही जिएगा और अपने लिए ही मरेगा। कितने अहंकारी हैं ये लोग! कितना दंभ है इनमें! फटेहाल फकीर की तरह रहते हैं ताकि दूसरों को यह बता सकें कि देखो, हम कितने महान त्यागी और परमार्थी हैं! वैसे भी इन लोगों की सारी बातें जड़ता से भरी हुई हैं। उन पर चलकर यह देश कभी उन्नति नहीं कर सकेगा। वहीं-का-वहीं खड़ा रह जाएगा। दुनिया आकाश में उड़ रही है और इनके गांधीजी कह रहे हैं कि देशी मिलों में बुने हुए कपड़े भी मत पहनो। खुद बुनो, खुद पहनो। कभी कहते हैं कि रेलों और अस्पतालों का नाश हो जाए तो मैं जरूर उसका स्वागत करूँगा—ये ऊँची संस्कृति के चिह्न नहीं हैं। और खुद खूब बैठते हैं रेल में। इसी से समझ लेना चाहिए कि इन लोगों के अन्दर कुछ और है, ऊपर कुछ और।

अगले दिन रविवार को किशोर देर तक सोता रहा और माँ के कई बार उठाने पर भी करवट बदलकर सो गया। 'आज अमोलक के घर नहीं जाना है ?' माँ के बार-बार पूछने पर वह उठकर बैठ गया।

'नहीं जाना है आज से।' उसने गुस्से से कहा।

'क्यों, क्या बात है? क्या फिर भैया ने कुछ कह दिया?' माँ ने चिंतित होकर पूछा।

'ऊँ हूँ!' कहकर किशोर फिर चुप हो गया।

'चलो, कारण बताओ, क्या बात है?' माँ ने उसके गुस्से को भाँपकर कुछ कड़ाई से पूछा।

किशोर ने जलती हुई आँखों से माँ को देखा और मुँह से थूक उड़ाता गुस्से में जो-सो बकता गया, 'बहुत समझता है अपने को। 'गांधी का पिट्ठू!' सब ढोंग है। मुझ पर तरस खा रहा है। मेरे जैसे गिरे हुए आदमी को सेवा में लगाकर मेरे पाप धुलवा रहा है। जब कमाना पड़ेगा, तब निकल जाएगी सारी हवा। मुझे बेवकूफ समझता है। आज तक अपने माँ-बाप-भाई-बहनों से मेरा परिचय तक नहीं कराया। सोचता है, मैं तो गधा हूँ। वह फटेहाल रहता है, तो क्या मैं भी उसी की तरह बन जाऊँ, तब उसके लायक बनूँगा?'

माँ उसकी सारी बकबक चुपचाप सुनती रही। इसके बाद एक शब्द भी बिना बोले उठकर चौके में चली गई। किशोर को माँ से यह उम्मीद नहीं थी। वह एकदम चुप बैठा रहा। माँ ने कुछ कहा क्यों नहीं? उठकर क्यों चली गई? तभी उसे बादलों को चीरकर निकलते सूरज की तरह दिख गया कि उसने अमोलक के बारे में जितनी बातें सोची और कही थीं, उसका एक ही कारण था। वह खुद अमोलक को हरिसन रोड पर अपना दोस्त बतलाने में कतरा रहा था और इसीलिए वह अमोलक के बारे में इतनी उलटी-सीधी बातें सोच रहा था। उसे माँ की यह बात याद आई थी कि 'आदमी के अन्दर एक चीज होती है—एक दूसरी बुद्धि जो हमेशा सच बोलती है। शायद उसे ही आत्मा कहते हैं। वह एक बार सच बोलकर वापस शेषशायी विष्णु की तरह सो जाती है। दुबारा नहीं बोलती।'—किशोर को लगा कि उस दूसरी बुद्धि ने जैसे किशोर के कान में सच्चाई फूँक दी है। वह झटपट तैयार होकर चौके की तरफ जाकर बोला, 'माँ, मैं अमोलक के घर जा रहा हूँ।'

माँ ने पीछे पलटकर देखा। उसके चेहरे पर एक बोझ उतर जाने के भाव देखकर किशोर मुस्कराया। माँ फिर घूमकर करछुल से कड़ाही की सब्जी चलाने लगी थी। किशोर ने जाने के पहले चौके के दरवाजे की चौखट को छूकर प्रणाम किया। माँ के अनदेखे ही।

14

द ग्रेट कैलकटा किलिंग

किशोर बाबू को दोपहर की मीठी और सपनेरहित नींद के धुँधलके में आभास हुआ कि कोई उनसे मिलने के लिए आया है और उनकी पत्नी यह कहकर उस आनेवाले को लौटाना चाहती हैं कि वे बीमार हैं और सो रहे हैं। किशोर बाबू ने तुरन्त उठकर पत्नी को आवाज लगाई, 'कौन है सरोज ? मैं जाग गया हूँ।'

किशोर बाबू की पत्नी हड़बड़ाई हुई अन्दर घुसीं और उन्हें चुप रहने का इशारा करती हुई फुसफुसाकर बोलीं, 'कोई नहीं है। वही संस्कृतवाले पंडितजी हैं—मैंने दरबान से कह दिया कि बोल दे कि बाइपास ऑपरेशन हुआ है। आप सो रहे हैं।'

किशोर बाबू की पत्नी ने देखा कि किशोर बाबू उनकी ओर उसी तरह देख रहे हैं, जैसे इन दिनों कोई बात पसन्द न आने पर देखते हैं। वे हकबका गईं—इन्होंने ही तो कह रखा था कि उपाध्यायजी कभी भी आएँ, तो उन्हें कह दें कि वे घर में नहीं हैं। पाँच साल पहले कही हुई बात भूल गए क्या ? इन पाँच सालों में तो संयोग से उपाध्यायजी कलकत्ता आए ही नहीं, वरना हर साल इलाहाबाद के किसी संस्कृत विद्यालय के लिए सौ रुपए का चन्दा माँगने चले आते थे। अन्तिम बार जब आए थे, तो किशोर बाबू पंडितजी से बहुत खफा हो गए थे। पंडितजी उस बार सौ रुपए की जगह किसी यज्ञ के लिए पाँच हजार रुपए माँग रहे थे। तभी किशोर बाबू ने कह दिया था कि आगे से वे पंडितजी से नहीं मिलेंगे क्योंकि उम्र के साथ-साथ उनका लालच बढ़ता ही जा रहा है।

किशोर बाबू गौर से अपनी पत्नी को देखते रहे। क्या माँ किसी व्यक्ति को इस तरह दरवाजे से लौटा सकती थी ? कभी नहीं। और वह भी उस व्यक्ति को, जो उनके लिए गुरुतुल्य है ? कितनी मेहनत की थी स्कूल के दिनों में पंडितजी ने उन पर! वे तो संस्कृत में फिसड्डी ही थे। पंडितजी बिना अलग से पैसे लिये उन्हें हिन्दी भी पढ़ा देते थे। किशोर बाबू की हिन्दी उन्होंने कितनी सुधार दी थी! तब पंडितजी कलकत्ते में नए-नए आए थे। किशोर बाबू ने उनके कई ट्यूशन लगवा दिये जिसके लिए वे किशोर बाबू का गुणगान करते कभी थकते न थे। किशोर बाबू

की लड़कियों और लड़के को हिन्दी-संस्कृत पढ़ाते समय वे आए दिन इस बात का जिक्र करते रहते थे कि किशोर बाबू ने ही उन्हें कलकत्ते में जमने में सबसे ज्यादा मदद की। बाद में कोर्स से संस्कृत उठ जाने पर पंडितजी इलाहाबाद रहने लगे और साल में एक बार अपने पुराने विद्यार्थियों से मिलने-जुलने और संस्कृत विद्यालय के लिए चन्दा बटोरने कलकत्ता आते थे।

किशोर बाबू अपनी पत्नी को तरस खाने के भाव से देखते गए—यह बेचारी क्या समझेगी शिक्षक की महिमा को ? खुद कहाँ पढ़-लिख पाई ? उन दिनों कलकत्ते में सावित्री पाठशाला और मारवाड़ी बालिका विद्यालय—कुल मिलाकर दो ही तो स्कूल थे लड़कियों के। सावित्री पाठशाला से कक्षा चार तक मुश्किल से पढ़ी हुई हैं किशोर बाबू की पत्नी, बावजूद इसके कि उनके पिता खुद कोई व्यापारी न होकर वकील थे। लड़कियों के मामले में तो उस जमाने में सभी एक तरह से ही सोचते थे—कम पढ़े-लिखे हों या ज्यादा। शान्ता भाभी तो शायद कानपुर की लड़की होने के कारण अधिक पढ़-लिख सकी थीं, पर कलकत्ते में तो मारवाड़ियों में उन दिनों लड़कियों को ज्यादा पढ़ाना सोचा ही नहीं जा सकता था। किशोर बाबू की नानी तो यहाँ तक कहती थीं कि ज्यादा पढ़ाने से लड़की विधवा हो जाती है।

किशोर बाबू ने अपनी पाँचों लड़कियों को कॉलेज तक भेजा। हालाँकि उनमें से दो ही बी.ए. की पढ़ाई पूरी कर सकीं। बाकी तीन की बीच में ही शादी हो गई। छोटी लड़की ने पढ़ने में तेज होने के कारण आगे पढ़ने के लिए कुछ जिद की थी, पर उन्होंने उसकी इच्छा को ठीक समय पर दबा दिया। ज्यादा पढ़ लेती तो ज्यादा पढ़े-लिखे लड़के की जरूरत होती। आखिर सँभालनी तो घर-गृहस्थी ही है लड़कियों को, कोई हुंडी का भुगतान थोड़े ही करना है।

ज्यादा पढ़ी हुई लड़कियाँ किशोर बाबू को हमेशा मर्दानी-सी लगती हैं—पता नहीं, क्यों उनमें कोमलता गायब हो जाती है! इसलिए छोटी लड़की को डाँट-समझाकर उन्होंने आगे पढ़ने से रोक लिया था और झटपट उसकी शादी कर डाली थी। जमाने की हवा खराब है और न जाने कब सिर पर भूत सवार हो जाए, 'कुछ करने का'। छोटी लड़की ने शादी के बाद अपने पति और सास-ससुर को इस बात के लिए पटा लिया था कि वह आगे वकालत पढ़ेगी। तब किशोर बाबू को ही बीच में दखल देना पड़ा था—नासमझ लोग हैं, अभी तो हाँ-हाँ कर रहे हैं, जब उन पर ही केस ठोंक देगी तब सिर थामकर रोएँगे। उन्होंने छुटकी को धमकी दे दी थी, 'अगर लॉ कॉलेज में एडमीशन ले लिया, तो मेरे घर में कदम मत रखना।' उनकी यह युक्ति काम कर गई। छुटकी का निश्चय डगमगा गया और उसने हार मान ली। वह हमेशा से कुछ कमजोर दिल की थी।

किशोर बाबू का चढ़ती जवानी के दिनों में मन यह था कि वे मारवाड़ी बालिका विद्यालय में पढ़ी हुई किसी लड़की से शादी करें। लाल पाड़ की साड़ी

पहन 'वन्दे मातरम्' गाती लड़कियाँ उन्हें बहुत ही अच्छी लगती थीं। शान्ता भाभी जितनी पढ़ी हुई न भी हो, तो भी कम-से-कम कुछ बातों की तो समझ रखेगी। मारवाड़ी बालिका विद्यालय की एक लड़की को उन्होंने स्कूल के जलसे में एक नाटक में देखकर पसन्द भी किया था, पर उससे विवाह का कोई रास्ता नहीं सूझा। उस लड़की ने नाटक में पर्दा-प्रथा के विरोध में एक भाषण दिया था। किशोर बाबू के दिल में उसकी बातें कुछ इस तरह उतर गई थीं कि उन्होंने अपनी पत्नी को कभी सिर ढँकने से अधिक पर्दा नहीं करने दिया। न ही उन्होंने नाक में काँटा पहनने दिया और पाँवों में घुँघरूदार पाजेब। यू.पी.-बिहार की देसवाली औरतों की तरह माँग भरकर सिन्दूर लगाने से भी उन्हें बहुत चिढ़ होती थी और अन्ततः उनकी पत्नी ने मन मारकर सिन्दूर लगाना छोड़ दिया था। कहीं भी जाते समय बेल-बूटों या सलमा-सितारोंवाला भारी ओढ़ना (ओढ़नी) ओढ़कर घर की सीढ़ियाँ उतरने का रिवाज—चाहे डॉक्टर के यहाँ ही जाना हो—किशोर बाबू ने शुरू से ही नहीं चलने दिया था। माँ जरूर भयभीत हुई थीं कि मामाजी और आसपास के लोग क्या कहेंगे।

किशोर बाबू को अपने स्कूल के मदनमोहन सिंघानिया की बातें याद थीं कि किस तरह उसकी नई-नवेली पत्नी सुबह से रात तक भारी जरीदार ओढ़नी ओढ़े पीढ़े पर अपना पूरा मुँह ढके बैठी रहती थी, जिससे रात को उसकी पीठ में दर्द हो जाता था और खाना खाते समय घूँघट के कारण उसका कौर मुँह की जगह कभी-कभी नाक में लग जाता था। इस तरह की बेवकूफियों से किशोर बाबू को सख्त चिढ़ थी, और मामाजी लोग नाराज हों या खुश, वे अपनी पत्नी को यह सब न करने देने के लिए कृतसंकल्प थे। अन्त में उनकी ही चली थी—यहाँ तक कि किशोर बाबू ने अपनी सास के भी इस बात पर किए गए एतराज की कोई परवाह नहीं की थी।

किशोर बाबू को आज अपनी पत्नी को देखकर ऐसा लगा कि उनकी सारी चेष्टाओं के बावजूद उनकी पत्नी के व्यक्तित्व का विकास नहीं हो पाया। ऐसा क्यों हुआ? किशोर बाबू को लगा कि उनकी पत्नी कह रही हो—इसलिए कि तुमने मेरी नकेल हमेशा अपने हाथों में कसकर पकड़े रखी। कभी अपने आप कोई निर्णय नहीं लेने दिया—चाहे कितनी मामूली से मामूली बात क्यों न हो! लेकिन...लेकिन...मैंने ऐसा क्यों किया? माँ ने तो अपने जीवन के सारे निर्णय खुद लिये थे, तब मैंने इसे क्यों चलाना चाहा चाभीवाली गुड़िया की तरह? इसकी काबिलीयत पर भरोसा क्यों नहीं किया?—एक लम्बी साँस छोड़कर किशोर बाबू ने उलाहने के स्वर में अपनी पत्नी से कहा, 'कैसी बातें करती हो! पंडितजी इतने सालों बाद आए हैं। और फिर यह तो मेरा दूसरा जन्म है। मौत के मुँह से लौटकर आया हूँ। बुलाओ उनको और चाय-नाश्ते का इन्तजाम करो।'

किशोर बाबू की पत्नी को किशोर बाबू के दूसरे जन्मवाली बात बहुत जँची लेकिन इसका मतलब तो यह निकला कि दूसरे जन्म में आदमी अपने पहले जन्म से ठीक उलटी हरकतें करता है? किशोर बाबू की पत्नी को एक ब्राह्मण का अपमान करना कभी नहीं जँचा था—उन्हें हमेशा डर रहता था कि कहीं पंडितजी नाराज होकर मन-ही-मन कोई शाप-वाप न दे डालें। अब मौत के मुँह से लौटने पर किशोर बाबू को यह बात समझ में आई है—चलो, देर से ही सही।

दरबान को पंडितजी को ऊपर भेजने का आदेश देकर किशोर बाबू की पत्नी चौके में चाय-पानी का इन्तजाम करने चली गईं। किशोर बाबू उत्सुकता से पंडितजी का इन्तजार कर रहे थे। उन्हें देखकर आश्चर्य हुआ कि पंडितजी के साथ भगवे वस्त्र में एक संन्यासी भी है। क्या संयोग है कि इतने साल बाद उन्होंने दो दिन पहले ही मुर्शिदाबाद के स्वामी रामानन्द कृष्ण को याद किया था और संग-संग एक संन्यासी का घर आना हो गया।

तबीयत-कुशलक्षेम पूछने के बाद पंडितजी ने संस्कृत विद्यालय की रसीद-बुक निकाली। सौ रुपए की रसीद काटकर उन्होंने किशोर बाबू को पकड़ाई तो किशोर बाबू ने कहा, 'पिछले पाँच सालों के भी तो सौ-सौ रुपए बाकी हैं। पंडितजी, छह सौ की रसीद काटिए।'

पंडितजी का चेहरा खिल उठा।

किशोर बाबू ने अपनी जिज्ञासा जाहिर करते हुए पूछा, 'स्वामीजी का परिचय नहीं दिया आपने पंडितजी?'

'अभी तक परिचय नहीं करवाया मैंने? अब सठिया गया हूँ न—छिहत्तर का हो चला—एकदम भुलक्कड़ हो चला हूँ मैं, किशोर।' पंडितजी ने ठहाका लगाया। 'आप हैं स्वामी सहजानन्द। यथा नाम तथा गुण। इनके चेहरे पर हमेशा सहज रूप से आनन्द छाया रहता है। मनुष्य का अन्तस् जाग्रत् हो, तो उसकी आभा क्या मुख को दीप्त नहीं करेगी? अभी ये एक साल से मौन हैं।'

पंडितजी के ऐसा कहने पर किशोर बाबू ने घनी काली-सफेद दाढ़ी-मूँछ के अन्दर स्वामी सहजानन्द की सहज हँसी खोज निकाली। वाकई बच्चों जैसी सरल हँसी है स्वामीजी की।

'और तुमने इनकी तस्वीर तो पाँच साल पहले सब पत्र-पत्रिकाओं में देखी ही होगी। पर बीच के पाँच साल मैं तो कलकत्ते आया नहीं। अब तक तुम भूल गए होगे इनकी वह तस्वीर?' पंडितजी ने अपनी आदत के मुताबिक एक पहेली हवा में छोड़ दी।

किशोर बाबू कुछ अचकचाए। धीरेन्द्र ब्रह्मचारी, चन्द्रास्वामी और किसी सन्तान दल के स्वामीजी की कुछ अखबारों में छपी फोटुओं सहित कतरनें तो उन्होंने एक

लिफाफे में बन्द कर रखी थीं, पर इन स्वामीजी के बारे में उन्हें कुछ याद नहीं आया। कोई बड़ा यज्ञ-वज्ञ किया होगा शायद—उन्होंने सोचा। हिन्दी के अखबारों में छपा होगा।

पंडितजी अब तक सामने वाले के पहेली न बूझ पाने से उत्पादित रस से तृप्त हो चुके थे। उन्होंने स्वामीजी से मुस्कराकर कहा, 'आपके पास 'फ्रंटलाइन' पत्रिका है न वह वाली, दिखा दीजिए इन्हें। खुद ही देख लें।'

स्वामीजी ने अपने गेरुए झोले से तुरन्त एक पत्रिका निकाली और अपनी सरल हँसी हँसते हुए किशोर बाबू को पकड़ा दी.

किशोर बाबू ने देखा कि चिकने कवर पर बाबरी मस्जिद की अब तक जानी-पहचानी मटमैली तस्वीर थी और उस पर लोहे की छड़ें लिये चढ़े हुए कुछ रंग-बिरंगे कपड़ोंवाले आदमी चमक रहे थे।

'खोलकर अन्दर के फोटो देखो। कवर पर नहीं है स्वामीजी का फोटो।' पंडितजी ने निर्देश दिया।

किशोर बाबू ने यंत्रवत् पहला पन्ना उलटाया। अन्दर के फोटुओं में से एक फोटो पर तुरन्त उनकी निगाह चली गई। एक संन्यासी जमीन पर खड़े हुए ऊपर चढ़े हुए लड़कों को एक मेगाफोन लेकर आदेश दे रहा था। निस्सन्देह वह स्वामी सहजानन्द था, बगैर अपनी हँसी के। तस्वीर बिलकुल साफ थी।

किशोर बाबू के दिमाग में एक धुन्ध घिर गई। उस धुन्ध में उन्होंने पंडितजी को प्रसन्न मुद्रा में सरोज से चाय-नाश्ता लेते और उसे सदा सुहागिन रहने का आशीर्वाद देते देखा। पंडितजी खाते-खाते हमेशा बोलते रहे और किशोर बाबू ने देखा कि पहले की तरह अब भी उनके होंठों के किनारे पर थूक जम जाता था। पंडितजी कलकत्ते के ही अपने एक धनवान शिष्य की बात बताते रहे कि किस तरह उसने अपने विदेश में रहनेवाले एन.आर.आई. साले के मार्फत विदेशों से करोड़ों रुपए इकट्ठा कर विश्व हिन्दू परिषद् को दिये, किस तरह उस दिन वे लोग बाबरी मस्जिद तक पहुँचे, पुलिस किस तरह खड़ी देखती रही उनके कार्यकर्ताओं को, किस तरह कुछ लड़के मस्जिद तोड़ते वक्त काम आए, किस तरह उन्होंने विजय प्राप्त की और मस्जिद ढहा दी।

किशोर बाबू ने अपने सिर के पीछे बने गुम्बे को हाथ लगाया। ऐसा लग रहा था कि गुम्बे से आँसू-गैस का गोला छूटा हो और उनके दिमाग में धुएँ की तरह फैल रहा हो। किशोर बाबू ने अपनी आँखों को छूकर देखा, पर उनमें कहीं आँसू न थे। उन्हें उस धुन्ध में पंडितजी की आवाज सुनाई पड़ रही थी, पर कोई शब्द समझ में नहीं आ रहा था। अचानक 'अमोलक' का नाम उन्होंने सुना और किशोर बाबू की धुन्ध धीरे-धीरे साफ होने लगी, हालाँकि उन्हें समझ में नहीं आया कि पंडितजी पहले क्या कह चुके थे।

किशोर बाबू ने इतना ही सुना कि पंडितजी अमोलक के लिए कह रहे थे, 'ऐसे-ऐसे भी लोग हैं दुनिया में। सिरफिरापन और किसे कहते हैं! खैर, सिरफिरा तो वह हमेशा से ही था। बचपन से ही। आजादी के बाद तो उसका दिमाग बिलकुल खराब हो गया था। गांधीजी की हत्या के बाद तो कहते हैं कि एकदम बहक गया था। जब जिसे जी में आता, चिट्ठी लिख डालता। नेहरू को, राजेन्द्र बाबू को, बड़े-बड़े मंत्रियों को। मुझे एक बार सड़क पर मिला तो कहने लगा—सारे अंग्रेजों के पिट्ठू और दलाल गांधी-टोपी पहनकर कांग्रेस में घुस आए हैं। नेहरू ने वे सारे अफसर भी ज्यों-के-त्यों रख लिये हैं, जिन्होंने अंग्रेजों के साथ मिलकर हम पर जुल्म किए थे। और भी न जाने क्या-क्या बोला! सोचो, तुम्हारे उस समय तक दो लड़कियाँ हो चुकी थीं और वह उसी तरह घूम रहा था बकवास करते, दुनिया को कोसते।'

किशोर बाबू जड़वत् बैठे रहे।—तो अमोलक ने शादी नहीं की? छियालीस के बाद कभी उससे मुलाकात भी नहीं हुई। उन्होंने सुना था कि वह कॉलेज में पढ़ाई अधूरी छोड़कर कहीं चला गया। किसी ने बताया था, वह दिल्ली में रहने लगा है। फिर सुना कि वह कई गांधीवादी संस्थाओं में काम करने के सिलसिले में इधर-उधर घूमता रहा। फिर तो वे जैसे उसे एकदम भूल ही गए। दिल्ली गए तो भी उसका पता-ठिकाना मालूम करने की कभी कोशिश नहीं की।

पंडितजी कह रहे थे, 'कई लोग हर चीज का विरोध करते हैं। वह हर चीज के विरोध में था—तुम्हारा दोस्त अमोलक मुझे तो दिल्ली में साल-दो साल में मिल जाता था क्योंकि मेरे छोटे भाई के बगल में ही रहता था। कभी किसी बड़े कारखाने के विरोध में बोलता रहता था, कभी किसी बड़े बाँध के विरोध में। मैं तो हँसकर उससे सीधे यही पूछने लगा था—क्यों अमोलक, अब किस चीज के खिलाफ लड़ाई छेड़ रखी है?—एक बार कहने लगा—पंडितजी, आप खुद सोचिए, जब तक सारी जनता को खाने के लिए नहीं मिलता, जब तक सबको पहनने के लिए कपड़े नहीं मिलते, क्या जरूरत है इतनी मोटर गाड़ियों की?—इसी तरह की बे-सिर-पैर की बातें—पता नहीं, कहाँ-कहाँ से ढूँढ़ लाता! पहले नेहरू के खिलाफ बोलता, फिर उसकी बेटी इन्दिरा के खिलाफ बोलने लगा—अपने बाप की जागीर समझ रखा है देश को—ऐसा कुछ। और तो और, इमरजेंसी में जेल काटकर आया और उसके बाद खुद अपने ही उन साथियों के खिलाफ बोलने लगा, जिन्होंने सरकार बनाई।'

पंडितजी ने आदतन जोर का ठहाका लगाया। अपनी बातों में किशोर बाबू की गहरी दिलचस्पी देख वे मन-ही-मन फूले नहीं समा रहे थे। पहले हमेशा किशोर बाबू उनसे बातें करते समय एकदम उकताए हुए दिखते थे। अमोलक की चर्चा में किशोर बाबू की दिलचस्पी भाँपकर पंडितजी उत्साह से बताने लगे, 'उन दिनों मुझे मिला, तो कहने लगा—पंडितजी, आए बताइए कि अंग्रेजी राज में सरकार हिन्दुस्तानियों

पर गोली चलाती थी, पर खुद हमारी सरकार जब अपने ही लोगों पर गोली चलवाए तो इसे आप कौन-सा राज कहेंगे? ये लोग भी वही कर रहे हैं, जो नेहरू के समय से यहाँ हो रहा है।—अभी मैं यहाँ उसके छोटे भाई से मिलकर आ रहा हूँ। संस्कृत विद्यालय के लिए हजार रुपए लेकर। कह रहा था कि उसने जब नई-नई मारुति गाड़ी खरीदी और अमोलक उन दिनों कलकत्ता आया, तो उसने उसे लाने गाड़ी स्टेशन भेजी। पर उसकी मारुति गाड़ी में न बैठकर अमोलक स्टेशन से बस में बैठकर घर आया।'

किशोर बाबू हक्के-बक्के से पंडितजी और स्वामीजी सहजानन्द का ठहाका लगाना देखते रहे। क्या मौन रखते समय इतनी जोर से ठहाका लगाना शास्त्रसम्मत है?—उन्होंने सोचा। पहलेवाले किशोर बाबू होते, तो अपनी जिज्ञासा तुरन्त पूछकर शान्त कर लेते, पर अब वे चुप रह गए कि कहीं पंडितजी और स्वामीजी को बुरा न लग जाए। तो अमोलक अपने भाई की मारुति गाड़ी में नहीं बैठा? पर किसलिए? पंडितजी अपनी हँसी पूरी कर चाय सुड़क-सुड़ककर पी रहे थे।

'क्यों नहीं बैठा मारुति में अमोलक?' किशोर बाबू ने पूछा।

पंडितजी की बाछें खिल गईं। इतने सालों बाद, कम-से-कम पचासेक साल बाद किशोर बाबू ने उनसे कोई प्रश्न पूछा था। इतनी आसानी से वे जवाब नहीं देनेवाले। उन्होंने एक लम्बी सुड़क में चाय समाप्त कर कप नीचे रखा। लम्बी डकार ली। चाय अच्छी थी—बताया।

किशोर बाबू ने फिर अधीर होकर अपना प्रश्न दोहराया, 'अमोलक अपने भाई की मारुति में क्यों नहीं बैठा पंडितजी?'

पंडितजी बोले, 'कुछ कारण बताया तो था उसके भाई ने। ठीक-ठीक याद नहीं आ रहा। संजय गांधी की भ्रष्टाचारवाली गाड़ी में नहीं बैठेगा, ऐसा कुछ। और हाँ, मारुति स्वदेशी के नाम पर विदेशी कम्पनी की गाड़ी है—यहाँ का पैसा विदेश जानेवाली जैसी कोई बात। क्यों स्वामी जी, यही कहा था न?'

मौनी स्वामीजी ने सिर हिलाकर हामी भरी। तभी किशोर बाबू को सामने ही रखे अजितनारायण बोस वाले लेख पर लगाए गए निशान दिखाई दिये।

किशोर बाबू ने पंडितजी को बताना शुरू किया, 'पंडितजी, मैंने अभी पढ़ा था कि ईस्ट इंडिया कम्पनी ने भारत को जितना लूटा था, उससे हजारों गुना लूट अब विदेशी कम्पनियाँ हमारे देश में कर रही हैं। डॉलर की तुलना में रुपए का दाम इतना गिरा दिया है कि यहाँ से एक करोड़ का माल विदेश जाता है, तो उसकी कीमत मिलती है एक-चौथाई यानी सिर्फ पच्चीस लाख। कहते हैं कि हम आर्थिक रूप से फिर गुलाम हो गए हैं।'

किशोर बाबू ने देखा कि पंडितजी ने ऊबकर उबासी लेने के लिए सुरसा की तरह मुँह खोल दिया है। वे चुप हो गए।

'अच्छा भाई, अब चलें। तुम्हारी मारुति गाड़ी छोड़ आएगी हमें अगले पड़ाव तक या अमोलक की तरह बस पकड़ें?' पंडितजी ने हँसकर पूछा और कहने लगे, 'अब पहले जैसे काठी नहीं रही। हड्डियाँ कड़कड़ा गई हैं। बस की सवारी रास नहीं आती। पर संस्कृत विद्यालय का मोह बाकी है। जीते-जी नहीं छूटता। यहाँ आ जाता हूँ तो पुराने शिष्यों से कुछ पैसा बटोर लेता हूँ। अब शायद आना न हो, कौन जानता है!'

किशोर बाबू को कुछ निराशा हुई। अमोलक के बारे में कुछ और बातें जानते, तो अच्छा लगता। खैर, चिट्ठी तो आज ही लिखेंगे।

'अमोलक का पता दे दीजिए पंडितजी! आपके पास तो होगा ही उसका पता। मैं उससे मिलना चाहता हूँ।' किशोर बाबू ने कहा।

किशोर बाबू ने देखा कि पंडितजी उन्हें इस तरह देख रहे थे, जैसे वे पागल हों! उन्होंने प्रश्नसूचक निगाहों से पंडितजी की ओर देखा।

'अरे भैया, अब उसका पता कहाँ से दें? बताया तो तुम्हें शुरू में ही कि बाबरी मस्जिद वाले कांड में वह मर गया। तुमने सुना नहीं क्या? तभी मैंने सोचा कि तुमने उसके मरने पर दुख तक नहीं प्रकट किया। बेचारा! राम-जन्मभूमि के उद्धार का पुण्यकर्म छोड़कर विधर्मियों का साथ दे रहा था। ऊपर चढ़े लड़कों को उतर आने के लिए कह रहा था। एक ईंट उसके सिर पर ऐसी पड़ी कि वहीं प्राण निकल गए। बड़ा दुख हुआ मुझे। लाश की शिनाख्त स्वामीजी ने की। उसके भाई को मैंने ही सूचना दी...' पंडितजी दुख प्रकट करते-करते किशोर बाबू का लाल तमतमाया हुआ चेहरा देखकर चुप हो गए।

किशोर बाबू का सारा खून जैसे उनके माथे में चढ़ गया था। अचानक किशोर बाबू ने लपककर मौनी स्वामी सहजानन्द का दोनों हाथों से गला घोंटना शुरू कर दिया, 'हत्यारे, खूनी! तुम्हें मैं जिन्दा नहीं छोड़ूँगा। उस दिन—डायरेक्ट एक्शन के दिन—छियालीस साल पहले किसी तरह वह बच गया था, मगर इस बार मार ही डाला तुमने अमोलक को...।'

किशोर बाबू की पत्नी पहले की तरह किशोर बाबू के चिल्लाने की आवाज सुनकर बाहर आईं, तो यह दृश्य देखकर काठ बन गईं।

पंडितजी रोते-रोते किशोर बाबू के दोनों हाथ पकड़कर गला छोड़ देने का आग्रह कर रहे थे, उन्हें 'श्रीराम' की कसमें दे रहे थे। स्वामीजी की आँखें बाहर निकल आई थीं और वे गों-गों कर रहे थे। 'फ्रंटलाइन' पत्रिका हवा में फड़फड़ा रही थी और बाबरी मस्जिद पर चढ़े लड़के और मेगाफोन लिये स्वामीजी भी साथ-साथ हिल रहे थे।

बदहवासी में किशोर बाबू की लिखाई गई कुछ असम्पादित बातें :

'डायरेक्ट एक्शन डे'— 16 अगस्त, 1946 का दिन अमोलक के मरण का दिन नहीं बना, यह अद्भुत शब्द के अद्भुततम अर्थ में ही सम्भव हुआ था। क्या सचमुच मरनेवाले की तिथि और धरती दोनों पहले से ही निश्चित होती है, कहते हैं कि धरती उठकर नहीं आती, आदमी ही मरने की जगह पर उठकर जाता है? तो अमोलक की मौत क्या 6 दिसम्बर, 1992 को अयोध्या में निश्चित थी, इसीलिए वह छियालीस बरस पहले उस दिन मरने से बच गया था? लेकिन यह क्या सचमुच निश्चित था कि उसकी मौत ऐसे ही लोगों के हाथों होनी थी— भले ही उस दिन होती या जैसे अन्त में हुई? उसी तरह जैसे गांधी की? और प्रमाणित क्या हुआ इन मौतों से? क्या यही कि आदमी की एक के प्रति प्रतिबद्धता दूसरे के प्रति उसकी नफरत से तय होती है? रामजी से प्रेम=मुसलमानों से नफरत? गांधी से नफरत=हिन्दूपन से प्रेम? क्या धर्म की दीवार इतनी मजबूत है कि उसमें खिड़कियाँ बन नहीं सकतीं? तो क्या एक दुनिया ऐसी ही बनानी होगी जहाँ एक जैसे आदमी ही एक साथ रहें—एक जैसे रंगवाले, एक जैसे धर्मवाले, एक जैसी भाषावाले— जैसे बद्रिका चिड़ियों को अलग पिंजरे में ही रखा जाता है वरना वे दूसरी चिड़ियों को मार डालती हैं या खुद मर जाती हैं?

यह कथा किशोर बाबू की है किन्तु कथाकार को लगता है कि कुछ घटनाओं की पृष्ठभूमि जाने बिना पूरी तरह कथा खुलती नहीं। बेशक उसे छूट है बाईस कैरेट में सिर्फ दो कैरेट मिलाने की और शायद इतना ही काफी है। यह कथाकार उनमें से ही एक है, जो अब भी किस्सागोई को बनाए रखने में यकीन करते हैं और जिन्हें सन्देह है कि अन्यथा उन्हें पढ़नेवाले सिर्फ उन्हीं के जैसे लोग होंगे।

बात उन दिनों की है जब मुस्लिम लीग और कांग्रेस का मतभेद चरम पर पहुँच गया था और कायदे-आजम जिन्ना ने 16 अगस्त, 1946 को सारे देश में 'डायरेक्ट एक्शन डे' का आह्वान किया था। बंगाल में मुस्लिम लीग की सरकार थी और उसका 'प्रधानमंत्री' वही सुहरावर्दी था जिस पर बंगाल के अकाल के समय रसदमंत्री होने के कारण यह आरोप था कि उसकी लापरवाही के कारण लाखों लोग मौत के शिकार हुए। 'डायरेक्ट एक्शन डे' के दिन सुहरावर्दी ने सार्वजनिक छुट्टी घोषित कर दी— लगभग उसी तरह, जैसे अब कलकत्ता की सरकार अपनी पार्टी द्वारा बन्द आयोजित होने पर अनौपचारिक छुट्टी कर देती है। 'डायरेक्ट एक्शन डे' के दिन दोपहर को मुसलमानों की एक बड़ी रैली 'ऑक्टरलोनी मॉन्यूमेंट' के पास सारे शहर के विभिन्न भागों में आकर होनेवाली थी। जुम्मे का दिन था— मुस्लिम स्त्रियाँ और बच्चे भी सड़क पर थे। जाहिर है, सुहरावर्दी को कोई आशंका नहीं थी— आनेवाली घटनाओं की भयंकरता की। शायद अपनी ताकत के मद में उसे हिन्दुओं की तरफ से कोई बड़ा खतरा नजर नहीं आ रहा था। दूसरी तरफ हिन्दुओं में बंगाल में मुस्लिम लीग की सरकार होने के कारण आशंका और डर फैला हुआ था। पिछले कुछ सालों से हिन्दू महासभा और राष्ट्रीय स्वयंसेवक संघ जैसी साम्प्रदायिक संस्थाएँ लाठी

भाँजना, अखाड़ेबाजी और लड़ने की शैलियों की शिक्षा को प्रोत्साहित कर रही थीं। गली-मुहल्लों-पाड़ों में 'तरुण व्यायाम समिति', 'आर्य वीर दल', 'हिन्दू शक्ति संघ' जैसी संस्थाएँ हिन्दुओं को तैयार कर रही थीं।

16 अगस्त से कलकत्ते की सड़कों पर शुरू होनेवाले दंगे— या सही अर्थों में नागरिक युद्ध (सिविल वार) में— जिसमें साढ़े तीन हजार गन्धाती लाशें सड़कों से उठाई गईं और न जाने कितनी हजारों लाशें गंगा में प्रवाहित कर दी गईं— कत्ल मुसलमानों का ज्यादा हुआ। सरदार पटेल ने अपनी निर्मम शैली में इस घटना का उपसंहार इन शब्दों में किया : 'इसमें हिन्दुओं का पलड़ा भारी रहा।' कहते हैं कि दंगा छिड़ने पर सुहरावर्दी अंग्रेज अधिकारियों के पास बहुत दौड़ा, पर मिलिटरी पुलिस हाथ-पर-हाथ धरे शस्त्रों से लैस खड़ी रही। कत्लेआम चलता रहा और बड़ी मुश्किल में रात होने पर कर्फ्यू का आदेश हुआ। इस दंगे की अवधि एक साल से अधिक दिनों तक जाती है, जिसमें कलकत्ता में लगातार खून-खराबा होता रहा। 16 अगस्त का ही परिणाम नोआखाली और बिहार के दंगे थे। इस दंगे को इतिहास में 'द ग्रेट कैलकटा किलिंग' के नाम से जाना जाता है। इसी 'किलिंग' ने देश और बंगाल के विभाजन पर एक तरह से मुहर लगा दी।

16 अगस्त के दिन की शुरुआत हल्की बारिश से हुई थी और अमोलक ने सुबह सात बजे चौरंगी पर डॉ. राय के घर से पश्चिम की ओर खुलनेवाली खिड़की से बाहर देखा तो धरती से धरती को छूता हुआ इन्द्रधनुष देखकर एक क्षण के लिए अवाक् हो गया। अमोलक ट्राम-बस बन्द हो सकने की आशंका के कारण कल रात शान्तनु के पिता के पास ही रुक गया था। धरती पर कितनी भी मुसीबतें क्यों न हों, पर आकाश निर्लिप्त है।

अमोलक ने सोचा—मेघ आते हैं, वर्षा होती है और कहीं बादल खुल जाएँ तो सूरज का अक्स विपरीत दिशा में एक सप्तवर्णी धनुष तान देता है। लेकिन क्या मनुष्य में इतनी क्षमता बची रहती है कि वह प्रकृति की इस आह्लादकारी अभिव्यक्ति को अपने अन्दर जीकर क्षण भर के लिए ही आनन्दित हो सके ? हाँ, शायद कुछ अन्दर ऐसा बचा रहता है, जो मरता नहीं। आँखें हैं, तब तक देखती हैं और कहीं अन्दर कुछ अनजाने पिघलने लगता है।—अमोलक खिड़की पर खड़े-खड़े पश्चिम के आकाश की ओर देखता-सोचता रहा—आज क्या करना है ? मुस्लिम लीग की सरकार की ओर से छुट्टी घोषित की गई है। कॉलेज बन्द है। मॉन्यूमेंट के मैदान में दोपहर रैली होगी, वहाँ चला जाए। पिछले साल वहीं मॉन्यूमेंट के नीचे पहली बार जिन्ना को देखा था। पहले चितपुर पर कॉलेज के दोस्त अशरफ के घर चलें। बाद में हरिसन रोड से किशोर को उसकी सुरकी कल वाली बुआ के घर से लेंगे—जहाँ वह पिछले पन्द्रह दिनों से रह रहा है—और मॉन्यूमेंट पर चलेंगे। किशोर और अशरफ का

परिचय भी हो जाएगा। किशोर को उसके मँझले मामा की हिन्दू महासभाई धारणाओं से बचाने की बहुत जरूरत है। कितना आसान है झूठ-मूठ की नफरत और शिकायत पाल लेना और कितना मुश्किल है आदमी को आदमी समझ पाना! माहौल बहुत बिगड़ रहा है और सुहरावर्दी उसे सुधारने के लिए कुछ करने के बजाय आग में और घी डाल रहा है। अब तो कांग्रेसियों में भी यह पता लगाना मुश्किल हो चला है कि किसके अन्दर हिन्दू महासभाई नहीं घुस आया है। और तो और, उसके कांग्रेसी पिता भी कहने लगे हैं—शायद पाकिस्तान का निर्माण ही सही होगा। लोगों को बदलना बहुत मुश्किल दिखता है। कल पिता से इसी बात को लेकर झड़प हो गई—मैं भी बहुत कड़ी बातें बोल गया। पर क्या करता, वे बातें ही कुछ ऐसी कह रहे थे।

अमोलक चौरंगी से पैदल बड़ाबाजार चल पड़ा, जहाँ से उसे घर का कुछ सामान लेना था। वह सूनी सड़क पर अपने में डूबा हुआ जा रहा था कि आड़ी बाँसतल्ला लेन के पास अचानक कुछ लोगों के भागने और हो-हल्ले की आवाज से घबराकर वह पलटा तो उसने देखा कि एक भागते हुए लुंगीवाले आदमी को उसके पीछे दौड़ते चार-पाँच आदमियों ने पकड़ लिया था और वह छूटने के लिए हाथ-पाँव मार रहा था।

अमोलक को पूरी बात समझने में शायद दो-चार पल का समय लगा और फिर वह पूरी शक्ति से दौड़ते हुए उन आदमियों से भिड़ गया, 'छोड़ दो इसे, छोड़ दो! क्यों मार रहे हो? छोड़ो उसे!' एक को उसने धक्का देकर गिरा दिया और तब उनमें से दो आदमी उस पर पिल पड़े, 'साला, यह भी कटवा है क्या?' अमोलक ने एक को चिल्लाते हुए सुना। अमोलक और लुंगीवाले—दोनों को धकेलते हुए वे लोग पास के एक मकान में घुस गए। उनमें से तीन ने मिलकर अमोलक का पैंट खोल दिया। 'कटवा है, कटवा है' कहकर उनमें से एक ने चाकू खोल लिया। अमोलक के सुन्न पड़ गए दिमाग और पस्त हो गए शरीर में एक क्षण में यह बात कौंध गई कि बचपन में पेशाब करने में असुविधा होने पर उसकी इन्द्रिय की चमड़ी हटाने का एक छोटा-सा ऑपरेशन हुआ था। इसीलिए वह भी कटवा है। मौत बिलकुल सामने थी और एकदम निश्चित भी। तभी वह लुंगीवाला मुसलमान जिसकी आँखें भय से बाहर निकल रही थीं और जो पसीने से इतना लथपथ था जैसे नहाकर आया हो, बोला, 'नाहीं, ओ मुसलमान नाहीं। ओकर बाप कांग्रेस का लीडर बा। रामरिख बाबू का लड़कवा...।'

'क्यों बे रिक्शावाले, तू जानता है ठीक-ठीक?' आवाज गूँजी थी।

अमोलक के पिता के नाम से एक क्षण के लिए सन्नाटा हो गया। फिर चाकूवाले ने अमोलक की गरदन पर चाकू रखकर पूछा, 'क्या नाम है तेरे बाप का?'

'रामरिख पोद्दार!' अमोलक ने अपनी आवाज सुनी। तब वे लोग उसे एक कमरे में धकेलकर बाहर से साँकल लगाकर चले गए।

तीन-चार घंटे तक दरवाजा भड़भड़ाने के बाद एक घूँघटवाली औरत ने आकर दरवाजा खोला। बाहर न मुसलमान रिक्शेवाले का पता था और न हिन्दू गुंडों का। न जाने उसकी जान बचानेवाला जिन्दा है या मार डाला गया ?—अमोलक सोचता रह गया था।

किशोर और माँ पिछले पन्द्रह दिनों से हरिसन रोड पर सुरकी कल वाली गिगिया बुआ के मकान में मामा लोगों के साथ रह रहे थे। शान्ता भाभी कानपुर गई हुई थीं। माँ की तबीयत नरम रहने के कारण माँ और किशोर घर बन्द कर यहाँ चले आए थे। लेक रोड के मकान को छोड़कर मामा लोग पिछले दो साल से अपनी बुआ के मकान में किराएदार बनकर रहने लगे थे। मँझले मामा को दुकान से इतनी दूर लेक रोड पर रहना कभी नहीं जँचता था, पर सन् 1941 में बड़े मामा के सामने उनकी नहीं चली थी।

इधर निस्सन्तान बुआ, जो पिता की बहन होने के बावजूद बड़े मामा की उम्र की ही थीं, काफी बीमार रहने लगी थीं। तब फूफाजी ने यह प्रस्ताव रखा था कि उनके खाली पड़े मकान में ही वे लोग रहने लग जाएँ। पूरा एक तल्ला लेकर मामा लोग वहीं रहने लगे थे।

सुरकी कल का मकान इस नाम से इसलिए जाना जाता होगा कि कभी नीचे के तल्ले में वहाँ एक सुर्खी बनाने की मशीन थी। अब तो मकान में नीचे के दो तल्लों पर सिर्फ किराएदार रहते थे और ऊपर के दो तल्लों पर मामा और सुरकी कल वाली गिगिया बुआ। सुरकी कल वाली बुआ ने बच्चों की कमी को कई तरह के जानवर पालकर पूरी करने की चेष्टा की थी। बीसियों साल वे हर महीने इन्तजार करती रही थीं कि इस बार उनके बच्चा ठहर जाएगा। बाद के सालों में हर महीने मासिक स्राव देखकर वे पागल-सी हो जातीं। तब फूफाजी ने उनके लिए कई तरह के जानवर ला दिये जिससे उनका मन लगा रहे।

बुआ ने एक बछिया छत पर पाल ली थी, जो अब पूरी गाय 'देवहूति' बन चुकी थी, इसलिए नीचे नहीं उतारी जा सकती थी। किशोर के लिए यह बहुत बड़ी उलझन थी कि जब 'देवहूति' मर जाएगी, तब क्या होगा ? बार-बार पूछने पर अन्त में माँ ने कहा था, 'मर जाएगी तो छत से रस्सी में बाँधकर नीचे सड़क की तरफ उतार देंगे।' माँ को यह डर था कि कहीं किशोर उनकी बुआ के सामने देवहूति के मरने की बात न कह बैठे।

बुआ के पास एक सुनहली चिड़िया 'सोनकी' थी, एक 'मिट्ठू कहो सीताराम' रटनेवाला तोता 'मिट्ठू' भी था, पर उनकी सबसे प्रिय वस्तु मैना थी, जिसकी बोली कोयल से भी अधिक सुरीली थी। उसका नाम उन्होंने 'सुरंगी' रख रखा था।

सुरकी कल का मकान पूरे-पूरे मुसलमान पाड़े (मुहल्ले) में पड़ता था। मकान के ठीक सामने ट्राम लाइन के पार बैंड-बाजेवालों की, मुसलमानों की बस्ती थी। 16 अगस्त का दिन और सारे दिनों की तरह ही उगा था। कुछ दिनों बाद दुर्गा पूजा और दीपावली के त्योहार होने के कारण दुकान में काम का बहुत दबाव था। 'डायरेक्ट एक्शन डे' की छुट्टी का उपयोग किशोर 'टाइगर' सिनेमा में रीटा हेवर्थ की फिल्म 'गिल्डा' देखकर करना चाहता था। पर हड़ताल के कारण सिनेमा बन्द था। मँझले मामा फूफाजी और छोटे मामा को लेकर सुबह नौ बजे ही दुकान पर चले गए और किशोर के लिए यह ऑर्डर था कि वह घर पर ही रहे। किशोर मन मारकर घर पर ही बैठा रहा और खाना खाकर सो गया।

अचानक दोपहर सड़क पर हल्ला उठा—'मारो, मारो'—और सारे लोग भाग-भाग कर इधर-उधर घुसते नजर आए। सुरकी कल के मकान का मुख्य दरवाजा बन्द कर दरबान ने ताला लगा लिया। किशोर ने बरामदे से बाहर लोहे की जालियों पर पड़े खस के गिरे हुए पर्दों से झाँककर देखा, तो सड़क पर लुंगी पहने लाठियाँ भाँजते और तलवार चमकाते गुंडों का एक दल 'अल्लाह-हो-अकबर' और 'लड़कर लेंगे पाकिस्तान' के नारे लगाते हुए नीचे से गुजर रहा था। उस समय तक फोन काम कर रहा था और मँझले मामा ने बताया कि वे लोग दुकान बन्द कर अन्दर हैं और खबर यह है कि उत्तर कलकत्ता में छुरेबाजी, लूटपाट, और सोडा वाटर के बम फेंकने की घटनाएँ शुरू हो गई हैं। शराब की दुकानों को लूटकर शराब के नशे में धुत होकर गुंडे सड़कों पर घूम रहे हैं। धर्मतल्ला में एक बड़ी दुकान पूरी-की-पूरी लूट ली गई है। मामा ने किशोर को सख्त हिदायत दी कि किसी को पता न चले कि वे लोग मकान में रह रहे हैं। मामा किसी तरह उन लोगों को निकालने की कोशिश करेंगे। इसके बाद जो लाइन कटी, तो फोन ने काम करना बन्द कर दिया।

पूरा दिन औरतों का राम-राम करते और सामान बाँधते गुजरा। सबने अपने-अपने गहनों की पोटलियाँ बाँधकर पेट पर कस लीं और जरूरी कपड़ों के छोटे-छोटे गट्ठर बाँध लिये। पूरे मकान में शाम होने के बाद एक भी बत्ती नहीं जलाई गई और अँधेरे में किसी तरह कच्ची-पक्की रसोई बनाकर तैयार की गई। लोहे के एक भारी सन्दूक को मकान के चारों पुरुषों—दरबान, किशोर और निचली मंजिल के दो आदमी—ने नि:शब्द उठाकर मुख्य दरवाजे से सटाकर रख दिया। औरतों ने लाल मिर्चों की बुकनी की पुड़िया बाँधकर चोलियों में दबा ली थीं। दरबान ने काँच पीसकर उसका बुरादा बना लिया था और उसके पास एक बड़ा छुरा भी निकल आया था।

शाम को गाय के छत पर रँभाने से सबके दिल धक्-धक् करने लगे। तोते और सुनहली चिड़िया को दरबान ने पिंजरे से निकालकर उड़ा दिया, पर 'सुरंगी' मैना को बुआ ने किसी तरह उड़ाने नहीं दिया था। 'हाय, मेरे दो बच्चों को छीन लिया! तुम्हारे शरीर में कीड़े पड़ेंगे!' कहकर वे इतना चीखी थीं कि मूँछोंवाला सख्त

मिजाज दरबान सहम गया था, वरना उसने वहाँ के कमांडर का पद हथिया लिया था और किशोर को रह-रहकर उस पर गुस्सा आ रहा था।

वह सब पर वजह-बेवजह हुक्म चला रहा था और किस्से-पर-किस्से सुना रहा था, 'कोई मुसल्ला अगर यहाँ घुसा तो उसके टुकड़े-टुकड़े करके रख दूँगा। चौदह साल पहले जब यहाँ दीनू चमरावाला की मस्जिद के सामने आर्यसमाजियों के जुलूस को लेकर हिन्दू-मुसलमान का दंगा हुआ था, तब किसी ने मेरे कारण इधर आँख उठाकर देखने तक की हिम्मत नहीं की थी। मैंने छत पर उबलता पानी और ईंट-पत्थरों का पहाड़ बना रखा था। कोई मकान के दरवाजे पर भी आता, तो उसकी लाश ही जाती इधर से।'

16 अगस्त की रात को पुलिस ने कर्फ्यू लगा दिया था। लेकिन रात भर कभी 'अल्लाह-हो-अकबर' और कभी 'हर-हर महादेव' की आवाजें सुनाई पड़ रही थीं। किशोर आँख बन्द करता, तो कभी उसे हर जगह आग लगी हुई दिखाई पड़ती, कभी भाला-लाठी लेकर कोई आदमी उस पर हमला करता दिखाई देता। जरा-सा भी खटका होता तो सबके दिल धड़कने लगते। रात को कई बार दमकल के आने-जाने की घंटी सुनाई पड़ी।

अगले दिन खिड़की की झिर्री से किशोर ने जो दृश्य देखा, उसके बाद उसे बार-बार उबकाइयाँ आने लगी थीं। कहीं से एक तेरह-चौदह साल का हिन्दू लड़का न जाने क्या करने घर से निकल आया था। मुसलमान गुंडों ने तुरन्त उसे दबोच लिया और वहीं ट्राम लाइन पर छुरे से जिबह कर डाला। उसके पेट से खून के फव्वारे छूट रहे थे। आँतें बाहर निकल आई थीं, ऐन सुरकी कल के मकान के सामने। औरतों को बरामदे से सड़क पर झाँकना मना था, इसलिए वे इस दृश्य को देखने से बच गई थीं। पर किशोर की घबड़ाहट और उबकाई देखकर सभी समझ गए थे कि उसने बाहर क्या देखा है। सब और बुरी तरह घबड़ा उठे। सबको मौत सामने खड़ी दिखाई देने लगी। सबके गले सूख रहे थे। भूख-प्यास का नाम नहीं था।

मँझले मामा के उन लोगों को निकाल सकने की आशा हर घंटे के साथ कम होती जा रही थी और मकान पर हमले का खतरा बढ़ता जा रहा था। ऐसा लग रहा था, जैसे पास ही कहीं मकान का दरवाजा तोड़कर अन्दर घुस आने के लिए मशालें, लाठियाँ, कुल्हाड़ियाँ और छुरे इकट्ठे किए जा रहे हों!

हरिसन रोड के इस हिस्से और मामा की दुकान के हिस्से के बीच सेंट्रल एवेन्यू है। शनिवार की शाम तक उन लोगों को पता चल गया था कि शहर में मिलिटरी आ गई है। तब उन लोगों का भय कुछ कम हुआ। इस बार 'देवहूति' के रँभाने से उन लोगों के चेहरे पर मुस्कान आई और बुआ ने माँ से कहा, 'मुझे कल सपना आया कि मेरी कोख फल गई है। मेरी गोद में एक छोटा-सा मुन्ना है।'

बुआ की बात पर सबको हँसी आ गई। यहाँ तक कि माँ भी अपनी हँसी नहीं रोक पाई। लेकिन तभी माँ को याद आया कि मुक्ताराम बाबू स्ट्रीट की मकान-मालकिन की बहू के जब-तब बच्चा होनेवाला था और वह यह सोचकर घबड़ा गई कि ऐसे मौके पर उन लोगों को कोई डॉक्टर-दाई कहाँ मिलेगी?

किशोर को माँ के इस तरह दूसरों की चिन्ता करने से बहुत खीझ हुई, 'अपना तो ठिकाना नहीं है और तुम्हें दूसरों की पड़ी हुई है!' वह माँ से बोले बिना नहीं रह सका। लेकिन वह भी सोच में पड़ गया था कि इस समय किसी के घर में मौत हो जाए तो वह क्या करेगा और किसी को डॉक्टर या अस्पताल ले जाने की जरूरत हो तो क्या होगा?

मँझले मामा की बुलन्द आवाज का सुनना और दरवाजा भड़भड़ाना इतना एकाएक हुआ कि वे लोग जहाँ-के-तहाँ जड़ हो गए। किशोर ने बरामदे से झाँककर देखा कि एक बस लेकर मामा आए थे।

'चलो, चलो, जल्दी चलो!' का हल्ला करते हुए सबसे पहले चारों पुरुषों ने दरवाजे से भारी सन्दूक को हटाया और बहुत जोर की आवाज करते हुए बगल में फेंक दिया।

जब सारे लोगों को मामा ने हाँकते हुए बस पर चढ़ा दिया था, तो गिगिया बुआ चिल्लाकर रो पड़ीं, 'अरे, मेरी मैना छूट गई! अरे, मेरी सुरंगी का पिंजरा वहीं रह गया! मुझे यहीं छोड़ जाओ! मैं नहीं जाऊँगी!'

वे वापस बस से उतरना चाहती थीं, पर किशोर ने उन्हें इतने जोर से धक्का देकर बस के अन्दर सीट पर गिरा दिया कि उन्होंने जीते-जी कभी किशोर को इसके लिए माफ नहीं किया।

बस स्टार्ट हो गई, पर गलती यह हुई कि बस का मुँह सियालदह की तरफ था और अब वह पीछे की तरफ घूमकर ही सेंट्रल एवेन्यू की तरफ जा सकती थी। जब तक बस घूमती, गुंडों का एक दल ईंट-पत्थर से पटी हुई सड़क पर शाम के धुँधलके में न जाने कहाँ से लाठियाँ और छुरे लिये प्रकट हो गया—'मारो, पकड़ो, लूटो' का शोर उन लोगों की चीख-चिल्लाहट में मिल गया। उस हुजूम से दो-तीन आदमी बस पर चढ़ने लगे। बूढ़े दरबान ने एक को धक्का देकर नीचे गिरा दिया। अचानक नानीजी ने अपनी कमर में बँधे गहनों की पोटली निकालकर उसमें से एक मुट्ठी भरकर सड़क पर फेंक दी। उसे लूटने के लिए एक मिनट के लिए वह भीड़ रुक गई और तब तक बसवाले ने तूफानी रफ्तार से बस घुमाकर सेंट्रल एवेन्यू की ओर भगा दी।

मँझले मामा ने नानीजी को अपने कलेजे से लगा लिया, 'तुम्हारे कारण आज सबकी जान बच गई माँ! सारा शहर लाशों से भरा पड़ा है। क्या हिन्दू, क्या मुसलमान—सब पर शैतान सवार हो गया है। न जाने अब क्या होगा?'

बस सीधे जाकर गिरीश पार्क के रिलीफ कैंप पर रुकी। फिर वहाँ से सब कोई मुक्ताराम बाबू स्ट्रीट—किशोर के घर—आए और बड़ा कमरा, छोटा कमरा और बरामदा तक बिस्तरों से भर गया। गिगिया बुआ को छोड़ बाकी सबने खाना खाया और बिस्तरों में पड़ गए।

रात को किशोर उठा, तो उसे लगा कि कहीं दूर से 'देवहूति' के रँभाने की आवाज का स्वर आ रहा है। उसने देखा कि बुआ चुपचाप अपने बिस्तर पर बैठी हुई थीं।

'मैं कल जाकर सुरंगी का पिंजरा ले आऊँगा और देवहूति को चारा डाल दूँगा।' किशोर ने कहा। बुआ ने कोई जवाब नहीं दिया।

किशोर रात भर बिस्तर पर उलटता-पुलटता रहा। उसके अन्दर अपने बिस्तर पर होने का चैन भी उसके भीतर की जलन को नहीं मिटा पा रहा था। वे लोग गलत हैं जो यह सोचते हैं कि हिन्दू और मुसलमान एक साथ मिल-जुलकर रह सकते हैं। बकवास है यह बिलकुल—भुलावा, जो वे अपने आपको दे रहे हैं। शान्तनु और अमोलक दोनों ने उसे गुमराह किया है। इस हकीकत को वह आज समझ पा रहा है। नेताजी सुभाषचन्द्र बोस के संग मुसलमानों का सहयोग शान्तनु को छलने के लिए काफी था और गांधीजी की अव्यावहारिक कल्पनाएँ अमोलक को भटका रही हैं। बार-बार किशोर की आँखों के सामने खून का फव्वारा और उस लड़के की अँतड़ियों का बाहर आना घूम जाता है। क्या बिगाड़ा था उसने उन गुंडों का? हिन्दू महासभा, राष्ट्रीय स्वयंसेवक संघवाले क्या गलत कहते हैं? जब हजार सालों में भी हिन्दू और मुसलमानों को साथ रहना नहीं आया, तो अब आगे कैसे आ जाएगा? इससे तो अच्छा है कि देश के दो टुकड़े हों और पाकिस्तान बने। अमोलक के सारे सिद्धान्त खोखले आदर्शों के सिवाय और कुछ नहीं हैं। मुसलमानों को कोई पछतावा नहीं है कि उन लोगों ने हिन्दुओं के मन्दिरों को तोड़ा, और हम लोग ठेका लें उनकी मस्जिदों की रक्षा का? जब वे लोग नमाज पढ़ें, तो अपने घंटे-नगाड़े बजाना बन्द कर दें? यह तो एकतरफा बात हुई, जो अन्याय का ही रूप है। कितना बेवकूफ बना है वह अमोलक के साथ! —सोचकर उसे अपने ऊपर शर्म आती है। किशोर के दिमाग में दो साल पहले की वारदात घूम गई : झूठमूठ अपनी उदार धारणाओं की बात सोच कितना ऊपर उठ गया था वह खुद अपनी ही निगाहों में!

अमोलक के मुहल्ले से कुछ दूर एक गली में एक पुरानी खँडहरनुमा दरगाह थी, जिसमें कोई नहीं आता था। अमोलक ने देखा कि वहाँ एक साधु डेरा जमाए बैठा है। दरगाह के बाहर की खुली कच्ची जमीन पर उसने अपना त्रिशूल

गाड़ दिया था और आँखें बन्द किए वहाँ ध्यान लगाए बैठा था। अगले दिन साधु के आसपास एक-एक करके तीन-चार स्त्री-पुरुष आए और रोटी-सब्जी-फल आदि दे गए। दो दिन में वहाँ आने-जानेवालों का एक ताँता लग गया था। साधु हर आने-जानेवाले से न जाने क्या खुसुर-फुसुर करता था कि उसके पास भीड़ बढ़ती ही जाती थी।

रविवार को जब किशोर अमोलक के साथ वहाँ आया, तब तक वहाँ लगभग एक मेला लग चुका था। तब वे दोनों भी वहाँ क्या हो रहा है, यह देखने चले गए थे। वहाँ जाकर पूछने से पता चला कि साधु जहाँ बैठा है, उसके सामने बने चौकोर घेरे में कल एक शिवलिंग जमीन फोड़कर प्रकट होनेवाला है। साधु के तरह-तरह के चमत्कार के किस्से लोगों ने सुनाए कि कैसे उसके आशीर्वाद से किसी की बीमारी गायब हो गई या किसी का खोया हुआ धन मिल गया। उन दोनों को लगा, हो-न-हो दाल में जरूर कुछ काला है। लेकिन यह साधु धरती फोड़कर शिवलिंग कैसे प्रकट करेगा, यह बात न किशोर को समझ में आ रही थी और न अमोलक को।

उस दिन शाम को किशोर अमोलक के घर ही रह गया क्योंकि यह चमत्कार बिलकुल सूरज उगते ही होनेवाला था। सुबह मुँह-अँधेरे जब वे लोग वहाँ पहुँचे, तो पहले से ही लोगों की भीड़ वहाँ इकट्ठा थी। सब आरती के सामान की तैयारी कर फूल-पत्र, धूप-दीप के साथ आए थे। रोशनी होते-होते उन लोगों ने देखा कि सचमुच एक शिवलिंग का ऊपरी हिस्सा धीरे-धीरे धरती से बाहर आने लगा था। किशोर ने अपने अन्दर पहली बार सच्ची श्रद्धा जैसा कुछ महसूस किया। कौन कहता है कि संसार में चमत्कार नहीं होता? भगवान नहीं हैं? लेकिन तभी अमोलक वहाँ से खिसक गया था और दस मिनट में उसके पिता के साथ इलाके का एक बड़ा अंग्रेज पुलिस अफसर दो सिपाहियों के साथ वहाँ आ गया। अब तक भीड़ श्रद्धा और उत्तेजना से पागल होकर घंटे-ढोल बजा रही थी और आरती गा रही थी। शिवलिंग को फूल-बेलपत्र से ढका जा चुका था और कच्चे दूध तथा जल से कतार बनाकर उसकी पूजा की जा रही थी।

पुलिस अफसर को देखते ही भीड़ ठंडी पड़ गई। सिपाहियों ने आनन-फानन में फूल-पत्र हटाकर शिवलिंग बाहर निकाल लिया और तब सबको जमीन के अन्दर दबे लाल चने दिखाई दिए जिनमें अब फूलकर अंकुर निकलने लगे थे। तब सबको समझ में आया कि साधु ने जमीन खोदकर सूखे लाल चने की एक बोरी मिट्टी में दबाकर उसके ऊपर शिवलिंग रखकर पतली-सी मिट्टी की परत लगा दी थी। पानी से मिट्टी सींचने से चने फूलने लगे थे और शिवलिंग धरती फोड़कर बाहर निकलने लगा था। दरगाह की भूमि पर धोखे से कब्जा करने के आरोप में पुलिस ने साधु को गिरफ्तार कर लिया। किशोर के मन में क्षण भर के

लिए सच्ची श्रद्धा के खो जाने का अफसोस हुआ था, पर एक झूठ के उद्घाटन की सार्थकता ने उस अफसोस को काफूर कर दिया था।

आज 17 अगस्त की रात को किशोर ने फिर एक गहरे अफसोस का अनुभव किया। अपने धर्म की रक्षा प्रत्येक व्यक्ति का कर्तव्य है और वह साधु धर्म-रक्षा ही तो कर रहा था। इन मुसलमानों ने न जाने कितने मन्दिरों को नष्ट किया है, मूर्तियों को तोड़ा है, लूटा है और न जाने कितनी औरतों का शीलभंग किया है। कितनों को मुसलमान बनाया है। अब यह कहने का कोई अर्थ नहीं कि सारे मुसलमान सात पीढ़ियों के पहले हिन्दू थे और इसलिए हमारे भाई हैं। कैसे अमोलक ने उसे इस तरह की बेवकूफी-भरी बातों पर यकीन करना सिखा दिया? अब वह प्रायश्चित्त करेगा। वह मँझले मामा को कल सुबह ही कहेगा कि उन लोगों को उजाड़े हुए हिन्दुओं की सहायता के लिए कुछ काम करना चाहिए।

अगले दिन किशोर मँझले मामा के साथ एक गुप्त मीटिंग में गया। पुलिस और मिलिटरी मुसलमानों का पक्ष लेकर हिन्दुओं के साथ नाइंसाफी कर रही है, यह सुनकर उसका खून खौल उठा। वह सुनता रहा कि कई जगह हिन्दुओं ने मुसलमानों को बचाया है—यह हिन्दुओं की अहिंसा-वृत्ति और शान्ति-प्रेम का प्रमाण है। हिन्दू जाति में मानवीयता कूट-कूटकर भरी हुई है। मीटिंग में यह निश्चय किया गया कि मुस्लिम लीग और कांग्रेस का जो जुलूस अपने-अपने झंडों और सफेद पताकाओं के साथ सेंट्रल एवेन्यू से 'हिन्दू मुस्लिम एक हों' के नारे लगाता हुआ धर्मतल्ला तक जानेवाला है, उसे भंग किया जाए। इसके लिए आठ आदमियों का चुनाव किया गया।

किशोर शान्ति-जुलूस की कार्रवाई देखने के लिए मँझले मामा को न बताकर धर्मतल्ला चला गया। धर्मतल्ला पहुँचने पर जब जुलूस के सारे कार्यकर्ता अनिश्चित से खड़े थे कि अब क्या करें, तीन आदमियों का एक दल जुलूस के बीच में घुसा और एक व्यक्ति को धकियाता हुआ बाहर खड़े बाकी पाँच के पास ले आया। उन आठों ने मिलकर उसे लाठियों से पीटना शुरू किया। वह जमीन पर गिरा, तब सारा जुलूस और आस-पास खड़े होकर जुलूस को देखनेवाले लोग तितर-बितर हो गए थे।

किशोर ने एक जले हुए मकान के अन्दर से देखा कि उस मरे हुए आदमी को छोड़कर वे आठों जाने के लिए पलटे थे और फिर तभी उनमें से एक अचानक वापस दौड़ा और उसने तीन बार लाश को चाकू मारा। जगह-जगह खून के फव्वारे छूटे और किशोर वहीं उलटी करता फर्श पर दोहरा हो गया था। वह जब वापस घर

लौटा, तब तक उसके अन्दर जहाँ-तहाँ सड़ती हुई लाशों की गन्ध इस तरह बस गई थी कि उसे लगा—इस गन्ध को वह कभी नहीं भूल पाएगा।

किशोर घर लौटा तो माँ ने घुसते ही बताया कि अमोलक उससे मिलने आया था। तभी वहाँ 'सुरंगी' मैना का पिंजरा देखकर किशोर चौंक पड़ा।

माँ ने बताया, 'अमोलक आया था और मैंने गिगिया बुआ की हालत बताई, तो सुरकी कल के मकान से जाकर इसे वह ले आया। वे लोग पुलिस की मदद से मुसलमानों के मुहल्ले में रहनेवाले हिन्दुओं और हिन्दुओं के मुहल्ले में रहनेवाले मुसलमानों को निकाल रहे हैं। उसके पिता और चाचा मोटर पर लाउडस्पीकर लगाकर हिन्दू-मुसलमानों से शान्ति की अपील कर रहे हैं। एक सारजेंट को साथ लेकर अमोलक कुछ लोगों के साथ पैदल घूम रहा है। बड़ा सेवा-भाव है इस लड़के में। कितना पुण्यवान है!'

किशोर अमोलक की बड़ाई सुनकर जल उठा। तभी चौक से अमोलक की बुलाने की आवाज सुनाई पड़ी। किशोर के पाँव जैसे मन-मन के हो गए। वह अमोलक से मिलने नीचे उतरा, तो जैसे उसे कोई पीछे खींच रहा था। 'चलो किशोर, तुम्हें खोजने मैं दूसरी बार आया हूँ। कहाँ चले गए थे?'

अमोलक के प्रश्न का किशोर ने कुछ देर तक कोई जवाब नहीं दिया।

'मेरी तबीयत ठीक नहीं है। हरिसन रोड पर ट्राम लाइन पर एक तेरह साल के हिन्दू लड़के के पेट से अँतड़ियाँ निकाल लीं उन राक्षसों ने। मैं तुम्हारे साथ नहीं जाऊँगा।' किशोर ने दृढ़ स्वर में कहा।

अमोलक एक क्षण के लिए हक्का-बक्का रह गया। फिर उसने धीमे स्वर में कहा, 'तुम्हें मालूम है, कितनी जगह मुसलमानों ने अपने प्राण की बाजी लगाकर हिन्दुओं की जान बचाई है? चलो, मैं तुम्हें अपने साथ परसों हुई घटना बताता हूँ।'

किशोर ने अपने मकान के बाहर चबूतरे पर बैठकर अमोलक के मौत के मुँह से निकल आने का किस्सा सुना। क्या करे वह? किधर जाए? किस पर यकीन करे कि कौन सही है? उसे उस गुंडे का उस लाश को तीन बार चाकू मारना याद आया। नहीं, वह उन लोगों का साथ नहीं दे सकता। पर वह अमोलक का भी साथ नहीं देगा। हिन्दू और मुसलमान कभी एक नहीं हो सकते। उनमें रोटी तक का सम्बन्ध नहीं वन सकता, अमोलक चाहे जो भी कहे।

'मेरी एक बात का जवाब दे दो अमोलक! उसके बाद तुम जो चाहोगे, वह मैं करूँगा।' किशोर ने कहा।

अमोलक ने उसकी ओर थकान से भरी आँखें उठाईं।

'क्या तुम अमजदिया होटल में खाना खा सकते हो—उसी तरह, जैसे हम किसी हिन्दू होटल में खाते हैं? क्या तुम्हें रत्ती भर भी घिन नहीं लगेगी?' किशोर उत्तेजना से हाँफ रहा था।

अमोलक की आँखों में हताशा घिर आई थी।

'मैं पक्के तौर पर ऐसा नहीं कह सकता।' कहकर उसने सिर झुका लिया।

'तो सुनो, आज मैं मामा के साथ एक गुप्त मीटिंग में गया था। लेकिन तुम यह मत समझना कि मैं उनमें मिल गया हूँ। मैं न उनसे मिल सकता हूँ और न तुमसे। पाकिस्तान बनकर ही रहेगा—यह बात आज नहीं तो कल तुम्हारी समझ में जरूर आएगी। उसी से शान्ति और अमन हो सकता है।'

अमोलक से किशोर के मिलने का वह अन्तिम दिन था।

अब इक्यावन साल बाद किशोर बाबू ने अमोलक से बिछुड़ने के आघात को पंडितजी से मिली उसकी मौत की खबर के साथ महसूस किया। कैसे इतने कठोर हो गए थे वे अमोलक के प्रति? क्या उस ट्राम लाइन पर मरते लड़के के साथ उनके अन्दर भी कुछ मर गया था?

पूरा कलकत्ता शहर सड़ती हुई लाशों की गन्ध में लिपटा हैजा फैलने की आशंका से डरा हुआ था, पर ब्रिटिश कमांडर के लाशों के जलाने के सुझाव को न हिन्दुओं ने माना था, न मुसलमानों ने। अपर चितपुर रोड पर श्यामपुकुर के पास मकानों के बीच एक खाली पड़े जमीन के टुकड़े पर पचासों लाशें गिद्धों के भोजन के काम आ रही थीं। पार्क सर्कस के पास एक लावारिस लारी में बीसों लाशें एक जले हुए मकान के पास पड़ी थीं। कलकत्ते से लोग रेल और सड़कों से बाहर भाग रहे थे। एक लाख लोग एक सप्ताह के अन्दर कलकत्ते से जा चुके थे। और इतने ही अपने-अपने घरों से विस्थापित होकर यहाँ-वहाँ पड़े हुए थे। नौ दिनों के बाद एक जिन्दा आदमी बालीगंज के एक नाले से निकाला गया, जिसे छुरा मारकर वहाँ फेंक दिया गया था।

किशोर बाबू को आज इक्यावन साल बाद भी अखबारों में पढ़ी ये सब घटनाएँ याद हैं क्योंकि उनके दिमाग ने इन घटनाओं की तस्वीरें बनाकर अपने स्मृति-भंडार में जमा कर ली थीं। लेकिन तब इन तस्वीरों से उन्हें कोई दुख-सुख नहीं हुआ था। भवानीपुर में 'काला चाँद' जूतेवाले की दुकान लूटे जाने की खबर से एक बार वे चौंके जरूर थे, क्योंकि उन्होंने अमोलक के साथ पिछली बार वहीं से जूते खरीदे थे। एक क्षण के लिए उस भद्र मुसलमान की तस्वीर उनकी आँखों के सामने कौंधकर गायब हो गई थी। पर बाकी किसी बात का उन पर कोई असर नहीं हुआ। अपनी जान बची रहे, बस! इन बातों में नहीं पड़ने का उनका निश्चय एकदम पक्का था।

अक्टूबर में नोआखाली के दंगे के समय उनके मकान मालिक के रिश्तेदार पूर्वी बंगाल से रातोंरात सिर्फ अपना कीमती सामान लेकर चले आए थे और उनकी

हालत देखकर भी किशोर बाबू के अन्दर कुछ नहीं हुआ था। कलकत्ता शहर के हिन्दू और मुस्लिम इलाके के बीच में जालीदार तार और कबाड़ रख 'नो मैन्स लैंड' बनाकर 'हिन्दुस्तान' और 'पाकिस्तान' बन गए थे। बसें चौरंगी से स्ट्रैंड रोड की तरफ घूमकर चितपुर के मुस्लिम इलाके को बाइपास करती हुई बांगड़ बिल्डिंग के पास अपना रोज का रास्ता पकड़ती थीं। बांगड़ बिल्डिंग से नाखुदा मस्जिद तक जानेवाला रास्ता पूरा 'पाकिस्तान' का इलाका था। यह सब देखकर किशोर बाबू के दिमाग में बंगाल का विभाजन हो चुका था। एक बार जितनी लूट-पाट, मार-काट, हत्याएँ-बलात्कार होने हों, हो जाएँ। कुछ पाने के लिए कुछ खोना तो पड़ता ही है। गांधीजी क्या कर लेंगे? उनके नोआखाली जाते समय कलकत्ता रुकने के दिनों में भी तो हत्याएँ होती रही थीं। आखिर इस भावुकता से क्या होनी-जानी है कि इस देश के टुकड़े नहीं होने चाहि? 'अमृत बाजार' पत्रिका ने 1947 के अप्रैल के महीने में लोगों के मन्तव्य जानने के लिए वोट लेकर यह रपट दी थी कि सौ में से साढ़े अट्ठानबे प्रतिशत लोग चाहते हैं कि बंगाल का विभाजन हो जाए। तब फिर गांधीजी की बातें सिर्फ व्यक्तिगत दुराग्रह छोड़कर और क्या हैं? मुसलमानों से नफरत और बदले का मंत्र सिखाती '16 अगस्त, 1946' शीर्षक की एक कविता स्कूलों में छोटे बच्चों को सरस्वती-पूजा में प्रतियोगिता के लिए याद करने के लिए बाँटी जा रही थी। जब मन में इतनी फूट हो गई हो, तब अपनी ही जिद में ऐसे हालात को न देखने-समझनेवालों से उन दिनों किशोर बाबू को सख्त चिढ़ हो गई थी। इसीलिए उस दिन के बाद अमोलक से उन्होंने कोई सम्पर्क साधने का प्रयत्न नहीं किया था।

आज किशोर बाबू को बाइपास ऑपरेशन के दौरान लगी चोट के बाद दूसरा तीव्र धक्का लगा है। अमोलक ने इस तरह अपनी जान दे दी? वह बिना उनसे मिले ही इस दुनिया से चला गया? उसने अपना कौल भी याद नहीं रखा कि महारानी विक्टोरिया की मूर्ति के नीचे उन लोगों को 1 जनवरी, 2000 ईस्वी के दिन मिलना था? नहीं, इस तरह उन्हें बिना बताए वह नहीं जा सकता।

उन्हें अमोलक को कितनी ही बातें बतानी हैं। उन्हें यह स्वीकार करना है कि वे गलत थे। आज भी कोई समस्या नहीं सुलझी। लाखों लोगों के खून बहने से मिला विभाजन क्या दे पाया? अपने जैसी भाषा बोलनेवाले और अपने जैसे ही जलेबी, कलाकन्द खानेवाले लोगों के साथ युद्ध? उन्हें शत्रु मानकर हथियार जमा करने और सेना को तैयार रखने के लिए अरबों-अरबों रुपए का खर्च, जबकि आज भी कलकत्ते की सड़कों पर कोढ़ी, भिखमंगे, औरतें, बच्चे उसी तरह भूखे-नंगे फिरते हैं?

अमोलक के 1946 के दंगों के कष्ट को, 1947 के विभाजन के कष्ट को और 1948 के गांधी की हत्या के कष्ट को किशोर बाबू ने आज अपनी नस-नस में

महसूस किया। नहीं, वे ऐसे नहीं जाने देंगे अमोलक को—बिना उनसे बोले-बतलाए। उसकी आत्मा से वे सम्पर्क करेंगे।

बचपन में उन्होंने गिगिया बुआ को आत्मा बुलाते देखा है। एक बड़े कागज पर सारे अक्षर एक गोलाई में लिखकर एक कटोरी को उलटाकर उस पर रखना है। अमोलक की आत्मा जरूर आएगी। उन्हें पूरा विश्वास है। एक बार उन्हें अमोलक से मिलना ही है। चाहे जिस तरह हो। लेकिन उस हत्यारे स्वामी का टेंटुआ दबाते समय उन्होंने उसे छुआ है। पहले अच्छी तरह हाथ धोकर साफ करना पड़ेगा। गिगिया बुआ भी आत्मा बुलाने से पहले कम-से-कम एक घंटे तक बार-बार दोनों हाथों में ऊपर-ऊपर तक मिट्टी लीपकर हाथ धुलवाती थीं। उन्हें भी अपने को शुद्ध करना पड़ेगा।

15

आजादी की छाँव में : उत्तर-कांड

काम्पोज लेकर सोते हुए किशोर बाबू को उनकी पत्नी कई बार झाँककर देख गई थीं कि वे गहरी नींद में हैं। किशोर बाबू की पत्नी बीच वाले कमरे में अकेले लेट गईं। बहुत थक गई हैं—अब मौत आ जाए तो ही चैन पड़े। कितना अच्छा हो कि ऐसे ही सोती-की-सोती रह जाएँ! यह दिन भी देखना बदा था! अब तो शायद किशोर बाबू को पागलखाने ले जाना पड़े। हे भगवान!—किशोर बाबू की पत्नी की आँखों से अविरल आँसुओं की धारा दोनों तरफ गिरकर तकिए को भिगोने लगी—क्या देखा इन पंडित-ज्योतिषियों ने?—ऐसा कुछ हो सकता है, इसका किशोर बाबू की पत्नी को अन्दाज भी नहीं था। सनकी हो गए थे, तो चलो, कोई बात नहीं—कहते ही हैं कि साठ के बाद आदमी थोड़ा-बहुत सनक जाता है। पर एक साधु को मारने पर तुल जाएँगे—यह कोई सोच भी सकता था? और वह भी बिना कारण? वह बेचारा मौनी साधु! कुछ कहा भी तो नहीं उसने! पंडितजी का गला दबाते, तो यह समझ में आता कि पंडितजी ने कोई ऐसी-वैसी बात कह दी होगी। गुस्सैल तो हमेशा के हैं ही। लेकिन वह साधु तो गूँगे की तरह बैठा था। बेचारे दोनों भले मानुष। दोनों रोते-रोते गए यहाँ से। पंडितजी से बहुत पूछा कि क्या हुआ, क्या हुआ, तो बेचारे कुछ बोल नहीं पाए 'अमोलक', 'अमोलक'—दो बार कहकर फिर हिचकी लेकर रोने लगे।

कौन है यह अमोलक? आज तक इसका कभी नाम भी नहीं सुना। शादी को पचास वर्ष होने आए। अब तो पंडितजी लौट गए होंगे इलाहाबाद। डॉक्टर भी कुछ पूछेगा, तो क्या बतलाएँगे हम लोग? अब तो इस घर का बरबाद होना ही दिखता है। एक साधु और एक ब्राह्मण—दो-दो जनों का शाप लगेगा इस घर पर। मैंने तो चरणों में गिरकर माफी माँगी, पर उससे क्या होगा? राजा परीक्षित तक साधु के गले में मरा हुआ साँप डालने के कारण बच नहीं पाया। इन्होंने तो गला ही घोंट दिया था साधु का।—किशोर बाबू की पत्नी हिलक-हिलककर रोने लगीं।

किस घड़ी में किस पंडित ने उनकी जन्मपत्री मिलाई थी किशोर बाबू से? वह बालजी पंडित मर ही गया—नहीं तो उसी से जाकर पूछतीं—इसी को कहते हैं सातों सुख? बाबूजी इतने पढ़े-लिखे वकील होकर भी अन्धविश्वास करते थे उस पंडित पर। जन्मपत्री मिलाने भेजी थी किसी और लड़के से। उसने मिला दी किशोर बाबू की जन्मपत्री से, जो किसी और से मिलाने के लिए आई थी। कहा कि इस लड़के से कर दो शादी—सातों सुख पाएगी आपकी लड़की। गाड़ी-वाड़ी सब होगी। नहीं तो था क्या किशोर बाबू के पास उस समय? मामा के यहाँ नौकरी करते थे और ऊपर से दो-दो विधवाएँ घर में। सिंगार करने को तरस गईं वे उस उम्र में। कभी सिन्दूर तक नहीं लगाने दिया, नाक में कील नहीं पहनने दी। कहते कि मिसरानी (ब्राह्मणी) जैसी लगोगी। वे क्या नहीं समझती थीं कि भाभी को कहीं दुख न हो, इस चिन्ता से ये सब आदेश दिये जा रहे हैं? ऊपर से पाँच-पाँच लड़कियाँ पैदा होती गईं एक-के-बाद एक। सारी जवानी तो लड़के की आस में उन्हें पैदा करने में ही निकल गई। फिर सबके लिए दहेज जुटाने में। अपने लिए कभी कोई चीज रख पाईं? जो खरीदा, लड़कियों के लिए रखती गईं। और अब अन्तिम घड़ियों में यह पागलपन! अच्छा बदला चुकाया बालजी पंडित ने उनसे—न जाने किन जन्मों का वैर था!

किशोर बाबू की पत्नी का कलेजा कुछ सोचकर अचानक धक् से रह गया। क्या बालजी पंडित ने उनके बाबूजी को किशोर बाबू के भविष्य के पागलपन का कोई संकेत दिया था और बाबूजी ने उनसे यह बात ताउम्र छुपाए रखी? हो सकता है, बिलकुल हो सकता है।—किशोर बाबू की पत्नी के आँसू सूख गए। तभी न बाबूजी हमेशा उनसे कहा करते थे, 'सरोज, किशोर बाबू का दिमाग बहुत गरम है। उन्हें गुस्सा मत दिलाया करो—ठंडा रखा करो।' खुद माँ-बाबूजी अपने छोटे लड़के के पागलपन से इतने दुखी थे ही, उन्हें भी जीते-जी इस नरक में धकेल दिया?

किशोर बाबू की पत्नी का सबसे छोटा भाई मैट्रिक तक पढ़ने के बाद पागल हो गया था। वह जैसे-जैसे बड़ा होता गया था, उसके लक्षण और भयंकर होते गए थे। वह बार-बार दो तल्ले से नीचे गिरने की कोशिश करता। उसे लेकर माँ-बाबूजी सदा दुखी रहते। वह 'माँ-माँ' करता, पर माँ उसके पास नहीं फटकती थीं। उस पर एक नौकर रख दिया गया। अन्त में बाबूजी उसे पागलखाने में भर्ती करवाने ले गए थे। वहाँ डॉक्टर ने जब पूछा कि मरीज कौन है, तो भाई ने कहा कि मरीज पेशाब करने गया है। बाबूजी जब पेशाब करके आए तो डॉक्टर उन्हें भीतर ले जाने लगा। उन्होंने कहना चाहा कि पागल वे नहीं हैं, उनका लड़का है—तो भाई ने कहा था, 'कोई पागल कहता है कि वह पागल है?' भाई की इतनी बुद्धिमानी की बात से प्रभावित होकर डॉक्टर ने उसकी जगह हाथ-पाँव मारते और चिल्लाते बाबूजी को अन्दर ले जाकर बन्द कर दिया था। बाद में उनके साथ गए उनके एक मित्र ने जाकर

इस भूल में सुधार किया था। कुछ सालों बाद ठीक होकर भाई कलकत्ते आया था और अगले ही दिन बाबूजी के डाँटने पर दो तल्ले से गिरकर मर गया था।

तो क्या बाबूजी ने जानते-बूझते अपनी बेटी को सातों सुख देने के लालच में यहाँ पहुँचा दिया? अब तो वे रहे नहीं, माँ भी चली गईं, पूछें भी तो किससे? या सचमुच उनके भाग्य में यही लिखा था?--इस खयाल से किशोर बाबू की पत्नी कुछ शान्त हो गईं। भाग्य में लिखे को कौन टाल सकता है?

किशोर बाबू की पत्नी ने उठकर कमरे में झाँककर देखा, तो किशोर बाबू बिस्तर पर नहीं थे। बाथरूम का दरवाजा खुला था। उन्होंने पास जाकर देखा, तो उनका माथा ठनक गया। किशोर बाबू ने अपनी कमीज उतार दी थी और बिना बाँह की गंजी और पाजामा पहने बेसिन पर खड़े-खड़े दोनों हाथों में कोहनी के ऊपर तक साबुन लगा रहे थे। उन्होंने शीशे में अपनी पत्नी की तरफ देखा। दोनों की आँखें मिलीं। फिर किशोर बाबू ने अपनी आँखें हटा लीं और उसी तरह दोनों हाथों पर साबुन मलते रहे। किशोर बाबू की पत्नी पाँच मिनट तक खड़ी-खड़ी देखती रहीं। फिर एक लम्बी साँस लेकर वहाँ से हट गईं और वापस बीच वाले कमरे में आँसुओं से गीले तकिए पर लेट गईं।

बिलकुल बड़े मामाजी की तरह खड़े-खड़े पूरे-पूरे हाथों में साबुन लगा रहे हैं! तो क्या अब संन्यास लेने की सोच रहे हैं किशोर बाबू? बड़े मामाजी इसी तरह साबुन लगाया करते थे संन्यास लेने से पहले। किशोर बाबू की पत्नी ने पहले तो अम्माजी और भाभीजी से सुना ही था, पर एक दिन खुद भी अपनी आँखों से देख लिया था। शादी को एक साल ही तो हुआ था तब। लेकिन बड़े मामाजी का कोई किस्सा उनके लिए बाकी नहीं रहा—वे बड़े कौतूहल से उनकी बातें सुनतीं। जब-तब खुद बड़े मामाजी की बात छेड़ देतीं। मामाजी का आधा झुलसा हुआ चेहरा और एक नकली आँख देखने में भी बहुत सुविधा थी, क्योंकि बड़े मामाजी हमेशा अपनी आँखें नीची रखते थे। कभी उनकी तरफ देखते तक नहीं थे।

बड़े मामाजी अपनी दूसरी शादी के डेढ़ साल बाद अलग रहने लगे थे। दुकान में घाटा लगाने के बाद उनकी साख बिलकुल गिर गई थी और राजगद्दी पर मँझले मामा बैठ गए थे। शादी के तीन साल तक उन्होंने अपनी तौहीन बरदाश्त की। लेकिन बाद में वे अपने तीनों बच्चों और दूसरी पत्नी को लेकर पहली पत्नी के पीहर कानपुर चले गए। उनके ससुर ने अपने जँवाई को अपनी कपड़ा मिल का काम सौंप दिया था और मामाजी वापस पहले वाले रोब-दाब से रहने लगे थे। एक 'बाईजी' से गाना सुनने के लिए भी वे रोज शाम जाने लगे। न जाने उसी बाईजी के घर अपने साले से टकरा जाने से उससे झगड़ा हुआ या फैक्टरी के काम को लेकर मजदूरों से झगड़ा हुआ, पर नतीजा यह हुआ कि किसी ने एक रात उनके चेहरे पर एसिड से भरा बल्ब फेंक दिया। उनका आधा चेहरा जलकर विकृत हो गया और

एक आँख जाती रही। कलकत्ते से मँझले मामा और किशोर बाबू उन्हें देखने-सँभालने के लिए कानपुर गए। इस दुर्घटना में बड़े मामाजी के बचने की कोई उम्मीद नहीं थी, पर एक दिन एक अद्‌भुत घटना घटी। बड़े मामाजी ने एक दिन सुबह-सुबह अस्पताल में किशोर बाबू से कहा कि उन्होंने कल रात सपने में देखा कि मामीजी ने दुर्गा देवी से कहा है कि वे उनके सुहाग की जगह उनके प्राण ले लें। तब दुर्गा देवी ने प्रकट होकर 'तथास्तु' कहा। उसी दिन दोपहर में मामीजी ने दिल के दौरे में प्राण छोड़ दिए और बड़े मामाजी स्वस्थ होने लगे। पर मामाजी से यह छुपाकर रखा गया कि मामीजी की मृत्यु हो गई है। उन्हें कहा गया कि बच्चों के बीमार होने के कारण मामीजी उन्हें लेकर कलकत्ता चली गई हैं। मामाजी को स्वस्थ होकर कलकत्ता ले आने पर ही पता चला कि मामीजी की उसी दिन मृत्यु हो गई थी, जिस दिन उन्होंने वह सपना देखा था। तभी से उनमें वैराग्य जगने लगा। वे नीम के पत्ते की कसैली चटनी के साथ रोटी खाने लगे और सारे दिन अपने हाथों में ऊपर-ऊपर तक साबुन लगाकर हाथ धोने लगे। अन्त में एक दिन वे गायब हो गए। किशोर बाबू उन्हें खोजते-खोजते हरिद्वार पहुँचे और अपनी सूझ-बूझ से उनका पता लगा लिया। पर मामाजी ने लौटने से इनकार कर दिया और उसी आश्रम में एक संन्यासी-गुरु से दीक्षित हुए जिसमें वे कभी बचपन में अपने माता-पिता के साथ तीर्थ-यात्रा करते हुए ठहरे थे।

हे प्रभु! अब क्या करें? बड़े मामाजी ने अपनी पत्नी के मरने पर संन्यास लिया था, लेकिन किशोर बाबू तो उनके जीते-जी संन्यास लेना चाहते हैं! यह कैसे सम्भव है? किशोर बाबू की पत्नी की इच्छा हुई कि उन्हें जाकर कहें कि गला दबाकर पहले उन्हें मार डालें। उसके बाद लेते रहें संन्यास! क्या पता, उन्होंने स्वामीजी का गला इसीलिए दबाया हो कि स्वामीजी ने उन्हें संन्यास देने से इनकार कर दिया हो! हाँ, यह बात तो जँचती है। ऐसा ही हुआ होगा। हाथों को इस तरह खड़े-खड़े धोते रहना तो इसी बात का लक्षण है।

किशोर बाबू की पत्नी कराहती हुई सी उठीं। देखें, अब क्या कर रहे हैं? घर में भी तो कोई नहीं कि सँभाल ले उन्हें। सब अस्पताल गए हैं। आज बड़ी लड़की ने दो लड़कियाँ पैदा करने के बाद तीसरा गर्भपात कराया है। इस जमाने में बेचारी पाँच बार माँ बन गई। बच्चा आधा हो या पूरा, औरत का शरीर तो बराबर ही खराब होता है। इस बार भी पेट से पानी निकालकर परीक्षा कराई, तो लड़की ही निकली, जबकि इस बार तो बच्चा पेट में इंजेक्शन से डाला था, जिसमें खाली लड़का पैदा करनेवाले कीड़े थे। हजारों तो रुपए खर्च हो गए और शरीर का इतना नुकसान हुआ सो अलग। न जाने कितनी बार सोनोग्राफी कराई, कितनी दवाइयाँ-इंजेक्शन खाए, हाथ कुछ आया नहीं। उनके जमाने में तो इस तरह का विज्ञान नहीं था, पर अब है भी, तो क्या हो गया? पर लड़की मानती नहीं। कहती है, तुम्हारी तरह मुझे पाँच

लड़कियाँ नहीं पैदा करनी हैं। चलो, यदि उन पर ही गई है, तो अब अगली बार लड़का हो जाएगा। भगवान सबकी टेक रखते हैं। अगली बार वे खुद सन्तोषी माता, वैष्णो देवी, पहाड़ी देवी—सबकी मन्नत मान लेंगी। कोई-न-कोई तो काम आएगा ही।

किशोर बाबू की पत्नी ने दरवाजे का हैंडल घुमाया, तो पाया कि दरवाजे में अन्दर से सिटकनी लगी हुई है। उनका दिल बुरी तरह घबराने लगा। क्या बात है? क्या कर रहे हैं अन्दर? उन्होंने हिम्मत करके दरवाजा दो-तीन बार खटखटाया। फिर भड़भड़ाया। अन्दर से कोई आवाज नहीं आई। क्या करें? क्या उपाय करें अन्दर घुसने का? क्या चौके से नौकर को या नीचे से दरबान को बुलाएँ? पर बिना मतलब का हल्ला मच जाएगा। ऐसे भी पता नहीं कि ये लोग कैसी-कैसी बातें कर रहे होंगे! मन-ही-मन तो खुश होंगे कि बाबू सारे दिन डाँटते थे, अब देखो, क्या हाल हुआ!

किशोर बाबू की पत्नी ने हाँफते हुए फिर दरवाजा खटखटाया। कोई आवाज नहीं आई। अचानक उन्हें एक उपाय सूझा। बरामदे का सिरा उनके कमरे में वहाँ तक पहुँचता था, जिसके ठीक बाद उनके कमरे की खिड़की थी। यदि वे अपने शरीर को पूरा झुकाकर बरामदे से खिड़की के अन्दर झाँकें, तो हो सकता है कि किशोर बाबू उन्हें दिख जाएँ। दिक्कत बस यही है कि सड़क की तरफ से उन्हें कोई ऐसा करते देख सकता है और भारी बदन को इतना मोड़ने से कमर में दर्द आ सकता है।

अन्ततः किशोर बाबू की पत्नी ने अपनी काया को अपार कष्ट देकर जो दृश्य देखा, उससे उन्हें चक्कर-सा आ गया। किशोर बाबू क्या कर रहे हैं, यह समझते उन्हें देर न लगी। बचपन में उन्होंने भी अपनी फुफेरी बहन के साथ आत्मा बुलाने का यह खेल खेला था। उन्होंने साफ-साफ सुना कि किशोर बाबू 'अमोलक, अमोलक' कह रहे थे। यह अमोलक कौन बला है, किशोर बाबू की पत्नी को समझ में नहीं आया। मीराबाई के एक पद में तो उन्होंने सुना था, 'वस्तु अमोलक दी मेरे सतगुरु, किरपा कर अपनायो।' तो क्या किशोर बाबू ने बड़े मामाजी को अपना गुरु मानकर उनसे मंत्र की दीक्षा ले रखी थी? एक बार उनके मरणासन्न होने पर हरिद्वार गए तो थे।

किशोर बाबू की पत्नी ने आँखें फाड़कर देखा कि कटोरी हिलने लगी थी और सफेद कागज पर लिखे अक्षरों पर घूम रही थी। आत्मा आ गई—किशोर बाबू की पत्नी का दिल बुरी तरह धक्-धक् करता अन्दर बजता रहा। लेकिन उसके बाद किशोर बाबू ने जो किया, वह कोई सपने में भी सोच नहीं सकता था। किशोर बाबू ने उस आत्मा की कटोरी को उठाकर अपने मुँह से इस तरह लगा लिया, जैसे उससे कुछ पी रहे हों! किशोर बाबू की पत्नी जब तक वापस अपने शरीर को बरामदे में

लाकर जमीन में धँसीं, वे लगभग बेहोश थीं। चौके से नौकर ने उन्हें खोजते हुए आकर सँभाला, तो वे पसीने से लथपथ धरती पर पड़ी थीं।

किशोर बाबू का लड़का और बहू जब घर लौटकर आए तो उन्होंने उलटा ही नजारा देखा। माँ बिस्तर पर थीं और किशोर बाबू उनके बगल में कुर्सी लगाए एकदम चुस्त-दुरुस्त लगते हुए अखबार पढ़ रहे थे। यह क्या हुआ और कैसे हुआ? जाते समय तो वे पापा को काम्पोज के नशे में छोड़कर गए थे। कल उस साधु का गला घोंटने की कोशिश के बाद उन्हें इस तरह सिर्फ माँ के साथ अकेला छोड़ना खतरे से खाली नहीं था, यह सोचकर वे लोग हड़बड़ी करते हुए लौटे थे। हो-न-हो, पापा ने माँ के साथ कुछ किया है—यह सोचकर किशोर बाबू के लड़के के माथे की नस फड़कने लगी। उसके दोनों कान गरम हो गए।

'क्या हो गया माँ को?' उसने लगभग चिल्लाते हुए पूछा।

किशोर बाबू ने गुस्से से उसे देखा, 'धीरे बोलो, बेवकूफ! तुम्हारी माँ जाग जाएगी। उसे चक्कर आ गया था।' उन्होंने जैसे शब्दों को दाँत से पीसते हुए कहा।

किशोर बाबू का लड़का एकदम चौंक गया, 'यह क्या? बैक टू नॉर्मल? —पापा ठीक हो गए क्या?' आज महीनों बाद उसने अपने लिए यह सम्बोधन सुना था—'बेवकूफ!'

'कहाँ गए थे तुम लोग माँ को अकेला छोड़कर?' यह प्रश्न किशोर बाबू के लड़के के लिए दूसरा झटका था। वही पुराना प्रश्न, वही तरीका। वह कुछ बोलता, इससे पहले उसकी बहू ने कहा, 'बड़ी दीदी के पास गए थे हॉस्पिटल। थर्ड एबॉर्शन था न—काफी रिस्क थी। इसीलिए जाना पड़ा।' उसने जोड़ा, 'माँ को अकेला छोड़कर।'

किशोर बाबू को बहुत पहले किसी अस्पताल में एक बोतल में रखा तीन महीने का भ्रूण याद आया जिसके हाथ-पाँव-पसलियाँ सब कुछ दिख रहे थे। किशोर बाबू अपनी बहू को कुछ देर एकटक देखते रहे, फिर बोले, 'देखा अमोलक, यह औरत अभी तक पाँच सालों में माँ नहीं बन पाई। इलाज पर हजारों रुपए खर्च हो गए हैं और यह एबॉर्शन के बारे में इस तरह बातें करती है, जैसे दाँत निकलवाने की बात हो!'

किशोर बाबू का लड़का और उसकी बहू सन्न खड़े रह गए। आज तक पापा ने बच्चा नहीं होने के बारे में इतनी कड़वी बात नहीं कही थी। और यह अमोलक कौन है?

'और सुनो, तुम्हारी बड़ी दीदी जब ठीक होकर घर आ जाए तो मेरी तरफ से उसे एक सन्देश दे देना। मैं अपने बच्चों को मारनेवाली उस हत्यारी औरत की शक्ल नहीं देखना चाहता। आज से वह इस घर में पाँव न रखे।' किशोर बाबू ने अपनी बात पूरी की। 'ठीक किया न मैंने, अमोलक?' कहकर किशोर बाबू उठकर अपने कमरे में चले गए और बाथरूम में जाकर कोहनियों तक साबुन लगाकर हाथ रगड़ने लगे।

किशोर बाबू की पत्नी अपनी बीमारी और कमजोरी भूलकर उठकर बैठ गईं और फटी-फटी निगाहों से बेटे-बहू की तरफ देखती रहीं। वे दोनों सिर झुकाए चुपचाप खड़े थे। लड़के ने सिर उठाकर माँ की ओर देखा, 'माँ, यह अमोलक कौन है?'

'मैं भी नहीं जानती बेटा। सच कहती हूँ।' किशोर बाबू की पत्नी के आँसू बहने लगे थे। वे आत्मा बुलाने और कटोरी को मुँह में लगाने की बात बताने के लिए किसी तरह अपने को तैयार नहीं कर पा रही थीं। उनके लड़के को 'सच कहती हूँ' पर जोर देकर कहने के कारण यह सन्देह तो हुआ कि माँ कुछ छिपा रही है, पर वह चुप रहा।

'चिन्ता मत करो माँ! सब ठीक हो जाएगा। आज पापा का डॉक्टर विलायत से लौट रहा है। उसके पास जरूर कोई नया इलाज होगा। वहाँ तो तरह-तरह की मानसिक बीमारियाँ होती हैं लोगों को। आज ही मैं उससे बात करूँगा।' लड़के ने माँ को आश्वासन दिया।

विलायतवाले डॉक्टर के नाम से किशोर बाबू की पत्नी को कुछ तसल्ली हुई। 'तुम्हारी दीदी से कुछ कहने की दरकार नहीं है। मैं देख लूँगी।' कहकर वे अपने कमरे में जाने के लिए उठ खड़ी हुईं। बाथरूम का दरवाजा खुला था। उन्हें बिना देखे ही मालूम था कि किशोर बाबू हाथों को रगड़-रगड़कर धो रहे होंगे, पर उनका मन नहीं हुआ कि जाकर यह दृश्य देखें।

किशोर बाबू को देखने के लिए डॉक्टर को घर में बुलाना पड़ा। उन्होंने यह कह दिया था कि डॉक्टर की जरूरत उन्हें नहीं, बल्कि उन लोगों को है, जो समझते हैं कि उन्हें डॉक्टर की जरूरत है। जब डॉक्टर किशोर बाबू के पास अकेले बैठा, तो उसने सबसे पहले उन्हें उनकी सिर की गुठली के बारे में पूछा। किशोर बाबू ने आश्चर्य के साथ देखा कि उनकी गुठली बिलकुल गायब हो गई है। इस बात से वे प्रसन्न हुए और डॉक्टर से बातें करने लगे। उन्होंने डॉक्टर से उसकी विदेश-यात्रा के बारे में जानना चाहा। अचानक डॉक्टर ने उन्हें बातों-बातों में पूछा, 'आपने उस दिन स्वामीजी का गला घोंटने की चेष्टा क्यों की?'

किशोर बाबू मुस्कराए, 'आप नहीं समझ सकेंगे।'

डॉक्टर को इस तरह के उत्तर की आशा नहीं थी। अचानक किशोर बाबू का इतने आत्मविश्वास से बातें करना डॉक्टर को एक क्षण के लिए चुप कर गया। फिर उसने जैसे उन्हें सम्मान देते हुए विनम्रता से कहा, 'आप समझाइए तो सही, मैं कोशिश करके देखूँ।'

किशोर बाबू ने इस बार बिना मुस्कराए कहा, 'आपकी विनम्रता से आपके घमंड की बू आ रही है कि आपके जैसा फॉरेन रिटर्न्ड डॉक्टर क्या मुझ जैसे सनकी की बातें नहीं समझ सकेगा? लेकिन मैं अपने अनुभव से बता रहा हूँ कि मैं आपको सारा किस्सा बता भी दूँ तो आपके पल्ले कुछ नहीं पड़ेगा।'

डॉक्टर उन्हें इस तरह देखता रहा, जैसे कुछ समझ नहीं रहा हो, तो किशोर बाबू मुस्कराए, 'अंग्रेजी में कहूँ तो शायद समझें ?—इट विल गो अबव योर हेड।' डॉक्टर कुछ कहने के लिए शब्द खोज रहा था कि किशोर बाबू फिर मुस्कराए, 'अच्छा, चलिए, मैं आपकी एक परीक्षा लेता हूँ। अगर आप 'पास' हो गए तो मैं आपको आपके सवाल का जवाब दे दूँगा। अगर आप 'फेल' हो गए तो आपको यह मानना पड़ेगा कि आपमें वह काबिलीयत नहीं है कि आपको यह बात बताई जाए।'

डॉक्टर को हामी भरने के सिवाय कुछ और नहीं सूझा।

'बताइए, राबड़ी देवी और सोनिया गांधी में क्या अन्तर है ?' किशोर बाबू ने पूछा।

डॉक्टर के चेहरे पर एक व्यंग्य-भरी मुस्कान खेल गई। एक क्षण के लिए तो वह घबड़ा गया था कि खूसट न जाने क्या पूछ बैठेगा!

'आप भी कैसी बातें करते हैं किशोर बाबू! राबड़ी देवी और सोनिया गांधी में क्या मेल हो सकता है, अन्तर-ही-अन्तर है! कहाँ एक अशिक्षित नौ बच्चे पैदा करनेवाली गँवार औरत और कहाँ एक पढ़ी-लिखी सम्मानित परिवार की सुसंस्कृत महिला!' उसने चमकते हुए चेहरे के साथ बताया, 'यू नो किशोर बाबू, मैं पिछली बार विदेश में था, तो देवेगौड़ा को अपने देश का प्रधानमंत्री बताते भी शर्म आती थी। कम-से-कम, गुजराल 'हैस अ गुड पर्सनेलिटी विद हिज फ्रेंच दाढ़ी'।'

किशोर बाबू इतनी जोर से ठठाकर हँसे कि उनकी पत्नी ने दरवाजा खोलकर अन्दर देखा। 'देखो अमोलक, मैं पहले ही जानता था कि यह बेवकूफ यही उत्तर देगा। फॉरेन रिटर्न्ड डॉक्टर। कहता है, दोनों में अन्तर-ही-अन्तर है। दोनों में अन्तर तो इतना ही है कि एक का पति मुख्यमंत्री था और दूसरी का पति प्रधानमंत्री। बाकी कोई अन्तर नहीं। 'जस्ट इमैजिन अमोलक', इस देश का अंग्रेजी पढ़ा-लिखा पेशेवर डॉक्टर भी 'पोलिटिकली' इतना मूर्ख है। अब समझ में आता है कि फिराक साहब ने क्यों ऐसा लिखा था, 'हमवतन बात न समझें, वो वतन मुझको दिया'। अब आया इसका अर्थ समझ में।'

डॉक्टर खिसियाता चुप बैठा रहा। फिर उसने अपने पंख फड़फड़ाए, 'अच्छा, किशोर बाबू, अब मैं समझा। आप बिलकुल ठीक कह रहे हैं, 'डेमोक्रेसी' के हिसाब से दोनों में कोई अन्तर नहीं। बाई द वे, यह अमोलक कौन है ?'

'अमोलक मेरा बचपन का दोस्त है डॉक्टर, बहुत अच्छा दोस्त। 'एक्टीविस्ट' है वह—गलत बातों का विरोध करनेवाला।' किशोर बाबू ने गर्व से बताया।

'तो आजकल आप उससे बातें करते रहते हैं ?' डॉक्टर ने पूछा।

'सुनिए डॉक्टर साहब, अपना कान इधर लाइए।' किशोर बाबू फुसफुसाए, 'क्या करूँ डॉक्टर, चारों ओर बेवकूफों से घिरा हूँ। आप तो देख ही रहे हैं मेरा परिवार। आप जैसे डॉक्टर को पकड़ लाए हैं मेरे लिए। इसीलिए मैं अमोलक से बातें करता हूँ। इतनी 'मीडियोक्रिटी' है कि दिल तरस जाता है किसी बुद्धिमान आदमी से बात करने के लिए।'

डॉक्टर का चेहरा उतर गया। 'अच्छा, किशोर बाबू, एक अन्तिम प्रश्न। आप बार-बार हाथ क्यों धोते हैं इतनी देर-देर तक?' डॉक्टर इस तरह बैठा था, जैसे वह हार गया हो!

किशोर बाबू को उस पर तरस आया। आदमी दिल का बुरा नहीं है। आगे से खुद ही नहीं आएगा, भले ही उनका परिवार कितना ही बुलाए। शायद लोभी भी उतना नहीं—सुनते हैं, किसी पैसेवाले का लड़का है।

'मैं हाथ इसलिए धोता हूँ डॉक्टर साहब कि मुझे लगता है, सब जगह मैल ही मैल जम गया है। जहाँ हाथ रखो, वहीं गन्दगी चिपक जाती है। अमोलक के साथ रहने से मुझे उस गन्दगी को छुड़ाना पड़ता है बार-बार।'

किशोर बाबू की यह चुस्ती-फुर्ती और उत्साह अचानक धरती में धँस गया, जब मँझले मामा की मृत्यु की खबर उसी शाम कानपुर से आई। किसी ने सोचा नहीं था कि मँझले मामा की मौत से किशोर बाबू को इतना सदमा पहुँचेगा। वे यह खबर सुनते ही एकदम काठ की तरह हो गए। न किसी से कुछ बोले, न खाया-पिया। अब तक किशोर बाबू की पत्नी और बेटे-बहू को उनकी अजीबोगरीब प्रतिक्रियाओं की आदत-सी पड़ने लगी थी। इसलिए किसी ने उनमे ज्यादा बात न करने में ही अपनी भलाई समझी।

रात को किशोर बाबू की पत्नी को लगा कि कमरे में कुछ बोलने की आवाजें आ रही हैं। क्या किशोर बाबू टेलीफोन में किसी से बातें कर रहे हैं? वे पूरी तरह जाग गईं और ध्यान लगाकर सुनने लगीं। तब उनकी समझ में आया कि किशोर बाबू अमोलक का नाम लेते हैं, मँझले मामा का नाम लेते हैं और बार-बार रोने लगते हैं। किशोर बाबू कोई सपना देख रहे हैं या नींद में कुछ-कुछ बड़बड़ा रहे हैं? तभी किशोर बाबू एकदम साफ-साफ बोलने लगे, 'अमोलक, मैंने कुछ नहीं किया मँझले मामा के लिए। जिन लोगों ने मुझे उँगली पकड़कर चलना सिखाया, जब उन्हें बुढ़ापे में जरूरत हुई, तो मैंने उनका हाथ थामने से इनकार कर दिया। मेरे जैसा अहसान-फरामोश कहाँ मिलेगा? मामाजी इस तरह लावारिस मरे अपने दोस्त के घर। उनके दोस्त ने उन्हें रखा—न छोटे भाई ने रखा, न मैंने। उन्होंने एक बार कलकत्ता आकर मुझसे कहा था—तुम्हारा तो मकान है किशोर। नीचे कहीं एक कोठरी खाली करवा दो, मैं वहीं डेरा जमा लूँगा। अब कहाँ जाऊँ? बड़े भैया के बच्चों के लिए मैंने सब कुछ किया, पर वे मुझसे कन्नी काटते हैं।—पर मैंने सुनकर अनसुनी कर दी! यह सोचकर कि सारे दिन मेरा माथा खाएँगे। और तो और, अमोलक, जब मामाजी यहाँ से जा रहे थे, तो मैंने उनसे इतना भी नहीं कहा कि चलिए मामाजी, आपको गाड़ी में छोड़ आऊँ। वे बस-स्टैंड पर खड़े थे और मैं उनके सामने से अपनी गाड़ी में दफ्तर चला गया।'

किशोर बाबू की पत्नी अँधेरे में अमोलक से किशोर बाबू का एकतरफा वार्तालाप सुनती रहीं। अब रोने से क्या होगा? उन्होंने तो कहा था उस समय, 'रख

लीजिए मामाजी को। मुझसे जितना बन सकेगा, मैं सेवा कर दूँगी। हमें तो पुण्य ही मिलेगा। हमारा क्या नुकसान है?'

किशोर बाबू ने कटुता से भरकर कहा था, 'नुकसान? नुकसान ही नुकसान है। यदि हमने इन्हें रख लिया, तो इन्हें अपने किए की सजा कैसे मिलेगी? तुम भूल गईं कि बड़े मामाजी ने मेरे सामने मँझले मामा लोगों को किस तरह मुँह भर-भरकर शाप दिया था—सब खत्म हो जाएगा, जिस पर ऐंठ रहे हैं। मुझे महीने के पाँच सौ रुपए भेजते हैं। कहते हैं कि एक संन्यासी का इससे ज्यादा क्या खर्च होता है। तुम देखना किशोर! इन्हें कोई पाँच सौ देनेवाला भी नहीं मिलेगा। दर-दर की ठोकरें खाएँगे।—बिलकुल इसी तरह कहा था बड़े मामाजी ने। मुझे आज भी उनका एक-एक शब्द याद है। अब उनका शाप सच हो रहा है, तो उसे रोकनेवाले हम कौन होते हैं?' तब किशोर बाबू की पत्नी चुप रह गई थीं। क्या कहतीं? उन्होंने सोचा था कि भगवान ही जानता है कि क्या सही है और क्या गलत है। बड़े मामाजी का शाप सच होने देना यदि सही है तो फिर ऐसा ही सही।

बड़े मामाजी के शाप की बात करते-करते किशोर बाबू उसके बाद अपनी बातों पर उतर आए थे, 'और मेरे साथ इन लोगों ने क्या किया? जब मैंने बीसों साल तक काम करके अन्त में हिम्मत करके कहा कि अब मैं अपना अलग काम करना चाहता हूँ तो मुझे उन्होंने क्या दिया? सिर्फ एक हजार रुपए। बीस साल काम करने के एवज में एक हजार रुपए। उस समय तक मेरे ऊपर चार बच्चों और तीन औरतों—यानी कुल मिलाकर सात प्राणियों का भार था। कितने दिन चलता हजार रुपयों में? और क्या नया काम करने के लिए मुझे पूँजी की जरूरत नहीं थी? लेकिन कुछ नहीं कह पाया मैं मामा लोगों को। मेरे ऊपर इन लोगों के इतने अहसान जो थे! इसलिए चुप रह गया। वे हजार रुपए लेकर रोते हुए मैं पैदल हरिसन रोड से मुक्ताराम बाबू स्ट्रीट आया। सोचो—रोते हुए! आँसुओं से मुझे रास्ता तक नहीं दिख रहा था।'

यह सब सुनने के बाद किशोर बाबू की पत्नी की मँझले मामा के बारे में कुछ और कहने की हिम्मत नहीं हुई थी।

किशोर बाबू की पत्नी को उनका अब मँझले मामा के मरने का इस तरह का गम करना समझ में नहीं आया। निश्चय ही यह अमोलक कोई अच्छी आत्मा है—उन्हें लगा—वरना किशोर बाबू मामा लोगों को लगनेवाले हर घाटे से लेकर मामा लोगों की फर्म के फेल होने तक हमेशा बड़े मामाजी का शाप दोहराते रहे थे। बेचारे मँझले मामाजी! यदि यह अमोलक पहले ही किशोर बाबू के अन्दर घुस जाता, तो मामाजी को मरने के लिए कम-से-कम अपना घर तो मिल जाता। किशोर बाबू की पत्नी ने मँझले मामा की आत्मा से प्रार्थना की कि वे उन लोगों को माफ कर दें। अचानक उन्हें इस खयाल से बहुत डर लगा कि कहीं मँझले मामा उन लोगों को शाप देकर न मरे हों!

किशोर बाबू की यह उदासी दो-तीन दिन तक चली। उन्होंने इस दौरान न ज्यादा खाया-पीया, न ज्यादा बोले। बस, हाथ रगड़ने-धोने का सिलसिला जारी रहा। उसी उदासी में उन्होंने निपट उदासी से सुना कि उनकी हालत की रिपोर्ट करने पर उसी विलायत के डॉक्टर ने कहा था कि किसी पुराने आत्मीय की मृत्यु पर उदासी तो सहज है। इसके लिए उसके देखने आने या दवा देने की कोई जरूरत नहीं है।

किशोर बाबू की यह उदासी चौथे दिन रविवार को सुबह-सुबह अखबार पढ़ते समय एकदम से काफूर हो गई। वे अखबार पढ़कर इतने उत्तेजित हुए कि अखबार हाथ में दबाए बार-बार चहलकदमी करने लगे। बार-बार घड़ी की तरफ देखते और फिर फोन की तरफ। किशोर बाबू की पत्नी ने अन्त में हिम्मत करके पूछ ही लिया, 'क्या बात है? अखबार में कुछ निकला है क्या? या किसी का फोन आनेवाला है?'

किशोर बाबू के अन्दर जैसे फुलझड़ियाँ छूट रही थीं। वे अपनी पत्नी का हाथ पकड़कर उन्हें अपने कमरे में ले गए और बहुत-बहुत पहले की तरह पलंग पर सामने बिठा लिया।

किशोर बाबू की पत्नी की आँखों में आँसू आ गए। कितने बरसों बाद उनसे प्रेम से बोले हैं किशोर बाबू!

किशोर बाबू उन्हें अपने दोस्त अमोलक और शान्तनु से हुए कौल के बारे में बताने लगे। अमोलक के बारे में उन्होंने कुछ नहीं कहा, जबकि वे सबसे ज्यादा जानना उसी के बारे में चाहती थीं, 'मैंने शान्तनु के लिए अखबार में इश्तिहार दिया था। यदि वह उसे पढ़े, तो मुझसे सम्पर्क करे। और देखो उस शैतान को, उसने तुरन्त मुझे फोन करने के बजाय वापस यह छपवाया है कि वह कलकत्ता में ही है और मुझे आज नौ बजे फोन करेगा। मुझे अन्दाज तो था कि शान्तनु कलकत्ता लौट आया होगा, यदि वह बम्बई या और कहीं रहा भी होगा। नेताजी का बड़ा भक्त था वह। जहाज का पक्षी आखिर जहाज पर ही लौट आता है—जैसे उड़ि जहाज को पंछी, पुनि जहाज पर आवे—सूरदासजी ने कहा है न?'

किशोर बाबू की पत्नी अब उकताने लगी थीं। न जाने कहाँ से गड़े मुर्दे उखाड़ रहे हैं! अब यह शान्तनु नाम की एक मुसीबत और पैदा होनेवाली है।

तभी किशोर बाबू ने अपनी पत्नी को हिलाते हुए उसे अपनी बात सुनने के लिए मुखातिब करते हुए कहा, 'अभी कुछ दिन पहले मैंने एक पुराने अखबार में पढ़ा कि भाजपा का अडवाणी अपने रथ पर नेताजी का चित्र लगवाकर देश का दौरा कर रहा था, तो एक आदमी उस रथ के सामने लेट गया था—जब तक नेताजी की फोटो इस साम्प्रदायिक रथ से नहीं उतारी जाएगी, वह नहीं हटेगा। इस खबर को पढ़कर मुझे लगा था कि हो-न-हो, वह आदमी शान्तनु ही है। चलो, अब तो पता लग ही जाएगा कि वह शान्तनु था या नहीं।'

किशोर बाबू की पत्नी चुपचाप उनकी बातें सुनती रहीं। उनकी समझ में नहीं आ रहा था कि इस बात पर हँसें या रोएँ। तभी टेलीफोन की घंटी बजी। किशोर बाबू ने लपककर फोन उठाया। कुछ-कुछ कहते रहे, जिनमें किशोर बाबू की पत्नी को 'शान्तनु', 'नॉर्थ कैलकटावाली राजबाड़ी' जैसे कुछ शब्द समझ में आए वरना वे इतने उत्तेजित थे कि शायद ही खुद अपनी बात समझ रहे हों। मिलने का समय निश्चित हुआ—शाम को चार बजे।

फोन रखकर किशोर बाबू कुछ देर चुपचाप बैठे रहे। फिर धीरे से बोले, 'वह तो कहता था कि उस परिवार की सम्पत्ति से कुछ नहीं लेगा। तब राजबाड़ी में कैसे रहने लगा?'

किशोर बाबू की पत्नी को कुछ समझ में नहीं आया। उन्होंने पूछा, ''कौन-सी राजबाड़ी'?'

पर किशोर बाबू अनमने-से बैठे रहे। 'काफी अंग्रेजी बोलने लग गया है शान्तनु।' कुछ देर बाद उन्होंने जैसे खुद से ही कहा।

शाम को चार बजे अच्छी तरह हाथों को धोकर किशोर बाबू गाड़ी में बैठकर नॉर्थ कैलकटा की ओर चले। शान्तनु की राजबाड़ी तक वे पहुँचे, तो उन्हें एक मिनट के लिए भ्रम हुआ कि वे गलत जगह पर आ गए हैं। लेकिन डॉ. शान्तनु राय की चमकती हुई नेमप्लेट देखकर उनका भ्रम दूर हो गया। सामने राजबाड़ी इस तरह चमक रही थी, जैसे विक्टोरिया मेमोरियल! चारों ओर हरियाली के हल्के-गहरे चमकते रंगों के बीच संगमरमर की सीढ़ियों के ऊपर खड़ा विराट स्तम्भोंवाला सफेद महल। काले जालीदार लोहे का गेट एक वर्दीधारी दरबान ने खोल दिया। ताड़ के पेड़ों के बीच लाल पत्थरों की 'ड्राइव-वे' पर गाड़ी अन्दर चली तो किशोर बाबू को लगा कि शान्तनु अभी दौड़ता हुआ संगमरमर की सीढ़ियों से उतरता नजर आएगा। लगता है, उसकी डॉक्टरी की प्रैक्टिस अच्छी चली है! कितना पैसा खर्च हुआ होगा इस खँडहर को ऐसे महल में बदलने में? उनका अपना बालीगंज का मकान तो 'सर्वेंट्स क्वार्टर' (नौकरों का कमरा) है इस महल के सामने।

एक वर्दीधारी अर्दली ने संगमरमर की सीढ़ियों से उतरकर किशोर बाबू की गाड़ी का दरवाजा खोल दिया। 'साहब स्टडी में हैं।' कहकर वह सीढ़ियाँ चढ़ने लगा, तो किशोर बाबू जल्दी-जल्दी उसके पीछे चले।

किशोर बाबू को सीढ़ी के दाहिनी तरफ शान्तनु का बड़ा-सा ऑफिस नजर आया जिसमें उन्हें कई टाइपराइटर, डुप्लीकेटर आदि मशीनें दिखाई पड़ीं। एक डॉक्टर को इन मशीनों से क्या काम? किशोर बाबू को कुछ आश्चर्य-सा हुआ। अर्दली उन्हें बाईं तरफ ले गया। किशोर बाबू के पाँव एयर कंडीशंड कमरे के कालीन में धँसे ही थे कि 'आओ किशोर' कहकर शान्तनु तपाक से अपनी विराट स्टडी-टेबल के पीछे कुर्सी से उठ खड़ा हुआ।

किशोर बाबू महँगी लकड़ी के शो-केसों में लगी चमड़े की जिल्द और सुनहरे अक्षरोंवाली किताबों की ओर देखते हुए सामने की कुर्सी पर बैठ गए।

'अरे यार, तुम्हारे बाल तो पूरे ही सफेद हो गए!' किशोर बाबू ने अपनी असहजता को दूर करने के लिए कहा।

'तुम्हारे काले-सफेद खिचड़ी बालों से तो ज्यादा ठीक लगते हैं न?' शान्तनु हँसा। वही हँसी।

किशोर बाबू के अन्दर उस हँसी ने गरमाहट पैदा कर दी। लेकिन अब क्या कहें? इस सफेद बालोंवाले शानदार आदमी से क्या यह कहना ठीक रहेगा कि क्या यार, टेबल के पीछे इतनी दूर बैठे हो! या यह पूछना कि इतना पैसा कहाँ कमाया? नहीं, शायद शान्तनु को अच्छा न लगे। पता नहीं क्यों, किशोर बाबू को लगा कि वे जो भी कहेंगे, शान्तनु उसे अपने ऊपर आक्रमण समझकर अपना बचाव करेगा! लेकिन वे क्यों करने लगे उस पर आक्रमण? ठीक है, पुरखों की सम्पत्ति तो हमारी विरासत है ही, उसी तरह जैसे हमारे आँख, नाक, कान। अगर शान्तनु ने यह महल लेकर इसका कायाकल्प कर लिया तो ठीक है। आदमी क्या अपनी पहले की धारणाएँ नहीं बदल सकता?—कुछ अंग्रेजी में कहें? किशोर बाबू को अचानक लगा कि अंग्रेजी में कुछ कहने से शान्तनु को बुरा नहीं लगेगा, 'इट्स गुड टु सी, दैट यू हैव मेड अ सक्सेज ऑफ योर लाइफ' (मुझे खुशी है कि तुमने जीवन में सफलता हासिल की है)।

किशोर बाबू ने देखा कि अंग्रेजी के वाक्य का बहुत अच्छा असर हुआ। शान्तनु सचमुच सहज हो गया। उसने अपनी बचाववाली मुद्रा छोड़ दी।

'प्रैक्टिस कर रहे हो अब भी? कहाँ थे इतने साल? कलकत्ते में कब से रहने लगे?' किशोर बाबू ने तुरन्त प्रश्नों की बौछार कर दी।

'अरे बाबा! एक साथ ही सब जान लोगे? अच्छा, सुनो, मैं एक एन.जी.ओ. (नॉन गवर्नमेंटल ऑर्गनाइजेशन—गैर-सरकारी सेवा संस्थान) चलाता हूँ। डॉक्टरी पास करने के बाद मैंने आदिवासियों के बीच चालीस साल काम किया। अब मैं पिछले पाँच सालों से कलकत्ता रहने लग गया हूँ। 'आई लिव अलोन'। दोनों बेटे विलायत में हैं। एक डॉक्टर है मेरी तरह, और छोटा स्विट्ज़रलैंड से एम.बी.ए. कर रहा है।'

किशोर बाबू अवाक् रह गए। आदिवासियों ने क्या शान्तनु को कोई गड़ा हुआ खजाना सौंप दिया? उन्होंने तो सोचा था कि शान्तनु ने कहीं विलायत में प्रैक्टिस करके इतना धन कमाया होगा। फिर उन्होंने सोचा, हो सकता है कि उसे अपने बाप-दादी का कोई गड़ा हुआ खजाना मिल गया हो!

किशोर बाबू के मन में एक क्षण के लिए अपने बेटे की तस्वीर कौंध गई—बी.कॉम. पास, बाहर निकली जाती तोंद, मुँह में पान-मसाला, हाथ में जर्दे की चाँदी

की डिब्बी, जींस की पैंट पर सफेद टी-शर्ट, माथे पर पूजा के चन्दन की टिक्की, हाथ में सेलुलर फोन, अँगुलियों में अँगूठियाँ—जैसा कि उन्होंने घर से चलते वक्त लड़के को देखा था। यह तो पक्की बात है कि वे कभी नहीं चाहेंगे कि शान्तनु उनके लड़के से मिले। फिर उन्हें अपने बड़े नाती का खयाल आया—वह भी तो ऑस्ट्रेलिया गया था पढ़ने। ठीक है, बात चलने पर वे उसका जिक्र कर देंगे। फिलहाल पुरानी बातें ही करें।

'क्या बात है, तुम्हारी स्टडी में कहीं नेताजी की तस्वीर नजर नहीं आ रही? मैंने तो सोचा था...' किशोर बाबू अडवाणी के रथवाली बात कहते-कहते रह गए। उन्हें अचानक लगा कि वह बात बोलने के लिए यह सही जगह नहीं है।

'नेताजी? ओह! सुभाष बाबू? तुम भी यार, खूब मजाक करते हो! कितना भावुक और जोशीला होता है बचपन में आदमी! वैसे भी सुभाष बाबू आजादी के बाद की राजनीति में क्या करते—अपनी 'डिक्टेटरवाली आइडियाज' के साथ? अच्छा ही हुआ, वे उस समय चले गए। कम-से-कम हमारे यहाँ उनकी एक शहीद की छवि तो बनी रह गई!' शान्तनु ने किशोर बाबू के सिगरेट पीने के लिए मना कर देने पर अपनी सिगरेट जलाते हुए कहा।

किशोर बाबू एकदम निर्वाक् हो गए। उनका दिमाग ऐसा खाली हुआ, जैसा कि बड़े-से-बड़े समाधिस्थ योगी का भी नहीं होता। उनके अन्दर न कोई विचार उठ रहा था और न ही यह खयाल कि उन्हें कुछ बोलना चाहिए। उन्होंने शान्तनु से उसकी पत्नी तक के बारे नहीं पूछा कि वह क्यों अकेला रहता है। वे गूँगे की तरह शान्तनु को सिगरेट पीते देखते रहे।

शान्तनु ने वहाँ छाए सन्नाटे को तोड़ते हुए कहा, 'अमोलक से मिले इतने सालों में?'

किशोर बाबू को 'नहीं' में गर्दन हिलाते हुए देखकर शान्तनु ने जैसे मुक्ति की साँस ली। 'बाबरी मस्जिदवाली घटना का तो पता होगा तुम्हें?' शान्तनु ने फिर पूछा।

किशोर बाबू ने 'हाँ' में गर्दन हिलाई।

शान्तनु चुपचाप सिगरेट फूँकता रहा, जैसे यह निश्चय नहीं कर पा रहा हो कि वह कोई बात बताए या नहीं। उन दोनों के बीच उस पुरानी विशाल टेबल पर एक निविड़ सन्नाटा फैला था—इस तरह का, जैसे पूरी सृष्टि में कहीं कोई जरा भी हिल-डुल नहीं रहा हो!

'मेरे पास आया था अमोलक एक बार। खूब बहस हुई मेरी उससे। अन्त में मैंने अपने दरबान को कहा कि उसे बाहर निकाल दे। उसकी हिम्मत कैसे हुई यह कहने की कि सारे एन.जी.ओ. विदेशी सरकारों के एजेंट हैं या फिर दान के पैसों पर पलनेवाले भिखमंगे और परजीवी हैं? और वह भी मुझे? उसे पता था कि मैं

किस खानदान का हूँ। पूछने लगा कि मैं कितनी बार विदेश हो आया हूँ सेमिनारों के बहाने। कहता था कि एन.जी.ओ. संस्थाओं की होटल वालों और एयरलाइंस वालों से मिलीभगत है। गरीबी मिटाने के लिए बाहर से आए एक रुपए में अस्सी पैसे ये संस्थाएँ खुद अपने ऊपर ही खर्च कर लेती हैं। यह सब वह 'मुझे' कह रहा था—प्रॉपर्टी के दाम इतने बढ़ गए हैं कि मैं अपनी जमीन का एक टुकड़ा भी बेचूँ, तो उसके जैसे सौ लोगों को एक साल तक नौकरी पर रख सकता हूँ। मुझे समझाने लगा कि विदेश के पैसे से इस देश का कभी भला नहीं हो सकता। यह भी कोई बात है? हमें काम करने से मतलब है, पैसा देश से आए या विदेश से...' शान्तनु बोलता जा रहा था और किशोर बाबू के कानों में सीटियाँ-सी बजने लगी थीं।

अच्छा, तो अमोलक अब सीटी बजा रहा है ताकि वे शान्तनु की बातें न सुन सकें?

किशोर बाबू ने अपनी आँखें मींच लीं और कहने लगे, 'तुमने मुझे क्यों नहीं बताया अमोलक, कि शान्तनु ने तुम्हारे साथ ऐसा किया? तुम पहले भी उसकी कोई बुराई नहीं करते थे, अब भी चुप लगा जाते हो। लेकिन तुमने मेरी तो ऐसी-की-तैसी करा दी न! क्या कहते हो—साधन की शुद्धि की बात समझना कठिन है सबके लिए? अब भी तुम साधन की शुद्धि की बात कर सकते हो—इतने सालों बाद भी? अहिंसा के पुजारी को हिंसा से मारा और उसकी लाश को 'तोप गाड़ी' में रखकर राजघाट ले गए। तुम्हें पता है, मेरी लड़की एक लड़का पैदा करने के लिए किन-किन साधनों का प्रयोग कर रही है?' किशोर बाबू मोटी-मोटी किताबों की अलमारियों के बीच विशाल टेबल के पार गद्दीदार कुर्सी पर बैठे-बैठे अमोलक से बातें करने लगे।

'माई गॉड! पागल हो गया यह तो! ही इज टॉकिंग टू अमोलक?'

शान्तनु की आवाज सुनकर किशोर बाबू ने आँखें खोलीं और शान्तनु की ओर देखा। देखते रहे। देखते ही रहे। शान्तनु ने देखा—अमोलक की आँखें उसे देख रही हैं।

देखते-देखते शान्तनु पस्त हो गया। उसने बुझे स्वर में कहा, 'आडियलिज्म (आदर्शवाद) क्या बस उसी में ही था? मैंने सेवा में नहीं लगाया अपना जीवन? —और अमोलक में ऐसा था क्या? हर जगह से फेंका जाता रहा। विरोध के लिए विरोध करना एक पाखंड नहीं, तो और क्या है? आखिर क्या प्रमाणित करना चाहा उसने अपने जीवन से? सिर्फ यही, कि अपने फकीराना रहन-सहन के कारण दूसरे लोगों से वह बहुत ऊपर है?—ठीक है, मुझे पचास हजार रुपए मासिक मिल रहे थे काम करने के लिए लेकिन क्या इतने रुपए मैंने नहीं कमाए होते, यदि मैं डॉक्टरी करता किसी बड़े शहर में? इससे दुगुना कमा सकता था मैं। क्या मैंने त्याग नहीं किया?'

'अब चलूँ,' कहकर किशोर बाबू खड़े हो गए।

शान्तनु ने घंटी बजाकर अपने अर्दली को बुलाया।

'सिक्योरिटी, इन्हें गाड़ी में बिठा आओ।' उसने कहा।

उस आदमी को 'सिक्योरिटी' (सुरक्षा) कहकर पुकारे जाने पर किशोर बाबू को जोर से हँसी आ गई। शान्तनु चौंका। फिर उसने अर्दली से कहा, 'अच्छा, तुम जाओ। मैं ही साहब को बैठा आऊँगा।'

किशोर बाबू खुश थे कि शान्तनु कभी नहीं जान पाएगा कि वे क्यों हँसे थे।

शान्तनु ने खुद किशोर बाबू की गाड़ी का दरवाजा खोलकर उन्हें बैठाया, तो किशोर बाबू कुछ पिघले। आज भी बेचारा बचपन की तरह ही चाह रहा है कि अमोलक से इसकी लड़ाई में मैं इसका पक्ष लूँ। उसके गाड़ी का दरवाजा खोलने पर प्रसन्न होकर उन्होंने 'टिप-स्वरूप' अपनी हँसी का राज खोल दिया।

'मुझे उस आदमी के नाम पर बड़ी हँसी आई। क्या नाम है—सिक्योरिटी! उसके माँ-बाप ने यह सोचकर ही पैदा किया होगा कि उसे वर्दीधारी दरबान बनाएँगे।'

शान्तनु किशोर बाबू को इस तरह देखता रहा, जैसे किसी पागल को देख रहा हो! फिर बोला, 'उसका नाम 'सिक्योरिटी' थोड़े ही है। वह तो सिक्योरिटी गार्ड है।'

गाड़ी चली तो किशोर बाबू को खयाल आया कि न तो शान्तनु ने उनसे यह पूछा था कि उन्होंने अपना जीवन कैसे काटा और न ही उस कौल की बात की थी, जिसमें अब सिर्फ सवा दो साल बचे थे। शायद उनका जीवन हमेशा इतना मामूली रहा था कि उस पर कोई बात नहीं की जा सकती थी।

किशोर बाबू की पत्नी देख रही हैं कि जिस दिन से किशोर बाबू शान्तनु से मिलकर आए हैं, उनके हाथ धोने की क्रिया और बढ़ गई है। अब किशोर बाबू की पत्नी ने भाग्य के सहारे अपने को छोड़ दिया है। न पंडितों के चक्कर में पड़ना है और न डॉक्टरों के। सड़कों पर घूमना तो बन्द हो ही गया है, यह भी जब ठीक होना होगा, हो जाएगा।

किशोर बाबू ज्यादातर चुप रहते हैं और उनकी पत्नी उनसे बातें करने की एकतरफा कोशिश जारी रखती हैं। किशोर बाबू का ज्यादातर समय अब पुरानी डायरियाँ और किताबें पढ़ने में बीत रहा है। कभी बातें करते हैं, तो बस, अमोलक से। इस अमोलक नाम के जीव की आत्मा को किशोर बाबू ने अपने अन्दर पाल लिया है और अब किशोर बाबू की पत्नी को बाकी चीजों की तरह उसकी भी आदत हो चली है।

यह तो सुनते आए थे कि कभी-कभी आदमी को कोई भूत पकड़ लेता है, पर यह तो दुनिया में कभी नहीं हुआ होगा कि कोई किसी भूत को अपने अन्दर बुलाकर घुसा ले! शान्ता भाभी के अन्दर कभी-कभी उन लोगों के कुल-पितर

देवता बोलने आ जाते थे—कभी किसी शादी-ब्याह में कुछ पितरों के हिस्से का निकालना भूल गए या ऐसी ही कोई गलती हुई तो कितना कष्ट होता था शान्ता भाभी को उस समय! जोर-जोर से बोलने लगती थीं, उछलने लगती थीं। उस समय अम्माजी तक उनके चरणों में गिर जाया करती थीं। तब शान्ता भाभी गुलाब के फूल की माँग करतीं—नहीं, नहीं, उनके अन्दर आए पितर देवता गुलाब का फूल माँगते। फूल सूँघने पर ही वे शान्त होते। बाद में कई दिन शान्ता भाभी को इतनी कमजोरी रहती कि बिस्तर पर ही पड़ी रहतीं और घर-चौका-बच्चे सब उन्हें ही सँभालने पड़ते। एकाध बार मन में आया तो सही कि शान्ता भाभी आराम करने के लिए यह नाटक करती हैं, पर फिर उन्होंने ऐसे पापी खयाल के लिए मन-ही-मन पितर देवता से क्षमा माँग ली। तो भी ऐसे खयाल आने की सजा उन्हें मिलनी ही थी—पाँच लड़कियाँ जनीं एक-के-बाद एक—हर बार नौ महीने पितर देवता को मनाते गुजरते और फिर आ जाती एक लड़की। जैसे ही डॉक्टरनी कहती—लक्ष्मी हुई है, उनका मन होता कि अपना सिर पटककर अपनी जान दे दें। वह तो अम्माजी का सहारा था कि कहतीं, 'सरोज, तू फिकर मत कर। अगली बार कुलदेवता—पितर-परमेश्वर लाज रखेंगे।' अगली बार। हर बार अगली बार। कितनी मुश्किल से पितर देवता राजी हुए थे उनसे!

इस अमोलक नाम की जीवात्मा के शरीर में रहने से किशोर बाबू को कोई कष्ट नहीं होता क्या?—किशोर बाबू की पत्नी बहुत बार सोचती हैं। ऐसा लगता तो नहीं। बल्कि किशोर बाबू का स्वास्थ्य पहले से अच्छा हो गया है। जो भी हो, यह जीवात्मा एक भली आत्मा है, इसमें कोई सन्देह नहीं। इसीलिए अभी तक किशोर बाबू की पत्नी ने यह बात किसी को न बताने में ही अपनी भलाई समझी है। कहीं पितर देवता की तरह यह अमोलक भी उनसे नाराज होकर उन्हें त्रास न देने लग जाए। वे उसे मन-ही-मन रोज प्रणाम कर लेती हैं। उन्होंने देखा है मेहँदीपुर के बालाजी के यहाँ—एक बुरी आत्मा के घुसने से एक औरत एक भैंस की तरह जोर-जोर से डकार रही थी। उसे लोहे की जंजीरों से बाँधकर रखा गया था। वह सब सोचने से भी दिल में दहशत होती है। वे तो बुरी तरह डर गई थीं जब किशोर बाबू ने स्वामीजी का गला दबाया था। एक तरह से देखा जाए तो इस अमोलक की जीवात्मा आने के बाद से किशोर बाबू ने कम-से-कम ऐसा कोई पागलपन नहीं किया है। यह क्या कम बचाव हुआ है? वरना उन्होंने तो क्या-क्या नहीं सोच लिया था। यह कभी उनके बूते की बात नहीं रही कि वे किशोर बाबू को समझा सकें या बदल सकें। आज भी नहीं है। बेकार क्यों झमेला मोल लें? चले, जैसे चलता है।

'हम लाए हैं तूफान से कश्ती निकाल के। इस देश को रखना मेरे बच्चो सँभाल के' 15 अगस्त, 1997, आजादी की पचासवीं वर्षगाँठ के दिन सुबह-सुबह किशोर बाबू के कानों में बगल के मकान में बजते रेडियो की आवाज पड़ी। किशोर बाबू के अन्दर इस बोल से जैसे कुछ अन्दर से उमड़ उठा। उनकी आँखों में हल्की-सी पानी की परत आ गई—सचमुच कितने कष्ट सहे लोगों ने इस आजादी को हासिल करने में! क्या हौसला था उन दिनों मन में! कई बार मन में आता था कि जिन लोगों ने देश के लिए कुर्बानी दी है, उनके चरणों की धूल मिल जाए तो सारा जहाँ मिल जाए। अमोलक-शान्तनु की दोस्ती पर कितना फख्र था उन्हें! खुद किसी काम के नहीं होने की कैसी कचोट थी! क्यों न होती, आखिर उनकी रगों में अपने दादा केदारनाथजी का खून जो बह रहा था! लेकिन यह बात तो अब उनकी डायरी पढ़कर पता चला है—तब तक वे कहाँ जानते थे इस बारे में? क्या संयोग है कि उन्होंने भी माँ को उसी पुलिस कमिश्नर टैगर्ट का नाम लेने के लिए मना किया था, जिसकी दोस्ती के कारण दादाजी की अपने पिता से बोलचाल बन्द हुई थी!

कल ही कलकत्ते के इतिहास की एक किताब पढ़ते हुए उन्हें मालूम हुआ कि उन दिनों खुफिया पुलिस का विभाग 'एलीसियम रो' में हुआ करता था, जिसे अब लॉर्ड सिन्हा रोड के नाम से जाना जाता है। वहीं टैगर्ट बैठता था। टैगर्ट के चक्कर में ही कल वे लॉर्ड सिन्हा रोड चले गए। उन्होंने देखा कि एस.बी. (स्पेशल ब्रांच) का दफ्तर अब भी वहीं लॉर्ड सिन्हा रोड की एक उपगली में है, जो कि असल में एक अन्धी गली है। उस पुरानी पुलिसिया इमारत को ठीक से देखने के लिए वे उसके करीब चले गए। उस सूनी गली में उस इमारत के बाहर पुलिस का एक सिपाही बन्दूक लेकर खड़ा था। उन्होंने सिपाही को गौर से देखा और सिपाही ने भी उन्हें देखा। किशोर बाबू आगे बढ़ गए। अन्धी गली से वापस लौटते हुए उन्होंने कनखियों से फिर उस सिपाही को देखा। वह उसी तरह लॉर्ड सिन्हा रोड की ओर मुँह किए खड़ा था, जैसा कि आते समय उन्होंने देखा था।

क्या इसकी बन्दूक में गोलियाँ हैं?—उनकी जानने की इच्छा हुई। उन्होंने थोड़ा आगे बढ़कर पीछे मुड़कर देखा, तो पुलिसवाला उनकी तरफ ही देख रहा था। वे फिर आगे बढ़ गए। लॉर्ड सिन्हा रोड पर गली के मुहाने पर खड़े होकर वे बहुत देर तक पुलिसवाले को देखते रहे—अगर इसकी बन्दूक में गोलियाँ हैं, तो क्यों हैं और अगर नहीं हैं, तो क्यों यह फालतू बन्दूक लेकर खड़ा है?—इस प्रश्न से वे उलझते चले गए—यह भला बन्दूक में गोलियाँ क्यों रखेगा? इसे किसको गोली मारनी है? लेकिन तब क्या बन्दूक कोई सजावट की चीज है?—किशोर बाबू यह

सब सोचते-सोचते परेशान हो उठे। क्या टैगर्ट के समय से ही एक पुलिसवाला यहाँ बन्दूक लेकर खड़ा रहता है ? लेकिन तब तो यह डर था कि कोई टैगर्ट को मारने के लिए आ सकता है। पर अब किसे यह डर है, जो इस सिपाही को बन्दूक देकर यहाँ खड़ा कर दिया है ?

किशोर बाबू ने लॉर्ड सिन्हा रोड के नुक्कड़ पर एक दुकान में चाय पी। उसके बाद वे एक बार फिर गली के अन्दर घुसकर पुलिसवाले के बगल से उसे देखते हुए गुजरे। पुलिसवाले ने भी उन्हें देखा, पर किशोर बाबू समझ गए कि उसने उन्हें पहचाना नहीं कि यह वही आदमी है जो एक घंटा पहले यहाँ से गया था। अचानक किशोर बाबू को एक खयाल आया। डेढ़ घंटे से वे इस आदमी को देख रहे हैं, पर इसने एक बार उबासी तक नहीं ली। क्या यह यहाँ खड़े-खड़े उकताता या थकता नहीं ? लेकिन ऐसा कैसे हो सकता है ? आखिर है तो यह आदमी की जात ही। और तब किशोर बाबू को घबड़ाहट होनी शुरू हुई थी।

किशोर बाबू को लगा कि यदि वे तीसरी बार गली में चले गए और इस सिपाही की बन्दूक में गोली हुई, तो वह पक्का उन्हें गोली मार देगा। आखिर वह अपनी बोरियत को दूर करने के लिए कुछ तो करेगा। निश्चय ही सन्देहास्पद रूप से बार-बार गली में आने-जाने के लिए वह उन्हें गोली मार देगा। अखबार में पढ़ी हुई कई रपटें उन्हें याद आईं कि फलाँ सिपाही ने दूसरे सिपाही को मार दिया या खुद को गोली मार ली या अपनी पत्नी को गोली मार दी। किशोर बाबू को यह सौ फीसदी विश्वास हो गया कि ये सब गोलियाँ बोरियत दूर करने के लिए ही चली होंगी। वे कुछ परेशान-से घर लौट आए।

घर लौटकर किशोर बाबू पाकिस्तानी टी.वी. पर आ रहे उनकी स्वतंत्रता की वर्षगाँठ के उत्सव को देखने लगे। 'झंडे' के लिए इतने दिन बाद 'परचम' शब्द सुनकर न जाने कितनी यादें जाग गईं—परचम का मतलब उन्होंने जाना था मजाज की पंक्तियों से, जिन्हें पढ़कर सीने से जैसे दिल बाहर आता-सा महसूस होता था, 'तू इस आँचल से/इक परचम बना लेती तो अच्छा था।'—अमोलक से उन्होंने पूछा, 'उन दिनों सैफुद्दीन कश्मीरी, सैयद बदरुज्जा, सैयद नौशेर अली कितने राष्ट्रवादी मुसलमानों के भाषण सुने थे, याद है ? कश्मीरी तो इतने सुन्दर थे कि हम लोगों के खास चहेते थे। एकदम हीरो।'

किशोर बाबू को अपने लड़के के चेहरे पर व्यंग्य-भरी मुस्कराहट देखकर बहुत बुरा लगा कि वे पाकिस्तानी उत्सव देख रहे हैं। 'ये लोग क्या जान सकते हैं हमारी विरासत को, हमारे अपनेपन को—ये लोग तो सिर्फ दुश्मन पहचानते हैं, अमोलक!' उनका एक बार मन हुआ कि लड़के को कसकर भाषण दें, पर फिर उनका मन नहीं हुआ कि इतने शब्द बोलें। जाने दो। ये क्या समझेंगे 'परचम' को ? आज भी उन्हें वह सपना ज्यों-का-त्यों याद है, जब वे तिरंगे झंडे को हाथ में लिये

नदी, नाले, खाइयाँ पार करते हुए इतना दौड़े थे कि उनका दम निकलने को हो आया था। तभी शान्तनु ने आकर उनसे झंडा ले लिया था और उनका पसीना पोंछ दिया था।

किशोर बाबू देख रहे थे कि आज उनका लड़का किसी बात से बहुत उत्तेजित है। वह बार-बार फोन जुड़ा रहा था। अन्त में उन्होंने उससे पूछ ही लिया था, 'क्या बात है ? कोई खास बात है क्या ?'

किशोर बाबू को मालूम था कि कई जूट मिलों का पैसा बकाया है। आजकल कोई हिसाब ही नहीं रह गया है काम का। पैसे देना ही नहीं चाहते। एक-आध तो साल-दो साल में बिल का भुगतान करते हैं। एकाध जूट मिलों में हड़ताल चल रही है। कुल मिलाकर काम-काज की हालत खस्ता हो रही है, यह उन्हें मालूम था।

'मेघना जूट मिल से माल का ऑर्डर मिल गया क्या ?' किशोर बाबू ने लड़के से पूछा।

लड़के को यह देखकर तसल्ली हुई कि किशोर बाबू इतने दिन बाद काम में रुचि ले रहे हैं।

'कहाँ पापा, सेल्स डिपार्टमेंट ने सैम्पल रिजेक्ट कर दिया। उसका आदमी लम्बी घूस खाना चाहता है। अपना तो हर मिल में पर्सेंट फिक्स्ड है, पर यह आदमी राजी नहीं हो रहा—बड़ा घाघ और लालची है। वह कहता है, फलाँ कम्पनी इतना देगी, फलाँ उतना देगी। कहता है, बीस 'गांधी' से कम नहीं लेगा। अब क्या करें ?'

किशोर बाबू शर्म से जमीन में गड़ गए। क्या सोच रहा होगा अमोलक उनकी घूसखोरी की बात सुनकर ? और पाँच सौ रुपए के नोट के लिए 'गांधी' सुनकर ? इस लड़के ने उन्हें कहीं का नहीं छोड़ा।

'सुनो, मैं बताता हूँ, क्या करना है। आज से कोई भी मिल में एक पैसा भी किसी सेल्स मैनेजर को देने की जरूरत नहीं है। जिसे माल लेना हो, ले। नहीं लेना हो, न ले। माल का दाम उतना कम कर दो, जितना हम इन लोगों को खिलाते हैं।'

किशोर बाबू का लड़का फटी-फटी आँखों से उन्हें देखता रहा। फिर उसने अपनी अँगुलियों की अँगूठियों की ओर देखा। एकदम दिमाग फिर गया इनका। बरबादी का रास्ता बता रहे हैं मुझे। ये क्या इनका 'शनि' बता रहा है। काले घोड़े की नाल का छल्ला भी तो नहीं पहनते, इतना कहने पर। पर आज कुछ कहना ठीक नहीं। 'हाँ-हाँ' करने में ही भलाई है।—उसने सोचा।

'किससे बातें कर रहे थे फोन पर अभी ?' किशोर बाबू ने बेटे से पूछा।

'मैं आपको कल 15 अगस्त को 'सरप्राइज' देना चाहता हूँ। इसलिए अभी नहीं बता सकता।' किशोर बाबू के लड़के ने कहा।

उन्हें और 'सरप्राइज'? किशोर बाबू को आश्चर्य हुआ। आज तक लड़के ने ऐसी कोई बात नहीं की थी उनसे। चलो, अच्छा है, अपने तरीके से काम करना

सीख रहा है। अच्छा ही हुआ कि मैंने बिजनेस से ध्यान खींच लिया। मेरा भी कल्याण, इसका भी। अब मैं वह सब कुछ देख-समझ सकता हूँ जो मुझे इन पचास सालों में जानना चाहिए था। चलो, कोई बात नहीं। जीवन बचा है तो समझ ही लेंगे। देरी से सही।—किशोर बाबू को लड़के की बात से खुशी हुई। आखिर तो बागडोर इसे ही सँभालनी थी—एक ही तो लड़का है और वह भी इतनी मुश्किल से पैदा हुआ। तभी किशोर बाबू को ध्यान आया कि वह फोन में तीन रंगों के बारे में कुछ कह रहा था।

अच्छा-अच्छा, अब वे समझ गए कि क्या सरप्राइज देगा यह उन्हें। खैर, वे कहेंगे नहीं कुछ अभी। पर किशोर बाबू का दिल अभिमान से भर गया। उनका बेटा—यानी केदारनाथजी का पड़पोता—कल स्वतंत्रता की पचासवीं वर्षगाँठ पर अपने बाप को एक तिरंगा झंडा भेंट करेगा। कितने आनन्द की बात है! कितनी शिद्दत से उनके लिए झंडे के इन्तजाम में लगा है! न जाने किसे फोन पर फोन किए जा रहा है! बिना वजह उन्होंने आज की पीढ़ी के लिए बुरा-भला सोचा कि यह 'परचम' को क्या समझेगी? एक बात माननी पड़ेगी कि यह पीढ़ी किसी बात के बारे में अगर कुछ भाव रखती है, तो उसे एक तरीके से अभिव्यक्त करना जानती है। कितनी फूलों की दुकानें खुल गई हैं कलकत्ता शहर में जहाँ-तहाँ—कई इलाकों में तो गली-गली में। उनका बाइपास हुआ और वे घर आए तो सारे बच्चों ने उन्हें फूल भेजे थे। उनका दिल भर आया था उन फूलों को देखकर। और अब यह तिरंगा झंडा—कितनी सुन्दर अभिव्यक्ति है!

कैसा सुनहरा दिन था वह पचास साल पहले! सोने का सूरज उगा था उस दिन भारत के आकाश पर। वे एक टैक्सी में माँ, शान्ता भाभी और नई-नवेली सरोज—तीनों को बैठाकर घुमाने ले गए थे। जब उन्होंने एक तिरंगा झंडा टैक्सी के हुड पर खरीदकर लगाया, तो हृदय कैसे अभिमान से फटकर बाहर निकल आने को हो रहा था! गांधीजी कलकत्ते में ही तो थे उस समय। वे लोग उनके दर्शन को बेलियाघाटा भी गए थे, क्योंकि सरोज का बहुत मन था गांधीजी को देखने का। उन्होंने सोचा था कि अगर अमोलक मिल गया, तो वे उसे गले लगाकर वह सारी कटुता भुला देंगे, जो पिछले साल दंगों के बाद उनके बीच दीवार की तरह खड़ी हो गई थी। सड़कों पर जगह-जगह हिन्दू-मुसलमान गले मिल रहे थे और सबमें आजादी आने का आनन्द था। 'हिन्दू-मुस्लिम एक हों', 'जय हिन्द', 'इन्कलाब जिन्दाबाद' और 'वन्दे मातरम्' के नारों से सारा शहर गुंजार हो रहा था। गांधीजी के साथ सुहरावर्दी भी उस दिन उपवास कर रहा था। गांधीजी ने उस दिन सारे दिन चरखा काता था।

सारी बातें सिनेमा की रील की तरह किशोर बाबू देख पा रहे हैं। हाँ, सरोज को 'मौत का कुआँ' भी तो दिखाने ले गए थे जिसमें एक आदमी मोटरसाइकिल पर गोल-गोल कुएँ में चलता जाता था—नीचे-ऊपर। बच्ची थी सरोज बिलकुल।

पन्द्रह साल की कुल मिलाकर। लारियों में भर-भरकर लोग 'जय हिन्द' के नारे लगाते हुए बगल से गुजरते थे, तो कैसे किलक उठती थी! कई लारियों पर बैंडवाले आजाद हिन्द फौज का गाना 'कदम-कदम बढ़ाए जा' की धुन बजा रहे थे। वह भी धुन गुनगुनाने लगती थी। रात को बारह बजे घंटे-घड़ियाल बजने लगे थे, शंख-ध्वनि सुनाई देने लगी थी और देश के आजाद होने की खुशी में कौन ऐसा होगा, जो उस दिन जागा हुआ न हो और रोया न हो; सुबह आठ बजे फोर्ट विलियम पर सत्रह तोपों के धमाके के साथ पहली बार तिरंगा झंडा लहराया गया था। तब उन्होंने सरोज को गले लगा लिया था। जगह-जगह गरीबों को खाना बाँटा जा रहा था। महात्मा गांधी और सुभाष चन्द्रबोस की बड़ी-बड़ी तस्वीरों को लेकर सड़क पर नाचते हुए लोगों में किशोर बाबू बार-बार शान्तनु और अमोलक को खोजने लग जाते। तभी सड़क पर एक आदमी ने बताया था कि गवर्नर हाउस के दरवाजे खोल दिये गए हैं और सारी भीड़ वहाँ अन्दर घुस गई है। सड़क पर एक अंग्रेज दिखा, तो शान्ता भाभी और सरोज, दोनों ने एक साथ 'जय हिन्द' कहकर उसे आवाज दी थी। उसने भी हँसकर हाथ हिलाया था। क्या दिन था वह भी, जैसे एक समुद्र उमड़ रहा था—कलकत्ते में—सद्भाव, सौहार्द और खुशी का!

आज पचास साल बाद किशोर बाबू 'हम लाए हैं तूफान से कश्ती निकाल के' सुन रहे हैं, तो उन्हें लग रहा है कि उस समय देश को सँभालने का भार उनकी पीढ़ी पर था और आज उनके बच्चों की पीढ़ी पर है। अरे हाँ, आज तो उनका लड़का उन्हें एक 'सरप्राइज' देनेवाला है। किशोर बाबू ने जल्दी-जल्दी हाथ-मुँह धो लिये और बीच वाले कमरे में आ बैठे। लड़का उठेगा तो वे वहीं बैठे मिलेंगे उसे। पहले से तैयार। कहाँ लगाएँगे झंडा? मकान के ऊपर। जहाँ से सड़क से हर आने-जानेवाले को दिखे। अचानक उनका लड़का हँसता हुआ आया और उसने किशोर बाबू के पाँव छू लिये। किशोर बाबू चकित रह गए। उन्हें पता ही नहीं था कि इस लड़के के ऐसे संस्कार हैं। सचमुच उन्होंने अपने अहंकार में आँखें मींच रखी थीं चारों तरफ से। आजादी की पचासवीं वर्षगाँठ पर लड़का उनके पाँव छू रहा है—यह तो दुनिया का आठवाँ आश्चर्य है। उन्होंने हृदय से आशीर्वाद दिया, 'खुश रहो, सुखी रहो, फूलो-फलो।'

लड़के ने उसी तरह हँसते हुए अपनी बन्द मुट्ठी उनके सामने कर दी, 'आपका सरप्राइज।'

यह क्या?—किशोर बाबू के दिल में एक धक्का लगा—इतना छोटा झंडा कि मुट्ठी में आ जाए! उसको कहाँ लहराएँगे? अच्छा, चलो, अपनी कमीज पर ही टाँक लेंगे। वे फिर मुस्कराने लगे।

'क्या है इसमें?' उन्होंने पूछा। 'सरप्राइज' से चकित होने का नाटक भी तो करना है, वरना लड़के को क्या आनन्द आएगा? कितने कड़क रहे हैं वे लड़के के साथ—मिलिटरी के अफसर की तरह। कभी इस तरह के खेल खेले ही नहीं। यह बदलाव अमोलक के उनके साथ रहने का ही कमाल है।

किशोर बाबू के लड़के ने मुट्ठी खोल दी। उसमें एक चाभी देखकर किशोर बाबू हतप्रभ हो गए। 'यह क्या है?' उनके मुँह से निकला।

'फ्रीडम।' लड़के ने हँसते हुए कहा।

'फ्रीडम?' किशोर बाबू को बहुत बुरा लगा। एक चाभी से स्वतंत्रता मिल जाती है, तो इतने लोगों को जान देने की क्या जरूरत थी? ऐसे शब्द के साथ इस तरह का हल्का मजाक उन्हें बहुत खराब लगा। विज्ञापनों के युग ने सबकी मति हर ली है—जैसे-तैसे शब्दों का इस्तेमाल। वही एक करिश्मा पैदा करने का तरीका है, जैसे सुनील गावसकर से कमेंटेटर पूछता है, 'आपके पास लिखने का 'फ्लेयर' (सहज प्रवृत्ति) कहाँ से आया?' सुनील गावसकर जेब से 'फ्लेयर' कम्पनी का पेन निकालकर कहता है, 'क्योंकि मैं फ्लेयर पेन से लिखता हूँ।' अब इसी स्तर की बातचीत उनका लड़का उनसे कर रहा है। वे चुप रहे।

'समझे नहीं आप पापा? यह 'फ्रीडम फोर्ड' की चाभी है। चलिए, दिखाता हूँ।' किशोर बाबू का लड़का उन्हें खींचता हुआ बरामदे में ले आया।

किशोर बाबू ने देखा कि मकान के अहाते में एक चमकती हुई हरे रंग की फोर्ड गाड़ी खड़ी है। उनका सिर घूम गया। उन्होंने पिछले महीने अखबार में पढ़ा था कि फोर्ड कम्पनी आजादी की पचासवीं वर्षगाँठ पर झंडे के तीन रंगों में चार सौ गाड़ियाँ बेचेगी। उनमें तरह-तरह की नई फिटिंग्स होंगी और दामों में भारी रियायत होगी। तभी उन्होंने सोचा था कि लगता है—फोर्ड कम्पनी की गाड़ी मार्केट में बिक नहीं रही है। बहुत कम्पीटिशन है तरह-तरह की गाड़ियों के बीच। इसीलिए ये सब तरकीबें हैं। लेकिन लड़का रुपए कहाँ से लाया? उन्हें अपनी फर्म की हालत मालूम है। इतने रुपए खर्च करने की कोई गुंजाइश नहीं। बल्कि अगर कच्चे माल का पेमेंट नहीं हुआ, तो फैक्टरी ही बन्द हो जाएगी। बिके हुए माल का रुपया छह महीने, साल-साल तक नहीं आता, कच्चे माल का रुपया पहले देकर माल खरीदना पड़ता है। रुपए की भयंकर टानाटानी है। किसी तरह चक्का घूम रहा है! ऊपर से यह खर्च!

किशोर बाबू बरामदे से बिना लड़के की तरफ देखे या कुछ कहे, अपने कमरे में आकर पलंग पर लेट गए। लड़का उनके पीछे-पीछे आया और कमरे का दरवाजा बन्द कर सामने खड़ा हो गया। वह थरथरा रहा है, किशोर बाबू ने देखा। नहीं, वे चिल्लाएँगे नहीं। चिल्लाने से होगा ही क्या? अमोलक के साथ ने उन्हें कितना बदल दिया है! हर आदमी दुनिया में अपने कर्म के लिए स्वयं ही जिम्मेदार

है और फल भी वही भोगेगा—अच्छा हो या बुरा। वे सिर्फ लड़के से दो प्रश्न पूछेंगे, बस। पहला प्रश्न होगा—रुपए कहाँ से लाए? दूसरा होगा—क्यों किया ऐसा अभी ऐसे समय में? बस, दो प्रश्न। और वे कुछ नहीं कहेंगे।

'कहाँ से लाए रुपया गाड़ी के लिए?'

'पापा, पापा, रुपए किसी से माँगने नहीं पड़े। आजकल सौ प्रतिशत फाइनेंस पर गाड़ी मिलती है। बस, किस्तों में रकम चुका देंगे।' लड़के ने किशोर बाबू को धीमे स्वर में आश्वस्त होकर जल्दी-जल्दी बताया।

'तो तुमने भविष्य के रुपए आज खर्च कर दिये हैं—यानी वे रुपए जो तुम आगे कमाओगे?' किशोर बाबू ने तो कुछ न कहने का निश्चय कर रखा था, पर उनके अन्दर बैठा अमोलक बोल पड़ा।

'सभी तो करते हैं पापा ऐसे। गवर्नमेंट तक 'लोन' लेती है किसी बड़े प्रोजेक्ट के लिए।' किशोर बाबू के लड़के ने भिनभिनाकर कहा।

अमोलक फिर चुप नहीं रह पाया, 'हाँ, लेती है। और अगली बार फिर कर्ज लेती है पुराना कर्ज चुकाने के लिए। पाँच हजार करोड़ रुपए से चार हजार करोड़ रुपए के लगभग पिछला कर्ज चुकाने के लिए लेती है। अगर तुम किस्त नहीं भर पाए तो क्या उसके लिए फिर कर्ज माँगने निकलोगे? और फिर उस कर्ज को चुकाने के लिए अगला कर्ज?'

किशोर बाबू का लड़का एक क्षण के लिए चुप रहा। फिर वह थोड़ी ऊँची आवाज में बोला, 'आप पापा, किस दुनिया में रह रहे हैं, आपको कुछ होश है? एक गाड़ी खरीदने पर आप मुझे इतनी बददुआएँ दे रहे हैं, जैसे मैंने अपना दिवाला निकालने के लिए गाड़ी खरीदी हो! लोग तो पता नहीं क्या-क्या कर लेते हैं। नकली कम्पनी बनाकर बाजार से करोड़ों रुपए शेयर उठा लेते हैं। कहीं कारखाना बनता नहीं, लेकिन गवर्नमेंट से करोड़ों रुपए 'लोन' पर ले लेते हैं। यह सी.आर. भंसाली का कांड हुआ था न, उसने मेरे बम्बई वाले दोस्त को अढ़ाई सौ करोड़ रुपए गवर्नमेंट से लोन दिलाया था। आप मुझे क्या बताना चाहते हैं? एक गाड़ी—सिर्फ छह लाख की गाड़ी—किस्तों पर खरीदकर मैंने बहुत बड़ा गुनाह किया है?'

किशोर बाबू को अब दूसरा प्रश्न पूछना था। लेकिन उसके पहले वे एक बात लड़के को बताना चाहते थे। 'तुम्हारे दादाजी का नाम मालूम है न तुम्हें?' उन्होंने पूछा।

लड़का समझ गया कि अब किशोर बाबू बहके-बहके ऊटपटाँग प्रश्न पूछेंगे। पर कोई चारा नहीं था बचने का।

'हाँ, भूरामल जी।' लड़के ने मुँह फुलाकर कहा।

'उनके पिता का नाम?'

'नहीं मालूम।'

'मैं बताता हूँ—केदारनाथजी। उनके पिता का—रामविलासजी। उनके पिता का घमंडीलालजी...'

किशोर बाबू के लड़के ने उनकी बात को बीच में काटते हुए कहा, 'मुझे यह वंश-वृक्ष जानकर क्या करना है ? क्या इनमें से कोई फोर्ड गाड़ी खरीदकर बरबाद हो गया था?'

किशोर बाबू ने कहा, 'नहीं। लेकिन इनमें से किसी ने आज तक एक पैसा कर्ज नहीं लिया था। मैं तुम्हें बताना चाहता हूँ कि मारवाड़ियों ने इतना पैसा इसलिए कमाया कि उन्होंने कभी मौज-मस्ती में पैसा उड़ाने के लिए कर्ज नहीं लिया। कभी दूसरे के पैसे मारने की नीयत नहीं रखी। बाप मर गया तो बेटे ने कर्ज चुकाया। बेटा नहीं चुका पाया, तो पोते ने चुकाया। और तिल-तिल करके पैसा जोड़ा। माचिस की तीलियों तक का हिसाब रखते थे मेरे पिताजी।'

किशोर बाबू का लड़का घबड़ा गया कि अब उसे अपने हर दादे-परदादे की कंजूसी से जुड़ी एक कहानी सुननी पड़ेगी। वह बोला, 'इसीलिए तो मारवाड़ी बदनाम हैं। उन्हें ऐसे ही भारत के 'ज्यूज' (यहूदी) थोड़े ही कहा जाता रहा है। और एक बात सुन लीजिए पापा, पहले जमाने में इस तरह आदमी शान्ति से रह सकता था, आज नहीं रह सकता। पहले इतनी चीजें कहाँ थीं ? टी.वी. कहाँ था जो इतनी चीजों का पता चलता? अब आदमी चाहे भी, तो पहले की तरह नहीं जी सकता।'

किशोर बाबू को दूसरा प्रश्न पूछना नहीं पड़ा। लड़का खुद ही उसके जवाब पर आ गया था, 'आप तो सारा अखबार पढ़ते हैं। देखते नहीं, कितने लोग कैसे-कैसे किसलिए आत्महत्या कर रहे हैं—कोई लड़की इसलिए जहर खा लेती है क्योंकि उसका बाप उसे माधुरी दीक्षित वाली घाघरा-चोली नहीं ला देता—और अपने इर्द-गिर्द क्या हो रहा है, उसकी कोई खबर है आपको? अभी मेरे दोस्त अरुण की पत्नी ने आत्महत्या कर ली क्योंकि अरुण उसे अपनी शादी की सालगिरह पर 'ताज बंगाल' नहीं ले गया था 'सेलीब्रेट करने।' और कान्ता भाभी का तो सबको मालूम ही है—नए फर्नीचर और गहनों के सेट का दाम दिया नहीं भैयाजी ने, इसलिए ऐन दिवाली के पहले जहर खा लिया उन्होंने। दो दीदियों के घर में बड़ी गाड़ी है। हमारा मन नहीं होता क्या? क्या आप चाहते हैं कि जो भैयाजी के साथ हुआ, मेरे साथ भी वही हो?' किशोर बाबू के लड़के का गला भर्रा आया था।

किशोर बाबू का खून पानी हो गया, 'क्या बहू ने...?' उन्होंने इतना ही कहा।

लड़के ने कहा, 'अब यह सब मत पूछिए।'

किशोर बाबू ने चादर से अपना मुँह ढक लिया।

किशोर बाबू का आत्मालाप : दुख ही जीवन की कथा रही...

किस तरह यह मकान खड़ा किया! यह साख बनाई! किस तरह! इस मकान के रोएँ-रोएँ में उनकी मेहनत-खून-पसीना लगा है। क्या से क्या बना डाला इस मकान को! एक पुराने बंगाली ढाँचे के मकान की काया-पलट कर डाली। कोई सड़क से गुजरे, तो कहे बिना न रहे कि एरिया का सबसे आधुनिक मकान है यह। और था क्या किशोर बाबू के पास? न बाप-दादों से कुछ मिला, न मामा-नाना के पास से। कोई सहारा नहीं। लेकिन कितनी हिम्मत से आगे बढ़ते गए! हरिसन रोड की दुकान पर बैठते-बैठते एक दोस्त बन गया था, उसने ही जूट-मिलों का पार्ट्स सप्लाई करने के धन्धे में लगाया। पैसा उसने भी एक नहीं दिया, पर राह जरूर बता दी। और किशोर बाबू चल पड़े उस राह पर। अकेले। सात प्राणियों का बोझ लिये। तब तक चार लड़कियाँ हो चुकी थीं। दिन-रात की मेहनत व ईमानदारी के अलावा और किसका भरोसा करते?

घर में माँ ने एक-एक पैसा दाँतों से पकड़कर काम चलाया। हमेशा हिम्मत बँधाती रही। हर बात पर सही सलाह देती रही। किसी तरह काम चल निकला, वरना मामा ने तो यही सोचा होगा कि 'महीने-दो महीने में धक्के खाकर वापस लौट आएगा। मालूम कर ले आटे-दाल का भाव। कर ले मनमानी थोड़े दिन।' लेकिन किशोर बाबू ने भी कह दिया था माँ को, 'आत्महत्या कर लूँगा, भीख माँग लूँगा, लेकिन वापस नहीं जाऊँगा।' छोटी मामी ने कहा था किसी से, 'दुकान में चोरी करते होंगे किशोर बाबू, वरना पाँच सौ रुपए में इतने शान और ठाठ-बाट से कोई रह सकता है क्या?' बात पहुँच गई थी किशोर बाबू के पास और दिल में खुभ गई थी। माँ के सलीके, होशियारी और सोच-विचारकर पाई-पाई खर्च करने को चोरी का नाम देनेवालों को दिखा देंगे कि वे चोर नहीं हैं। किसी का मुफ्त का एक पैसा भी उनके लिए हराम है।

एक-एक कदम जमा-जमाकर रखा था किशोर बाबू ने। एक पैसा भी ऐसा खर्च नहीं किया जो किसी को न दिखे। वह पैसा ही क्या, जो खर्च हो और उसका खुड़का (आवाज) तक न हो? जब मकान खरीदा, तो लोग सुनते-के-सुनते रह गए। कानों पर यकीन नहीं आया। जब पहली लड़की की शादी की, तो लोग देखते-के-देखते रह गए। क्या शानदार पंडाल बँधा, क्या खातिरदारी हुई बरात की! लोगों ने सोचा—न जाने कितना कमा लिया है किशोर बाबू ने! इधर उन्होंने कभी अपने ऊपर पान-सुपारी-सिगरेट पर धेला तक नहीं खर्च किया। इन सब आदतों से क्या फायदा—गाँठ से पैसा जाता है; दूसरे, स्वास्थ्य बिगड़ता है और ऊपर से वह पैसा किसी को दिखता तक नहीं।

माँ कहती थी, 'वक्त पर चूकना नहीं चाहिए।' इसीलिए किशोर बाबू ऐसे मौकों पर पैसे खर्च कर डालते, जहाँ उनका एक रुपया पाँच रुपए के भाव चलता—

यानी खर्च करते एक रुपया, पर गाँव सोचता कि पाँच रुपए खर्च किए हैं। किशोर बाबू ने अपने प्रति लोगों की निगाहें बदलती देखीं। पहले जहाँ सारे रिश्तेदार ही नहीं, मुनीम-गुमाश्ते तक उन्हें मामाओं पर आश्रित 'बेचारे' भानजे की तरह देखते, वहीं अब छोटी मामी तक 'किशोर बाबू', 'किशोर बाबू' कहती नहीं थकती थीं। किशोर बाबू ने भी उनके प्रति कोई कटुता नहीं रखी। जो हुआ, अच्छा ही हुआ और उसमें कारण छोटी मामी बनीं। ठीक ही बात थी, वे खुद होते तो ऐसा ही सोचते, जैसा छोटी मामी ने सोचा था।

किशोर बाबू ने इस मकान को ही नहीं सँवारा, इस घर की मान-मर्यादा, इज्जत को जी-जान से सँजोए रखा। कोई अँगुली न उठा दे कि इस घर में ऐसा होता है— इस बात का दिन-रात कदम-कदम पर खयाल रखा। माँ ने एक बार कहा था, 'बेटा, लक्ष्मी तो फिरती-घिरती छाया होती है। धन-सम्पत्ति तो आदमी फिर पा लेता है, पर इज्जत एक बार चली जाए तो वापस नहीं आती।' किशोर बाबू इस बात को एक दिन भी नहीं भूले। शान्ता भाभी पर उन्होंने कितनी निगाह रखी! सफेद साड़ी पर दाग तुरन्त नजर आ जाता—भाभी की इज्जत पर कोई धब्बा लग गया, तो उनका घर हमेशा के लिए बदनाम हो जाएगा। अपने घर में किसी पुरुष का प्रवेश उन्होंने नहीं होने दिया। तीन औरतें, पाँच लड़कियाँ—यानी कुल आठ जनानियाँ। किशोर बाबू का लड़का बचपन में इस जनानेखाने में रहने के कारण लड़कियों की तरह ही बातें करता, 'मैं खाऊँगी, मैं जाऊँगी।' किशोर बाबू ने किसी नर पक्षी को भी इधर पर नहीं मारने दिया।—स्त्री और पुरुष के बीच आग और घी का सम्बन्ध होता है। उन्हें दूर-दूर रखकर ही बचाया जा सकता है। यही सोचकर उन्होंने किसी पंडित-ब्राह्मण को भी घर में झाँकने नहीं दिया। पहले बड़ाबाजार में एक हीरालाल गोयनका कांड हुआ था, जिसमें हीरालाल की शिकायत गांधीजी तक गई थी। उसने कृष्ण बनकर न जाने कितनी औरतों को रिझा रखा था। वे उसे झूले पर बैठकर झुलातीं—भोग लगाकर खिलातीं। किसी आदमी का विश्वास नहीं किया जा सकता— किशोर बाबू ने इस बात की गाँठ मार ली थी—भले ही वह किसी रूप में क्यों न हो। यही सोचकर उन्होंने माँ-भाभी-पत्नी को सत्संग-प्रवचन-मन्दिर तक में नहीं जाने दिया।

किशोर बाबू आज पीछे पलटकर देखते हैं, तो उन्हें नहीं लगता कि उन्होंने कोई गलती की। एक-से-एक किस्से मालूम हैं उन्हें लोगों के। वे कदम फूँक-फूँककर धरते रहे, तो इसमें क्या गलत था? आखिर रुपन देवल कितनी भी बड़ी अधिकारी क्यों न हो गई हो, पर रही तो औरत की जात ही न? गिल ने थपथपाया कि नहीं उसका कूल्हा? और उन्होंने कोई ज्यादती तो की नहीं किसी पर। उनके स्कूल में मदनमोहन सिंघानिया की पत्नी को सारे दिन पीढ़े पर घूँघट ओढ़कर बैठे रहना पड़ता था—यहाँ तक कि खाते समय ग्रास मुँह की जगह नाक में चला जाता

था। इस बात पर शान्तनु जो हँसा था, उन्हें आज भी याद है। किशोर बाबू ने अपनी पत्नी को कभी सिन्दूर-नथ-पायल-पोली पहनने नहीं दिये। अपनी लड़कियों की नाक नहीं छिदवाई। औरतें क्या गाय-भैंस हैं जिनके नाक में नकेल डालनी है? सड़क पर ओढ़नियाँ ओढ़कर त्योहारों पर गीत गाती मारवाड़ी औरतों से उन्हें कितनी शर्म आती थी कि बंगाल में रहकर भी इन औरतों को रत्ती भर अक्ल नहीं आई। एक बार तो उन्होंने शान्तनु-अमोलक के साथ एक औरत का पीछे से घूँघट खींचकर उतार दिया था। कितना पिछड़ा समझते हैं बंगाली लोग मारवाड़ियों को—इस बात से कितना कष्ट पाते थे वे! उन्होंने तभी सोच लिया था कि अपनी लड़कियों को वे जरूर पढ़ाएँगे।

हुईं भी उनके एक-दो नहीं, पूरी पाँच लड़कियाँ। अपनी सारी लड़कियों को उन्होंने कॉलेज तक भेजा—यह बात अलग है कि उनमें से दो ने ही बी.ए. पास किया, बाकी सबकी बीच में शादी हो गई। उन्हें पढ़ाया-लिखाया, पर लड़कियों को रखा हमेशा एक सीमा में ही। उच्छृंखल होना उन्हें कभी नहीं जँचा। हर तरह से बचाए रखा—बाहरवालों की निगाहों से। कभी उन्हें बरामदे में खड़े नहीं होने दिया ताकि सड़क के लोग उन्हें देख सकें। बस, सड़क से उन्हें इतना ही जुड़ने दिया कि वे घर के दरवाजे से फुटपाथ पार कर बाहर सड़क पर खड़ी गाड़ी में बैठ जाएँ। कभी लड़कियों को अपनी सहेलियों के घर नहीं जाने दिया। सहेलियों के साथ सिनेमा नहीं जाने दिया। कई बार लड़कियों ने बहुत रोना-धोना किया अपनी दादी के सामने, पर किशोर बाबू टस-से-मस न हुए। इतनी बड़ी 'रिस्क' वे कैसे ले सकते थे? समाज में एक बार किसी बात की हवा उड़ गई, तो हमेशा के लिए बदनाम हो जाएँगे। इतने बरसों का किया-कराया सब धरा रह जाएगा। पिंजरे के पक्षी को जन्म से ही पिंजरे में रखा जाए तो कष्ट नहीं मानता। पर एक बार खुले आकाश में छोड़कर पिंजरे में बन्द कर दें, तो वह अपना खाना-पीना छोड़ देता है। आखिर लड़कियों को पराये घर जाना है, घर-गृहस्थी सँभालनी है। ज्यादा पर निकाल लिये तो मुसीबत हो जाएगी।

पाँचों लड़कियों को विदा कर जब वे एक परायी लड़की को बहू बनाकर घर लाए तो निश्चिन्त होकर पुरानी धारणाओं को ताक पर रख दिया। उनका मन नई उड़ान भरना चाहने लगा। हमेशा फूँक-फूँककर कदम धरते रहे हैं। अब और नहीं। इस लड़की ने एक महानगर का सुख नहीं जाना है—एक छोटे-से शहर से आई है। इसे घुमाना है। मौज करवानी है। घूमो। और मौज करो। इसे भी पता चलना चाहिए कि आखिर किस तबीयतदार आदमी के घर आई है। लेकिन छोटे शहर की लड़की ने जब कहा, 'पाँच सौ रुपए तो मेरे ब्यूटी सैलून में हर महीने खर्च होते हैं। पाँच सौ रुपए हाथ-खर्च में क्या होगा?' तो किशोर बाबू बौखला गए। यह छोटे शहर की लड़की इतने आगे तक पहुँच गई और उन्हें पता ही नहीं

चला? पाँच सौ रुपया महीना सुन्दरता बढ़ाने का खर्च? जीवन में पहली बार किशोर बाबू विमूढ़ हो गए—क्या करें? कैसे समझाएँ? लड़कियों को तो हमेशा डाँट-धमकाकर दबा दिया, लेकिन यह तो परायी लड़की है। बहू और बेटी में फर्क होता है।

किशोर बाबू की समझ में आ गया कि इस लड़की के ख्वाब उनकी सामर्थ्य से ऊँचे उड़ने लगे हैं। शायद गलती उन्होंने ही की थी—पिंजरे के पक्षी को आकाश दिखाकर। किशोर बाबू पछताए। इस लड़की ने उन पर क्या जादू किया कि वे हारते चले गए। अपने पुराने सिद्धान्त बदल दिए। उसने कहा, 'कॉलेज में पढ़ूँगी।' तो किशोर बाबू ने हामी भर दी। उसने कहा, 'सलवार-कुरती पहनूँगी। साड़ी में झंझट है,' तो किशोर बाबू मना नहीं कर सके। अचानक उन्हें पता चला कि बहू ने माथे पर बिंदिया लगानी छोड़ दी है। यह क्या? यह तो औरतों का सुहाग-चिह्न है। 'लेकिन आजकल फैशन नहीं है बिन्दी लगाने का।' किशोर बाबू ने समझा कि अब 'लेटेस्ट' फैशन वे नहीं जान सकते। क्लबों में देर रात तक डांस करना भी इसी तरह की चीज है। फिर एक दिन किशोर बाबू को पता चला कि बहू ने बच्चा पैदा न होने का इलाज करनेवाली डॉक्टरनी से कहा था कि उसने एक बार पति से लड़ने पर गुस्से में आकर मरने के लिए थर्मामीटर से पारा निकालकर खा लिया था। उनके छहों बच्चों को पैदा करानेवाली पुरानी डॉक्टरनी ने जब उन्हें फोन पर यह बताया, तो किशोर बाबू स्तब्ध रह गए। पर वे यह बात कभी अपनी जुबान पर नहीं लाए—न उन्होंने पत्नी से कुछ कहा, न बहू-बेटे से कुछ पूछा।

किशोर बाबू के दिल की नलियों में बहता खून जमने लगा। उन्हें दिखाई देने लगा कि जिस घर को बनाने में उन्होंने अपनी सारी जिन्दगी लगाई, उसके नीचे दीमक लग चुकी है। वह कभी भी धराशायी हो सकता है। मिट्टी में मिल सकता है।

एक रात किशोर बाबू ने एक सपना देखा कि वे अपनी बहू के पैरों पर अपने पिता भूरामलजी की पुरानी पगड़ी रखकर उसे गिड़गिड़ाकर कह रहे हैं कि मेरी इज्जत तुम्हारे हाथों में है। उसी रात उनके दिल में पहली बार दर्द उठा। उनके दिल की नलियाँ नब्बे प्रतिशत जाम हो गई थीं और उन्हें एक 'बाइपास' ऑपरेशन से ही खोला जा सका था।

किशोर बाबू सुबह ग्यारह बजे तक उसी तरह चादर से मुँह ढके लाश के समान पड़े रहे। उनकी पत्नी ने बहुत कोशिश की कि वे उठ जाएँ। फिर हार मानकर वह लड़के के साथ गाड़ी की पूजा करवाने कालीघाट चली गईं। पड़े रहें, जब तक मर्जी हो, इसी तरह। यह तो नहीं होता कि बच्चों की खुशी में खुश

हों। कितनी सुन्दर गाड़ी आई है! न जाने कितनों के कलेजे पर साँप लोट जाएँगे। और एक ये हैं कि इन्हें किसी बात की खुशी नहीं। हर बात पर मातम मनाना। कम-से-कम वे खुद तो बच्चों की खुशी में शामिल हों। आज पाँचों लड़कियों को उन्होंने जँवाई-बच्चों सहित खाने पर बुलाया है। नई गाड़ी आने की खुशी में सबको चाँदी का एक-एक सिक्का देंगी। जीवन में उत्सव के क्षण ही कितने आते हैं? ऐसे ही करते-करते सब मर जाएँगे। जो जी लिया, वही अपना है।

बाइपास क्या हुआ, इनका तो सोचने का तरीका ही बिलकुल उलटा हो गया। पहली बार जब खुद सेकंडहैंड 'वाक्सहॉल' गाड़ी खरीदी थी, तो कैसे धरती पर पाँव नहीं पड़ रहे थे! खटारा गाड़ी रोज खराब रहती, पर उसे किसी के कहने पर बेचने तैयार को नहीं थे। कहते, 'कम-से-कम पाँव तो जमीन से ऊपर रहते हैं गाड़ी होने से।' अब बच्चों का समय आया है, तो उनसे जल रहे हैं। यह भी कोई आदमियत है? अपने ही बच्चों से ईर्ष्या? हर बात पर ऊटपटाँग सोचना। अब जमाना ही ऐसा है, तो बच्चे क्या करें? बड़ी गाड़ी के बिना आदमी की पूछ नहीं रही। अभी बड़ी लड़की के लड़के को एक लड़की ने 'डेटिंग' के लिए फोन किया और कहा कि उसने उसका फोन नम्बर 'ओपेल' गाड़ी के शो-रूम से लिया है। किशोर बाबू समझते ही नहीं कि आखिर उनका लड़का कितने दिन मन मारकर रहता?

सारे दिन घर में गाड़ी का लाड़ लड़ाया जाता रहा। सब लड़की-जँवाई-बच्चे उसमें घूम आए। एक-एक बार में जितने अँटे, उतने। किशोर बाबू के सिरदर्द है—उन्हें 'डिस्टर्ब' नहीं करना है—पत्नी ने यह आते ही सबको बता दिया था। किशोर बाबू ने पड़े-पड़े सारी चहल-पहल सुनी। उनका कोई नहीं। सब एक तरफ हैं, और वे एकदम अकेले। बस, एक अमोलक उनके साथ है। बाकी सबने साथ छोड़ दिया। उनकी पत्नी ने ही छोड़ दिया, तो अब और किससे उम्मीद करें?

शाम के पाँच बजते सारी चहल-पहल खत्म हो चुकी थी। किशोर बाबू ने कई दिन बाद घूमने के जूते पहने और पैदल निकल पड़े। मोड़ से बस पकड़ी और पहुँच गए चौरंगी। पुराने मकानों को देखते हुए घूमते रहे। अँधेरा होते ही 'कनक बिल्डिंग' में बत्तियाँ जगमगा उठीं। कभी यहाँ पर 'आर्मी एंड नेवी' स्टोर से सामान खरीदने की कितनी ललक रहती थी। पर उतने पैसे कभी नहीं हुए। दूसरे महायुद्ध के खत्म होने के बाद जगह-जगह सड़कों पर सैनिकों के लिए आए हुए जैकेट, टेंट, लाइटर, स्प्रे—तरह-तरह के विलायती सामान औने-पौने दामों में मिलते थे। तब उन्होंने सामान खरीदा था यह सब। अमोलक के लिए एक कलम भी खरीदा था जिसके पीछे टॉर्च-बत्ती जलती थी। पर अमोलक ने नहीं ली थी, 'मैं विलायती सामान काम में नहीं लेता।' तब कई बार अमोलक की बातें उन्हें बहुत दम्भ और पाखंड से भरी हुई लगती थीं। अब पता चलता है कि उनका

लड़का उन्हीं पर गया है—यह खून का असर है, आखिर इच्छाओं का प्रवाह रक्त से ही होता होगा न!

किशोर बाबू असेंबली हाउस की बत्तियाँ देखते हाईकोर्ट और राजभवन के सामने से होते हुए वापस घर लौट आए। आखिर आदमी घर ही लौट सकता है। या जहाँ लौट सकता है, उसे ही घर कहते हैं।

इसके आगे की कथा, कथा है या नहीं, यह ठीक-ठीक किशोर बाबू को नहीं मालूम। यह एक सपना हो सकता है। कल्पना भी हो सकती है जो पूरी-की-पूरी असलियत से भी ज्यादा असली लगने लग जाती है। स्मृति-विभ्रम भी। या फिर 'विशफुल थिंकिंग'—यानी जो हम चाहते हैं कि कर पाएँ, उसे करता हुआ अपने को देखें।

किशोर बाबू की पत्नी ने रात दस बजे से उन्हें वापस 'भागवत-कथा' सुनानी शुरू की। आखिर किसी तरह तो शान्ति करानी होगी। अब गाड़ी तो रहनेवाली है—बाप-बेटे में बातचीत बन्द हो जाएगी, तो और किसी का जी घुटे-न-घुटे, उनका साँस लेना हराम हो जाएगा। डेढ़ घंटे बाद भागवत में प्रसंग आया 'जड़ भरत का'।

जड़ भरत ने अपने पिछले दो जन्मों में माया में फँसने की भूल का स्मरण करते हुए इस जन्म में एकदम जड़ रहने का निश्चय किया : 'वे न किसी से बोलते, न बतलाते। पागल की तरह रहते। कोई कुछ काम करने देता, तो उसे उलटा करते। चिड़ियों को खेत की रक्षा का काम सौंपा, तो चिड़ियों को बुला-बुलाकर कहने लगे—आओ चिड़ियो, दाना खाओ। कारण यह था कि उन्होंने सोचा कि अपना ज्ञान प्रकट कर देंगे, तो बेकार संसार के चक्कर में पड़ेंगे। कोई मान देगा, तो अहंकार होगा। कोई अपमान करेगा, तो अहंकार को कष्ट होगा। इससे अच्छा है कि पागल की तरह रहा जाए। पागल से न कोई उम्मीद करता है, न कोई उसकी बात का बुरा मानता है। जो पागल नहीं है, उसे हर समय सतर्क रहना पड़ता है कि वह जो बोल रहा है, उसका क्या असर होगा। पागल आदमी अपनी मौज में रह सकता है। न किसी का डर, न कोई खटका। इसलिए जड़ भरत इसी तरह रहते खूब मोटे-ताजे मस्त।'

किशोर बाबू की पत्नी बोलते-बोलते रुक गईं। क्यों रुक गई—किशोर बाबू सोचते रहे। क्या सोच रही है, यह भी सोचते रहे। पहली बार भागवत-कथा में कोई पात्र मिला था, जिसके बारे में आगे जानने में उन्हें दिलचस्पी हो रही थी। किशोर बाबू की पत्नी ने रुककर एक शून्य पैदा कर दिया था।

पत्नी को किताब बन्द करते देख किशोर बाबू को हैरत हुई। क्या बात है ? बेचैन-सी क्यों हो रही है ? लड़के-बहू नई फोर्ड गाड़ी में दोस्तों को घुमाने ले गए थे।

'आज टी.वी. में पार्लियामेंट का विशेष कार्यक्रम होनेवाला है, आधी रात को। चलिए, वह देखें। साढ़े ग्यारह बज गए हैं। उसमें बड़े-बड़े कलाकार राष्ट्रीय गाने गाएँगे।' कहकर किशोर बाबू की पत्नी ने टी.वी. चला दिया।

टी.वी. में एक लड़की आधी अंग्रेजी, आधी हिन्दी बोलती हुई दर्शकों को आज के महत्त्व की प्रतीति कराने के लिए नाटकीय विह्वलता से भरी आवाज में बोल रही थी, जैसे उसके अन्दर आँसू जोर मार रहे हों! किशोर बाबू को दर्शकों को भाव-विभोर कराने की उसकी चेष्टा इतनी अश्लील लगी कि उन्होंने आँखें फेर लीं। पर वे कुछ बोले नहीं। जड़ भरत की बात उन्हें बहुत जँच गई थी। अब से वे अमोलक को भी कुछ नहीं बोलेंगे। एकदम चुप रहेंगे। कोई जान नहीं सकेगा कि वे क्या सोच रहे हैं।

इतने में किशोर बाबू की पत्नी ने बातें करने की अपनी चेष्टा को जारी रखने के लिए उन्हें बताया, 'छुटकी कह रही थी कि आज पार्लियामेंट में उसके जीजाजी की नकल होगी। जब वह अठारह साल की हुई थी, तो उन्होंने उसे फूलों के अठारह 'बुके' भिजवाए थे न? उनमें से एक तो उसकी लम्बाई जितना ही ऊँचा था—पाँच फीट दो इंच। दुनिया की एक बहुत बड़ी ड्रिंक बनानेवाली कम्पनी अपना विज्ञापन करने के लिए पार्लियामेंट में एक पचास फीट लम्बी पीतल की बोतल रखेगी। फिर उसमें से सबको ड्रिंक पिलाई जाएगी और उस बोतल को रखने के लिए एक स्मारक बनाया जाएगा। सोचिए, कितना रुपया खर्च होगा—पचास फीट लम्बी बोतल—पचास सालों के लिए। हर साल का एक फुट।'

यह सब सुनते-सुनते इधर टी.वी. पर लता मंगेशकर गला खँखारती हुई दिखाई पड़ी और उधर किशोर बाबू के दिमाग में एक धमाका-सा हुआ। शायद अमोलक की आत्मा ने उनका शरीर छोड़ने का निश्चय कर लिया था। उन्हें ऐसा लगा कि अमोलक पार्लियामेंट में जाकर एक डंडा लेकर सब कुछ तो.ड़-फोड़ करने का निश्चय कर रहा है।

उन्होंने अमोलक को रोकने की चेष्टा की, 'नहीं अमोलक, तुम मुझे अकेला छोड़कर मत जाओ। और सुनो अमोलक, तुम कैसे भूल गए कि तुम गांधी के चेले हो? तुम हिंसा करने पर कैसे तुले हो? अमोलक, मेरी बात सुनो!'

लेकिन अमोलक उन्हें अकेला छोड़ गया। तब किशोर बाबू ने एक घूँसा मारकर टी.वी. का स्क्रीन फोड़ दिया। उनके हाथ से खून बह निकला और उनकी पत्नी हिस्टीरिया की मरीज की तरह चिल्लाने लगीं, 'अरे, कोई ओझा-सयाने को बुलाओ। हे मेहँदीपुर के बालाजी, इनके शरीर से अमोलक का भूत निकल गया, तो सवा मन का चूरमा चढ़ाऊँगी।'

क्या हुआ और क्या नहीं, यह किशोर बाबू को नहीं मालूम। उन्होंने टी.वी. तोड़ा या नहीं, यह भी वे किससे पूछें? कौन है, जो उनसे बातें करेगा? वे दुनिया

में निपट अकेले हैं। उनके दाहिने हाथ में दर्द-सा तो महसूस हो रहा है, लेकिन यह दर्द भी तो उनकी कल्पना हो सकती है। उनके दिमाग में एक धमाका हुआ था, बस, इतना ही उन्हें याद है। अमोलक क्यों चला गया ? उसके जाने के बाद वही डॉक्टर प्रकट हो गया, जिसके लिए उन्होंने सोचा था कि वह अब कभी नहीं आएगा। उन्हें नींद की गोलियाँ खिला रहा है शायद—जिससे वे उससे कोई ऐसे प्रश्न न पूछें जिनका जवाब वह नहीं जानता—फॉरेन रिटर्न्ड होने के बावजूद। लेकिन डॉक्टर को पता नहीं है कि जड़ भरत किसी से कोई प्रश्न नहीं पूछता। इसलिए अब उसे उनसे कोई खतरा नहीं है। किशोर बाबू ने चादर ऊपर तक खींचकर अपना मुँह ढँक लिया और बिना आवाज के बुदबुदाए, 'सुखिया सब संसार है, खावे और सोवे। दुखिया दास कबीर है, जागे और रोवे।'

16

पुनश्च:

किशोर बाबू की लम्बी नींद और कथा-लेखक का आत्मचिन्तन :

इस धरती पर कहानियाँ अनन्त हैं क्योंकि हर आदमी के अन्दर उसकी दुनिया की अपनी एक कहानी है।

कहना शायद यों चाहिए कि हर आदमी के अन्दर उसकी दुनियाओं की अपनी कहानियाँ हैं और ये दुनियाएँ भी अनन्त हैं।

और तो और, इस अनन्तता में दुनिया की सब निर्जीव चीजों और पशु-पक्षी-पेड़ों-सड़कों की भी तो कहानियाँ हैं :

दक्षिण कलकत्ता के इस खास भीड़ भरे इलाके में गोल घूमकर उत्तर की तरफ जाती सड़क— जिसे सारी धुआँ उगलती बसों, मिनी-बसों, टैक्सियों के गँधाते-खीझते चालक और तमाम नई गाड़ियों के पुलकित-हृदय चालक लोअर सर्कुलर रोड (या आचार्य जगदीशचन्द्र बोस रोड) और अपर सर्कुलर रोड (या आचार्य प्रफुल्लचन्द्र रॉय रोड) के नाम से जानते हैं— की भी अपनी एक कहानी है। कभी यह सड़क कलकत्ता को मराठों के आक्रमण से बचाने के लिए बनाई गई खाई, 'मराठा डिच'— थी, जिसके लिए साहबों ने बाकायदा 'देशी' लोगों से पैसे वसूले थे...

कहानी दिलचस्प हो सकती है, पर इससे सिद्ध क्या होगा?— कथाओं की अनन्तता? लेकिन सिद्धियों से कहानियाँ नहीं बनतीं? वे बनती हैं— उन्हें गढ़ने की प्रक्रियाओं को पा लेने से और उनके संयोग से उत्पन्न होनेवाले रसायन से।

कथा गढ़ने के तरीके अनन्त हैं : यह भ्रम या विश्वास हर कथा कहनेवाले को युगों-युगों से भटकाता आया है? इस कथा के वाचक और नायक किशोर बाबू ने भी कथा-लेखक को कोई कम नहीं भटकाया। दरअसल किशोर बाबू जिस झुटपुटी

चेतना के इलाके में चले गए हैं, वहाँ घने पेड़ों के झुरमुट के नीचे भूमि पर कहीं-कहीं छनकर आती रोशनी के गोल घेरे भर हैं। पर कथा-लेखक को लगता रहा है कि जैसे ये चमकते गोल घेरे कभी नहीं झुठलाए जा सकनेवाले सत्य के पुंज हैं, जो ऐसे झुटपुटे प्रदेश में ही बनने सम्भव हैं। जहाँ हर तरफ रोशनी है, वहाँ ऐसे आलोक केंद्र कहाँ ?— और इसीलिए कथा-लेखक किसी ऐसे सत्य-पुंज को देख पाने के लिए लगातार इस झुटपुटे में घूमता रहा है— दिन-रात-महीने-साल-साल तक।

सवाल यह रह जाता है कि क्या कथा-लेखक इस लगातार चक्कर में से किसी छोटे-मोटे सत्य को भी देख पाया ? या उसने सिर्फ एक यात्रा ही तय की है ? अगली किसी यात्रा की तैयारी में ?

किशोर बाबू काम्पोज की गोलियों और फॉरेन रिटर्न्ड डॉक्टर से हार मान लेनेवाले व्यक्ति नहीं हैं। यह सब जानते हैं कि वे बचपन से ही अपनी नैया हर मृत्यु-दुर्घटना-धक्के-अपमान से खे कर निकल आनेवाले आदमी हैं और इस बार भी अपने दोस्तों के किए गए कौल से ठीक पहले इस तमस से प्रकाश की ओर निकल ही आए किशोर बाबू।

बेशक, आप जानना चाहते हैं कि उनकी नाव इस बार किस ठाँव पर बाँधी गई है ? इस देश की मिट्टी की तासीर ही शायद कुछ ऐसी है कि बड़े-से-बड़े क्रान्तिकारी और धर्म को अफीम माननेवालों तक की नाव अन्त में इसी ठाँव पर आ लगती है : किशोर बाबू इन दिनों सिर्फ एक ही पुस्तक का अध्ययन-पठन-मनन कर रहे हैं और वह है, 'श्रीमद्भगवद्गीता'। इतना ही नहीं, वे 'गीता' पर खुद भी कुछ लिख रहे हैं। किशोर बाबू की इस परिणति से उनका परिवार अत्यन्त प्रसन्न है—पत्नी-पुत्र-पुत्रवधू-बेटियाँ-जँवाई—सब-के-सब। अब किसी के मन में उन्हें किसी दिमाग के डॉक्टर को दिखाने की बात झाँकती तक नहीं।

'संस्कृत इतनी पुरानी लैंग्वेज है और उसको जाननेवाले लोग अब कहाँ हैं ? एंड माइ फादर, जस्ट इमैजिन, गीता की टीका इंग्लिश में पढ़ रहे हैं।' किशोर बाबू का लड़का अक्सर यह बात लोगों को बताते सुना जाता है।

किशोर बाबू 'गीता' पर अंग्रेजी में लिखी टीका पढ़ रहे हैं, इस बात से उनका लड़का परम मुग्ध है।

किशोर बाबू ने जब यह जिद पकड़ ली कि वे बड़ी मुश्किल से पैदा हुए अपने पोते का नाम अपने 'ग्रेट ग्रैंडफादर' या परदादा के नाम पर 'रामविलास' रखेंगे, तो उनका लड़का शायद अपनी इसी मुग्धता के चलते अपनी पत्नी के बहुत नाराज होने के बावजूद उन्हें मना नहीं कर पाया।

'हम लोग उसे 'विली' कह लेंगे, डियर! तुम चिन्ता क्यों करती हो? और यह भी हो सकता है कि थोड़े दिनों में यह नाम फिर फैशन में आ जाए। आजकल देखो न, वापस सारी पुरानी चीजें फैशन में आ रही हैं। वेदान्त, श्रीवर्द्धन, ऋषभ, मंगलम् शुभम्—लोग न जाने कहाँ-कहाँ से खोजकर पुराने नाम रख रहे हैं। मुझे तो लगता है कि इसकी शुरुआत बिड़ला परिवार ने कुमारमंगलम् नाम रखकर की थी...

'और देखो, हमारे खानदान में ये जो रामविलास हुए थे न, उन्होंने ही इतनी बड़ी हवेली बनवाई थी भिवानी में। अंग्रेजों से बड़ी दोस्ती थी उनकी। क्या पता, हमारा बेटा उतना ही 'लकी' निकले! क्या पता, कोई मल्टीनेशनल कम्पनी का विलायती साहब उस पर मेहरबान हो जाए!

'देखा नहीं, जब ब्रिटेन का प्राइम मिनिस्टर जॉन मेजर यहाँ कलकत्ते आया था, तो क्या खातिर हुई उसकी! विनय-बादल-दिनेश बाग का नाम वापस डलहौजी स्क्वायर तक रखने की बात हो गई थी। ये लोग फिर वापस आएँगे, देख लेना।' किशोर बाबू के लड़के ने अपनी पत्नी को समझाने में कोई कसर नहीं छोड़ी।

किशोर बाबू के लड़के की बहू पर जॉन मेजर वाली बात का असर हुआ और उसने भी कलकत्ता कॉर्पोरेशन की तरह वही पुराना नाम रखे जाने के प्रस्ताव को खारिज नहीं किया। अपनी खास सहेली को उसने इस तरह बात समझाई :

'मेरे ससुर, यू नो, एकदम ऋषि हो गए हैं, सफेद दाढ़ी के कारण कभी-कभी साइड फेस से एकदम श्री अरविन्द जैसे लगते हैं। उनकी बात टालना ठीक नहीं। जरूर कोई खास बात है, इसीलिए वे ऐसा कह रहे हैं। वे 'गीता' पर कोई किताब लिख रहे हैं, यू नो।'

किशोर बाबू की अपने साम्राज्य में हमेशा चली है और अब भी चल रही है—और कुछ नहीं तो 'गीता' के कारण। भले ही उनके 'गीता' पढ़ने का कारण यह है कि वे बिलकुल 'निस्पृह' और 'निरहंकार' हो जाना चाहते हैं। अब वे किसी को चलाने की इच्छा से मुक्त हो जाना चाहते हैं। पर भारतवर्ष में 'धर्म' किसी भी हिटलर से बड़ी शक्ति है और इस बात को समझकर भी न समझनेवाले हमेशा औंधे मुँह ही गिरते हैं। तो हालात ये हैं कि किशोर बाबू के पीछे साक्षात् 'गीता' के कृष्ण की ताकत है और किसकी मजाल है कि उससे टक्कर लेने की सोचे!

किशोर बाबू ने जब अपने पलंग पर अपने सोने की जगह के अलावा बाकी हिस्से में अपनी धार्मिक किताबें सजा लीं, तो उन्हें किसी ने कुछ नहीं कहा। किशोर बाबू की पत्नी ने चुपचाप बीच वाले कमरे में अपना डेरा जमा लिया। उन्होंने सोचा कि राजा जनक महल में रहते हुए 'विदेह' थे—किशोर बाबू का ऐसा होना तो उनके लिए सौभाग्य की बात है। जब से उस अमोलक की आत्मा उनके शरीर से निकली है, किशोर बाबू एकदम शान्त और गम्भीर हो गए हैं। उनका भागवत पुराण सुनने का पुण्य सचमुच काम आ गया। किशोर बाबू के प्रति

उनकी पत्नी के मन में श्रद्धा का ज्वार रह-रहकर उमड़ता है—कितनी सुन्दर बातें लिख रहे हैं 'गीता' पर!

इसी श्रद्धा के भाव के कारण किशोर बाबू की पत्नी को कोई बड़ा धक्का नहीं लगा, जब उन्होंने देखा कि एक दिन किशोर बाबू काबा की तरफ मुँह किए नमाज पढ़ने की मुद्रा में चटाई बिछाकर बैठे हैं। उसके पहले दिन उन्हें कुरान पढ़ते देख वे चौंकी जरूर थीं। कुछ दिन बाद किशोर बाबू सिर पर रूमाल बाँधकर 'वाहे गुरु, सतनाम' करने लगे, तो उन्होंने चैन की साँस ली। कुछ भी हो, मुसलमान बनने से सिख बनना ज्यादा ठीक है। इसके बाद कुछ दिन तक वे अपने को 'फादर किशोर' कहते रहे। और सब कुछ कर-कराके किशोर बाबू वापस 'गीता' पर आ गए तो किशोर बाबू की पत्नी ने सच्चे दिल से ईश्वर को धन्यवाद दिया। ठीक है, सब रास्ते उस एक ईश्वर की ओर ही जाते होंगे, पर अपने जाने हुए रास्ते पर ही चलना ज्यादा ठीक लगता है। अब जिन्दगी के दिन ही कितने बचे हैं कि नए-नए रास्तों पर चलकर देखा जाए!

किशोर बाबू की पत्नी को जीवन में इतने सन्तोष का अनुभव कभी नहीं हुआ था—अब कोई इच्छा बाकी नहीं रही। पोते की इच्छा थी, पोता हो गया। सबसे बड़ी बात तो यह है कि किशोर बाबू को पागलखाने नहीं ले जाना पड़ा; बल्कि उनमें इतना साधुपन आ गया जिसकी उन्होंने कल्पना तक नहीं की थी। जिस आदमी ने किसी की कभी नहीं सुनी, हमेशा अपनी चलाई, वह सब तरफ से अपने को इतना खींचकर निर्लिप्त हो जाएगा, यह कौन सोच सकता था! सब कृष्ण-कृपा से हुआ है।

किशोर बाबू अपने ही लिखने-पढने में मगन रहते हैं। 'गीता' पर खुद कुछ रोज लिखते हैं, जिसे किशोर बाबू की पत्नी रात को पढ़ती हैं। न कहीं जाते हैं, न किसी को फोन करते हैं। इतने शान्त हो गए हैं कि सब्जी में नमक न रहे, तो भी शिकायत नहीं करते। बिना नमक के ही खा लेतें हैं। इसलिए आजकल वे ध्यान रखकर पहले चखकर किशोर बाबू को खाना परोसती हैं।

कुछेक बातों में किशोर बाबू अपनी जिद जरूर रखे हुए हैं, लेकिन उनसे किसी दूसरे को कोई कष्ट नहीं होता। जैसे कि वे गाड़ी में नहीं बैठते—लेकिन इससे किसी को क्या फर्क पड़ता है? सड़कों पर पैदल भटकते रहते, तो अलबत्ता परिवार के लोगों को फर्क पड़ता। चारों तरफ बदनामी होती। लेकिन वे तो घर से बाहर ही नहीं जाते। उनकी दूसरी जिद यह है कि वे विदेशी कम्पनियों में बनी हुई या उनकी साझेदारी में बनाई गई चीजों का इस्तेमाल नहीं करेंगे। ठीक है, इसमें भी इतनी क्या परेशानी की बात है? उनके लिए किसी भारतीय कम्पनी का साबुन और मंजन जुगाड़ कर दिया जाता है, हालाँकि ऐसी कम्पनियाँ मुश्किल से एकाध ही हैं। बल्कि सच पूछा जाए तो मंजन की कम्पनी तो एक ही है। पर चलो, यह भी कोई खास बड़ी दिक्कत नहीं।

किशोर बाबू की पत्नी ने सन्तोष के साथ सोचा कि चलो, ऐसा ही सही कि बाप एक ध्रुव पर चल रहा है और बेटे-जँवाई दूसरे ध्रुव पर—बच्चे लोग कोई देशी चीज इस्तेमाल करना ही नहीं चाहते। गनीमत है कि अब कलकत्ते में थियेटर रोड पर लाकौस्टे, ऐरो, पियरे कार्डिन—सबकी शर्टों की दुकानें खुल गई हैं, वरना पहले बच्चों को पहनने लायक कपड़े खोजने की इतनी सहूलियत कहाँ थी? यों किशोर बाबू की पत्नी को तो समझ में नहीं आता कि इन शर्टों में ऐसा क्या रखा है कि इनके इतने रुपए दिये जाएँ पर बच्चे बिना नामी 'ब्रांड' के कोई चीज खरीदते नहीं। चलो, ठीक है, करें सब अपने-अपने मन की। उन्हें क्या पड़ी है कि पति को टोकें या बच्चों को टोकें?

आजकल तो हाल ऐसा है कि तीन साल की उनकी नातिन को उन्होंने पूछा कि वह बाएँ हाथ से क्यों खा रही है, तो उसने कहा, 'मेरी मर्जी।' वे दंग रह गईं कि इतनी छोटी बच्ची को 'मर्जी' का अर्थ मालूम है। तब उनकी बेटी ने बताया कि यह एक सिनेमा का गाना है जिसमें हर लाइन के अन्त में कहा जाता है, 'मेरी मर्जी।' जब इतने छोटे बच्चे की ही मर्जी के खिलाफ कोई नहीं जा सकता, तो क्या बड़े बच्चों पर शासन किया जा सकता है? और किशोर बाबू पर तो ब्रह्माजी भी आ जाएँ तो शासन नहीं कर सकते। अब तो किशोर बाबू की पत्नी की इच्छा भी नहीं है कि किशोर बाबू की इस 'विदेह' अवस्था में उनकी इन छोटी-मोटी फरमाइशों के लिए कोई टोका-टाकी करें।

किशोर बाबू की पत्नी अभी पति-सुख की परम अवस्था का अनुभव कर ही रही थीं कि अचानक उन्हें अपने पैरों तले धरती खिसकती जान पड़ी। हुआ यह था कि किशोर बाबू के पोता होने के उपलक्ष्य में उनके घर कुछ हिजड़े नाचने और 'बधाई' लेने आए। किशोर बाबू की पत्नी ने कुछ खीज के साथ देखा कि किशोर बाबू पूरे समय बरामदे में खड़े-खड़े उनको देखते रहे। हिजड़ों ने एक हजार रुपयों से माँगना शुरू किया था और किशोर बाबू की पत्नी एक सौ एक रुपए से पूरे एक घंटे में दो सौ रुपयों तक पहुँची थीं।

किशोर बाबू की पत्नी ने नीचे से बरामदे की ओर हर पाँच मिनट में इस उम्मीद से ऊपर देखा कि किशोर बाबू वहाँ से हट गए होंगे। लेकिन हर बार उन्होंने देखा कि किशोर बाबू वहीं मौजूद थे। उन्हें बहुत बुरा लगा। एक सफेद दाढ़ीवाले गीता-पाठी आदमी का इस तरह हिजड़ों में दिलचस्पी लेना कुछ अशोभनीय-सा है। कहीं कुछ गड़बड़ है, ऐसा अन्देशा उन्हें हुआ—और उस रात जब वे किशोर बाबू की गीता पर लिखी गई बातों को रोज की तरह पढ़ने लगीं, तो बिलकुल चकरा गईं। उनका अन्देशा सही निकला।

आज किशोर बाबू ने 'गीता' के किसी श्लोक पर टिप्पणी लिखने के बजाय अपने दोस्तों—शान्तनु और अमोलक—के साथ किए गए 1 जनवरी, 2000 ईस्वी

के कौल का जिक्र किया था जिसमें अब सिर्फ दो महीने बाकी रह गए थे। साथ ही किशोर बाबू ने उस 'पार्टीशन' का ज़िक्र किया था, जो इस कौल के कारण उन्हें अपने परिवार से करना था यानी 'फैमिली' से पार्टीशन। लेकिन इसके आगे उन्होंने अपने गोल-गोल सुन्दर अक्षरों में एक टिप्पणी 'हिजड़े और पार्टीशन : 1947' २२८२२८—कहीं से शायद उतारकर लिख रखी थी, जिसको पढ़ने के बाद किशोर बाबू की पत्नी को इसके सिवाय कुछ और न सूझा कि वे पहले की तरह उसे अपनी साड़ियों की तह के बीच दबाकर छुपा दें। किस्से का तकाजा पहले की तरह ही यह है कि आपके सामने किशोर बाबू की पत्नी की साड़ी की तहों में दबे इस विवरण को ज्यों-का-त्यों रख दिया जाए :

हिंजड़े और पार्टीशन : 1947

सन् 1947 में जिस सुबह पाकिस्तान कूच के लिए मुसलमानों ने शहर खाली किया, इलाके के सातों हिजड़ों— अम्मी, गुलब्बो, नानकी, मनचली, कज्जन, मुनीर और बरफी— ने उन लोगों को शहर छोड़ते देखा, उन्हें कुछ रंग सूझा। लोगों की घबराहट को उन्होंने महज नादानेपन की बेवकूफी समझा। कल वे हिन्दू मुहल्लों में नाचने गए थे और किसी हिन्दू ने उनकी तरफ आँख तरेरकर भी नहीं देखा था। वे सातों अपने ही दरवाजे पर बैठ गए और लगे ढोल बजा-बजाकर जच्चा गाने और तालियाँ ठनकाने। पड़ोस के घबराए लोग एकाएक उनकी तरफ मुखातिब हुए। मिठाई की दुकान करनेवाले चौधरी अब्बास ने कड़ककर कहा, 'ऐ बदजातो, चुप रहो। हमारा मखौल न उड़ाओ! सारे मुसलमान मौत के दरवाजे पर खड़े हैं।'

कज्जन ने कहा, 'आय चौधरी साहब, हलवा मिले आपके टूटे दाँतों को और आपकी हसीना लगाए करारे थप्पड़ आपके गुस्से को। हमारी गुलब्बो को लौंडिया हुई है।'

कई लोग हँस पड़े। पर चौधरी अब्बास का जवान लौंडा डंडा हाथ में लेकर इन पर चढ़ आया। बाप से भी दूना कड़ककर बोला, 'चुप होते हो या कर दूँ दो-टूक तुम्हारे इस ढोल को?'

नानकी ने हथेली ठनकाकर फैला दी और अदा में भरकर बोला, 'हये-हये! ढोल बने तेरी जवान जोरू का पेट। अए! निकले उसमें से मोटा-तगड़ा लौंड़ा। अरे खाएँ हम खिरनियाँ और पुलाव। हये-हये! वारी जाऊँ तेरे गुस्से पर और डंडे पर!'

सारा मुहल्ला हो-हो कर हँस पड़ा और चन्द मिनटों के लिए लोग अपनी घबराहट भूल बैठे।

...हिजड़ों ने देखा कि अब उन्हें भी चलना जरूर होगा। अपनी-अपनी पोटली काँख में दबाकर बिस्तरे का बंडल चौधरी अब्बास के दरवाजे पर पटका कि वे उन्हें भी स्टेशन लेते जाएँ। चौधरी न माने, तो ये भी न माने, 'वाह! ले जाओगे कैसे नहीं। हम सातों तो आपकी ही औलाद हैं और आप हमारे आका हो!'

इस बार चौधरी भी हँस पड़े।

इसके बाद वे सब अपनी-अपनी खाटें लेकर चौराहे पर पहुँचे बेचने। एक हिन्दू धोबी ने पूछा, 'कहो गुलब्बो, कितने में बेचोगी?'

गुलब्बो बोली, 'अये मुए, यह खाट आई थी साढ़े तीन रुपए की और दो रुपए का बान। तुम ढाई लगा दो।'

तो उधर रामसिंह तम्बोली ने बीड़ी का कश खींचते हुए कहा, 'धनुआ, तूने ये खाटें खरीदीं और तू हुआ हिजड़ा।'

हिजड़ों की खाटें बहुत जोर मारने पर भी न बिकीं। तभी एक हल्की-सी दशहत की खबर ने उन सातों के होश फाख्ता कर दिए। वे सरपट भागे स्टेशन की ओर। रास्ते में लोग फब्तियाँ कसते रहे, 'देखो, देखो— हिजड़े पाकिस्तान आबाद करने जा रहे हैं!'

किशोर बाबू की पत्नी बिलकुल निढाल होकर बिस्तर पर पड़ गईं। यह हिजड़ों को देखकर क्या इनका माथा घूमा कि न जाने कहाँ से पढ़ा या सुना हुआ यह सब कॉपी में उतार डाला? हो सकता है कि यह भिवानी का किस्सा हो, जहाँ किशोर बाबू 1947 में एक बार गए थे। ऐसी भाषा और ऐसे बोल! कोई पढ़े तो क्या कहे! कम-से-कम अपनी सफेद दाढ़ी की ही लाज रखी होती! और यह क्या—हिजड़ों से देश का 'पार्टीशन' याद आया और 'पार्टीशन' शब्द से अपना दोस्तों से किया गया कौल, जिसके कारण उन्हें अपने परिवार से जुदा होना था। लेकिन क्या इसका मतलब यह हुआ कि किशोर बाबू अपना घर छोड़कर कहीं चले जानेवाले हैं? लेकिन जाएँगे कहाँ? और किसके साथ? अमोलक रहा नहीं और शान्तनु का नाम तो उस दिन के बाद कभी सुना नहीं, जिस दिन उससे मिलकर आए थे। उस दिन के बाद तो कई दिन सारे समय हाथ धोते रहते थे। तभी वे समझ गई थीं कि शान्तनु से मिलकर उन्हें अच्छा नहीं लगा। तब फिर किस 'पार्टीशन' की बात वे सोच रहे हैं? कहीं लड़का-बहू से अलग घर बसाने की तो नहीं सोच रहे हैं? या फिर बड़े मामाजी की तरह संन्यासी होने की सोच रहे हैं? 'जाएँ, जहाँ जाना है!'—अन्त में थककर किशोर बाबू की पत्नी ने सोचा। वे कर भी क्या सकती हैं?

संसार की गति में कब क्या परिवर्तन होता है, इसे कौन जानता है? कलकत्ता शहर में कोई एक व्यक्ति है जो शहर की दीवारों पर सफेद रंग में लिखता रहता है, 'सूर्य पृथ्वी के चारों तरफ घूमता है और ऐसा करने में उसे पूरा एक साल का समय लगता है।' कौन जान सकता है कि यह बात कब सही हो जाए? जो आज सही है, वह एक हजार साल पहले जब गलत माना जा सकता था, तो जो आज नहीं दिख रहा है, वह कौन जानता है कि कब सचमुच घटित हो जाए?

क्या किशोर बाबू की पत्नी के जीवनकाल में सचमुच यह घटना घटित हो जाएगी कि किशोर बाबू घर छोड़कर चले जाएँगे?—किशोर बाबू की पत्नी यह सोच ही रही थीं कि दुनिया में एक ऐसी घटना घटित हो गई, जिसने सिर्फ उनका ही नहीं, सारे संसार का जीवन बदल डाला।

...अब तक लोग डरते आए थे कि तीसरा विश्वयुद्ध छिड़ा, तो पूरी पृथ्वी नष्ट हो जाएगी, पर वैसा कुछ नहीं घटा। जो घटा, वह बिलकुल अकल्पनीय था। एकदम जिसे अनहोनी कहते हैं। अचानक संसार में प्रकृति के पाँचों तत्त्व—मिट्टी, जल, आग, आकाश और हवा—गड़बड़ा गए। और इसका प्रभाव सबसे पहले दुनिया के सबसे ताकतवर देश में दिखाई पड़ा। अब तक वैज्ञानिक यह कहते आए थे कि संसार का तापमान बढ़ रहा है और पृथ्वी के ऊपर जो एक खास हवा की छतरी है, उसमें छेद होने का डर है, लेकिन हर वैज्ञानिक और हर व्यक्ति ऐसा समझ रहा था कि ऐसा कम-से-कम उसके जीते-जी नहीं होगा लेकिन सब कुछ इस तरह अचानक घटा कि किसी के लिए स्थिति को स्वीकार करने के अलावा कोई दूसरा चारा नहीं रह गया था।

दुनिया के सबसे ताकतवर देश में अचानक सारे पेड़-पौधे मरने लगे—इस तरह, जैसे धरती के अन्दर किसी ने जहर घोल दिया हो! हवा में ऑक्सीजन की इतनी कमी हो गई कि लोगों के लिए साँस खींचना दुष्कर होने लगा। सारा धरती का पानी सूखने लगा और बादलों रहित आकाश इस तरह तपने लगा, जैसे रेगिस्तान की रेत। यह सब एक दिन के अन्दर हुआ, इसलिए जब तक उस देश की सरकार यह कदम उठाती कि दुनिया के दूसरे देशों को उसके पेड़-पौधों रहित होने का समाचार न मिले, तब तक सारे देश इसके बारे में जान गए थे। तुरन्त सारे देशों ने अपना-अपना अनाज तालों में बन्द कर लिया ताकि वे भूखे न मर जाएँ। एक किलो सोने के बदले एक किलो गेहूँ तक देने कोई देश तैयार न था।

दुनिया के सारे देशों में पेट्रोल से चलनेवाली हर चीज तुरन्त बन्द कर दी गई क्योंकि पृथ्वी के चाँद की तरह हवारहित बन जाने के पीछे सबसे बड़ा खतरा पेट्रोल-डीजल-गैस और कोयले से चलनेवाली चीजों का था। बिजली का उत्पादन एकदम रोक दिया गया। इसका नतीजा यह हुआ कि सारे कल-कारखाने रुक गए। खास कर खाद बनानेवाले और रसायन बनानेवाले कारखानों को तुरन्त बन्द करने के आदेश विश्व की सरकारों ने जारी किए।

सारी मोटरगाड़ियाँ बेकार हो गईं। बड़ी-बड़ी इमारतों में लिफ्ट न चल पाने के कारण और पानी न पहुँच पाने के कारण उनमें रहना असम्भव हो गया। अब सबसे सुखी सबसे गरीब आदमी बन गया जिसे धरती पर ही रहने और पैदल चलने की आदत थी। सबसे जरूरी काम खाने के लिए अनाज-फल-सब्जियाँ उगाना हो गया और इस काम को जाननेवालों की तनख्वाह सबसे अधिक हो गई। पृथ्वी को बचाने का अब एक ही तरीका था कि आदमी का श्रम सारी मशीनों की जगह ले और यह श्रम अधिक-से-अधिक हरियाली के उत्पादन में लगे—ऐसी हरियाली, जिसमें किसी तरह के रसायन का प्रयोग न हो। अब पेड़-पौधों से उत्पन्न होनेवाली ऑक्सीजन ही

इस पृथ्वी को बचा सकती थी। यह सूचना दुनिया में फैलाने के लिए अब न कम्प्यूटर, टी.वी. और अखबार की जरूरत थी और न हवाई-जहाज, जलयानों और रेलों की। यह बात ऐसी थी जिसे बच्चा-बच्चा तक अपने अन्दर समझ गया था।

लोगों ने यह भी समझ लिया कि जिन सुविधाओं का भोग करने की उन्हें आदत पड़ गई थी, वे ही उनके कष्ट का कारण हैं। जिस-जिस ने जितनी सुविधा भोगी थी, उसे उतना ही कष्ट हुआ। बाकी लोग जैसे रहते आए थे, उसी तरह रहते रहे। ऐसे लोग जो अपने गाँवों के अमूल्य हवा-पानी-आकाश को छोड़कर शहरों में नरक जैसा जीवन बिताने आए थे, मुक्त हो गए। वे सब बड़े उत्साह से वापस गाँवों की ओर लौट पड़े क्योंकि शहरों से मिले पैसे से अब वे कुछ ऐसा नहीं खरीद सकते थे, जो कोई काम आए। इसलिए वे वापस अपनी धरती की गोद में बैठने चल दिए।

किशोर बाबू इस नई दुनिया में 1 जनवरी, 2000 ईस्वी के दिन सुबह-सुबह उठकर नहा-धोकर तैयार हुए और विक्टोरिया की तरफ पैदल चल पड़े। जब तक उनकी पत्नी सोकर उठीं, वे दो किलोमीटर आगे पहुँच गए थे। सिंहासन पर बैठी महारानी विक्टोरिया की विशालकाय मूर्ति की जगह महर्षि अरविन्द की दुबली-पतली बौनी-सी काया के चारों तरफ बने गोल घेरे के पास वे पूर्व की तरफ खड़े हो गए। किशोर बाबू को वहाँ खड़े हुए अभी पाँच मिनट भी नहीं हुए थे कि उन्हें दो घोड़ों की एक फिटन उत्तर कलकत्ता की तरफ से आती दिखाई पड़ी। किशोर बाबू का दिल धड़कने लगा। जैसे-जैसे फिटन पास आती गई, किशोर बाबू की आँखें आश्चर्य से फैलती गईं। शान्तनु अपनी पुरानी बग्घी से नीचे उतरकर उनके गले से लग गया।

'तुम आ गए शान्तनु? मैंने तो सोचा ही नहीं था कि तुम्हें आज की बात याद होगी। फिर भी मैं चला आया कि जिन्दा हूँ तो अपनी बात तो निभा दूँ।' किशोर बाबू ने कहा।

'मैं तुम्हें बाइपास करके कैसे आगे की जिन्दगी की तरफ बढ़ता किशोर? जब हमारी दुनिया के सारे बाइपास के रास्ते बन्द हो गए, तो फिर मेरे पास यहाँ आने के सिवाय और क्या चारा था?' शान्तनु ने कहा।

किशोर बाबू को उसकी बात समझ में नहीं आई। शान्तनु हँसा। वही चिर-परिचित हँसी। फिर वह किशोर को वैसे ही अपनी बात समझाने लगा, जैसे हमेशा पहले समझाया करता था।

'देखो, एक रास्ता जाम होता था, तो हम दूसरा रास्ता बना लेते थे जो उस रास्ते के दोनों सिरों से जुड़ता था। ज्यादा ट्रैफिक होती, तो हम वन-वे रास्ते बना देते थे। हमने किसी समस्या के कारणों को मिटाने की कभी कोशिश नहीं की। हर समस्या को बाइपास करने के रास्ते ढूँढ़ते रहे। पर अब तो कोई बाइपास काम नहीं कर सकता।'

तभी अमोलक ने शान्तनु की पीठ पर हाथ रखा और बोला, 'तुम एकदम ठीक कह रहे हो, शान्तनु। अब तुम्हें मेरी बात समझ में आई है? मैंने यही तो कहा था

तुमसे—अपने देश के स्रोतों को बाइपास कर विदेशी फंड से तुम कुछ नहीं कर सकोगे। तुम्हें जो करना है, वह अपने बूते पर करना होगा।'

अमोलक को देखकर और उसकी आवाज सुनकर किशोर बाबू और शान्तनु ऐसे भौंचक्के हुए कि खुश होना तक भूल गए। अमोलक कैसे जिन्दा हो गया? क्या वे लोग कोई सपना देख रहे हैं?

'लेकिन तुम तो बाबरी मस्जिद कांड में मर चुके थे न?' शान्तनु ने ही अन्त में पूछा। किशोर बाबू के मुँह से तब तक कोई बोल नहीं फूटा था।

'नहीं, मैं नहीं मरा था। जो मरा, वह तो मेरा 'डुप्लीकेट' था। मेरी ही जैसी शक्ल और अक्लवाला...'

अमोलक की बात सुनकर किशोर बाबू के मुँह से निकला, 'अरे, यह तो एकदम हिन्दी फिल्म जैसी बात हुई!'

शान्तनु और अमोलक उनके कहने के ढंग पर हँस पड़े।

किशोर बाबू की हँसी गायब थी। उन्हें यह समझना जरूरी लग रहा था कि वे झूठमूठ कोई फिल्म देख रहे थे या जो घटित हो रहा है, वह सचमुच में...।

✪✪✪